Die Nebel des Schweigens

Fiona Limar

Leif Eklund

Impressum

Die Nebel des Schweigens
von Fiona Limar und Leif Eklund

ISBN: 978-3-759864-21-5
Independently published

1. Version

Verlegt von:
David Salz, Niederbarnimer Str. 10,
16540 Hohen Neuendorf, Deutschland

Buchcover: Buchcoverdesign.de / Chris Gilcher – http://buchcoverdesign.de
Lektorat und Korrektorat: Heidemarie Rabe

1.

Hyssna, Oktober 2021

Unter der alten Bogenbrücke rauschte das Wasser, rechts davon war schemenhaft ein weißes Gebäude zu erkennen.

„Na also, das ist die Kirche, wir haben sie doch noch gefunden“, sagte eine muntere Frauenstimme.

„Wurde auch Zeit“, erwiderte der Mann missmutig. „Wir sollten uns mit der Besichtigung beeilen, sonst finden wir bei dem Nebel den Rückweg nicht mehr.“

Zwischen alten Grabsteinen hindurch, auf denen die Namen längst verwittert waren, bahnten sie sich den Weg zum Eingang. Die schwere Tür öffnete sich mit einem leisen Knarren und andächtig betrat die Frau zuerst das dämmrige Kirchenschiff.

„Ich frage mich, weshalb es in Kirchen immer so kalt ist.“ Ihr Mann schlang demonstrativ die Arme um seinen Oberkörper und vollführte eine reibende Bewegung mit den Händen. Er war kräftig gebaut und hatte seine Wollmütze tief in die Stirn gezogen.

„Hab dich nicht so.“ Seine zierliche Frau schüttelte unwillig den Kopf. „Schau dir lieber mal diese Kanzel an, ist sie nicht prächtig?“ Der Mann streifte mit einem flüchtigen Blick die farbenfrohen Heiligenbilder, mit denen die Kanzel verziert war. Er hatte keine Ahnung, wen sie darstellten. Niemand in seiner Familie war religiös, in die Kirche ging man nur, wenn jemand heiratete. Bei seiner Frau Ebba war es nicht anders, trotzdem pflegte sie eine Leidenschaft für alte Kirchen und ließ keine Möglichkeit zur Besichtigung aus. Hoffentlich hatte sie sich bald sattgesehen, er sehnte sich nach seinem gemütlichen Hotelzimmer und einem heißen Kaffee.

Während Ebba auf den Altar zuschritt, bemerkte er in einer der vorderen Bänke eine zusammengesunkene Gestalt. Fast verschwand sie in dem hohen Kirchengestühl, weshalb sie ihm erst jetzt auffiel. Ebba drehte sich zu ihm um und öffnete den Mund, um etwas zu sagen, doch er schüttelte stumm den Kopf und wies auf die stille Gestalt. Nun registrierte Ebba die Frau ebenfalls. Was machte sie hier ganz allein in der Kirche, in der schon lange keine Gottesdienste mehr stattfanden? Das Gebäude aus dem 12. Jahrhundert wurde nur noch für Hochzeiten und Taufen genutzt. Falls sie betete, sollte man sie auf keinen Fall stören. Doch irgendetwas an der Haltung der Frau irritierte Ebba. Ihr Körper hing schlaff in der Bank, der Kopf war tief vornübergebeugt. Vielleicht ging es ihr nicht gut und sie brauchte Hilfe? Zögernd ging Ebba näher, als sie direkt neben der Frau stand, räusperte sie sich.

„Entschuldigung, ich möchte nicht stören, aber brauchen Sie Hilfe?“ Als keine Reaktion erfolgte, glaubte sie einen fürchterlichen Moment lang, eine Tote vor sich zu haben. Doch dann bewegte die Frau ganz langsam den Kopf. Jetzt sah Ebba, dass sie noch sehr jung war und die Augen geschlossen hatte. Sie musste eingeschlafen sein, das war gefährlich bei der Kälte. Mutiger geworden, berührte Ebba sie nun an der Schulter und rüttelte sie sanft. „Hallo, hören Sie mich?“

Die junge Frau öffnete verwirrt die Augen. „Wo ... wo bin ich?“, fragte sie mit schläfriger Stimme.

„Sie waren eingeschlafen, das ist nicht gut. Sie sollten jetzt lieber nach Hause gehen. Wohnen Sie hier in der Gegend?“

Sie ging nicht auf die Frage ein. „Wo bin ich?“, wiederholte sie stattdessen.

Ebba fragte sich, ob die junge Frau betrunken war. Sie beugte sich noch näher zu ihr hin, konnte jedoch keinen Alkoholgeruch wahrnehmen. Ihre Verwirrtheit musste andere Gründe haben.

„Sie sind in Hyssna, in der alten Kirche. Wohnen Sie hier im Ort? Oder sind Sie zu Besuch?“

„Zu Besuch, wir wollen wandern. Wir wohnen im Hotel *Drei Buchen*.“

Ebba atmete auf, das war endlich eine vernünftige Antwort auf ihre Fragen.

„Das passt ja, dort sind wir ebenfalls untergekommen. Wir können uns gemeinsam auf den Weg machen“, sagte sie.

„Aber Celine muss mitkommen, wo ist Celine?“ Sie schaute sich suchend um. „Wer ist Celine?“, fragte Ebba.

„Celine ist meine Freundin, wir machen gemeinsam Urlaub. Wir waren heute zusammen unterwegs, aber jetzt weiß ich nicht, wieso ich hier in dieser Kirche bin und wo Celine ist.“ Sie verzog weinerlich das Gesicht.

Der Mann, der die Szene mit wachsendem Erstaunen verfolgt hatte, trat nun ungeduldig näher. „Wir sollten nicht länger warten, der Nebel wird dichter und es dämmert bereits.“

Seine Frau fand, dass er recht hatte. Sie wandte sich wieder der jungen Frau zu. „Sagen Sie mir bitte Ihren Namen?“

„Tuva, Tuva Westin.“

„Gut Tuva, dann lassen Sie uns jetzt gemeinsam zum Hotel gehen. Bestimmt ist Ihre Freundin schon dort und macht sich Sorgen um Sie.“

Zum Glück ließ Tuva sich davon überzeugen. Sie hakte sich bei Ebba unter und gemeinsam mit deren Mann machten sie sich auf den Weg.

2.

Tuva saß in eine Decke gehüllt vor dem Kamin, in dem ein Feuer loderte. Es war warm im Raum, trotzdem schien sie zu frieren. Ebba hatte erst jetzt Gelegenheit, sie ausgiebig zu mustern. Ihr blasses Gesicht wurde von strähnigem mittelbraunem Haar umrahmt, das ihr fast bis zur Taille reichte. Sie hatte graue Augen, eine gerade Nase und einen schmalen Mund, dessen Lippen jetzt fast weiß aussahen. Bisher hatte Ebba ihren Worten nur entnehmen können, dass sie siebzehn Jahre alt war, genau wie ihre Freundin Celine. Gemeinsam hatten sie ihre Herbstferien für Wanderungen in der Gegend nutzen wollen und sich deshalb in diesem Hotel einquartiert. Alles andere, was sie von sich gab, klang in Ebbas Ohren reichlich verworren. Ihr Mann Walter, der sich mit Fragen und Kommentaren zurückhielt, wirkte genauso ratlos wie sie. Beide waren sie deshalb erleichtert, als sich die Wirtsleute Olivia und Björn Hagman zu ihnen gesellten. Die beiden führten das Hotel seit fast zehn Jahren und kannten sich in der Gegend aus. Björn Hagman, der eine unerschütterliche

Ruhe ausstrahlte, schaute Tuva durch seine dicken Brillengläser eindringlich an.

„Nun mal der Reihe nach, Mädchen“, sagte er. „Deine Freundin scheint sich verlaufen zu haben. Wenn wir nach ihr suchen sollen, müssen wir vor allem wissen, wo. Darum möchte ich jetzt ganz genau von dir hören, wo ihr euch getrennt habt.“

„Wir haben uns nicht getrennt“, erwiderte Tuva mit einem Schluchzen. „Es war alles so unwirklich, dieses Haus und die merkwürdige Frau. Und dann bin ich in der Kirche aufgewacht und habe keine Ahnung, wie ich dorthin gekommen bin.“

Björn Hagman schüttelte ungeduldig den Kopf. „So wird das nichts. Ich habe euch zuletzt heute beim Frühstück gesehen, ihr wart spät dran. Wann habt ihr das Haus verlassen?“

„Nach dem Frühstück, so gegen elf“, erwiderte Tuva nun etwas gefasster. „Wir sind zuerst zur alten Mühle gegangen, Celine hat fotografiert. Danach sind wir dem Fluss gefolgt und auch an der Kirche vorbeigekommen, in der ich später aufgewacht bin. Wir waren aber nicht drinnen, Celine wollte vor allem die Felsenhöhle sehen.“

„*Torkels hideout*?“ fragte Hagman.

„Ja, da wollte sie unbedingt hin. Wir haben im Ort nach dem Weg gefragt und es gab unterwegs auch Hinweisschilder. Blöderweise war der Weg ziemlich schwierig, es ging immer wieder rauf und runter und man musste über Steine steigen. Mir hat das mit meinen Wanderschuhen nichts ausgemacht, aber Celine hatte nur leichte Turnschuhe an, das ging eigentlich gar nicht. Außerdem fing es zu nieseln an und die Wege wurden rutschig. Ich habe vorgeschlagen, umzukehren, aber sie wollte nicht. Irgendwie haben wir die Höhle dann doch noch erreicht. Als ich gesehen habe, wo es da reingeht, wollte ich nicht mit. Das ist ein ziemlich enger Schacht und ich leide unter Platzangst. Aber Celine war nicht zu bremsen. Sie ist in den Eingang rein und dann die Leiter runtergeklettert. Auf einmal hat sie laut geschrien, ich dachte schon, sie wäre gestürzt. Aber sie hatte nur ihr Handy verloren, es war nach unten gefallen und sie konnte es nicht mehr sehen. Ich stand oben am Eingang der Höhle und hörte sie fluchen, weil sie das Handy nicht finden konnte. Und dann hat sie auch noch eine Leitersprosse verfehlt und ist mit dem Fuß umgeknickt."

Tuva holte tief Luft, sie wirkte angespannt. „Sie wollte tatsächlich, ich sollte zu ihr runterkommen und ihr helfen, das Handy zu suchen, aber ich habe mich geweigert. Die Höhle war mir unheimlich und dann kam plötzlich auch noch Nebel auf, der immer dichter wurde. Ich habe Celine angefleht, endlich da rauszukommen und das Handy zu vergessen. Schließlich hat sie auf mich gehört. Da war ihr Knöchel schon dick angeschwollen und sie hat vor Schmerzen gestöhnt. Uns wurde klar, dass es schwierig sein würde, hier wegzukommen, man sah ja kaum noch den Weg. Und Celine konnte mit dem rechten Fuß überhaupt nicht mehr auftreten, wie sollten wir da den Rückweg schaffen? Celine hat sich auf einen Felsen gesetzt und da ich mein Handy zum Glück noch hatte, habe ich überlegt, Hilfe zu holen. Aber als ich es einschaltete, gab es keinen Mucks mehr von sich. Es schien, als wäre es kaputt. Ich habe geflucht und nicht begriffen, wie das sein kann. Kurz vorher hatte es schließlich noch funktioniert. Und in dem Moment, als ich überhaupt keinen Plan mehr hatte, sah ich plötzlich das Licht."

Wieder atmete Tuva tief durch, nun kam der schwierigste Teil ihrer Schilderungen. „Das Licht war ein Stück über uns. Es sah aus, als käme es von einer Laterne. Ich habe gerufen, aber niemand schien uns zu hören. Da sich das Licht aber nicht bewegte, konnte ich Celine überreden, dorthin zu gehen. Wir mussten ein Stück den Hang rauf, sie hat sich auf mich gestützt und ist auf einem Fuß gehüpft. Als wir näherkamen, erkannte ich die Umrisse einer Hütte, das Licht fiel aus einem Fenster nach draußen. Dahinter waren schemenhaft auch noch andere Gebäude auszumachen. Wir hofften, dort Hilfe zu bekommen, weshalb ich ganz nah an die Hütte herangegangen bin und an das Fenster geklopft habe. Eine ältere Frau öffnete uns die Tür. Mir fiel ihre Kleidung auf, sie war bunt und wirkte wie eine altertümliche Tracht. Jedenfalls war die Frau sehr freundlich, sie bat uns rein und sah sich Celines Knöchel an. Gesagt hat sie wenig und was sie sagte, war kaum zu verstehen. Sie sprach irgendeinen Dialekt. Immerhin habe ich mitbekommen, dass sie uns helfen wollte. Sie strich eine grünliche Salbe auf Celines Knöchel und bandagierte ihn. Danach bot sie uns beiden heiße Milch an, in die sie Honig mischte, jedenfalls sah es wie Honig aus. Es tat gut, ich merkte erst beim Trinken, wie durchgefroren ich war. Und dann muss ich einfach eingeschlafen sein und wurde erst in der Kirche wach. Ich habe keine Ahnung, wie ich dort hingekommen bin."

Tuvas Kopf sank vornüber, sie sah aus, als wollte sie gleich wieder einschlafen.

Björn Hagman musterte sie mit zusammengekniffenen Augen. „Das klingt alles sehr merkwürdig. In der Nähe der Höhle gibt es kein Dorf und auch kein einzelnes Haus, das wüsste ich. Willst du uns nicht sagen, was wirklich mit deiner Freundin passiert ist?"

„Aber ich habe die Wahrheit gesagt", erwiderte Tuva weinerlich. „Außerdem bin ich müde, ich will jetzt schlafen."

Ebba schüttelte stumm den Kopf, als sie merkte, dass Björn Hagman die junge Frau weiter bedrängen wollte. „Wir sollten sie ins Bett bringen und einen Arzt rufen", sagte sie leise. „Sie scheint unter Drogen zu stehen."

Ihr Vorschlag stieß auf Zustimmung. „Wenn wir die Rettung anrufen, sollten wir auch gleich sagen, dass ein weiteres Mädchen vermisst wird", ergänzte Björns Frau. Olivia Hagman war eine resolut wirkende Blondine, die ihr Haar zu einer strengen Knotenfrisur gebändigt hatte. „Wenn Celine irgendwo draußen im Wald umherirrt, muss sie schnell gefunden werden. Nachts gibt es bereits regelmäßig Frost, sie könnte erfrieren."

3.

Schon kurz darauf war alles in die Wege geleitet. Ein Rettungstrupp machte sich auf den Weg zur Felsenhöhle, während ein Arzt Tuva untersuchte. Er konnte nichts Beunruhigendes feststellen, ihr Kreislauf war stabil, ein Schnelltest auf Drogen fiel negativ aus. Der Arzt schlug vor, sie einfach schlafen zu lassen.

Anschließend saßen Ebba und Walter Jacobson mit den Wirtsleuten zusammen am Kamin. „Das ist eine merkwürdige Geschichte“, sagte Walter Jacobson. „Meiner Meinung nach hat sich das Mädchen dieses Märchen ausgedacht, weil es etwas zu verbergen hat.“

„Du glaubst, sie hat etwas mit dem Verschwinden ihrer Freundin zu tun?“, fragte seine Frau.

„Auf jeden Fall hat sie das. Ich stelle es mir so vor: Die beiden waren in der Höhle, sie sind eventuell zusammen die Leiter runtergestiegen. Dabei haben sie rumgealbert und sich gegenseitig geschubst, wie junge Leute nun mal sind. Celine ist abgerutscht und unglücklich mit dem Kopf auf den steinigen Untergrund aufgeschlagen. Ihre Freundin bekam Panik, weil sie dachte, Celine wäre tot. Deshalb ist sie einfach weggelaufen. Von ihrem schlechten Gewissen geplagt suchte sie Zuflucht in der Kirche, wo wir sie gefunden haben."

„So könnte es gewesen sein", stimmte Björn Hagman zu. „Es ist die freundliche Variante. Was, wenn Tuva ihrer Freundin absichtlich etwas angetan hat?"

„Unsinn", widersprach seine Frau entschieden. „Warum hätte sie das tun sollen? Was Walter gesagt hat, klingt dagegen überzeugend. Eventuell ist der Unfall auch aus einem Streit heraus passiert, das halte ich für möglich. Auf jeden Fall hat Tuva Angst, für das Schicksal der Freundin zur Verantwortung gezogen zu werden. Deshalb ist sie in die Kirche geflüchtet und hat sich eine Lügengeschichte ausgedacht. Hoffentlich stimmt daran wenigstens, dass Celine in der Höhle war. Dann könnte sie rechtzeitig gefunden werden, denn im besten Falle ist sie nur verletzt. Ich hoffe, die Geschichte nimmt ein gutes Ende, im Interesse beider Mädchen. Alles andere wäre furchtbar."

Sie saßen am Kamin, bis das Feuer völlig heruntergebrannt war. Es war schon nach Mitternacht, als der Leiter des Rettungstrupps den Raum betrat. Er sah vier erwartungsvolle Augenpaare auf sich gerichtet und schüttelte stumm den Kopf. „Leider haben wir sie nicht gefunden. In der Höhle lag nur ihr Handy, von dem Mädchen gibt es keine Spur. Wir haben einen Hund für die weitere Suche angefordert, der Regen macht es nicht leichter."

Olivia Hagman erhob sich seufzend von ihrem Sessel. „Ich fürchte, wir müssen die Eltern benachrichtigen", sagte sie.

Ihr Mann hielt sie zurück. „Lass uns wenigstens noch bis morgen früh warten", sagte er. „Vielleicht wird sie ja bis dahin gefunden." Seine sorgenvoll gefurchte Stirn verriet ihn jedoch. Auch seine Hoffnung auf einen guten Ausgang war am Schwinden.

4.

Der nächste Tag war genauso verregnet wie der vorangegangene und das Wetter drückte zusätzlich auf die Stimmung all derer, die sich in der Hotelhalle versammelt hatten. Celine war nicht gefunden worden, obwohl inzwischen mehrere Fährtenhunde im Einsatz waren und ein Hubschrauber über dem Gebiet kreiste. Die inzwischen informierte Polizei war mit einem Großaufgebot vor Ort. Alle sahen die Dringlichkeit der Situation, eine möglicherweise verletzte junge Frau sollte angesichts der herrschenden Kälte möglichst bald gefunden werden. Tuva schien von der ganzen Aufregung nichts mitzubekommen, sie schlief noch tief und fest in dem Zimmer, das sie bis gestern mit ihrer Freundin geteilt hatte.

„Wecken Sie sie bitte", wies einer der Polizisten die Wirtin Olivia Hagman an. „Sie ist die einzige Person, die weiß, was mit Celine Sahlin passiert ist. Wir haben keine Zeit zu verlieren und müssen möglichst sofort mit ihr sprechen."

Olivia Hagman machte sich auf den Weg nach oben und kam kurz darauf mit einer verschlafen wirkenden Tuva zurück. Das lange Haar hing ihr wie ein Vorhang ins Gesicht, sie hatte sich offenbar nicht einmal Zeit zum Kämmen genommen. Sölve Blom, eine erfahrene Beamtin, die sonst mit traumatisierten Frauen arbeitete, war damit betraut worden, das Gespräch mit Tuva zu führen.

„Haben Sie einen Raum, in den wir uns zurückziehen können?“, fragte sie die Wirtin.

„Ja, gleich hier nebenan.“ Olivia Hagman öffnete eine Tür, die in ein kleines Büro führte.

Die Polizeibeamtin nickte zufrieden und wandte sich dann an Tuva. „Hej, ich bin Sölve Blom, aber Sölve reicht. Ich würde mich gern mit Ihnen unterhalten. Sie sind Tuva Westin, richtig? Darf ich Tuva sagen?“

Tuva nickte, doch in ihren Augen blitzte Misstrauen auf. Die Polizeibeamtin hatte kurz geschorenes blondes Haar und trug eine Brille, die ihre wachsamen Augen größer erscheinen ließ. Sie war mindesten Mitte vierzig, wirkte aber mit ihrer schlanken Figur beinahe mädchenhaft.

Sölve Blom ging voran in das Büro und Tuva folgte ihr zögernd. Sie ließen sich auf den einzigen beiden Stühlen nieder, die es in dem Raum gab. „Dann erzählen Sie mir bitte ganz genau, wann und wo Sie Ihre Freundin gestern zuletzt gesehen haben“, eröffnete Sölve das Gespräch.

„Das habe ich doch schon alles erzählt.“ Tuva drehte eine Strähne ihres langen Haares um den Zeigefinger der rechten Hand und verzog missmutig das Gesicht.

„Das mag sein, aber mir haben Sie es nicht erzählt. Und ich möchte es noch einmal hören.“

Tuva seufzte, begann aber gehorsam zu berichten. Sie schilderte Celines einsamen Abstieg in die Höhle, den Verlust des Handys, Celines Verletzung und die Begegnung mit der alten Frau in der Hütte, die Celines Knöchel verbunden hatte. „Danach hat sie uns beiden heiße Milch mit Honig angeboten“, fuhr sie fort. „Das tat richtig gut, weil ich total durchgefroren war. Aber dann bin ich am Tisch eingeschlafen und erst in der Kirche wieder aufgewacht.“

„Warum haben Sie nicht versucht, mit Ihrem Handy Hilfe zu holen, als Ihre Freundin verletzt war?“

„Das wollte ich ja, aber das funktionierte plötzlich überhaupt nicht mehr. Es ließ sich nicht einmal einschalten.“

„Darf ich mir das Handy ansehen?“, fragte Sölve.

„Ja sicher, es ist oben in meinem Zimmer.“

Sölve begleitete Tuva nach oben und ließ sich das Handy zeigen, das einwandfrei funktionierte.

„Seltsam“, sagte Tuva mit belegter Stimme. „Irgendetwas Eigenartiges ist dort draußen mit uns geschehen.“

5.

Die Eltern von Celine trafen gegen Mittag im Hotel ein. Alma Sahlin war so schön wie ihre verschwundene Tochter, groß und schlank, mit ebenmäßigen Zügen und leuchtend blauen Augen. Bei der Farbe ihres blonden Haares, das in weichen Wellen ihr Gesicht umspielte, war der Natur ein wenig nachgeholfen worden. Ihr Ehemann Hugo fiel vor allem durch sein herrisches Auftreten auf. Er verlangte, sofort mit dem Einsatzleiter zu sprechen, und forderte Auskunft über die bisherigen Maßnahmen. Obwohl diese umfangreich waren, schienen sie ihn nicht zufriedenzustellen.

„Wieso ist Celine dann noch nicht gefunden worden?“, wollte er in einem erbosten Ton wissen.

Diese Frage hatten sich die Einsatzkräfte auch schon gestellt. Wenn Celine tatsächlich verletzt war, konnte sie nicht weit gekommen sein. Selbst wenn sie in die falsche Richtung gelaufen wäre, hätte man sie längst finden müssen.

„Könnte es sein, dass Ihre Tochter nicht gefunden werden will?“, fragte der Einsatzleiter.

Hugo Sahlin brauste sofort auf. „Wie kommen Sie auf diesen Schwachsinn? Wollen Sie sich aus der Verantwortung stehlen, weil Sie nicht ordentlich gesucht haben?“

„Hugo, bitte.“ Seine Frau berührte ihn am Ellenbogen. „Die Leute tun ihr Bestes. Wir sollten mit Tuva reden, sie war doch bis zuletzt mit Celine zusammen, wenn ich es recht verstanden habe.“

Sölve Blom, die den Wortwechsel verfolgt hatte, mischte sich ein. „Ich habe vorhin mit Tuva gesprochen und bringe Sie gern auf den aktuellen Stand“, sagte sie. „Am besten setzen wir uns dort drüben hin.“ Sie wies auf die Sitzgruppe vor dem Kamin und wartete, bis die Eltern von Celine Platz genommen hatten. „Tuva wurde gestern am späten Nachmittag von einem Ehepaar in einer Kirche gefunden, sie wirkte verwirrt. Ich muss Sie warnen, die Schilderung der gestrigen Ereignisse, die sie inzwischen abgegeben hat, klingt sehr merkwürdig.“ Letzteres erwähnte sie vor allem wegen Hugo Sahlin, der vermutlich wieder aufbrausen würde. Dann gab sie den Bericht von Tuva so wortgetreu wie möglich wieder. Tatsächlich hielt es Hugo Sahlin kaum auf seinem Sitz. Er knirschte mit den Zähnen und eine dunkle Röte überzog seine Stirn. Als Sölve geendet hatte, schlug er mit der geballten Faust auf die Sessellehne.

„Diesen Blödsinn haben Sie sich von ihr auftischen lassen? Bei mir wird sie damit nicht durchkommen und wenn ich die Wahrheit aus ihr herausschütteln muss. Wo ist sie? Ich will sie sofort zur Rede stellen.“

Er sprang auf, doch Sölve stellte sich ihm in den Weg. Sie war fast einen ganzen Kopf kleiner als er, doch sie strahlte eine Autorität aus, die ihn zurückweichen ließ. „Nichts werden Sie tun. Die junge Frau ist traumatisiert. Wenn wir Druck auf sie ausüben, machen wir damit alles nur noch schlimmer. Dann werden wir überhaupt nicht erfahren, was wirklich passiert ist. Wir müssen ihr Zeit lassen."

„Wir haben aber keine Zeit", brüllte Sahlin. „Meine Tochter ist da draußen und braucht Hilfe. Statt uns zu sagen, was Sache ist, lügt sich Tuva eine wilde Geschichte von alten Frauen zurecht, die junge Mädchen betäuben. Vermutlich hat sie das in irgendeiner dieser Fantasy-Geschichten gelesen, die gerade groß in Mode sind. Handys, die plötzlich nicht mehr funktionieren, Häuser, die aus dem Nichts auftauchen. Das ist ausgemachter Blödsinn."

„Das ist kein Blödsinn." Sie hatten das Herannahen der alten Frau nicht bemerkt, die nun wie aus dem Boden gewachsen hinter ihnen stand. Sie musste achtzig Jahre oder älter sein, ihr Rücken war gebeugt und das Haar schlohweiß, doch die Augen in dem runzligen Gesicht blickten hellwach.

Sölve fing sich zuerst. „Wie meinen Sie das?", fragte sie. „Es gibt nachweislich kein Haus in der Nähe der Höhle und erst recht kein ganzes Dorf, wie das Mädchen behauptet hat."

„Es gibt eine verborgene Welt, die für unsere Augen unsichtbar ist", sagte die alte Frau. „Doch an manchen Tagen und nur für Menschen, denen es bestimmt ist, werden die Grenzen zwischen unserer Wirklichkeit und dieser Welt durchlässig. Offenbar gehört Ihre Tochter zu diesen Menschen. Sie wird dort festgehalten, aus welchem Grunde auch immer."

„Mutter, was redest du da?" Olivia Hagman, die Wirtsfrau, war hinter der alten Frau aufgetaucht und legte den Arm um sie. „Du darfst diese Leute mit deinen Geschichten nicht noch mehr aufregen. Komm, ich bringe dich jetzt in dein Zimmer.“ Sie schaute zu den Eltern von Celine. „Sie müssen entschuldigen, meine Mutter ist dement. Sie lebt mehr in der Vergangenheit als in der Gegenwart und die alten Sagen und Legenden ihrer Kindheit nehmen in ihrem Denken zunehmend mehr Raum ein.“

„Kein Problem, kümmern Sie sich um Ihre Mutter“, sagte Sölve. Sie wirkte nachdenklich. Vielleicht hatten die Geschichten vom verborgenen Volk, das für die meisten Menschen unsichtbar in Schwedens Wäldern lebt, auch Tuva zu ihrer Geschichte inspiriert. Nur der Wahrheit brachte sie das leider keinen Schritt näher. Am Nachmittag überbrachte einer der Kriminaltechniker eine beunruhigende Nachricht, die das Handy von Celine betraf.

„Das Gerät ist komplett zerstört in einer Art und Weise, die unmöglich von einem Sturz herrühren kann. Da wurde massive Gewalt ausgeübt, vermutlich wurde es mit einem Stein zertrümmert. Das ist nicht versehentlich passiert, dahinter steckte Absicht. Entweder hat das verschwundene Mädchen das selbst getan, um seine Spuren zu verwischen, oder es war jemand anders. Dann müssen wir von einem Gewaltverbrechen ausgehen.“

6.

In den folgenden Tagen wurde die Suche nach Celine ausgeweitet und die Bevölkerung um Mithilfe gebeten. Die Polizei wollte wissen, ob jemand verdächtige Beobachtungen in der Nähe der Höhle gemacht hatte. Leider führten all diese Aktivitäten zu keinem brauchbaren Ergebnis. Zwar war der Hyssnaleden ein beliebter Wanderweg, doch war wegen des schlechten Wetters an dem betreffenden Tag niemand in der Gegend rund um die Höhle unterwegs gewesen. Nach einigen Wochen wurden die meisten Einsatzkräfte von der Suche abgezogen, nach zwei Monaten stellte man sie völlig ein. Nur die Organisation *Missing People* war weiterhin aktiv, leider ebenfalls ohne Erfolg. Natürlich beschäftigte der Fall auch die Medien und es wurden verschiedene Vermutungen geäußert. Die meisten gingen von einer Entführung aus. Celine war der Prototyp einer schwedischen Schönheit mit großen himmelblauen Augen und hellblondem Haar. Deshalb glaubten viele, Menschenhändler hätten sie in ihre Gewalt gebracht. Ihre Freundin Tuva habe man entweder mit dem Tode bedroht, falls sie etwas verraten würde, oder unter Drogen gesetzt beziehungsweise hypnotisiert. So wären ihre anschließenden Äußerungen zu erklären. Der Vermutung, Tuva könnte ihre Freundin getötet und die Leiche versteckt haben, trat die Polizei entschieden entgegen. Dazu hätte Tuva schon zeitlich nicht die Möglichkeit gehabt. Es war ein großes Gebiet systematisch abgesucht und keine Leiche gefunden worden. Die Fährtenhunde hatten Celines Spur bis zur Höhle verfolgen können, dort schien sie sich in Luft aufgelöst zu haben. Das war Wasser auf die Mühlen der Verschwörungstheoretiker, die Tuvas Schilderung für bare Münze nahmen und die fest davon überzeugt waren, Celine sei nahe der Höhle in eine Parallelwelt geraten und werde dort festgehalten. Nur die ganz nüchtern Denkenden glaubten, das Mädchen sei einfach fortgelaufen und werde von ihrer Freundin gedeckt. Belege fanden sich jedoch für keine der Vermutungen und so verging die Zeit. Celines Eltern mussten mit der Ungewissheit leben, was ihrer Tochter zugestoßen sein könnte. Auch für Tuva und ihre Familie war es nicht leicht. Anfangs wurde ihr Haus regelrecht von der Presse belagert. Als das Interesse schließlich nachließ und andere Nachrichten in den Vordergrund rückten, kehrte trotzdem keine Ruhe ein. Celines Vater bombardierte die Familie mit Anrufen und ungebetenen Besuchen, bei denen er Tuva sogar drohte. Seiner Ansicht nach trug sie die Schuld am Verschwinden von Celine und verheimlichte etwas. Schließlich musste die Familie Westin beim Gericht ein Annäherungsverbot erwirken. Trotzdem lebte Tuva, die eisern bei ihrer ersten Aussage blieb, seitdem in Angst. Ihre Leistungen in der Schule ließen nach, sie wurde von Mitschülern als Lügnerin beschimpft. Von den wenigen Freundinnen, die noch zu ihr hielten, zog sie sich mehr und mehr zurück. Die Eltern schickten sie zu einer Psychologin, doch Tuva verweigerte hartnäckig jedes Gespräch mit der Frau, bis diese schließlich aufgab.

Celine Sahlin drohte eine der zahlreichen alljährlich in Schweden vermissten Personen zu werden, deren Schicksal sich niemals aufklären ließ.

7.

Göteborg, Oktober 2022

„Mia, gib das her und geh in dein Zimmer. Du störst.“ Nora Hedlund entriss ihrer Tochter das Tuch, das diese sich wie einen Schleier über den Kopf gelegt hatte, um damit vor dem Spiegel zu posieren. Im Hintergrund brüllte der einjährige Jonte.

„Sixten, jetzt kümmere dich endlich mal um Jonte“, schrie Nora. „Muss ich alles allein machen? Ich will mit dem Packen fertig werden.“

„Ich bin ja schon da“, erwiderte ihr Mann mit ruhiger Stimme. Er war groß, trug sein schulterlanges mittelbraunes Haar zu einem Pferdeschwanz gebunden und hatte Augen, deren Farbe an dunklen Honig erinnerte. Der einjährige Jonte, den er auf dem Arm hielt, schmiegte sich an seine Schulter, brüllte aber weiter. Sein kleines Gesicht war ganz rot vor Anstrengung. Sixten wiegte ihn sanft hin und her. „Ist ja gut mein Kleiner, ich weiß, das Zähnchen tut weh. Papa macht dir jetzt Gel drauf, dann wird es gleich besser.“

„Kannst du bitte woanders mit ihm hingehen“, sagte Nora genervt. „Das Geschrei macht mich nervös. Ich kann dann nicht in Ruhe nachdenken, was ich mitnehmen muss.“

Sixten runzelte die Stirn, ging aber schweigend mit dem Jungen aus dem Zimmer. Wenig später verstummte das Weinen und er kam allein ins Schlafzimmer zurück, wo seine Frau noch immer dabei war, ihre Tasche zu packen.

„Nora hältst du das wirklich für eine gute Idee?“, fragte er.

„Jetzt fang nicht wieder damit an“, erwiderte sie gereizt. „Willst du mir die erste Chance, die ich nach über einem Jahr ergreife, etwa auch noch verbauen?“

„Nora, sei bitte nicht ungerecht. Wann habe ich dir jemals etwas verbaut?“

Aus dem Nebenzimmer war ein quengelnder Laut zu hören, Nora warf einen vielsagenden Blick zur Tür. *Da hast du die Antwort auf deine Frage*, schien ihr Gesichtsausdruck zu sagen.

Sixten unterdrückte ein Seufzen. Er versuchte wirklich Verständnis für Nora aufzubringen, die ihren Beruf als Journalistin vermisste. Es stimmte, dass er sie mühsam überredet hatte, das zweite Kind zur Welt zu bringen. Doch nun schien ihre Frustration alle mütterlichen Gefühle zu ersticken.

„Ich wünsche dir von Herzen Erfolg“, sagte er. „Nur frage ich mich, ob sich der Aufwand in diesem Falle lohnt. Über das verschwundene Mädchen ist bereits sehr viel geschrieben worden. Alle Bemühungen der Polizei und der freiwilligen Helfer waren erfolglos, es gibt bis heute keine Spur von ihr. Niemand weiß, ob sie noch am Leben oder tot ist. Was versprichst du dir also davon, nach Hyssna zu fahren? Glaubst du wirklich, etwas herausfinden zu können, was allen anderen bisher entgangen ist?“

„Ich will es zumindest versuchen“, entgegnete Nora trotzig. „Es ist jetzt genau ein Jahr her, dass Celine Sahlin spurlos verschwand. Allein das ist ein guter Aufhänger für einen Bericht über den Fall.“

„Du wirst nicht die Einzige sein, die das Thema aufgreifen wird“, wandte Sixten vorsichtig ein.

„Aber ich habe vor die Beste zu sein, deshalb werde ich direkt vor Ort recherchieren.“ Nora warf ihr langes blondes Haar in den Nacken. Es schimmerte seidig und der dunkle Ansatz war verschwunden. Sie musste es kürzlich nachgefärbt haben, das fiel Sixten erst jetzt auf. Er wollte ihr gern ein Kompliment machen, konnte sich aber angesichts ihrer abweisenden Haltung nicht dazu durchringen. Vielleicht würde es ihrer Beziehung ja guttun, wenn sie die kommende Woche für sich allein hatte, ohne ihn und die Kinder.

Nora ließ das Schloss ihrer Reisetasche zuschnappen. „So, dann will ich mal los.“ Sie tätschelte ihm flüchtig die Wange. Er griff nach der Tasche, um sie ihr zum Auto zu tragen. Nora strebte bereits zur Tür.

„Warte, willst du dich nicht von den Kindern verabschieden?“, fragte er,

Sie zuckte mit den Schultern. „Nein, wozu? Mia würde mich nur aufhalten und Jonte ist zum Glück gerade mal still. Es ist besser, wenn sie meinen Aufbruch nicht bemerken.“

Es klang vernünftig, was sie sagte, und doch empfand Sixten ihre Reaktion wie einen Stich ins Herz.

8.

Nora atmete auf, als sie hinter dem Lenkrad ihres Wagens saß. Sie winkte Sixten noch einmal zu und ließ dann den Motor an. *Endlich frei, endlich wieder einmal durchatmen*, dachte sie. Endlich weg aus der häuslichen Enge, die sie zu ersticken drohte. Eine Woche nur für sich, ohne Brei kochen und Windeln wechseln, ohne die Launen von Mia ertragen zu müssen. Sich endlich mal wieder wie eine attraktive Frau fühlen, keine Milchflecke auf dem T-Shirt haben, sich morgens in Ruhe schminken können und nachts erholsam durchschlafen. Es war nicht so, dass Sixten sie nicht unterstützte, er verhielt sich sogar vorbildlich, indem er den Elternurlaub gerecht mit ihr teilte. Seine Rolle als Vater nahm er sehr ernst, aber genau das verübelte sie ihm. Sixten war ihr kein wirklicher Partner und schon gar kein Liebhaber mehr, er war nur noch ein Papi, der mit verstellter Stimme alberne Späße mit den Kindern veranstaltete. Offenbar füllte ihn diese Rolle vollständig aus und er erwartete von ihr, sich ebenfalls auf die Mutterrolle zu beschränken. Wenn er sie dann vor den

Kindern mit Mama ansprach, war Nora jedes Mal kurz davor, laut loszuschreien. *Ja guck mal, da kommt die Mama*, ahmte sie ihn mit quäkender Stimme nach und schüttelte sich vor Widerwillen. Gleich darauf rief sie sich selbst zur Ordnung. *Entspann dich Mädchen, heute können sie dir nichts anhaben. Genieße deine Freiheit.*

Die Fahrt von Göteborg nach Hyssna dauerte nur 40 Minuten, das Hotel lag ein Stück vom Ort entfernt und war von Wald umgeben. Nora war es wichtig, im gleichen Hotel abzusteigen wie damals die verschwundene Celine mit ihrer Freundin Tuva. Sie hoffte, auf Leute zu treffen, die ihr etwas über die Stimmung erzählen konnten, die damals geherrscht hatte. Und sie wollte natürlich wissen, wie sie heute über das Verschwinden der jungen Frau dachten. Am liebsten hätte sie darum gebeten, ihr das gleiche Zimmer zu reservieren, in dem die beiden Freundinnen vor einem Jahr gewohnt hatten. Das war ihr dann aber doch zu auffällig erschienen, sie wollte nicht gleich mit der Tür ins Haus fallen. Zuerst galt es, Vertrauen aufzubauen. Eventuell wollte man im Hotel gar nicht mehr an den Vorfall von damals erinnert werden.

9.

Der Anblick des Hotels überraschte Nora, es wirkte wie aus der Zeit gefallen. Offenbar handelte es ich um ein älteres Gebäude, an dem schon länger nichts restauriert worden war. Der cremefarbene Anstrich der hölzernen Fassade war verblichen und verlieh dem Anwesen einen morbiden Charme. Zierliches Gitterwerk zierte den Giebel, einige Stücke waren herausgebrochen und nicht ersetzt worden. Auf einem breiten Balkon über dem Eingang fristeten zwei verwitterte Liegestühle ein einsames Dasein. Nora verstand, weshalb die Übernachtung hier so preiswert war. Das musste auch die beiden Mädchen bewogen haben, sich für diese Unterkunft zu entscheiden. Sie schoss ein Foto vom Haus, bevor sie das Foyer betrat. Eine Frau mittleren Alters, die mit einer weißen Bluse und einem schwarzen Rock bekleidet war, kam ihr entgegen. Das blonde Haar trug sie zu einem strengen Knoten frisiert. „Frau Hedlund?“, fragte sie.

Nora nickte. „Ja, ich habe reserviert.“

„Herzlich willkommen. Ich bin Olivia und zeige Ihnen gleich Ihr Zimmer.“ Seitlich führte eine Treppe nach oben, sie ging voran, während Nora mit ihrer Tasche folgte. Das Zimmer war nur etwa zehn Quadratmeter groß und einfach ausgestattet, doch es war sauber und zweckmäßig.

„Frühstück gibt es jeden Morgen von acht bis elf Uhr im Wintergarten“, sagte Olivia Hagman. Das wusste Nora bereits, sie hatte sich vorher gründlich über das Hotel informiert. Da das Frühstücksbüffet als reichhaltig beschrieben wurde, plante sie, das Mittagessen einzusparen und dadurch Zeit für ihre Recherche zu gewinnen. Nachmittags würde sie dann irgendwo eine Tasse Kaffee trinken und später im Hotel zu Abend essen.

„Wir haben im Moment nur wenige Gäste“, fuhr die Wirtin fort. „Außer Ihnen sind nur noch ein Ehepaar und ein älterer Herr da. Es ist gerade keine Saison, in den Sommermonaten sind wir immer ausgebucht. Auch um die Weihnachtszeit herum ist hier richtig Betrieb, nur der Herbst ist nicht besonders beliebt.“

Nora war erfreut, das zu hören. Sie hatte schon befürchtet, auf Scharen von Kollegen zu treffen, die derselben Story wie sie hinterherjagten.

Kaum hatte Oliva Hagman sich verabschiedet, wurde schon wieder an der Tür geklopft. Eine junge Frau trat ein. „Ich bringe Ihre Handtücher, soll ich sie gleich ins Bad legen?“

„Ja, tun Sie das bitte.“ Nora musterte die Frau interessiert. Sie hatte sehr kurzes schwarzes Haar, das wohl gefärbt war. Ihr breitflächiges Gesicht wirkte im Gegensatz dazu geisterhaft blass, im rechten Nasenflügel steckte ein blutroter Stein. Um ihren Hals wand sich ein Tattoo in Form einer Schlange, die im Begriff zu sein schien, ihre spitzen Zähne in die Kehle der jungen Frau zu bohren.

„Sie kommen mir bekannt vor, wir sind uns schon einmal begegnet“, sagte Nora.

„Das glaube ich nicht.“ Die junge Frau drehte sich um und zupfte den Überwurf der Bettdecke zurecht. „Ich bin noch nicht lange hier. Früher habe ich in einem kleinen Dorf nahe der norwegischen Grenze gelebt. Da kannte jeder jeden und Fremde fielen sofort auf. Deshalb glaube ich nicht, dass wir uns schon einmal begegnet sind.“

Nora durchschaute das Ausweichmanöver, ließ das Thema aber fallen. „Demnach haben Sie vor einem Jahr noch nicht hier gearbeitet?“, fragte sie stattdessen.

„Nein, ich bin erst seit einigen Monaten hier.“

„Dann wissen Sie auch nichts über das Verschwinden der jungen Frau, die hier mal übernachtet hat?“

„Nur das, was erzählt wird. Zum Glück ist es in letzter Zeit ein wenig ruhiger um das Thema geworden. Die meisten Gäste wissen nicht einmal, dass die Frau in diesem Hotel abgestiegen war. Das ist gut so, schließlich ist sie nicht hier, sondern in der Höhle verschwunden. Entschuldigen Sie, ich muss jetzt weiterarbeiten.“

Draußen senkte sich bereits die Dunkelheit herab, heute würde Nora nichts mehr unternehmen können, doch sie war entschlossen, gleich am nächsten Morgen zu der *Torkels hideout* genannten Höhle aufzubrechen. Es sollte regnerisch und neblig werden, demnach würde das gleiche Wetter herrschen wie an dem Tag, als Celine Sahlin spurlos verschwand. Nora wollte genau diese Stimmung mit ihren Fotos einfangen, das würde sich gut zu ihrem Beitrag machen. Später ging sie nach unten und fragte die Wirtin nach dem kürzesten Weg zur Höhle. Natürlich wusste sie den längst, doch sie suchte nach einer Möglichkeit, das Gespräch auf die Geschehnisse von damals zu bringen. Leider zeigte sich die Wirtin in diesem Punkt verschlossen und Nora zog es vor, sie nicht zu drängen. Es würde sich später sicher noch eine bessere Gelegenheit ergeben. Sie wechselte schnell das Thema.

„Wie heißt denn die nette junge Frau, die hier arbeitet? Sie hat mir vorhin die Handtücher gebracht."

„Das ist Nilla, eine entfernte Verwandte von mir. Sie arbeitet nicht hier, sie macht Urlaub und hilft nebenbei ein bisschen."

Das hatte von der Frau selbst ganz anders geklungen. Nora dachte sich ihren Teil. Wahrscheinlich arbeitete sie schwarz, weil die Geschäfte nicht besonders gut liefen. Aber das sollte nicht ihr Problem sein, sie wollte bedeutsameren Fragen nachgehen. Ihre Zukunft hing davon ab.

10.

Göteborg Februar 2024

Polizeiinspektorin Alva Claesson schaltete den Computer aus und massierte ihren schmerzenden Nacken. „So, jetzt habe ich alles eingegeben, was wir herausgefunden haben“, sagte sie. „Viel weiter hat es uns leider nicht gebracht.“

„Hast du etwas anderes erwartet?“, fragte ihr Kollege Sven Falk. Er war den ganzen Tag zusammen mit Polizeiinspektorin Caroline Wikström unterwegs gewesen, um Zeugen zu befragen, leider ohne Erfolg. „Es ist immer das Gleiche bei diesen Schießereien, niemand will etwas gesehen haben. Zwei Tote in nur einer Woche und ich fürchte, das wird noch schlimmer werden.“ Sven wirkte frustriert.

„Es wird garantiert schlimmer werden“, sagte Jördis mit Bestimmtheit. Sie war die Jüngste im Team. „Inzwischen setzen die Banden schon Kriegswaffen ein. Viele Waffen wurden aus dem ehemaligen Jugoslawien über die Balkanroute nach Schweden geschmuggelt. Inzwischen haben wir einen neuen Krieg mitten in Europa. Können wir ausschließen, dass kriminelle Organisationen Waffen aus der Ukraine zu uns einschleusen?“

„Das können wir leider nicht und das Problem wurde bereits erkannt. Jeder Krieg zerstört staatliche Strukturen und schafft damit den Nährboden für Kriminalität. Alle Staaten der EU müssen eng zusammenarbeiten, um das Problem in den Griff zu bekommen. Bei unseren aktuellen Ermittlungen bringt uns das leider nicht weiter.“

Caroline, die den Dialog zwischen Sven und Jördis interessiert verfolgt hatte, schaute nun nervös auf ihr Handy. Sie war erst vor Kurzem aus dem Elternurlaub an ihren Arbeitsplatz im Dezernat für Gewaltverbrechen zurückgekehrt, sehr zur Freude ihrer Kollegen. Auch sie hatte ihr Team vermisst, doch jetzt wurde es Zeit, ihre Tochter aus der Kita abzuholen. Jördis war das nicht entgangen.

„Du kannst für heute Schluss machen und Elsa abholen“, sagte sie. „Ich bleibe gern länger. Und was ist mit dir Alva? Du musst jede Menge Überstunden haben.“

„Stimmt“, entgegnete Alva munter. „Ich werde mich Caro anschließen.“ Sie lächelte Jördis an, worauf diese sanft errötete, weil sie sich durchschaut fühlte. Natürlich wollte sie mit Sven allein bleiben, das war offensichtlich. Alva hoffte, die beiden würden die Gelegenheit nutzen, sich endlich auszusprechen. Die angespannte Atmosphäre zwischen ihnen war auf Dauer schädlich für die Zusammenarbeit.

Sie fuhren mit dem Fahrstuhl nach unten, draußen herrschte das typische Göteborger Winterwetter. Es war windig, grau und nasskalt. „Ich hasse dieses

Schmuddelwetter“, sagte Alva inbrünstig. „Wenn schon Winter, dann richtig.“

„Dafür musst du weiter in den Norden fahren, da liegt jetzt richtig hoch Schnee. Aber so leicht, wie du frierst, wäre es dir dort bestimmt zu kalt.“

„Komischerweise macht mir richtige Kälte weniger aus als so ein Wetter wie jetzt.“ Alva legte einen Schritt zu, als sie ihre Straßenbahn an der Haltestelle vorfahren sah. Sie war froh, ins Warme zu kommen. Die Kita, in der Carolines Tochter Elsa untergebracht war, lag günstig auf dem halben Weg zwischen Polizeipräsidium und Carolines Wohnung. Alva hätte noch zwei Stationen weiterfahren müssen, entschied sich aber spontan, ebenfalls auszusteigen. Sie hatte Elsa seit Wochen nicht gesehen und war neugierig, wie sie sich inzwischen entwickelt hatte. Caroline freute sich über ihre Begleitung. Sie legten gemeinsam die wenigen Schritte von der Haltestelle bis zur Kindertagesstätte zurück, deren Außenbereich verwaist wirkte.

„Sie haben die Kinder heute drinnen gelassen“, sagte Caroline. „Das ist auch besser, Elsa hustet schon wieder, ich möchte nicht, dass sie krank wird.“

Krank sah Elsa jedenfalls nicht aus, als sie ihrer Mutter mit einem Freudenschrei in die Arme stürzte. Sie war ein hübsches Kind mit blonden Locken und großen blauen Augen. Alva beugte sich zu ihr hinab. „Hallo Elsa, du bist ja schon wieder gewachsen“, sagte sie. Elsa nickte lebhaft und deutete durch Heben ihrer pummligen Hand an, wie groß sie schon war. Caroline half ihrer Tochter in den warmen Overall. Beim Hinausgehen wurden sie im Vorraum von einem Mann aufgehalten, der an der einen Hand einen Jungen von etwa zwei Jahren und an der anderen ein größeres Mädchen hielt.

„Hallo Caroline“, sagte er. „Ihr kommt doch zur Geburtstagsfeier von Mia? Sie möchte dich und Elsa unbedingt dabeihaben.“

„Ja, wir kommen gern.“ Caroline strich dem Mädchen übers Haar. „Und die Prinzessinnenkrone bringen wir auch mit. Kann ich sonst noch was bei der Vorbereitung helfen?“

„Nein, nicht nötig, eure Anwesenheit reicht völlig aus. Mia hat einen Narren an Elsa gefressen. Und an dir natürlich auch.“

Alva hatte die Szene stumm beobachtet. „Ich glaube, es geht nicht nur um Mia“, sagte sie, als sie außer Hörweite waren. „Da hat wohl eher jemand anders einen Narren an dir gefressen. Der Mann macht einen netten Eindruck.“

„Sixten ist total in Ordnung, aber wir sind nur gute Freunde. Wir sind uns nähergekommen, weil er nach dem spurlosen Verschwinden seiner Frau jemanden zum Reden brauchte. Du hast sicher davon gehört, er ist mit der Journalistin verheiratet, die bei Hyssna verschwand. In der gleichen Höhle, in deren Nähe ein Jahr zuvor ein Mädchen vermisst und nie wiedergefunden wurde.“

„Ich habe natürlich davon gehört, das war für einige Zeit groß in den Medien. Wie lange ist das jetzt her?“

„Etwas über ein Jahr und drei Monate. Sixtens Frau verschwand Ende Oktober des vorvorigen Jahres. Das Mädchen genau ein Jahr zuvor. Von beiden fehlt jede Spur.“

„Ja, ich erinnere mich“, sagte Alva. „Aber es wurde nie eine Leiche gefunden und es gab keine eindeutigen

Hinweise auf ein Gewaltverbrechen. Deshalb sind diese Fälle nie auf unserem Tisch gelandet. Aber wenn du mehr darüber weißt, interessiert mich das schon."

„Komm doch noch auf einen Kaffee mit zu mir, dann können wir in Ruhe reden." Alva nahm den Vorschlag von Caroline gern an.

11.

Alva und Caroline genossen ihren Kaffee, während Elsa selig in der Sofaecke schlummerte. Caroline seufzte. „Wenn sie jetzt schläft, wird sie in der Nacht nicht durchschlafen. Aber ich bringe es nicht übers Herz, sie zu wecken. Außerdem können wir uns so in Ruhe unterhalten. In der Haut von Sixten Hedlund möchte ich nicht stecken. Nicht nur, dass er mit zwei kleinen Kindern allein dasteht, die Ungewissheit über das Schicksal seiner Frau zermürbt ihn. Ich weiß nicht, wie viel du von den Berichten, die es damals darüber gab, noch weißt. Am besten erzähle ich der Reihe nach. Zuerst verschwand vor über zwei Jahren das Mädchen Celine nahe der Felsenhöhle am Hyssnaleden. Ihr zerstörtes Handy wurde in der Höhle gefunden, von ihr selbst gab es trotz umfangreicher Suchmaßnahmen keine Spur. Die Freundin, mit der sie zusammen zu der Wanderung aufgebrochen war, erzählte eine wirre Geschichte von einem Haus, das plötzlich aus dem Nebel aufgetaucht wäre und von einer alten Frau, von der sie betäubt worden sei.“

„Richtig, ich erinnere mich“, sagte Alva. „Angeblich wachte sie anschließend in einer Kirche auf und wusste nicht, wie sie dorthin gelangt war.“

„Von dieser Geschichte ist sie nie abgewichen, obwohl es erhebliche Zweifel daran gibt“, ergänzte Caroline. „Das ruft immer wieder Leute auf den Plan, die herausfinden wollen, was wirklich passiert ist. Genau das war auch das Anliegen von Sixtens Frau Nora. Sie ist Journalistin und hoffte auf die große Story. Deshalb fuhr sie genau ein Jahr nach dem Verschwinden von Celine nach Hyssna. Sie stieg in dem gleichen Hotel ab wie die Mädchen damals. Dort kam sie am späten Nachmittag an, am nächsten Morgen machte sie sich früh auf den Weg zu *Torkels hideout*, wie die Höhle genannt wird. Sie kehrte nicht zurück ins Hotel und war für ihren Mann auf dem Handy nicht mehr erreichbar. Das Handy wurde bei der anschließenden Suchaktion zertrümmert in der Höhle gefunden, genau wie ein Jahr zuvor das Handy des vermissten Mädchens. Nora Hedlund ist bis heute verschwunden und es gibt kein Lebenszeichen von ihr.“

„Aber es gibt auch keine Leiche“, sagte Alva, der bei Carolines Schilderung immer mehr Details eingefallen waren. „In beiden Fällen vermutete man ein freiwilliges Untertauchen, ist es nicht so?“

„Ja, darauf lief es hinaus. Celines Eltern sollen ziemlich streng und kontrollierend gewesen sein, weshalb bald die Vermutung aufkam, sie könnte einfach ausgerissen sein. Die Freundin habe das gedeckt und deckt es bis heute.“

Alva nickte nachdenklich. „Das ist nachvollziehbar, aber warum sollte eine erwachsene Frau auf diese

Weise untertauchen? Noch dazu eine Mutter von zwei kleinen Kindern?“

„Es gibt eine Erklärung dafür, auch wenn sie für mich schwer nachvollziehbar ist. Ich habe mit Sixten lange Gespräche geführt und versucht, mich in seine Frau hineinzuversetzen. So ganz kann ich sie allerdings immer noch nicht verstehen. Nora Hedlund war mit ihrer Lebenssituation zutiefst unzufrieden. Sie fühlte sich durch die beiden Kinder in ihrer Freiheit eingeschränkt. Sagt dir der Begriff *Regretting Motherhood* etwas?“

Alva nickte. „Ich habe davon gehört. Es geht dabei um Frauen, die es bereuen, Mutter geworden zu sein. Ausgelöst wurde die Diskussion darüber durch das Buch einer israelischen Autorin, die Frauen interviewt hat, die sehr unglücklich mit ihrer Mutterrolle sind und die sich kein zweites Mal für Kinder entscheiden würden. Inzwischen gibt es Selbsthilfegruppen in mehreren Ländern, auch hier in Schweden, in denen Frauen, die genauso empfinden, sich austauschen können.“

„Wie kann man nur so gefühllos sein.“ Caroline strich über das Köpfchen ihrer kleinen Elsa, ganz sanft, um sie nicht zu wecken.

„So einfach ist das nicht, Caroline. Diese Frauen sind keine Monster. Viele lieben ihre Kinder durchaus, fühlen sich aber mit ihrer Rolle als Mutter hoffnungslos überfordert. Sie quälen sich mit Selbstvorwürfen, ihren Kindern nicht gerecht werden zu können. Das reicht bis zu dem Gedanken, besser kinderlos geblieben zu sein. Und dann gibt es noch die anderen, die einfach keine Gefühle für ihre Kinder aufbringen können. Entweder aufgrund einer postnatalen Depression, die vorübergehend ist oder wegen einer Alexithymie, einer generellen Unfähigkeit, Gefühle zu spüren. Auch diese Frauen haben sich das nicht ausgesucht, sie leiden darunter, keine Beziehung zu ihrem Kind aufbauen zu können. Zusätzlich sind sie dem Erwartungsdruck ihres Umfeldes ausgesetzt, ihr Kind doch selbstverständlich lieben zu müssen. Das macht es noch schlimmer für sie."

Caroline wirkte nun nachdenklich. „Du scheinst dich auszukennen, weil du mit einem Psychologen zusammenlebst. Hat Birger schon solche Frauen behandelt?"

Alva nickte und nahm einen Schluck aus ihrer Kaffeetasse. „Für diese Frauen ist es eine Erleichterung, sich überhaupt aussprechen zu können, weil sie sonst kaum mit Verständnis für ihr Problem rechnen dürfen."

„Da ist natürlich was dran. Ich weiß nicht, wie es bei Nora war. Sixten hat sie wirklich unterstützt, doch die Kälte, mit der sie den Kindern begegnete, tat ihm weh. Er hat ein schlechtes Gewissen, sie zu dem zweiten Kind überredet zu haben. Jonte war nicht geplant und Nora zu einer Abtreibung entschlossen. Doch Sixten, der sich ein zweites Kind wünschte, hat lange auf sie eingeredet und konnte sie schließlich umstimmen. Aber es zeigte sich sehr bald nach Jontes Geburt, wie sehr sie das bereute. Sie konnte das Kind kaum ansehen, Sixten musste sich um ihn kümmern."

„Sie hätte sich Hilfe suchen sollen", sagte Alva.

Caroline zuckte mit den Schultern. „Das sehe ich auch so, doch sie hat sich offenbar anders entschieden. Ich denke, sie ist freiwillig untergetaucht und hat ihr Verschwinden auf eine melodramatische Art inszeniert, indem sie das Schicksal von Celine gewissermaßen als Vorlage benutzte. Sixten meint, es würde zu ihr passen. Nora neigte zu Übertreibungen und Selbstinszenierungen. Sie hatte deshalb früher schon einige Male Ärger, weil sie in ihren Artikeln erfundene Behauptungen aufstellte. Meistens ging es dabei um gefährliche Situationen, denen sie angeblich ausgesetzt gewesen war, die aber nie stattgefunden hatten."

„Wenn sie das wirklich getan hat, ist es grausam, die Familie in solcher Ungewissheit zurückzulassen." Kaum hatte sie den Satz ausgesprochen, kamen Alva Zweifel. Wäre es weniger grausam gewesen, sich offiziell von ihrer Familie loszusagen? Den Kindern irgendwann erklären zu müssen, sie nie geliebt zu haben? Die Situation von Nora Hedlund war nicht einfach gewesen. Wie ganz anders hatte sich die Geburt von Elsa doch auf Caroline ausgewirkt. Ihre Kollegin war förmlich aufgeblüht, seit die Kleine auf der Welt war. Es schien, als hätte sie dadurch endlich auch zu sich selbst gefunden. Doch nicht jeder Frau war es leider vergönnt, dieses Glück zu erleben.

12.

Behutsam führte Tuva den Striegel über das hellbraune Fell der Stute. Das Tier scharrte ungeduldig mit den Hufen, Tuva redete beruhigend auf das Pony ein. „Brav Lenni, wir haben es gleich geschafft." Von allen Tieren, die sie zu betreuen hatte, mochte Tuva die Gotland-Ponys am liebsten. Die kleinen Pferde waren lernfähig und ließen sich gut abrichten, doch sie hatten durchaus ihren eigenen Kopf. Man musste sie richtig zu nehmen wissen.

Der Job als Tierpflegerin im Schlosspark-Zoo war ein absoluter Glücksfall für Tuva. Nach der Sache mit Celine waren ihre Leistungen in der Schule rapide abgefallen und ihren Traum, Abitur zu machen, musste sie begraben. Ihre Entscheidung, mit Tieren zu arbeiten, war kein Zufall. Tiere stellten keine neugierigen Fragen. Die Wochen und Monate nach Celines Verschwinden waren die Hölle für Tuva gewesen. Dabei waren die Verhöre bei der Polizei nicht einmal das Schlimmste, dort hat man sie mit Rücksicht behandelt. Der Vater von Celine war dagegen von Anfang an sehr aggressiv aufgetreten, hatte sie beschimpft und ihr gedroht. Ihre Eltern hatten sich in dieser Situation zwar schützend vor sie gestellt und bei Gericht ein Annäherungsverbot für Hugo Sahlin erwirkt, doch auch sie hatten es ihr in der darauffolgenden Zeit nicht leicht gemacht. Sie glaubten ihr nicht und ließen das bei jeder Gelegenheit durchblicken. Anfangs gaben sie sich verständnisvoll und sicherten Tuva ihren Beistand zu, ganz gleich, was wirklich passiert war. Sie solle ihnen vertrauen und endlich die Wahrheit sagen. Doch als sie auch ihren Eltern gegenüber bei der ursprünglichen Version ihrer Geschichte blieb, hatten sich zunehmend aggressive Töne in deren Fragen gemischt. Als wäre das nicht genug, waren da auch noch der Spott und die Häme der meisten Klassenkameraden gewesen. Von dem, was in den sozialen Medien über sie geschrieben wurde, ganz zu schweigen. Wie ein gehetztes Tier hatte Tuva sich zeitweise gefühlt, sie verfluchte den Tag in Hyssna, der ihr Leben auf derart dramatische Weise zum Negativen verändert hatte. Es fühlte sich an, als würde ein Fluch auf ihr lasten. Dann war auf den Tag genau ein Jahr später eine Journalistin auf die gleiche Art wie Celine verschwunden, nur gab es diesmal keine Zeugen. Erneut befragte man Tuva und sie hatte anfangs Erleichterung verspürt. Die Tatsache, dass es wieder geschehen war, erhöhe ihre Glaubwürdigkeit, dachte sie anfangs. Doch das sollte sich als Irrtum erweisen. Sie würde die Suche nach der Frau erschweren, indem sie an ihren Lügen festhalte, hieß es plötzlich. Wieder sah es aus, als wäre sie an allem schuld, als würde sie mit ihrem hartnäckigen Schweigen ein monströses Verbrechen decken. Zum Glück setzte sich bald die allgemeine Überzeugung durch, die Journalistin habe ihr Verschwinden selbst geplant und medienwirksam inszeniert. Auch bei Celine ging die Polizei inzwischen davon aus, sie wäre freiwillig untergetaucht. Nur Celines Eltern wehrten sich hartnäckig gegen diese Annahme und sorgten weiter für Wirbel.

Tuva war mit den Pferden fertig und musste nur noch die Wasservögel füttern, dann war ihr Arbeitstag für heute zu Ende. Sie würde in ihre Wohnung fahren, den Abend wie immer mit Lesen verbringen und zeitig zu Bett gehen. Die Arbeit als Tierpflegerin war körperlich anspruchsvoll, und Tuva wusste das zu schätzen. Sie führte das Leben einer Einsiedlerin, die Müdigkeit am Abend half ihr, nicht zu viel nachzudenken. Vielleicht würde sie sich eines Tages wieder nach Gesellschaft und Abwechslung sehnen, doch im Moment war sie einfach nur erschöpft. Erschöpft von den wiederkehrenden Fragen der letzten beiden Jahre, von den misstrauischen Blicken und den Andeutungen, die andere in ihrer Gegenwart machten. Sie war vor allem froh, ihrem Elternhaus entkommen zu sein, wo sie jeden Tag den Druck der an sie gerichteten Erwartungen gespürt hatte. Es war eine Wohltat, endlich ihr eigenes Reich zu haben, in dem sie abends die Tür hinter sich abschließen konnte. Die kleine Wohnung war ihr zusammen mit der Stelle im Slottskogen angeboten worden, da die Tierpflegerin, die vor ihr im Zoo gearbeitet hatte, zu ihrem Freund nach Stockholm gezogen war. Für Tuva war das ein zusätzlicher Grund gewesen, die Chance mit beiden Händen zu ergreifen. Zwar bestand die Wohnung nur aus einem einzigen Raum und einem Bad, doch sie war erschwinglich und von ihrem Arbeitsplatz nicht weit entfernt. Tuva hoffte, dort endlich zur Ruhe zu kommen.

13.

Tuva schaltete die Stehlampe neben ihrem Bett ein. Eigentlich handelte es sich nur um eine schmale Liege, hinter die sie eine mit Stoff bezogene Matratze gestellt hatte, was dem Ganzen ein sofaähnliches Aussehen verlieh. Ihren alten Schreibtisch hatte sie von zu Hause mitgebracht und die Küchenzeile von ihrer Vorgängerin übernommen. Es war eine schlichte Einrichtung, doch mehr brauchte sie im Moment nicht. Die kleine Wohnung befand sich im dritten Stock eines Wohnblocks aus den Achtzigerjahren, vom Fenster aus schaute man direkt auf den ICA-Markt gegenüber. Das war praktisch, wenn Tuva etwas brauchte, besorgte sie es meistens dort. Ihr fiel ein, dass sie beim Hinaufgehen nicht in den Briefkasten geschaut hatte. Kein Wunder, das hatte sich bei ihr fast zu einer Phobie entwickelt, seit sie ständig mit unangenehmer Post bombardiert wurde. Es war der einzige Weg, mir ihr in Kontakt zu treten, denn in den sozialen Medien war sie schon lange nicht mehr aktiv. Die aufdringlichen Interviewanfragen von Journalisten waren dabei noch das Harmloseste. Auch die Esoteriker, die sie zu Vorträgen in irgendwelche Gruppen einluden oder persönlich kontaktieren wollten, ließen sich ganz gut ignorieren. Sie hatte aber auch Briefe mit wüsten Beschimpfungen und Beleidigungen erhalten. Hugo Sahlin hielt sich nach einer gerichtlichen Verwarnung in dieser Hinsicht zurück, doch es war Post von völlig Unbekannten gekommen, die glaubten, Tuva zur Rede stellen zu müssen. Am schlimmsten waren die anonymen Drohungen, gegen die die Polizei nicht wirklich etwas unternehmen konnte. Die Erklärung, es würde sich bei den Absendern in den meisten Fällen um harmlose Spinner handeln, konnte Tuva nicht beruhigen. Nach ihrem Umzug war zunächst Ruhe eingekehrt, doch wer sie unter ihrer neuen Anschrift finden wollte, dem würde das auch gelingen. In diesem Land war es schwer, etwas geheim zu halten. Und ihr Arbeitgeber wusste natürlich, wo sie wohnte.

Tuva wollte sich gerade etwas zum Abendessen machen, als ihr Handy klingelte. Es war ihre Mutter, die anrief. Sie meldete sich sonst nur alle vierzehn Tage und meistens am Wochenende. Wenn sie jetzt mitten in der Woche anrief, musste es einen besonderen Grund dafür geben. Tuva spürte, wie ihr Magen sich verkrampfte, sie rechnete mit einer unangenehmen Nachricht. Das Verhältnis zu ihren Eltern war nach wie vor angespannt, immer wieder gab es offene oder versteckte Vorhaltungen, sie würde ihnen nicht vertrauen.

„Hallo Mama, was gibt es?“ Tuva versuchte, nicht zu abweisend zu klingen, weil das sofort wieder Vorwürfe nach sich ziehen würde.

„Hallo Tuva, du könntest ruhig erst einmal fragen, wie es mir und deinem Vater geht. Aber das interessiert dich vermutlich nicht, sonst würdest du selbst öfter zum Telefon greifen."

Das fing ja gut an. Tuva atmete tief durch. „Natürlich interessiert es mich, wie geht es euch?"

„Ganz gut, wenn man bedenkt, unter welchem Dauerstress wir wegen deiner Sturheit stehen. Aber das ist dir ja offenbar egal, weshalb wir jetzt nicht weiter darüber reden müssen. Ich rufe an, weil ich heute sehr netten Besuch hatte. Meja war hier und hat sich nach dir erkundigt."

„Meja Burman?", fragte Tuva verblüfft.

„Ja, wer sonst, so viele Mejas dürftest du nicht kennen, nachdem du dich völlig zurückgezogen hast. Dabei wart ihr früher eng befreundet. Ich finde es sehr nett und aufmerksam von Meja, trotzdem den Kontakt zu dir zu suchen."

So eng waren wir gar nicht befreundet, hätte Tuva am liebsten gesagt, unterließ es aber. Ihre Mutter redete ganz begeistert weiter. „Meja ist eine sehr hübsche und aufgeschlossene junge Frau. Wir hatten ein angeregtes Gespräch, es tut gut, junge Menschen zu treffen, die über angemessene Umgangsformen verfügen."

Das war schon wieder eine Spitze gegen Tuva, sie kniff die Lippen fest zusammen, damit ihr kein gereizter Kommentar entfuhr. Ihre Mutter sollte endlich auf den Punkt kommen, doch da sie anscheinend nicht daran dachte, sondern weiter von Meja schwärmte, unterbrach Tuva sie.

„Was wollte Meja? Weshalb ist sie plötzlich aufgetaucht?"

Tuva hörte ihre Mutter nach Luft schnappen. „Na hör mal, das klingt, als wolltest du es ihr vorwerfen. Dabei könnte sie dir einen Vorwurf daraus machen, dass du dich nie mehr bei ihr gemeldet hast. Aber so ist Meja nicht, im Gegenteil. Sie macht sich Sorgen um dich und möchte dir helfen."

„Mama, ich brauche keine Hilfe, ich brauche vor allem Ruhe. Deshalb möchte ich niemanden sehen. Mir reicht meine Arbeit im Moment völlig aus."

„So weit ist es schon mit dir gekommen", zischte Wilma Westin aufgebracht. „Jetzt ziehst du tierische Gesellschaft der menschlichen vor. Unterhältst du dich mit den Pinguinen und Elchen, vertraust du lieber denen deine Geheimnisse an als deinen Eltern? Meja sorgt sich zu Recht um dich. Du drohst völlig zu vereinsamen und das in deinem Alter. Sie möchte dich da rausholen und dir einen Vorschlag machen. Ich habe ihr gesagt, wo du jetzt wohnst, und sie kommt morgen Abend vorbei. Empfange sie bitte freundlich und stoße nicht die wenigen Menschen, die es gut mit dir meinen, vor den Kopf. Und hör dir in Ruhe an, was sie dir vorschlagen möchte. Es ist eine Chance für dich, aus dem Loch, das du dir selbst gegraben hast, wieder herauszukommen. Denk dabei auch an deinen Vater und an mich. Wir sorgen uns täglich um dich und wären erleichtert, wenn du zur Normalität zurückfinden würdest. Mehr möchte ich dazu jetzt nicht sagen."

Tuva fand, dass ihre Mutter schon viel zu viel gesagt hatte. Sie wurde mal wieder von ihr unter Druck gesetzt. Besonders die Formulierung, sie würde ihre Geheimnisse lieber mit den Tieren teilen, gab Tuva zu denken. Ihre Mutter würde sich nie damit abfinden, nicht zu wissen, was damals in Hyssna geschehen war. Das Geheimnis lastete wie ein Stein auf Tuvas Brust.

14.

Als Alva in ihrer Wohnung ankam, stand Birger in der Küche und war mit der Vorbereitung des Abendessens beschäftigt. Veikko lag vor dem Herd auf dem Boden und beobachtete aufmerksam jeden Handgriff seines Herrchens. Alva begrüßte Birger mit einem Kuss und strich dann dem Elchhund durch sein dichtes Fell. „Na Veikko, hast du Hunger?“

„Hunger nicht, aber Appetit“, lachte Birger. „Er hofft darauf, dass mir der Schinken runterfällt. Aber ich passe auf.“

„Ich decke gleich den Tisch.“ Alva holte Teller und Besteck aus dem Schrank. „Ich wollte heute eigentlich früher zu Hause sein, aber dann bin ich noch bei Caroline gewesen. Eigentlich wollte ich sie nur zur Kita begleiten, um Elsa mal wieder zu sehen. Aber dann trafen wir dort den Mann, dessen Frau vor etwas über einem Jahr in Hyssna verschwunden ist.“

„Die Journalistin?“, fragte Birger.

„Richtig, die Journalistin. Sie und ihr Mann haben zwei Kinder, der jüngere Sohn besucht die gleiche

Einrichtung wie Elsa. Auf die Weise haben er und Caroline sich kennengelernt. Ich habe Caroline dann noch nach Hause begleitet und wir haben uns über den Fall unterhalten. Der Mann geht übrigens auch davon aus, seine Frau könnte freiwillig untergetaucht sein.“

Alva trug die Teller ins Wohnzimmer, Birger folgte ihr mit der Pfanne, in der er Kartoffeln mit roter Beete und Schinken angebraten hatte. Alva holte noch Brot, Butter und Käse.

„Bei dem Mädchen, das zuvor verschwand, ging man letztendlich auch von einem freiwilligen Untertauchen aus“, nahm Birger den Faden wieder auf. „Aber merkwürdig ist es schon, wenn so etwas zweimal hintereinander passiert.“

„Das Mädchen war nicht allein, sie war mit einer Freundin zusammen. Erinnerst du dich auch an deren Geschichte? Diese Freundin wurde von einem Ehepaar schlafend in einer Kirche gefunden und konnte sich angeblich nicht erinnern, was mit ihr und ihrer Begleiterin passiert war. Doch ihre Erinnerungen sind der Schlüssel zu dem Vorfall, sie allein könnte erklären, was sich tatsächlich abgespielt hat. Wieso hast du sie damals eigentlich nicht befragt?“

Birger legte eine Brotscheibe auf seinen Teller, rührte sie aber nicht an. „Es wurde in Erwägung gezogen, mich zu ihrer Befragung heranzuziehen“, sagte er. „Aber dazu kam es dann nicht. Es lag die Vermutung nahe, die jungen Frauen könnten Opfer eines Missbrauchs geworden sein. Daher hielt man es für besser, die Zeugin von einer Kollegin befragen zu lassen. Leider kam dabei nichts anders heraus, als sie bei ihrer ersten Vernehmung durch die Polizei angegeben hatte.“

Alva nickte. „Die Geschichte von dem mysteriösen Haus und der merkwürdigen alten Frau dürfte frei erfunden sein. Warum erzählt sie so etwas und hält dann auch noch daran fest?“

„Das kann verschiedene Gründe haben.“ Birger fuhr sich mit Daumen und Zeigefinger über die Nasenwurzel, wie immer, wenn er angestrengt nachdachte. „Der Blackout, den das Mädchen vorgab erlitten zu haben, muss nicht vorgetäuscht gewesen sein. Nehmen wir mal an, sie und ihre Freundin wurden von jemandem mit K.-o.-Tropfen betäubt. Meines Wissens wurde damals nur ein Drogenschnelltest vorgenommen und nicht auf spezielle Substanzen getestet, von denen viele nur kurzzeitig nachweisbar sind. Opfer eines solchen Vorgehens können sich tatsächlich nicht erinnern, was in den vorangegangen Stunden mit ihnen passiert ist. Das Mädchen hat die entstandene Erinnerungslücke mit einer Geschichte ausgefüllt, die es entweder frei erfunden oder im Dämmerzustand halluziniert hat. Woher die Inspiration dazu stammt, liegt auf der Hand. Wir sind hier in Schweden, dem Land der Trolle und Feen.“

„Demnach war die alte Frau, von der das Mädchen sprach, eine Fee. Trolle sind doch kleiner.“ Alva dachte an die Trollhäuser, die viele Schweden in ihren Vorgärten errichteten, winzige liebevoll verzierte Häuschen. Sogar eine kleine Kirche für Trolle hatte sie schon einmal bestaunen können.

Birger lachte. „Es gibt kleine und große Trolle. Die großen verwandeln sich gelegentlich in Berge. Viele Menschen hierzulande glauben wirklich daran. Wir sind ein naturverbundenes Volk mit viel Fantasie.“

„Nicht nur hierzulande gibt es solche Geschichten.“ Alva dachte an eine Erzählung, die sie von ihrer italienischen Mutter gehört hatte. „Das spurlose Verschwinden von Menschen hat schon immer die Fantasie angeregt. In der Nähe von Brixen muss sich ein solcher Fall oder müssen sich sogar mehrere ereignet haben, denn darum ranken sich mehrere Sagen. Der eine handelt von einer Wöchnerin, die auf dem Weg zur Kirche verschwand. Ihr Ehemann suchte Rat bei den Kapuzinermönchen in Brixen, die ihn anwiesen, um Mitternacht eine bestimmte Stelle am Wege aufzusuchen. Als der Mann zu besagter Stunde dort eintraf, sah er zwei Männer mit einem Sarg, in dem seine Frau lag. Als er ihren Namen rief, erhob sie sich und folgte ihm nach Hause. Doch bald darauf soll sie gestorben sein.“

„Hm“, machte Birger, „dann war sie zunächst nicht dauerhaft verschwunden.“

„In einer anderen Version der Geschichte tauchten gleich mehrere Personen in der gleichen Gegend nie wieder auf“, fuhr Alva fort. „Der Bauer war verstorben und lag aufgebahrt in der Stube. Weil der Knecht die Magd erschrecken wollte, versteckte er den Leichnam, legte sich selbst in den Sarg und richtete sich plötzlich auf, als die junge Frau den Raum betrat. Sie erlitt einen gewaltigen Schreck und floh aus dem Haus. Bei ihrer Rückkehr waren sowohl der Knecht als auch der tote Bauer spurlos verschwunden und wurden nie gefunden. In einer Abwandlung der Geschichte verschwand die Magd ebenfalls. Ich war noch ein Kind, als meine Mutter das erzählte, und habe mich furchtbar gegruselt.“

„Dann sollten wir das Thema jetzt besser beenden. Lass uns fertig essen und danach machen wir es uns gemütlich. Ich habe eine Idee, wie man alle Gespenster und düsteren Gedanken auf angenehme Weise vertreiben kann.“ Birgers verschmitztes Lächeln enthielt ein Versprechen, das Alva mühelos entschlüsseln konnte.

15.

Tuva hatte am folgenden Tag Mühe, sich auf ihre Arbeit zu konzentrieren. Es hatte über Nacht einen Kälteeinbruch gegeben und eine Menge Schnee war gefallen. Auf den Hängen der kleinen Berge im Park tummelten sich Kinder beim Rodeln. Den Zootieren bereitete das Wetter keine Probleme, es waren hauptsächlich nordische Tierarten, die hier gehalten wurden. Es gab auch einige von Aussterben bedrohte Arten wie die Humboldt-Pinguine. Die drolligen Kerlchen schienen bei den kühlen Temperaturen richtig aufzuleben. Zu den öffentlichen Fütterungszeiten herrschte immer lebhafter Besucherandrang, so auch heute. Normalerweise liebte Tuva diese Aufgabe besonders, doch diesmal wanderten ihre Gedanken immer wieder zu dem Telefonat mit ihrer Mutter und dem angekündigten Besuch von Meja. Was hatte sich ihre Mutter nur dabei gedacht, Meja ihre Adresse zu geben und auch noch zu verlangen, sie solle nett zu ihr sein? Und wie kam sie darauf, Meja wäre eine enge Freundin gewesen? Für Außenstehende mochte es natürlich so gewirkt haben. Sie waren zu viert gewesen, ein Kleeblatt, das ständig zusammenhockte: Celine, Meja, Elin und Tuva. Doch innerhalb ihres verschworenen Zirkels hatte es jede Menge Spannungen gegeben, wenn die auch nie offen ausgetragen wurden. Sie waren alle vier so verschieden wie es Menschen nur sein können. Celine war die ungekrönte Schönheitskönigin der Schule gewesen, ein süßes blondes Mädchen mit einem bezaubernden Lächeln. Der Blick aus ihren blauen Augen ließ jeden dahinschmelzen und die Jungen rissen sich um sie. Celine schien es nicht einmal zu bemerken, weshalb das so war, erfuhr Tuva erst später. Meja war ebenfalls hübsch, doch auf eine kalte Art, die nicht berührte. Ihre ebenmäßigen Züge wirkten hart, was von dem glatten weißblonden Haar noch unterstrichen wurde. Sie war sehr schlank, doch ihren Bewegungen fehlte die Geschmeidigkeit, die Celine eigen war. Jeder, der aufmerksam beobachtete, sah den Neid in Mejas Augen, wenn sie Celine betrachtete, spürte ihre glühende Eifersucht auf deren Erfolge beim anderen Geschlecht. Ganz besonders ging es dabei um Kjell, in den Meja schon lange verschossen war, der aber nur Augen für Celine hatte. Vermutlich hatte sie genau aus diesem Grunde die Freundschaft von Celine gesucht. Meja war eine Intrigantin, sie wusste, wie man andere einwickelt. Dabei handelte sie nach dem Motto: *Kannst du den Feind nicht besiegen, umarme ihn.* In der Umarmung von Meja konnte man leicht ersticken. Tuva wurde trotz der Kälte ganz heiß bei dem Gedanken. Was immer Meja von ihr wollte, es konnte nichts Gutes bedeuten. Sie griff mit einer mechanischen Bewegung in den Eimer neben sich, um weitere Fische für die Pinguine herauszuholen. Erst beim zweiten

Versuch merkte sie, dass er leer war. Sie hatte natürlich die Möglichkeit, Meja nicht die Tür zu öffnen, wenn sie heute Abend bei ihr auftauchte. Doch was wäre damit gewonnen? Ihre Mutter würde ihr die Hölle heißmachen und Meja war niemand, der sich von einem einmal gefassten Plan abbringen ließ. Da brachte sie es am besten gleich hinter sich und wimmelte Meja bei der Gelegenheit ein für alle Mal ab.

Der Feierabend kam an diesem Tag beinahe zu schnell. Tuva ließ sich Zeit, trödelte beim Wegräumen der Utensilien und machte noch einen Rundgang durch alle Gehege. Dann erst trat sie den Heimweg an. Zu ihrer Überraschung stand Meja bereits vor der Tür und wartete auf sie. Sie trug einen langen beigefarbenen Mantel, elegante weinrote Stiefel und eine Strickmütze in der gleichen Farbe, unter der ihr langes weißblondes Haar hervorschaute. Als sie Tuvas Schritte auf der Treppe hörte, wandte sie sich zu ihr um und schenkte ihr ein breites Lächeln, das ihre Augen nicht erreichte. „Da bist du ja, wie schön dich endlich wiederzusehen. Das wurde wirklich Zeit." Sie war perfekt geschminkt und wie sie da mehrere Stufen über ihr stand und auf sie herabschaute, fühlte sich Tuva augenblicklich unterlegen. Sie selbst war ungeschminkt und ihr Parka bereits in die Jahre gekommen. Auch ihr Haar, das sie einfach am Hinterkopf zusammenzubinden pflegte, könnte mal wieder einen Schnitt vertragen. Bei der Arbeit spielte all das keine Rolle, die Elche, Pferde und Seehunde interessierte es nicht, wie sie aussah.

„Gut siehst du aus", sagte Meja nun zu allem Überfluss auch noch. Sie kam ihr entgegen und umarmte sie. Tuva roch ihr teures Parfüm und hoffte, sie selbst würde nicht allzu sehr nach Ziege duften. Zuletzt hatte sie das Gehege der Haustiere besucht, in dem neben Schafen und Hängebauchschweinen auch Ziegen gehalten wurden. Letztere waren sehr zahm und suchten Körperkontakt zu ihr, sobald sie Tuvas ansichtig wurden. Normalerweise duschte sie gleich, wenn sie nach Hause kam, dazu hatte sie nun keine Möglichkeit. Sie hoffte, Meja würde ihr Anliegen schnell vorbringen und dann wieder verschwinden. Ihre Mutter hatte von einem Vorschlag gesprochen, den sie ihr machen wollte. Tuva war auf alles gefasst.

„Möchtest du einen Kaffee?“, fragte sie, nachdem sie Meja in die Wohnung gelassen hatte.

„Ja, sehr gern.“ Meja ließ sich auf dem improvisierten Sofa nieder und warf ihr Haar über die Schulter. Tuva hantierte inzwischen an ihrer uralten Kaffeemaschine, die asthmatische Geräusche von sich gab. Sie stellte die Tassen auf den Beistelltisch neben dem Sofa und ließ sich dann gegenüber von Meja auf einem Stuhl nieder. Deren Lächeln wirkte wie festgetackert, Tuva fragte sich, wieso sie keinen Krampf in den Mundwinkeln bekam.

„Also?“, fragte sie schroffer als beabsichtigt. „Meine Mutter sagte am Telefon, du willst mir etwas vorschlagen.“

Meja lachte gekünstelt. „Du hast dich kein bisschen verändert, immer musst du gleich auf den Punkt kommen und willst keine Zeit verlieren. Aber um Zeit geht es hier, um Zeit, die wir mit dir verbringen möchten. Ich sage *wir,* denn Elin ist ebenfalls der Meinung, wir sollten endlich wieder Kontakt zueinander aufnehmen. Es war schwierig in den letzten beiden Jahren, nachdem Celine verschwunden war. Weil deine Familie von Reportern belagert wurde, haben deine

Eltern dich abgeschirmt, was verständlich war. Als sich der Trubel endlich gelegt hatte, passierte die Sache mit der Journalistin und alles ging von vorn los. Das muss sehr belastend für dich gewesen sein.“ Meja zog eine Miene, die wohl Mitgefühl ausdrücken sollte. „Wir, also Elin und ich, hätten dir in der Situation gern beigestanden. Aber wir waren nicht sicher, ob du das wirklich möchtest. Wir wollten nicht aufdringlich sein. Außerdem hättest du dich auch melden können, aber du hast dich völlig zurückgezogen.“ Jetzt klang ein leiser Vorwurf in ihrer Stimme mit und Tuva fragte sich immer noch, worauf dieses Gespräch eigentlich hinauslaufen sollte. Meja schien ihre wachsende Ungeduld zu spüren. „Um es kurz zu machen“, fuhr sie fort, „Elin und ich haben ein gemeinsames Wochenende mit dir geplant. Du bist eingeladen mit uns an einen schönen Ort zu fahren, den wir einstweilen noch geheim halten. Es soll eine Überraschung werden. Dort wollen wir zwei Tage lang in aller Ruhe und Abgeschiedenheit unsere Freundschaft erneuern.“

„Das mag nett gemeint sein, aber ich weiß nicht, ob ich es einrichten kann.“ Tuva verspürte nicht die geringste Lust, ein Wochenende mit Meja zu verbringen. Mit Elin war es etwas anderes, mit ihr hatte sie sich immer gut verstanden und bedauerte, keinen Kontakt mehr zu ihr zu haben. Daran war auch ihr schlechtes Gewissen schuld, denn sie hatte ihre ursprünglich beste Freundin zugunsten von Celine vernachlässigt. Für diesen Verrat hatte sie teuer bezahlen müssen, doch wie hatte sie ahnen können, was sich daraus entwickeln würde? Sich mit Elin auszusöhnen wäre ein Grund, dem Treffen zuzustimmen. So leicht würde sich keine Gelegenheit wieder bieten.

„Natürlich kannst du es einrichten“, redete Meja weiter auf sie ein. „Du hast an den Wochenenden nie etwas vor, schiebst freiwillig Dienst bei den Viechern im Zoo oder verkriechst dich in deiner Wohnung. Deine Eltern machen sich Sorgen um dich. Deine Mutter würde sich auch freuen, wenn du zustimmst. Sie will unbedingt die Kosten für deinen Aufenthalt übernehmen, ich konnte es ihr nicht ausreden. Viel ist es ohnehin nicht, nur die Übernachtung und Verpflegung. Wir fahren mit meinem Auto.“

Tuva spürte Zorn in sich aufwallen. Was fiel ihrer Mutter ein, derart über sie zu bestimmen? Sie wollte ablehnen, doch dann dachte sie an Elin. Sie wiederzusehen wünschte sie sich wirklich. Und vielleicht urteilte sie auch zu hart über ihre Mutter, bestimmt glaubte sie, ihr eine Freude zu machen.

„Wann soll es losgehen?“, fragte sie.

Meja strahlte sie an und entblößte dabei ihre makellosen Zähne. „Gleich am kommenden Freitag fahren wir abends los. Am Sonntagabend geht es zurück. Das wird großartig.“

Tuva war sich da nicht so sicher. Sie würde ein ernstes Wort mit ihrer Mutter reden müssen.

16.

„Dann wünsche ich dir noch einen schönen Abend." Wilma Westin beendete das Gespräch mit ihrer Tochter und gab ein Schnaufen von sich. „Puh, Tuva war ganz schön sauer. Aber immerhin hat sie sich mit Meja geeinigt und dem gemeinsamen Wochenende zugestimmt. Dann hat es sich doch gelohnt."

Ihr Mann schaute von seinem Buch auf und runzelte die Stirn. „Da wäre ich mir nicht so sicher. Noch weiß Tuva schließlich nicht, wohin es gehen soll und was Meja vorhat. Das richtige Donnerwetter kommt erst, wenn sie es herausfindet. Ich bin nach wie vor der Ansicht, es ist nicht richtig, was ihr da eingefädelt habt. Ihr hättet sie einweihen müssen."

„Ach ja? Dann hätten wir den Plan gleich vergessen können. Du weißt doch, wie stur sie ist. Niemals hätte sie zugestimmt." Wilma sah, dass ihr Mann einen Einwand erheben wollte. Sie schnitt ihm mit einer Handbewegung das Wort ab und redete weiter. „Sei froh, wenn endlich etwas passiert. Wie es jetzt ist, kann es nicht weitergehen. Ich komme mir vor, als hätte ich ein Brandzeichen auf der Stirn. Leute schauen mich auf der Straße scheel an und wir haben Freunde verloren. Für Tuva ist es natürlich noch schlimmer, sie führt das Leben einer Eremitin. Wenn wir nichts unternehmen, wird sich daran nie etwas ändern. Celines Vater hält sich zwar zurück und belästigt uns nicht mehr, aber er macht weiterhin Stimmung gegen uns. Ich möchte all dem endlich ein Ende bereiten."

Axel Westin legte das Buch beiseite, setzte seine Lesebrille ab und rieb sich die Augen. Er war ein dicklicher, behäbig wirkender Mann mit Glatze und einem runden Gesicht. Seine hagere Frau war das Gegenteil von ihm, sie konnte nie stillsitzen und um sie herum schien die Luft vor Unruhe zu vibrieren.

„Was für ein Ende schwebt dir vor?", fragte Axel Westin bedächtig. „Könnte es nicht auch ein Ende mit Schrecken sein? Wäre es nicht besser, endlich Gras über die Sache wachsen zu lassen?"

„Was soll sich deiner Meinung nach Schreckliches herausstellen?", fuhr seine Frau ihn an. „Du glaubst doch wohl nicht ernsthaft, Tuva könnte Celine etwas angetan haben?"

„Das nicht, aber was, wenn sie sie im Stich gelassen hat? Weggelaufen ist, während Celine verletzt irgendwo lag? Ich bin der Meinung, sie lügt aus Scham."

„Es ist unlogisch, was du sagst. Man hat die gesamte Gegend gründlich abgesucht. Hätte Celine irgendwo gelegen, wäre sie gefunden worden. Es muss etwas anders passiert sein und Tuva weiß, was es war. Hoffst du eigentlich ernsthaft darauf, die Angelegenheit könnte in Vergessenheit geraten? Dann irrst du dich gewaltig. Das Gegenteil ist der Fall. Jetzt, wo dieser grüne Junge, dieser Kjell, einen Buchpreis für sein

Erstlingswerk bekommen hat, ist das Interesse wieder richtig aufgeflammt. Er wird Einladungen zu Lesungen bekommen, wahrscheinlich sogar Fernsehinterviews geben. Dann wird es erst richtig losgehen, dann haben wir wieder die Reporter vor dem Haus."

„Das muss nicht passieren, du siehst das zu schwarz. Immerhin hat es auch etwas Positives, Kjell Granström lungert schon lange nicht mehr vor unserer Tür herum und versucht, Kontakt zu Tuva aufzunehmen. Jetzt hat er seinen Schmerz auf die Seiten eines Buches gepackt und damit hoffentlich einen Abschluss für sich gefunden. Die Aufmerksamkeit, die er dafür bekommt, wird schnell vorbei sein angesichts der Masse an Büchern, die jeden Tag erscheinen."

„Das glaubst auch nur du", entgegnete seine Frau wütend.

17.

Mit einer energischen Geste stellte Meja den Roman von Kjell ins Regal zurück. Der Einband war schon ganz abgegriffen, so oft hatte sie in dem Buch geblättert. Den Text kannte sie fast auswendig, es war die tragische Geschichte einer verlorenen Liebe. Kjell schrieb darin über die Suche nach der verschwundenen Angebeteten, über all die kostbaren Erinnerungen an sie und die verpassten Gelegenheiten, ihr näherzukommen. Auch wenn es sich um eine fiktive Geschichte handelte, war unschwer zu erkennen, von welcher Person hier eigentlich die Rede war. Trotzdem hatte Kjell mit seiner Widmung noch eins draufsetzen müssen: *Für dich Celine, wo immer du jetzt bist.* Meja wurde speiübel, wenn sie das las. In der Laudatio zum Buchpreis für das beste Erstlingswerk waren vor allem die Tiefe und Echtheit der im Roman ausgedrückten Gefühle gelobt worden. Genau diese Gefühle von Kjell waren Mejas größtes Problem. Bevor Kjell nicht mit Celine abschloss, war er nicht frei für eine neue Beziehung mit ihr, die Meja sich sehnlichst wünschte.

In dieser Hinsicht glichen sie und Kjell sich auf verblüffende Weise: So wie er nicht von Celine loskam, war auch sie auf Kjell fixiert. Nicht nur, dass er bereits seit Jahren ihr heimlicher Schwarm war, eine Verbindung mit ihm würde auch praktische Vorteile bieten. Kjell war der typische Überflieger, ausgestattet mit allen Begabungen, die man sich nur wünschen konnte. Nach einem mit glänzenden Noten bestandenen Abitur studierte er nun Jura. Er war jemand, der es einmal weit bringen würde, was er anfasste, wurde in seinen Händen zu Gold. Ganz nebenbei hatte er nicht nur sportliche Erfolge errungen und Trophäen dafür eingeheimst, sein erstes Buch hatte eingeschlagen wie eine Bombe. In den sozialen Medien war er bereits ein gefeierter Star. Meja dagegen konnte in letzter Zeit nur Misserfolge verbuchen. Am Gymnasium hatte sie zu wenige Kurse erfolgreich absolviert und stand nun ohne Abitur da. Ihr Job als Sachbearbeiterin in einer kleinen Firma, die mit Futtermitteln handelte und keine abgeschlossene Ausbildung von ihr verlangte, war eine reine Notlösung. Hinter dem Schreibtisch hockend langweilte sie sich Tag für Tag beim Vergleichen von Listen und bei Telefonaten mit genervten Kunden fast zu Tode. So durfte ihre Zukunft nicht aussehen. Meja träumte von einer Karriere als Influencerin und arbeitete eifrig daran, doch bisher lief es überhaupt nicht. Zusammen mit Kjell würde sich ihr Leben grundlegend verändern, davon war sie fest überzeugt. Immerhin war es ihr gelungen, sich mit ihm anzufreunden, indem sie versprochen hatte, bei der Suche nach Celine zu helfen. Ihre frühere Freundschaft mit Tuva war ihr größter Trumpf, das sah Kjell genauso. Nur Tuva konnte wissen, was mit Celine geschehen war. Meja hielt es für ausgeschlossen, dass Celine noch am Leben war, doch sie brauchte den endgültigen Beweis. Und sie würde Tuva die Wahrheit entreißen, koste es, was es wolle. Denn nur wenn Celines Tod unumstößlich feststand, konnte Kjell endlich mit ihr abschließen und wäre frei für Meja. Auch ihre Karriere als Influencerin würde einen Aufschwung nehmen, denn attraktive Frauen gab es viele, doch eine attraktive Frau, die einen mysteriösen Vermisstenfall gelöst hatte, war schon etwas Besonderes. Man würde sie zusammen mit Kjell zu Interviews einladen, er würde über sein Buch reden und sie anschließend darüber, wie es ihr gelungen war, Celines Schicksal aufzuklären. Meja malte sich eine glänzende Zukunft aus. Alles hing nun vom Verlauf des kommenden Wochenendes ab.

18.

Tuva mistete den Stall der Schafe aus, als sie den Mann auf sich zukommen sah. Er war einer der Handwerker, die die Geräte auf dem Spielplatz in Ordnung brachten. Durch seine zurückhaltende Art war er ihr bereits aufgefallen. Während die anderen Handwerker ihr Bemerkungen zuriefen oder hinter ihr her pfiffen, grüßte er stets nur mit einem Kopfnicken und einem schüchternen Lächeln, das auf Tuva wie eine stille Entschuldigung für das Verhalten seiner Kollegen wirkte. Er sah gut aus, hatte einen muskulösen Körperbau, dichtes blondes Haar und Augen von einem hellen Grün, das an einen sonnenbeschienenen See erinnerte. Tuva war es plötzlich peinlich, ihm in Gummistiefeln und mit der Mistforke in der Hand gegenüberzustehen. Er lächelte sie auf die gleiche Art an wie auch sonst immer. „Tut mir leid, wenn ich störe. Aber mir wurde gesagt, am Ziegenstall soll etwas repariert werden. Kannst du es mir vielleicht zeigen?“ Er schaute auf die hoch mit Mist beladene Karre. „Die sieht schwer aus.

Wenn du mir sagst, wohin das kommt, bringe ich es für dich weg.“

Ohne ihre Antwort abzuwarten, legte er seine Hände um die Griffe der Karre. Tuva spürte, wie ihr heiß wurde. „Das kommt da rechts um die Ecke, aber du musst das nicht machen.“

„Kein Problem.“ Er schob die Karre mit einer Leichtigkeit vor sich her, als wäre sie leer.

„Danke“, sagte Tuva. „Ich zeige dir dann jetzt den Ziegenstall. Da sind mehrere Bretter locker.“

„Prima. Ich bin übrigens Holger.“

„Ich bin Tuva.“

„Ich weiß“, erwiderte er mit seinem unwiderstehlichen Lächeln. „Das habe ich bereits herausgefunden.“ Tuva hoffte, nicht rot zu werden. Normalerweise hatte sie nicht das geringste Interesse an irgendwelchen Kontakten und blockte alle Versuche in diese Richtung sofort ab. Aber dieser Mann brachte eine Saite in ihrem Inneren zum Klingen, er wirkte wie jemand, dem man sich anvertrauen konnte. Sehnte sie sich im Grunde nach genauso einem Menschen, der ihr mit Zurückhaltung und Respekt begegnete? Bisher war ihr das nicht bewusst gewesen.

Als sie gemeinsam das Gehege betraten, kamen die Ziegen sofort angelaufen und drängten sich an Tuva heran. Holger lachte. „Eine schöne Tätigkeit hast du hier, mir würde das auch gefallen.“ Er streichelte eine besonders vorwitzige schwarze Ziege, die davon sehr angetan zu sein schien. „Nun lasst mich mal durch Mädels, damit ich euren Stall in Ordnung bringen kann.“ Nachdem er den Schaden in Augenschein genommen hatte, fand er ihn überschaubar und machte sich sogleich an die Arbeit. Tuva musste ihm währenddessen die Ziegen vom Halse halten, die offenbar ihre Sympathien für ihn entdeckt hatten. Es dauerte nicht mal eine halbe Stunde, bis alles erledigt war. Danach standen sie sich verlegen gegenüber. „Ich würde gern mal einen Kaffee mit dir trinken, wenn du nichts dagegen hast“, sagte er schließlich. „Vielleicht am Wochenende?“

Tuva hatte nichts dagegen, im Gegenteil. „Gern, nur an diesem Wochenende passt es leider nicht, da bin ich nicht da.“

„Ein Kurzurlaub? Wo soll es denn hingehen?“

„Wenn ich das nur wüsste.“ Tuva hatte kein Problem, ihre Empfindungen vor ihm auszubreiten. „Zwei ehemalige Freundinnen haben mich zu einem Ausflug mit unbekanntem Ziel eingeladen. Dummerweise habe ich mich überreden lassen, obwohl ich nicht wirklich Lust darauf habe.“

„Das kann ich verstehen. Ich mag ebenfalls keine Überraschungen. Jedenfalls nicht solche.“ Der Blick aus seinen grünen Augen, in denen kleine goldene Pünktchen leuchteten, war warm und verständnisvoll. Er bewirkte, dass Tuva die Fahrt am liebsten abgesagt hätte. Doch dazu war es wohl zu spät, denn heute war bereits Freitag und Meja würde sie abholen. Ihre Tasche hatte Tuva schon gestern gepackt, nur schnell duschen musste sie noch, bevor es losging.

„Bist du in der nächsten Woche noch hier?“, fragte sie.

„Sogar noch länger, es gibt einige Arbeiten zu erledigen.“

„Dann holen wir das Kaffeetrinken nach.“ Tuva staunte über sich selbst, weil sie das gesagt hatte. Überhaupt konnte sie sich nicht erinnern, in den vergangenen zwei Jahren mit jemandem, den sie kaum kannte, ein so ausführliches Gespräch geführt zu haben. Bestimmt war das ein gutes Zeichen. Sie brauchte die Unterstützung von Meja nicht, um wieder in ein normales Leben zurückzufinden, wie ihre Mutter es ausgedrückt hatte. Doch nun musste sie das Wochenende irgendwie überstehen.

19.

Meja kam nicht allein, um Tuva abzuholen, Elin war bei ihr. Tuva freute sich ehrlich, sie zu sehen, während Elin zurückhaltend und sogar ein wenig verlegen wirkte. Sie hatte sich in den zurückliegenden zwei Jahren kaum verändert, ihr hellbraunes Haar trug sie immer noch zu einem dicken Zopf geflochten und sie war ungeschminkt. Meja wirkte im Gegensatz zu ihr wie ein Model vor dem entscheidenden Catwalk. Elin war die Klügste in ihrer Clique gewesen, sie hatte den anderen oft aus der Patsche geholfen, wenn sie Probleme in den naturwissenschaftlichen Fächern gehabt hatten. Besonders in Mathe war sie ein As und studierte nun Informatik.

„Ich sehe, du hast fertig gepackt, dann können wir aufbrechen“, sagte Meja betont munter.

„Ich war unsicher, was ich mitnehmen soll, weil ich nicht weiß, was ihr vorhabt. Jetzt könntet ihr es mir eigentlich sagen.“ Tuva schaute von Meja zu Elin, die daraufhin zum Fenster hinaussah, als gäbe es dort etwas Interessantes zu entdecken.

„Nein, es soll bis zum Schluss eine Überraschung bleiben. Wenn du praktische und bequeme Sachen eingepackt hast, bist du bestens ausgestattet. Wir werden vor allem chillen und zwischendurch kleine Spaziergänge unternehmen, damit wir kein Fett ansetzen." Meja lachte gekünstelt.

„Ein wenig Fett würde dir durchaus nicht schaden", konnte Tuva sich nicht verkneifen zu antworten. „Wenn die Vögel dich sehen, kommen sie von den Bäumen geflogen, um dich zu füttern." Sie war sauer auf Meja und deren Heimlichtuerei steigerte ihre Verärgerung noch.

„Schaut mal nach draußen", sagte Elin. „Es hat angefangen, ziemlich heftig zu schneien. Vielleicht sollten wir unsere Pläne ändern. Wenn wir bei dem Schneetreiben im Dunkeln losfahren ..."

Weiter kam sie nicht, weil Meja sie in einem scharfen Ton unterbrach. „Auf keinen Fall. Es ist alles gebucht. Von den paar Schneeflocken lassen wir uns ja wohl nicht aufhalten. Genug geredet, kommt jetzt."

Es waren mehr als nur ein paar Schneeflocken, die Scheibenwischer schafften es kaum, für freie Sicht zu sorgen. Meja gab trotzdem forsch Gas, als hätte sie es eilig, ans Ziel zu kommen. Sie fuhr einen alten Volvo, den ihre Eltern ihr überlassen hatten.

„Wie lange werden wir unterwegs sein, verrätst du das wenigstens?", fragte Tuva, die auf dem Rücksitz Platz genommen hatte.

„Etwa eine Stunde", erwiderte Meja knapp. Das ungute Gefühl in Tuvas Bauch verstärkte sich daraufhin. Sollte Meja es tatsächlich wagen ... Nein, das konnte nicht sein, das wäre allzu dreist. Es gab auch andere Orte im Umkreis von Göteborg, die man in etwa einer Stunde erreichen konnte. Sie verließen Göteborg in östlicher Richtung. Durch das Schneetreiben war die Sicht nach draußen schlecht, doch Tuva erkannte, dass sie auf den Riksväg 40 einbogen. Die Landschaft war hügelig, man konnte kaum bis zum Straßenrand schauen, die entgegenkommenden Fahrzeuge schlichen langsam dahin, nur Meja behielt ihr flottes Tempo bei. Auf der Höhe von Landvetter gerieten sie in einen Stau. Mit der Beherrschung von Tuva war es vorbei.

„Wohin fahren wir Meja, ich will das jetzt wissen."

„Nun benimm dich nicht wie ein ungeduldiges Kind", wies Meja sie zurecht. „Du wirst es bald sehen."

Tuva biss die Zähne zusammen. Es war ihr klar, wie albern ihr Benehmen war. Sie hätte vor Antritt der Fahrt auf der Nennung des Ziels bestehen und ihre Teilnahme davon abhängig machen sollen. Jetzt war es zu spät, sie konnte unmöglich aus dem Auto springen und zu Fuß zurücklaufen. Auch per Anhalter zu fahren wäre keine gute Idee. Tuva schalt sich eine verdammte Idiotin. Offenbar hatte sie in den vergangenen zwei Jahren komplett verlernt, sich durchzusetzen. Und so musste sie eine gute halbe Stunde später erleben, wie Meja den Wagen vor dem Hotel in der Nähe von Hyssna parkte, wo ihr Verhängnis seinen Anfang genommen hatte.

„Das ist ja wohl nicht euer Ernst." Tuva verschränkte die Arme vor der Brust und weigerte sich, aus dem Auto zu steigen. „Glaubt ihr etwa, ich würde auch nur einen Fuß in dieses Haus setzen?"

„Was willst du sonst machen? Hier im Auto sitzen bleiben?", erwiderte Meja ungerührt. „Das ist ein ganz reizendes kleines Hotel, in dem wir ungestört Zeit miteinander verbringen können. Wir haben bereits gebucht und bezahlt."

„Ich pfeife auf die Buchung und ich pfeife vor allem auf eure Gesellschaft", fauchte Tuva sie an. „Ich hätte euch nicht für derart taktlos und hinterhältig gehalten, mir das anzutun. Was bezweckt ihr eigentlich damit? Wollt ihr, dass ich zusammenbreche, damit ihr euch daran ergötzen könnt? Habt ihr vielleicht auch gleich noch ein paar Reporter eingeladen, die das Elend fotografieren und vermarkten können? Und ihr behauptet auch noch dreist, meine Freundinnen zu sein. Wer euch zu Freundinnen hat, der braucht keine weiteren Feinde."

Elin, die auf dem Beifahrersitz saß, drehte sich zu Tuva um, sie wirkte über deren Ausbruch ehrlich betroffen. „Bitte lass uns in Ruhe reden, ich verstehe ja, wenn du erst mal sauer bist. Aber höre uns bitte an, bevor du uns in Grund und Boden verdammst. Natürlich wartet da drinnen niemand auf uns. Es ist ein kleines intimes Hotel und wir sind beinahe die einzigen Gäste. Lass uns erst einmal reingehen, du kannst dich dann immer noch anders entscheiden. Hier draußen ist es entschieden zu ungemütlich."

Mit ihrem letzten Satz hatte sie natürlich recht, jetzt, da der Motor nicht mehr lief, kroch die Kälte bereits ins Wageninnere. Es war Wind aufgekommen und der Schnee schlug von vorn und seitlich gegen die Scheiben. Trotzdem verspürte Tuva nicht die geringste Lust, das Hotel zu betreten. Die Wirtsleute würden sie garantiert wiedererkennen, davor graute ihr. Was würden sie von ihr denken, wenn sie nach allem, was geschehen war, erneut hier auftauchte? Vor allem von der Wirtin hatte Tuva keine gute Meinung, sie hatte damals mehrere Interviews gegeben, über die Tuva sich entsetzlich geärgert hatte. Als verwirrte und leicht verwahrlost wirkende Jugendliche war sie darin geschildert worden. Verwirrt mochte ja zutreffen, aber verwahrlost? War es der Kontrast zu der wunderschönen Celine gewesen, der die Wirtin so erbarmungslos urteilen ließ? Dann wollte Tuva sich nicht ausmalen, was sie jetzt über sie sagen würde. Sie atmete tief durch, um ihre Nerven zu beruhigen.

„Ich gehe da nicht rein", sagte sie. „Die Wirtsleute haben meine und Celines Geschichte damals in unschöner Weise ausgeschlachtet. Ich werde ihnen nicht erneut gegenübertreten."

Elin wollte etwas erwidern, doch Meja kam ihr zuvor. „Die Wirtsleute werden sich zurückhalten, das verspreche ich dir. Deine Mutter hat sie angerufen und auf deinen Besuch vorbereitet. Sie werden dich in keiner Weise belästigen und mit niemandem über deinen Aufenthalt hier reden."

Tuva schnappte nach Luft. „Das darf nicht wahr sein, ihr habt mit meiner Mutter ein Komplott hinter meinem Rücken geschmiedet. Was gibt es noch, das ihr mir verschweigt? Wartet da drinnen ein Medium auf mich? Oder ein Exorzist?"

Statt etwas zu sagen, stieg Meja aus, ging zur hinteren Tür und öffnete sie. „Wir werden dir alle deine Fragen ausführlich beantworten. Aber nicht hier draußen, ich habe nämlich keine Lust, mir den Hintern abzufrieren. Also steig jetzt aus und komm mit."

Grimmig stapfte Tuva mit ihrer Tasche in der Hand hinter Meja und Elin her. Die beiden würden ihr den ganzen perfiden Plan in allen Einzelheiten enthüllen müssen. Danach würde sie auf dem schnellsten Wege von hier verschwinden.

20.

Drinnen schien man ihre Ankunft bemerkt zu haben. Die Wirtsfrau stand in der Diele hinter dem Tresen, Tuva erkannte sie sofort wieder und erinnerte sich auch an ihren Namen: Olivia Hagman. Sie hatte sich in den vergangenen zwei Jahren nicht verändert, das blonde Haar war noch immer zu einem strengen Knoten frisiert. Tuva zog sich demonstrativ in den hinteren Bereich des Raumes zurück und überließ Meja das Reden. Natürlich hatte Olivia Hagman Tuva ebenfalls erkannt, ließ sich aber nichts anmerken. Sie gab die Schlüssel heraus, nannte die Zimmernummern und wünschte einen angenehmen Aufenthalt. Das kleine Hotel hatte eine altmodische Ausstrahlung, die sich auch in Details widerspiegelte. Anstelle der sonst überall üblichen Karten gab es hier noch Zimmerschlüssel mit klobigen Anhängern aus Holz. Ihre Zimmer lagen in der ersten Etage direkt nebeneinander, ein Doppel- und ein Einzelzimmer.

„Du kannst dir aussuchen, ob du allein oder mit jemandem zusammen in ein Zimmer möchtest“, sagte

Meja honigsüß. Tuva ersparte sich die Erklärung, sie brauche überhaupt kein Zimmer, weil sie auf keinen Fall bleiben wolle. Das würde Meja schon noch früh genug erfahren. Jetzt wollte sie von ihr wissen, was sie sich bei der Wahl des Hotels gedacht und welche Rolle ihre Mutter dabei gespielt hatte.

In dem darauffolgenden Streit waren die Rollen klar verteilt. Meja gab die Überlegene, die genau wusste, was richtig für Tuva war. Sie drängte Tuva in die Rolle des uneinsichtigen Kindes, das nicht begreifen wollte, wie gut es alle mit ihm meinten. Elin hingegen versuchte zu vermitteln. „Eventuell war es nicht richtig, dich vor vollendete Tatsachen zu stellen“, sagte sie. „Doch deine Mutter meinte, du würdest niemals zustimmen, wenn wir dich in unsere Pläne einweihen.“

„Das hat sie völlig richtig eingeschätzt“, erwiderte Tuva wütend. „Aber hier geht es jetzt nicht um meine Mutter, mit ihr werde ich mich später auseinandersetzen. Hier geht es um euch. Was habt ihr euch davon versprochen, mich derart in die Falle zu locken? Unsere alte Freundschaft habt ihr beschworen, aber damit dürfte es nach dieser Aktion endgültig vorbei sein. Zu einer Freundschaft gehören Ehrlichkeit und Vertrauen. Ich denke nicht, dass ich euch jemals wieder vertrauen werde.“

Elin rang unglücklich die Hände. „Tuva, es tut mir leid. Deine Mutter macht sich große Sorgen um dich. Wir hatten leider lange keinen Kontakt zueinander, aber sie kann deinen Zustand am besten einschätzen. Sie glaubt, du bist depressiv, weil du dich so abkapselst. Nichts wünscht sie sich mehr, als dir aus diesem Tief herauszuhelfen. Und Meja und ich, wir wollen dich nur zu gern dabei unterstützen. Wir dachten, wenn wir mit dir an den Ort zurückzukehren, an dem sich vor zwei Jahren alles für dich verändert hat, könnte das eine Befreiung für dich sein. Wir wollten mit unserem Wochenende hier schöne neue Erinnerungen schaffen und die alten dadurch auslöschen."

„Ich dachte, du studierst Informatik, seit wann bist du Psychologin?", sagte Tuva bissig. „Ich denke jedenfalls nicht daran, als Laborratte herzuhalten. Das Experiment ist hiermit beendet." Sie griff nach ihrer Tasche, um ihre Entschlossenheit zu unterstreichen. Sie würde auf dem schnellsten Wege nach Göteborg zurückkehren.

„Tuva, sei doch vernünftig", beschwor Elin sie. „Wo willst du denn jetzt hin? Um diese Zeit fährt kein Bus mehr. Willst du bei diesem Wetter bis in den Ort laufen und dort bis morgen früh auf den Bus warten? Du könntest erfrieren."

Nun meldete sich auch Meja zu Wort, die den Dialog mit hochgezogenen Augenbrauen verfolgt hatte. „Elin hat völlig recht, es wäre Wahnsinn, jetzt einfach wegzulaufen. Es gibt überhaupt keinen Grund, so zu reagieren, niemand tut dir hier etwas, im Gegenteil. Wir sollten jetzt nicht weiter streiten, sondern unsere Sachen auspacken, dann nach unten gehen und gemeinsam einen gemütlichen Abend verbringen. Danach überschlafen wir das Ganze und wenn du morgen immer noch darauf bestehst, nicht hierzubleiben, fahre ich dich zurück."

Bei aller Verärgerung musste Tuva einsehen, dass dies ein vernünftiger Vorschlag war. Auch wenn sie innerlich vor Wut kochte, wollte sie ihre Würde bewahren und nicht hysterisch reagieren. Meja und Elin würden es ihr am Ende noch als Schuldeingeständnis auslegen. Argwöhnten sie nicht bereits, allein dieser

Ort würde etwas in dieser Richtung bei ihr auslösen? Keine Sekunde glaubte Tuva an die edlen Motive, mit der sie ihre Aktion zu rechtfertigen versuchten. Vielleicht glaubte Elin daran, doch Meja hatte andere Beweggründe, sie wollte wissen, was damals wirklich geschehen war. Ihre Mutter wollte das ebenfalls, deshalb war sie auf dieses Komplott eingegangen. Aber da konnten sie lange warten, diesen Triumph gönnte sie ihnen nicht. Tuva spürte, wie sie ihre Überlegenheit zurückgewann. Sie hatte allen Grund, sich gelassen zu geben. In diesem Haus war schließlich nichts geschehen, wofür sie sich rechtfertigen musste oder was sie zu fürchten hatte.

„Gut, dann sollten wir nach unten gehen und etwas essen", sagte sie und war stolz auf ihre Selbstbeherrschung. Tuva hatte zwar nicht den geringsten Appetit, doch sie würde sich keine Regung anmerken lassen. Darauf lauerte Meja doch nur. „Ich will mich nur noch kurz frisch machen. Ich nehme das Einzelzimmer." Tuva streckte die Hand nach dem Schlüssel aus und begab sich dann nach nebenan. Das Zimmer war klein und eine der Wände schräg. Neben Bett und Schrank gab es eine hübsche Vintagekommode, doch Tuva hatte keinen Blick dafür. Damals hatten sie und Celine in einem Doppelzimmer übernachtet. Sie warf nur ihren Schlafanzug auf das Bett und zerrte ihr Waschzeug aus der Reisetasche. In dem winzigen Bad wusch sie sich das Gesicht und kämmte ihr Haar. Sie besaß weder einen Lippenstift noch andere Schminksachen. Wozu auch? Den Pinguinen war es egal, wie sie aussah und den anderen Tieren ebenfalls. In diesem Moment wünschte sie sich jedoch, ihr Gesicht hinter einer Maske verbergen zu können. Sie war blass und das dunkle Haar strähnig. Trotzig schürzte sie die Lippen. „Ich schaffe das“, sagte sie zu ihrem Spiegelbild.

Elin stand mit einer Jeans und einem dicken Pullover bekleidet bereits auf dem Flur, als Tuva das Zimmer verließ. Auf Meja mussten sie warten. Schließlich erschien sie, stylish mit einem Minirock zu einem flauschigen Pullover und hohen Wildlederstiefeln bekleidet. Außerdem hatte sie ihr Make-up erneuert. „Wir gehen ins Kaminzimmer“, legte sie fest. „Im Wintergarten wird vermutlich ohnehin kein Abendessen serviert werden, da ist es zu kalt.“

Sie hatten Glück und fanden einen Platz ganz in der Nähe des gemütlich flackernden Kamins. Tuva ließ sich nichts anmerken, obwohl bei dem Anblick ganz andere Bilder auf sie einstürmten. Sie sah die übermüdeten Helfer vor sich, die die ganze Nacht erfolglos nach Celine gesucht hatten. Sie glaubte, sogar das Geräusch des kreisenden Hubschraubers zu hören. Außer ihnen waren nur zwei ältere Männer anwesend, die sich angeregt unterhielten. Aus den Gesprächsfetzen, die zu ihnen herüberwehten, konnte Tuva entnehmen, dass sie zum Eisangeln im Norden gewesen waren und sich jetzt auf der Durchreise befanden. Am Tisch gegenüber saß eine attraktive junge Frau mit langen rotblonden Locken. Sie tippte nervös auf ihrem Handy herum und hielt es dann an ihr Ohr: „Na endlich, wo bleibst du denn?“, fragte sie. „Wie, du schaffst es nicht? Das Wetter? Na schön, nicht zu ändern. Aber du kommst gleich morgen, wenn es hoffentlich aufgehört hat zu schneien. Ja, ich dich auch, ich warte auf dich.“ Sie legte das Handy auf den Tisch und wirkte unglücklich und frustriert.

Meja hatte inzwischen für sie alle bestellt, was Tuva völlig entgangen war. Eine junge Frau mit sehr kurzen schwarzen Haaren und einem Nasenpiercing brachte die Vorspeise, einen bunten Salat mit Meeresfrüchten. Dann wandte sie sich an die rothaarige Frau am Tisch gegenüber, die sich schließlich für eine Suppe entschied. Offenbar hatte sie sich den Abend anders vorgestellt. Tuva stocherte lustlos in ihrem Salat herum und hatte kaum die Hälfte gegessen, als der Hauptgang serviert wurde, gebackenes Hähnchen im Kräutermantel auf Reis. Tuva mochte dieses Gericht normalerweise, nur war ihr Magen wie zugeschnürt.

„Schmeckt es dir nicht?“, fragte Meja angesichts ihres noch halb vollen Salattellers.

„Doch, aber ich stehe nicht so sehr auf Garnelen“, sagte Tuva. „Das Hähnchen ist okay.“ Sie war entschlossen, sich nichts anmerken lassen. Das Hähnchen war wirklich ausgezeichnet, außen kross und innen butterweich. Doch nach den ersten Bissen beschlich Tuva plötzlich das unangenehme Gefühl, angestarrt zu werden. Sie schaute von ihrem Teller auf und sah den Blick der Rothaarigen starr auf sich gerichtet. Wie ertappt schaute die Frau weg, doch Tuva konnte sie nicht täuschen. Entweder war sie von ihr erkannt worden, oder die Frau wusste, wer sie war, weil die Wirtsleute nicht dichtgehalten hatten. Zu der geschwätzigen Olivia Hagman würde das passen, egal, wie ausdrücklich ihre naive Mutter um Diskretion gebeten hatte. Tuva schob ihren Teller weg, der Appetit war ihr schlagartig vergangen. Die Rothaarige war mit ihrer Suppe fertig und als die Bedienung ihren Teller abholte, redete sie im Flüsterton aufgeregt auf sie ein. Dabei schielte sie auffällig zu Tuva hinüber, die es nicht länger auf ihrem Platz hielt. Mit einem Ruck schob sie ihren Stuhl zurück und ging zu dem Tisch hinüber.

„Falls Sie irgendwelche Fragen zu meiner Person haben, können Sie mir die auch direkt stellen", sagte sie mit kaum unterdrückter Wut in der Stimme. „Ich bin nämlich aktuell die Attraktion des Hauses, das haben meine reizenden Freundinnen so arrangiert. Wussten Sie davon? Möchten Sie ein Interview oder reicht Ihnen ein Autogramm?"

Das Gesicht der Frau wurde fast so rot wie ihr Haar, sie sah aus, als hätte man eine Rotlichtlampe auf sie gerichtet. „Ich habe doch überhaupt nichts gesagt", rechtfertigte sie sich.

„Nein, aber Sie haben mich unverschämt angestarrt. Und jetzt fragen Sie das Personal über mich aus. Ist es nicht so?" Tuva schaute die junge dunkelhaarige Frau an, die peinlich berührt den Kopf senkte. Es stimmte also. Sie fühlte, wie jemand ihren Arm berührte, es war Meja, die nun neben ihr stand.

„Tuva, komm zurück auf deinen Platz." Sie lächelte die Rothaarige an. „Entschuldigen Sie, meiner Freundin geht es nicht gut. Wir sind hier, weil sie Ruhe braucht. Sie hat es nicht böse gemeint."

„Ich habe es so gemeint, wie ich es gesagt habe", entgegnete Tuva wütend. „Ich bin keine Zirkusattraktion, die man anstarren und über die man sich ungeniert austauschen darf. Ihr Verhalten war taktlos."

„Tuva, beruhige dich. Komm zu uns zurück, es gibt gleich Marzipantörtchen zum Nachtisch. Die solltest du dir nicht entgehen lassen."

„Ich pfeife darauf und auf alles andere hier auch. Ich möchte jetzt wirklich meine Ruhe haben." Tuva stürmte aus dem Raum, lief die Treppe hinauf in ihr

Zimmer und schloss die Tür hinter sich ab. Als Meja später anklopfte, reagiert sie nicht darauf.

21.

Tuva lag auf ihrem Bett. Sie hatte kein Licht eingeschaltet und starrte in die Dunkelheit. Hatte sie überreagiert? Sie dachte an Elins erschrockenes Gesicht, wie versteinert hatte sie dagesessen, unfähig zu reagieren. Natürlich passte das zu Elin, mit komplizierten zwischenmenschlichen Situationen war sie schon immer schlecht zurechtgekommen. Ihre Freundschaft war damals eher zufällig entstanden. Tuva, deren Begabung auf sprachlichem Gebiet lag und die mit Mathematik immer Schwierigkeiten gehabt hatte, war in den entsprechenden Kursen am Gymnasium oft überfordert gewesen. Elin hatte ihr selbstlos geholfen und so waren sie einander nähergekommen, obwohl ihre Interessen in ganz unterschiedliche Richtungen gingen. Während Elin auf hohem Niveau Schach spielte und viel Zeit mit Programmieren verbrachte, las Tuva viel und schrieb Gedichte, mit denen Elin nichts anfangen konnte. In der verträumten, romantischen Celine fand Tuva eine verwandte Seele. Mit ihr konnte sie stundenlang über Bücher reden, sie vertrauten einander bald ihre geheimsten Wünsche an, sehr zum Verdruss von Meja. Tuva hatte Meja von Anfang an durchschaut. Deren Verbindung mit Celine beruhte auf dem egoistischen Bestreben, sich im Glanz der schönen und begehrten Freundin zu sonnen. Dabei wünschte sich Meja nichts sehnlicher, als Celine auszustechen und wenn sie ihr auf subtile Weise schaden konnte, hatte sie das auch getan. Trotzdem brach Celine nicht mit Meja, genau wie Tuva sich nicht völlig von Elin abwandte, als ihre Freundschaft mit Celine enger wurde. Auf andere wirkten sie wie ein harmonisches Quartett, nach innen waren ihre Beziehungen jedoch brüchig und von allerlei Spannungen belastet, an denen meist Meja schuld gewesen war. Bestimmt ging auch das aktuelle Komplott auf eine Idee von Meja zurück. Elin wäre niemals allein auf einen derartigen Einfall gekommen, war aber in ihrem Denken zu gradlinig, um das Hinterhältige daran zu durchschauen. Sie schien wirklich an die gute Absicht zu glauben. Tuva empfand einen Anflug von Mitleid mit Elin und fragte sich erneut, ob sie überreagiert hatte. Nein, sagte sie sich entschieden, das Verhalten der rothaarigen Frau war unverschämt gewesen. Offenbar war sie von ihr erkannt worden. Früher hatte Tuva wie all ihre Freundinnen unbefangen Fotos von sich in den sozialen Medien gepostet. Natürlich nicht solche wie Meja, die mit wenig Textilien und viel Make-up in aufreizender Weise zu posieren pflegte, sondern ungestellte Schnappschüsse von Ausflügen, auf denen sie und Celine sich gegenseitig fotografiert hatten. Nach dem Verschwinden von Celine hatte Tuva all ihre Accounts in den sozialen Medien gelöscht, doch es war zu spät gewesen. Längst hatten sich die Fotos im Netz verbreitet und wurden tausendfach geteilt, mal mit sachlichen Kommentaren versehen, mal im Zusammenhang mit wirren Verschwörungstheorien und nicht zuletzt verbunden mit Beschuldigungen und Beschimpfungen. Längst war Tuva nicht mehr in den sozialen Medien aktiv und tat es sich auch nicht an zu lesen, was dort verbreitet wurde. Doch ihr Bild konnte man garantiert immer noch finden. Vielleicht hatte sich die Rothaarige vor ihrer Reise über die mysteriösen Vorfälle in der nahe gelegenen Höhle informiert und dabei auch die Fotos der beteiligten Personen studiert. Deshalb ihre Aufgeregtheit, als sie Tuva erkannt hatte. Es würde nie enden.

Tuvas Gedanken wurden durch ein erneutes Klopfen an der Tür unterbrochen. Sie hörte die Stimme von Meja. „Tuva, mach bitte auf. Wir machen uns Sorgen um dich."

Du kannst mich mal, dachte Tuva, doch dann ließ sich auch Elin vernehmen. „Ja bitte, Tuva. Es tut uns leid, was passiert ist."

Mit einem Seufzen erhob sich Tuva vom Bett und öffnete die Tür.

„Wieso sitzt du hier im Dunkeln?", fragte Meja verblüfft. „Komm wieder mit nach unten, wir sind schließlich vor allem deinetwegen hier."

„Nein, ich komme nicht mit. Ich bin hundemüde und gehe jetzt schlafen. Amüsiert euch gefälligst allein."

Meja wollte protestieren, doch Elin lenkte ein. „Es ist sicher das Beste, wenn du dich erst mal richtig ausschläfst. Wir sehen uns dann morgen beim Frühstück."

Meja schien mit dieser Lösung nicht einverstanden zu sein, stimmte aber widerwillig zu. „Na schön, wenn du meinst. Schlaf dich aus. Wir vergessen den kleinen Fehlstart heute und machen uns morgen einen ganz tollen Tag. Bis zum Frühstück, Liebes.“ Sie hauchte Tuva einen Luftkuss auf die Wange.

Morgen zur Frühstückszeit bin ich längst von hier weg, dachte Tuva.

22.

Tuva legte sich ins Bett, aber einschlafen konnte sie nicht. Sie lauschte auf die Geräusche im Haus. Weit nach Mitternacht hörte sie Meja und Elin nach oben kommen. Meja kicherte laut und hatte ihre Stimme nicht mehr unter Kontrolle. Bestimmt hatte sie nach dem Essen reichlich dem Alkohol zugesprochen. Schon früher hatte Tuva sie öfter sinnlos betrunken erlebt. Elin, die garantiert nüchtern war, schien ihre liebe Not mit Meja zu haben. Es gab ein lautes Geräusch auf dem Flur, als wäre jemand mit seinem gesamten Körpergewicht gegen eine Tür gefallen. Unmittelbar darauf hörte man Meja laut gackern und Elin beschwichtigend auf sie einreden. Dann schienen sie es endlich bis in ihr Zimmer geschafft zu haben, eine ganze Weile drang noch Gemurmel durch die dünne Wand, bis endlich Ruhe einkehrte. Tuva fand trotzdem keinen Schlaf. Nachdem sie das Licht gelöscht hatte, legte sich ein derartiges Gefühl der Enge um ihre Brust, dass sie zu ersticken glaubte. Sie schaltete die Lampe auf dem Tisch neben dem Bett wieder ein, doch es wurde nicht besser. Die Wände des Zimmers schienen auf sie zuzukommen und sie zu erdrücken. *Ich muss hier raus,* dachte sie. Tuva sprang aus dem Bett und zog Hose, Pullover und Parka über ihren Schlafanzug. Sie schlüpfte in die Stiefel, griff nach dem Schlüssel und verließ das Zimmer. Im Haus war es jetzt totenstill, die Treppe nur von den gedimmten Wandleuchten schwach erhellt. Auch in der Diele hatte man das Licht gedämpft. Die Eingangstür war natürlich verschlossen, doch beim Einchecken war jedem Gast der Code mitgeteilt worden. Nachdem Tuva ihn in das Bedienfeld eingegeben hatte, gelangte sie nach draußen. Eisige Luft schlug ihr entgegen und es schneite immer noch. Die Schneekristalle fühlten sich auf dem Gesicht wie feine Nadelstiche an. Tuva atmete tief durch und es ging ihr sogleich besser. Sie stapfte ein paar Schritte durch den Schnee, das unberührte Weiß ringsum übte eine beruhigende Wirkung auf sie aus. Als sich ihre Panik endgültig gelegt hatte, kehrte sie ins Haus zurück und verkroch sich wieder im Bett, das ihre Körperwärme noch gespeichert hatte. Nach der Kälte draußen fühlte es sich behaglich an und tatsächlich schlief Tuva bald darauf ein. Sie träumte von Celine und anfangs war es ein heiterer Traum. Sie gingen Hand in Hand durch einen lichten Birkenwald. Celine trug ein weißes Kleid und einen Blütenkranz in ihrem blonden Haar, sie sah wunderschön und glücklich aus. Vor ihnen huschte ein Fuchs über den Weg, plötzlich brach der Boden unter seinen Füßen ein und er verschwand in einem Loch. Vom Rand der Grube

zogen sich Risse über den Weg, die sehr schnell länger und breiter wurden und sich auf ihre Füße zubewegten. Tuva sprang erschrocken ein Stück zurück. „Celine pass auf!“, rief sie, doch es war zu spät. Celine, die mit tänzelnden Schritten und einem seligen Lächeln auf dem Gesicht weitergegangen war, hatte die Gefahr nicht kommen sehen. Sie strauchelte erst leicht, dann öffnete sich die Erde unter ihr und sie verschwand mit einem lauten Schrei in der Tiefe. Tuva ließ sich auf den Bauch nieder und robbte ganz nah an den Rand der Grube heran. Sie sah Celine mit verrenkten Gliedern in der Tiefe liegen, doch sie lebte, denn sie schrie um Hilfe. Von Entsetzen gepackt fuhr Tuva schweißgebadet im Bett hoch und es dauerte eine Weile, bis sie begriff, dass sie geträumt hatte. Allmählich wurde ihr auch bewusst, wo sie sich befand. Celines Schreie gellten noch immer in ihren Ohren und wollten nicht verstummen. Schlagartig wurde Tuva klar, dass es sich dabei um keine Einbildung handelte, jemand schrie tatsächlich, es hallte durch das ganze Haus. Dann waren Türenschlagen und aufgeregte Stimmen zu hören. Wie spät war es überhaupt? Tuva angelte nach ihrem Handy auf dem Tisch neben ihrem Bett. 7 Uhr, Zeit aufzustehen, stellte sie fest. Ab 8 Uhr gab es Frühstück, dann wollte sie das Hotel längst verlassen haben, denn um 8 Uhr fuhr auch ihr Bus von Hyssna nach Göteborg. Tuva hörte, wie die Tür des Nebenzimmers geöffnet wurde und die unverkennbare dunkle Stimme von Elin jemanden fragte, was eigentlich passiert sei. Die Antwort konnte sie nicht verstehen, Tuva ärgerte sich, nicht früher wach geworden zu sein. Durch die allgemeine Unruhe im Haus waren Elin und Meja ebenfalls geweckt worden und nun könnte es Diskussionen über ihre Abreise geben. Natürlich würde sie sich davon nicht aufhalten lassen, lästig war es trotzdem. Sie putzte nur schnell ihre Zähne, zog die

Sachen vom Vortag an und stopfte Waschzeug und Schlafanzug in ihre Reisetasche. Als sie in die Stiefel schlüpfte, fühlten sie sich von ihrem nächtlichen Ausflug noch klamm an und auf dem dunklen Leder war ein unschöner heller Rand zu sehen, wo die Nässe getrocknet war. Darum konnte Tuva sich jetzt nicht kümmern und es störte sie auch nicht weiter. Zum Glück hatte sie gestern nichts weiter ausgepackt und würde versuchen, unauffällig zu verschwinden. Bezahlt war alles, wenigstens an dieser Stelle erwies sich die sorgfältige Vorbereitung von Meja als Vorteil.

Mit ihrer Tasche in der Hand huschte Tuva aus dem Zimmer, den Zimmerschlüssel ließ sie der Einfachheit halber stecken. Von der Diele her drang Stimmengewirr herauf, weshalb sie ungern den Weg durch den Haupteingang nehmen wollte. Sie erinnerte sich, wie man auch durch den Wintergarten nach draußen gelangen konnte, bei ihrem Aufenthalt damals war dort das Frühstück serviert worden. Sie fragte sich nur, ob die Tür offen war, doch einen Versuch war es wert. Tuva bewegte sich bis zum Fuß der Treppe nach unten und bog dann zum Wintergarten ab, der auf der Rückseite des Hauses lag. Sie hatte Glück, niemand bemerkte sie. Der Wintergarten war leer, auf einem der Tische lag ein Stapel Tischdecken, daneben stand ein Korb mit Besteckteilen. Es wirkte, als sollte hier zum Frühstück eingedeckt werden, doch zum Glück war niemand zu sehen. Tuva ging zu der Tür, die nach draußen führte und zog daran. Zu ihrer Enttäuschung war sie verschlossen. Während sie angestrengt über eine Alternative nachdachte, fühlte sie sich plötzlich von hinten grob an der Schulter gepackt. „Was machen Sie da, wo wollen Sie hin?“

Tuva fuhr herum und sah sich dem Inhaber des Hotels Björn Hagman gegenüber. Er wirkte merkwürdig derangiert, sein graues Haar stand wirr nach allen Seiten ab und seine Brille saß schief auf der Nase.

„Lassen Sie mich los", sagte Tuva verärgert. „Ich reise ab. Mein Zimmerschlüssel steckt und die Rechnung ist bezahlt."

„Und weshalb wollen Sie sich dann durch den Wintergarten nach draußen schleichen?"

Tuva wollte sagen, es sei ihre Angelegenheit, welchen Weg sie wählen würde, kam aber nicht dazu, denn Hagman sprach schon weiter. „Sie reisen nicht ab, sondern warten auf das Eintreffen der Polizei. Und jetzt kommen Sie gefälligst mit."

Tuva war zu verblüfft, um weitere Einwände zu erheben. Die Fragen, die ihr durch den Kopf wirbelten, wollten nicht über ihre Lippen. Sie ließ es zu, dass Hagman sie hinter sich herzerrte wie eine auf frischer Tat ertappte Diebin. Glaubte er, sie hätte etwas gestohlen und wollte deshalb unauffällig verschwinden? Das würde sich schnell aufklären lassen. Doch die Panik, die sich in ihr auszubreiten begann, sagte etwas anderes. Tuva dachte an die Schreie, von denen sie erwacht war. Es musste um mehr gehen als um ein paar verschwundene Silberlöffel, um sehr viel mehr.

23.

Im Büro war es dämmrig, Alva musste das Licht einschalten, um überhaupt etwas zu erkennen. Das Schneetreiben wurde zunehmend dichter, man konnte aus den Fenstern des Polizeipräsidiums kaum bis zum Ullevi-Stadion sehen. Alva war an diesem Morgen die Erste, unmittelbar nach ihr tauchte Jördis auf. Caroline würde wie immer ein wenig später eintreffen, weil sie vorher Elsa in der Kita abgeben musste. Sven kam zehn Minuten später hereingeschneit, und das im wahrsten Sinne des Wortes. Sein leuchtend rotes Haar war weiß gesprenkelt und sein Parka, den er vor dem Betreten des Gebäudes gründlich ausgeschüttelt hatte, klatschnass.

„Was für ein Wetter“, schimpfte er. „Wenn das wieder taut, haben wir den schönsten Matsch.“

„Und wenn schon“, erwiderte Alva gleichmütig, „es gibt Schlimmeres.“

„Irgendwelche neuen Hiobsbotschaften?“, fragte Sven misstrauisch und fuhr sich mit der Hand durchs

Haar. Durch die Feuchtigkeit stand es nach allen Seiten ab.

„Nein, zum Glück nur der übliche Ärger. Ich fürchte, im Falle der Schießerei werden wir die Schuldigen nicht dingfest machen können.“

„Wenigstens hat es diesmal zwei Bandenmitglieder und keine Unbeteiligten erwischt. Das macht es weniger tragisch.“ Sven zuckte gleichgültig mit den Schultern. Alva konnte ihm nicht ganz zustimmen.

„Das jüngere Opfer war erst sechzehn, das finde ich schon schlimm.“

„Sicher ist das schlimm, aber es ist eine Tendenz, zunehmend Jugendliche, manchmal sogar Kinder, für Straftaten zu rekrutieren. Man lässt sie nicht nur als Drogenkuriere arbeiten, sondern erteilt ihnen sogar Mordaufträge. Ich frage mich, wo das noch enden soll.“

„Seid ihr schon vollzählig?“ Kommissar Rurik Stein steckte den Kopf zur Tür herein.

„Nicht ganz, Caroline fehlt noch“, sagte Alva.

„Jetzt nicht mehr“, war Carolines Stimme hinter ihrem Chef zu vernehmen, der sich zu ihr umdrehte und sie erfreut begrüßte.

„Sehr schön, dann können wir gleich anfangen. Es gibt neue Arbeit für uns, wir haben eine Leiche.“

„Noch eine, reichen die zwei Bisherigen nicht?“, kommentierte Sven genervt.

„Es geht diesmal nicht um eine Bandenschießerei, um daran weiterzuarbeiten, bekommen wir übrigens Verstärkung. Wir sollen uns vor allem um den neuen Fall kümmern. Vor einem Hotel bei Hyssna wurde die Leiche einer Frau gefunden. Und wie es aussieht, ist sie nicht einfach erfroren, sondern wurde Opfer eines Gewaltverbrechens. Die Spurensicherung ist bereits informiert, sie dürfen aber erst mit ihrer Arbeit beginnen, wenn wir uns einen Eindruck vom Tatort verschafft haben. Außerdem sind einige Zeugen zu vernehmen, weshalb wir zu viert hinfahren werden. Jördis hält hier inzwischen die Stellung."

Alva erwartete eine enttäuschte Reaktion von Jördis, die es normalerweise gar nicht schätzte, wenn man sie nicht zu Einsätzen mitnahm. Diesmal nickte sie jedoch nur stumm.

„Vor einem Hotel wurde die Leiche gefunden?", fragte Alva. „Das bedeutet, wir werden sämtliche Hotelgäste vernehmen müssen."

„So viele sind es zum Glück nicht, das Hotel ist klein und hat momentan nur wenige Gäste. Der Inhaber war so umsichtig, alle anzuweisen, auf unser Eintreffen zu warten."

„Wie heißt das Hotel?" Caroline schien etwas zu ahnen.

„*Drei Buchen.* Sagt dir der Name etwas? Warst du schon mal dort?"

„Ich nicht, aber die Frau von jemandem, den ich kenne. Sie ist nie von dort zurückgekehrt und wird bis heute vermisst. Und sie ist nicht die Einzige. Langsam frage ich mich, was es mit dem Ort auf sich hat."

„Moment mal, mir dämmert jetzt etwas. War das nicht der mysteriöse Vermisstenfall vor zwei Jahren?" Rurik schien angestrengt in seinem Gedächtnis zu kramen, schüttelte dann aber den Kopf. „Wir können uns unterwegs darüber unterhalten, jetzt müssen wir losfahren. Ich fürchte, uns steht eine Menge Arbeit bevor."

24.

Sven fuhr den Dienstwagen, was ihm Gelegenheit gab, weiter über das Wetter zu schimpfen. Es schneite noch immer, wenn auch nicht mehr so stark. Rurik stimmte ihm zu. „Schnee ist schlecht für die Spurensicherung. Wenn es sich wirklich um ein Tötungsdelikt handelt, sind das keine guten Voraussetzungen für die Aufklärung. Aber um noch einmal auf die bei Hyssna verschwundenen Frauen zurückzukommen, wie war das damals gleich?“ Er drehte sich zu Caroline um, die zusammenfasste, was sie darüber wusste. Alva ergänzte ihre Ausführungen mit den Ergebnissen ihrer eigenen Recherchen.

„Hm, das ist schon merkwürdig.“ Rurik kratzte sich nachdenklich am Kinn. „Aber mit unserem aktuellen Fall hat es wohl nichts zu tun. Die beiden Frauen sind einfach verschwunden und nicht wieder aufgetaucht. Der Verdacht des freiwilligen Untertauchens lag in beiden Fällen nahe. Doch auch wenn es anders gewesen sein sollte, ist es nicht im Hotel, sondern bei der Höhle *Torkels hideout* passiert. Dort hat man die

Handys der beiden gefunden. Es war naheliegend, in dem Hotel *Drei Buchen* zu übernachten, wenn sie auf dem Hyssnaleden wandern und die Höhle besichtigen wollten. Es liegt günstig und die Preise sind erschwinglich."

„Wer war eigentlich dieser Torkel, nach dem die Höhle benannt ist?", fragte Sven.

„Das war ein Mann, der sich dort in Kriegszeiten vor den Dänen versteckt hielt, so sagt es die Überlieferung. Wir müssten übrigens gleich beim Hotel sein." Rurik hatte das Hinweisschild am Straßenrand entdeckt. Sie bogen in einen schmalen Waldweg ein und kurz darauf tauchte das Gebäude vor ihnen auf, das mit dem schneebedeckten Dach und den Erkern wie die Kulisse für ein Weihnachtsmärchen wirkte. Auf dem rechts davon liegenden Gästeparkplatz war der Schnee notdürftig beiseitegeschoben worden, Sven parkte den Wagen neben dem Streifenwagen der uniformierten Kollegen, die zuerst vor Ort gewesen waren. Beim Aussteigen zählten sie drei weitere Autos, deren Form man unter der Schneedecke nur grob erahnen konnte.

„Drei Autos", brummte Rurik, „Das Hotel scheint im Moment wenig belegt zu sein. Es sei denn, andere Gäste sind mit dem Bus angereist oder zu Fuß über den Hyssnaleden hierhergekommen."

„Letzteres glaube ich eher nicht." Sven zog seine Jacke fester um sich. „Das ist jetzt nicht das ideale Wetter zum Wandern."

Nur wenige Meter vom Hoteleingang entfernt war ein Bereich mit Flatterband abgesperrt. Fußspuren führten dorthin und wieder zurück, alle sahen ganz frisch aus. Drei uniformierte Kollegen bewachten die Stelle, wo auf den ersten Blick nichts zu erkennen war, vor allem keine Leiche. Es wirke, als wäre eine Schneefläche willkürlich eingekreist worden. Die vier Kriminalisten gingen zu dem Kollegen hin und stellten sich vor. Der Ranghöchste der drei, ein hochgewachsener Mann mit einem stark geröteten Gesicht, wirkte erleichtert. „Gut, dass ihr kommt. Die Situation ist ziemlich speziell. Die Leiche ist komplett zugeschneit. Zum Glück hat sich der Hotelbesitzer umsichtig verhalten und die Gäste gehindert, sich dem Tatort zu nähern. Er hat die Leiche auch nicht freigelegt, nur das Gesicht, um zu sehen, wer die Person ist. Inzwischen ist sie schon wieder zugeschneit. Ihr werdet ein Zelt aufbauen müssen, um euch einen Eindruck zu verschaffen."

„Das machen wir auf jeden Fall", erwiderte Rurik ungeduldig. „Aber woher weiß man überhaupt, dass hier Fremdeinwirkung vorliegt?"

„Kommt mit, ich zeige es euch." Der Polizist hob das Band an und Rurik schlüpfte als Erster hindurch, die anderen folgten. „Seht ihr das hier?" Etwas, das wie ein dunkler Holzstab aussah, ragte aus dem Schnee. Alva erkannte es zuerst.

„Das ist der Griff eines Messers", sagte sie.

„Stimmt." Der Kollege nickte zufrieden. „Der Griff eines großen Messers mit einer vermutlich langen Klinge, die komplett in der Brust des Opfers steckt. Gefunden wurde die Tote von einer jungen Frau, der Nichte der Hotelbesitzerin. Das heißt, sie bemerkte nur, dass da etwas aus dem Schnee ragt, und wollte es wegräumen. Das ging aber nicht, das Messer steckte fest. Als sie herausfand, worin es steckte, erlitt sie einen Schock und schrie das ganze Haus zusammen. Der Hotelbesitzer, Björn Hagman heißt er übrigens, war gerade dabei, einen Weg vor dem Eingang freizuschaufeln. Er legte Gesicht und Brust des Opfers frei und erkannte sofort, dass da nichts mehr zu machen war. Also informierte er uns und hinderte die Gäste, nach draußen zu gehen. Sie sind jetzt alle in einem der Aufenthaltsräume versammelt, die Aufregung unter ihnen ist natürlich groß. Unsere Kollegin ist bei ihnen und hat bereits angefangen, die Personalien aufzunehmen."

„Sehr gut." Rurik zeigte sich zufrieden. „Eine Frage habe ich noch. War das Opfer ein Hotelgast?"

„Ja, die junge Frau ist gestern Abend angekommen. Ob sie hier draußen oder im Hotel getötet wurde, ist völlig unklar. Der Schnee dürfte alle Spuren verwischt haben."

25.

Inzwischen war die Spurensicherung eingetroffen. Rurik beschloss, die Zeit, bis das Zelt aufgebaut war, für erste Befragungen zu nutzen. Hotelgäste und Personal waren in einem Raum versammelt, der von einem gemauerten Kamin dominiert wurde. Wenn er in Betrieb war, strahlte er sicher Gemütlichkeit aus, doch niemand hatte sich die Mühe gemacht, ihn anzuzünden. Zwei junge Frauen, die direkt daneben kauerten, kuschelten sich wie frierende Vögel aneinander. Die anderen Anwesenden saßen steif auf ihren Stühlen, allen war der Schock anzumerken. Eine junge blonde Polizistin, die eine Liste mit den Personalien erstellt hatte, übergab ihre Aufzeichnungen Alva und ging dann nach draußen. Sie sah ihre Mission offenbar als erfüllt an und war erleichtert, den Kriminalisten das Feld überlassen zu dürfen. Rurik stellte sich und seine Kollegen vor. Dann verschaffte er sich einen ersten Überblick, Alva reichte zu diesem Zweck die Liste an ihn weiter. „Björn Hagman, wer ist das bitte?“, fragte er.

„Das bin ich“, meldete sich ein korpulenter grauhaariger Mann.

„Sie sind der Besitzer dieses Hotels und ich vermute, Sie sind seine Frau Olivia Hagman“, wandte sich Rurik an die Frau mit dem blonden Haarknoten neben ihm. Olivia Hagman hatte den Arm schützend um eine junge Frau mit sehr kurzen schwarzen Haaren gelegt.

„Und Sie sind ...?“, fragte Rurik.

Olivia Hagman antwortete anstelle der jungen Frau. „Das ist meine Nichte Nilla Ahloff. Sie hat ... ich meine ... sie hat heute Morgen zuerst etwas bemerkt.“

Sie hütete sich, es direkt auszusprechen, doch Rurik verstand sie auch so. Er wandte sich nun direkt an die Zeugin. „Fühlen Sie sich in der Lage, ein paar Fragen zu beantworten?“, fragte er.

Nilla Ahloff nickte zögernd.

„Gibt es hier einen Raum, wo wir ungestört sind?“

„Sie können in eins der leer stehenden Gästezimmer gehen“, schlug Olivia Hagman vor. Sie stand auf, um Rurik hinzuführen, doch Nilla machte keine Anstalten, ihnen zu folgen. Rurik sah sich hilfesuchend nach Alva um. „Alva, komm mal bitte mit.“ Wenn es um traumatisierte Personen ging, bewies sie das größte Einfühlungsvermögen. Tatsächlich konnte sie die junge Frau zum Mitkommen bewegen. Olivia Hagman zeigte ihnen das Gästezimmer, in dem sie die Befragungen durchführen konnten. Es handelte sich um ein Doppelzimmer im Erdgeschoss, das Mobiliar wirkte etwas in die Jahre gekommen. Neben einem Schrank gab es ein Doppelbett und einen Tisch vor dem Fenster, dessen Platte staubig war. Daneben standen zwei Stühle mit Holzlehnen. Bevor jemand etwas sagen konnte, kam Björn Hagman mit einem dritten Stuhl zur Tür herein.

Seine Frau wischte den Tisch ab und stellte auch noch Kaffee und Wasser bereit, eine Aufmerksamkeit, die Alva zu schätzen wusste. Nilla Ahloff wirkte sehr mitgenommen, Alva goss ihr vorsichtshalber gleich ein Glas Wasser ein. Sie begann das Gespräch mit allgemeinen Fragen. „Frau Hagman ist Ihre Tante, stimmt das?“

„Ja“, hauchte Nilla, sie war kaum zu verstehen.

„Sind Sie zu Besuch hier?“

„Nein, ich wohne bei ihr und helfe ab und zu ein wenig im Hotel mit.“

„Wie lange schon?“

„Seit etwas über einem Jahr.“

„Was machen Sie sonst, wenn Sie nicht im Hotel helfen?“

Die Frage schien Nilla Ahloff unangenehm zu sein, sie zuckte mit den Schultern und Alva bestand nicht auf einer Antwort. Sie ging zur nächsten Frage über.

„Wo wohnen Sie, hier im Hotel?“

„Nein, im Haus meiner Tante, da hinten.“ Sie machte eine vage Handbewegung, um eine Richtung anzudeuten. Alva fragte sich, wo sie meinte, doch Rurik hatte einen Einfall.

„Das lang gestreckte flache Gebäude hinter dem Hotel?“, fragte er. Alva hatte es für einen Schuppen gehalten, es lag halb hinter Bäumen versteckt.

„Ja, das ist das Wohnhaus.“

„Wie ist das nachts im Hotel geregelt, bleibt immer jemand vom Personal hier?“

„Nein, das ist nicht nötig. Das Haus ist ja ganz nah und die Gäste können anrufen, wenn es ein Problem gibt. Das kommt selten vor. Im Moment ohnehin nicht, wir haben kaum Gäste.“

Nilla grub ihre Zähne in die Unterlippe, ihr war wohl gerade klar geworden, wie groß ihr aktuelles Problem war. Der Mord an einem Hotelgast musste sich in der Nacht ereignet haben. Alva ließ ihr Zeit, sich etwas zu sammeln, bevor sie ihre nächste Frage stellte. Sie näherten sich nun dem schwierigen Teil.

„Die Frau, die heute früh tot aufgefunden wurde, heißt Camilla Andersson.“ Sie las den Namen von dem Zettel ab, den die Kollegin ihnen überreicht hatte. „Sie ist gestern gegen Abend im Hotel angekommen. Hatten Sie Kontakt mit ihr, eventuell sogar mit ihr gesprochen?“

Nilla schloss die Augen, als würde es ihr so leichter fallen, sich zu erinnern. „Sie war im Kaminzimmer“, sagte sie dann. „Wir haben dort das Abendessen serviert. Sie hat ihre Bestellung bei mir aufgegeben, sie wollte nur eine Suppe. Sie schien verärgert zu sein.“

„Woraus schlussfolgern Sie das?“

„Na ja, sie hat jemanden erwartet, das Zimmer war für zwei Personen gebucht. Aber derjenige hat sie wohl versetzt.“

Alva sah, wie Rurik sich eine Notiz machte, das war eine interessante Information, die sie später überprüfen würden.

„Hat sie sonst noch etwas gesagt über die Bestellung hinaus?“

Nilla zupfte nervös an der Nagelhaut ihres Daumens. Ihre Fingernägel waren sehr kurz geschnitten und schwarz lackiert. „Als ich ihren Teller abholte, erkundigte sie sich nach einer Frau, die am Nebentisch saß. Sie kam ihr bekannt vor. Ich konnte ihr aber nicht helfen, ich kannte die Frau nicht. Außerdem reden wir nicht über unsere Gäste. Ich glaube, die beiden haben dann noch gestritten."

„Wer? Camilla Andersson und die Frau, nach der sie sich erkundigt hatte?"

Nilla hatte es nun geschafft, die Nagelhaut abzureißen, ein roter Blutstropfen quoll über den schwarzen Lack.

„Ja, aber ich habe davon nicht mehr viel mitbekommen. Ich bin mit dem Geschirr zurück in die Küche gegangen und habe die Tür hinter mir zugemacht."

„Wer war die Frau, nach der sich Camilla Andersson erkundigt hatte?" Die Information schien Alva bedeutsam zu sein. Doch Nilla zuckte wiederum nur mit den Schultern. „Sie ist mit zwei anderen Frauen da und hat langes dunkles Haar. Ihren Namen weiß ich nicht, aber ich kann sie Ihnen zeigen."

Darauf würde Alva auf jeden Fall zurückkommen.

„Wann haben Sie das Hotel gestern verlassen?", fragte sie.

„Das war gegen 00:30 Uhr. Da sind die letzten Gäste endlich ins Bett gegangen, zwei junge Frauen, die bis zum Schluss im Kaminzimmer gesessen hatten. Die eine war ziemlich betrunken."

„War die Frau dabei, nach der sich das spätere Opfer erkundigt hatte?"

„Nein, es waren die beiden anderen, mit denen sie am Tisch gesessen hatte. Sie ist sofort nach dem Essen aufs Zimmer gegangen, hat nicht einmal den Nachtisch abgewartet. Den musste ich wieder mitnehmen."

Der letzte Punkt, wie Nilla die Leiche gefunden hatte, war dann schnell abgehandelt. Björn Hagman war am Morgen als Erster zum Hotel hinübergegangen, um Schnee zu räumen. Nilla war ihm gefolgt, sie war dafür zuständig, die Tische für das Frühstück einzudecken. Ihr war aufgefallen, dass etwas Dunkles aus dem Schnee ragte und hatte es wegnehmen wollen. Sie begann zu schluchzen, als sie sich die Situation erneut vorstellte. Alva ersparte ihr weitere Einzelheiten.

„Danke, das war es, Sie können jetzt gehen", sagte sie. „Schicken Sie bitte Ihre Tante zu uns herein."

Nachdem sie die Tür hinter sich geschlossen hatte, pfiff Rurik leise durch die Zähne. „Ein Mann, der das Opfer versetzt hat, und eine Frau, mit der es Streit gab. Da deuten sich ein paar Spuren an, denen wir nachgehen sollten."

26.

Olivia Hagman war die nächste Zeugin, die sie vernahmen. Im Gegensatz zu ihrer Nichte wirkte sie sehr beherrscht. Wieder begann Alva das Gespräch mit ein paar allgemeinen Fragen. Sie erkundigte sich danach, wie das Geschäft mit dem Hotel lief. Was sie bisher gesehen hatte, ließ auf einen engen finanziellen Spielraum der Besitzer schließen, denn so manches müsste repariert und modernisiert werden. Olivia Hagman gab sich jedoch zufrieden. „Im Moment ist keine Saison. Die Winterurlauber zieht es weiter in den Norden, hier steigen nicht viele ab und wenn, dann nur auf der Durchreise. Aber vom Frühjahr bis zum Herbst haben wir ein volles Haus."

„Gibt es außer Ihnen, Ihrem Mann und Ihrer Nichte noch weiteres Personal?"

„Nur eine Köchin, die stundenweise kommt."

Alva erkundigte sich nach dem Namen und wie lange die Köchin am gestrigen Tag da gewesen wäre.

„Sie war von 17 bis 22 Uhr hier. Sie wohnt im Ort."

Alva notierte sich die Anschrift. Olivia Hagman gab an,

sie selbst habe das Hotel ebenfalls um 22 Uhr verlassen. „Nilla hat ausgeharrt, bis die letzten Gäste schlafen gegangen waren. Das war kurz nach Mitternacht."

Das stimmt mit der Aussage von Nilla Ahloff überein. „Ihre Nichte hat einen anderen Nachnamen, wie genau sind Sie verwandt?"

Die Frage schien Olivia Hagman nicht zu behagen. „Sie ist nicht meine Nichte, Nilla ist die Tochter einer Cousine. Aber sie nennt mich Tante."

Alva bestand nicht auf weiteren Erklärungen, sie würden die Angaben aller Personen ohnehin genauer überprüfen. Jetzt ging es um die Beobachtungen, die Olivia Hagman am gestrigen Tag eventuell gemacht hatte. Von einem Streit zwischen einem weiblichen Gast und dem Opfer Camilla Andersson wusste sie nur durch Nilla, hatte allerdings eine Vermutung, was ihn ausgelöst haben könnte. Ihre Erklärung versetzte Alva in Erstaunen.

„Habe ich das jetzt richtig verstanden? Die Frau, mit der das spätere Opfer gestritten hat, war Tuva Westin, deren Freundin vor zwei Jahren spurlos verschwand? Und die beiden hatten damals ebenfalls hier im Hotel gewohnt?"

„Ja, so ist es", bestätigte Olivia Hagman. „Ich war auch verwundert über ihre Entscheidung, gemeinsam mit zwei Freundinnen ein Wochenende hier zu verbringen. Ihre Mutter hat mich vorher sogar angerufen und um Diskretion gebeten. Das wäre nicht nötig gewesen. Obwohl ich Tuva Westin sofort wiedererkannte, habe ich es mir nicht anmerken lassen und ich hätte sie auf keinen Fall auf die damaligen Ereignisse angesprochen. Doch für meine anderen Gäste konnte ich natürlich nicht garantieren. Ihr Foto ging damals durch die

Medien und der Fall erregte große Aufmerksamkeit. Leider scheint Camilla Andersson sie erkannt zu haben, sie hat sich bei Nilla nach ihr erkundigt. Das hat Tuva Westin möglicherweise nicht gefallen.“

Das war eine interessante Information. Was Björn Hagman, den sie als Nächsten befragten, dem noch hinzuzufügen hatte, machte es noch brisanter.

„Während alle anderen Gäste sich im Kaminzimmer versammelten, versuchte Tuva Westin ungesehen durch den Wintergarten zu entkommen. Das fand ich sehr merkwürdig. Ich meine, Nilla hatte ziemlich laut geschrien, als sie die Leiche entdeckte. Alle im Hotel waren dadurch wach geworden und kamen nach unten, um herauszufinden, was passiert war. Einige waren noch im Schlafanzug und hatten sich nur schnell etwas übergeworfen. Aber Tuva Westin war vollständig angezogen, sie hatte ihre Reisetasche bei sich und interessierte sich nicht für den Grund der allgemeinen Unruhe. Fast könnte man meinen, sie kannte ihn bereits.“

„Wäre das denkbar? Könnte sie mit jemandem darüber gesprochen haben?“ Alva wollte diese Möglichkeit nicht ausschließen, doch Hagman schüttelte den Kopf. „Mit wem denn? Niemand außer mir, Nilla und meiner Frau wusste zu dem Zeitpunkt Bescheid. Wir haben den Gästen nichts Konkretes gesagt. Sehen konnten sie die Leiche nicht, sie war schließlich völlig zugeschneit. Erst nach dem Eintreffen der Polizei wurden alle in Kenntnis gesetzt, um was es eigentlich ging.“

„Sie haben Tuva Westin also daran gehindert, das Hotel zu verlassen. Schildern Sie die Situation bitte genauer.“

„Ich habe sie zufällig entdeckt." Das Gesicht von Björn Hagman war vor Erregung gerötet. „Meine Frau war bei den Gästen im Kaminzimmer geblieben, ich habe den Raum verlassen, um ungestört die Polizei anzurufen. Da sah ich jemanden in Richtung Wintergarten schleichen und bin hinterher. Ich habe sie ertappt, wie sie versuchte, die Tür zu öffnen, die zum Glück verschlossen war. Ihre Reaktion war sehr unwirsch, sie erweckte den Eindruck, ganz schnell wegzuwollen. Aber ich konnte sie zum Glück daran hindern." Er schaute Alva an, als würde er ein Lob von ihr erwarten.

„Sie haben sich sehr umsichtig verhalten", sagte sie. Nach dieser Aussage wollte sie dringend mit Tuva Westin sprechen. „Was meinst du, machen wir mit ihr weiter?", fragte sie Rurik.

„Auf jeden Fall", stimmte er zu.

27.

Tuva lief unruhig in ihrem Zimmer auf und ab. Sie hatte die erste Befragung überstanden, sollte sich aber weiterhin bereithalten, was immer das bedeutete. Das Gespräch war entgegen ihren Erwartungen recht angenehm verlaufen. Die dunkelhaarige Kriminalinspektorin, die sich als Alva Claesson vorgestellt hatte, war sehr einfühlsam vorgegangen, während ihr älterer Kollege sich im Hintergrund hielt. Tuva war es daher nicht schwergefallen, sich alles von der Seele zu reden: Ihren Ärger darüber, gegen ihren Willen hierher gelockt worden zu sein, und ihren Entschluss, gleich am Morgen ungesehen abzureisen. Ihre Begründung, sie habe den Hinterausgang gewählt, um mit niemandem reden zu müssen, wurde nicht in Zweifel gezogen. Tuva hatte gezögert, den Streit am Abend zu erwähnen, es dann aber für besser gehalten. Schließlich war die rothaarige Frau ermordet worden, das hatte sich inzwischen herumgesprochen. Da bekam natürlich alles, was in irgendeinem Zusammenhang damit stehen könnte, eine ganz andere Bedeutung. Außerdem hatte die junge Frau, die ihnen gestern das Abendessen serviert hatte, bestimmt schon darüber berichtet. Die Befragung von Elin und Meja stand noch aus und Tuva fürchtete, Meja würde ein großes Drama um die Angelegenheit machen. Die Wut darüber, von ihr in diese Situation gebracht worden zu sein, schnürte Tuva fast die Kehle zu. Sie hatte den Vorfall mit der Rothaarigen so sachlich wie möglich geschildert und glaubte, sogar Verständnis in der Miene der Polizistin erkannt zu haben. Nur an einer Stelle hatte sie gelogen, und zwar auf die Frage, ob sie das Haus in der Nacht verlassen habe. Mit diesem Eingeständnis hätte sie sich nur verdächtig gemacht, das wollte sie auf jeden Fall vermeiden. Niemand hatte sie in der Nacht gesehen, als sie draußen Luft geschnappt hatte, wozu sich also unnötig in Schwierigkeiten bringen.

Tuva schaute auf ihr Handy, mehr als zwei Stunden waren seit ihrer Befragung vergangen. Müssten da nicht inzwischen auch alle anderen ihre Aussage gemacht haben? Sie wartete auf das Signal zum Aufbruch, ewig konnte man sie hier schließlich nicht festhalten. Auch die anderen Gäste würden vermutlich wenig Lust verspüren, sich noch länger in diesem Hotel aufzuhalten. Oder ging die Polizei etwa davon aus, unter ihnen könnte der Mörder sein?

Tuvas Gedanken wurden durch ein Klopfen an der Tür unterbrochen.

„Ja bitte“, sagte sie, worauf der rothaarige Mann, der zum Team der Kriminalisten gehörte, zusammen mit einer schönen blonden Frau eintrat.

„Frau Westin, meine Kollegen möchten sich noch einmal mit Ihnen unterhalten“, sagte die Frau. „Haben Sie einen Mantel oder eine Jacke?“ Sie schaute sich suchend im Zimmer um. Tuvas dunkelblauer Parka hing außen am Schrank. „Ist das Ihrer?“

Wessen sonst? hätte Tuva beinahe erwidert. Und ja, sie hatte nur diesen einen Parka dabei. Abgesehen davon, dass sie keinen weiteren besaß, war lediglich ein Wochenendausflug geplant gewesen. Da nahm sie keinen Schrankkoffer voller Garderobe mit.

Der Mann nahm den Parka vom Bügel und hielt ihn ihr hin wie ein Kavalier alter Schule. „Ziehen Sie ihn bitte an und kommen Sie mit.“

Augenblicklich versteifte sich Tuva. Was sollte das denn jetzt? Wollte man sie etwa nach draußen bringen und sie mit der Leiche konfrontieren? Das würde sie nicht mit sich machen lassen. Oder aber ...?

„Bin ich etwa verhaftet?“, fragte sie.

„Nein, natürlich nicht“, sagte die Blonde in einem beruhigenden Ton. „Wir wollen nur etwas überprüfen.“

„Müssen wir dafür nach draußen gehen?“

„Nein, wir bleiben im Haus. Sie können den Parka danach auch gleich wieder ausziehen, es geht schnell.“

Mit einem unguten Gefühl schlüpfte Tuva in die Ärmel des Kleidungsstücks, das Sven ihr noch immer hinhielt. Sie gingen nach unten, wo in der Nähe der Eingangstür zwei uniformierte Polizisten standen und anscheinend in ein zwangloses Gespräch vertieft waren. Trotzdem war die Botschaft, die sie aussandten, eindeutig: Niemand kam hier ungesehen raus. Tuva wurde erneut in das Zimmer geführt, in dem sie vorhin schon gewesen war. Rurik und Alva erwarteten sie dort, Sven und Caroline zogen sich zurück. Die Tür zum Nebenzimmer stand jetzt offen, im Inneren bewegten sich Gestalten in weißen Overalls. Offenbar war dort die Spurensicherung am Werk, vermutlich war es das Zimmer des Opfers gewesen. Tuva war durch diese Beobachtung so abgelenkt, dass sie den dritten Mann im Raum zuerst gar nicht bemerkte.

„Das passt, ich bin mir sicher, das war sie“, sagte er aufgeregt. Tuva erkannte einen der beiden älteren Männer, die am Vorabend über das Eisangeln gesprochen hatten. Er hielt den Blick fest auf sie gerichtet.

„Sie sind sich wirklich sicher?“, fragte Alva ihn.

„Ganz sicher“, bestätigte er. „Sie hatte diesen Parka mit den weißen Reflektorstreifen an den Ärmeln an, die waren deutlich zu erkennen. Auch die Art, wie sie sich bewegt hat, erkenne ich wieder. Als ich sie in der Nacht herumlaufen sah, wusste ich sofort, dass es sich um eine junge Frau handelt. Das war sie, eindeutig.“

Tuva spürte, wie ihr ganz kalt wurde, trotz des dicken Parkas im geheizten Raum. Sie war gesehen worden, damit hatte sie nicht gerechnet. Draußen war niemand außer ihr gewesen, aber der Mann konnte natürlich am Fenster gestanden haben. Wieso hatte sie nicht mit dieser Möglichkeit gerechnet?

„Können Sie sagen, um welche Uhrzeit das war?“, fragte Alva den Mann.

„Um 01:30 Uhr, ich habe auf mein Smartphone geschaut. Ich war auf der Toilette gewesen und habe danach aus dem Fenster geguckt, ob es noch schneit. Da habe ich gesehen, wie sie da rumlief und mich darüber gewundert.“

„Danke, dann können Sie jetzt gehen. Mein Kollege kommt mit und nimmt Ihre Aussage auf.“

Während der Mann gefolgt von den beiden Polizisten, die sie abgeholt hatten, das Zimmer verließ, stand Tuva noch immer wie versteinert da.

„Setzen Sie sich doch bitte wieder", sagte Alva freundlich. „Den Parka können Sie jetzt ausziehen."

Am liebsten hätte Tuva ihn anbehalten, sie fror jetzt derart, dass ihre Zähne aufeinanderschlugen. Ungeschickt streifte sie das dicke Kleidungsstück ab, es rutschte zu Boden. Alva beugte sich vor, hob den Parka auf und hängte ihn über die Stuhllehne. „Setzen Sie sich bitte", wiederholte sie.

Mechanisch gehorchte Tuva, ihr Körper fühlte sich steif an.

„Sie haben gehört, was der Zeuge gesagt hat. Möchten Sie sich dazu äußern?"

„Es stimmt, ich war kurz draußen." Tuva hielt den Kopf gesenkt.

„Und was wollten Sie dort mitten in der Nacht?"

„Ich musste raus. Ich hatte eine Panikattacke. Es war alles so ... so." Tuva suchte nach den richtigen Worten. „So aufwühlend", sagte sie schließlich.

„Haben Sie draußen jemanden gesehen? Oder etwas Ungewöhnliches beobachtet?"

„Nein, da war niemand."

„Wie lange waren Sie draußen?"

„Etwa zwanzig Minuten, dann ging es mir wieder etwas besser."

Alva entging ihr Zittern nicht. „Trinken Sie erst mal einen Schluck Wasser", sagte sie mitfühlend. Sie wartete, bis Tuva wieder ruhiger atmete. Die Panikattacke in der Nacht nahm sie ihr ohne Weiteres ab und offenbar stand sie schon wieder kurz davor.

„Warum haben Sie das nicht gleich gesagt?", fragte sie.

„Ich weiß nicht, es war dumm von mir."

Dumm wie die ganze Fahrt hierher, setzte Tuva in Gedanken hinzu. Wie sollte sie aus dieser Situation, in die sie sich durch ihre Naivität selbst gebracht hatte, nur wieder herauskommen?

28.

„Wie gehen wir jetzt weiter vor?“, fragte Alva, nachdem Tuva das Zimmer verlassen hatte. „Wir haben alle befragt und die Anschriften liegen uns vor. Wir können niemanden mehr daran hindern abzureisen.“

„Tuva Westin ist momentan unsere Hauptverdächtige.“ Rurik goss den restlichen Kaffee, der sich noch in der Kanne befand, in seine Tasse. Eigentlich sollte er auf seinen Blutdruck achten, doch ohne Kaffee konnte er nicht nachdenken. „Wir können sie mitnehmen und weitere vierundzwanzig Stunden ohne Haftbefehl festhalten. Dadurch bekommen wir die Gelegenheit, sie weiter zu befragen.“

Alva schüttelte den Kopf. „Was soll das bringen? Es besteht kein hinreichender Tatverdacht gegen sie. Ihre Wut über die Situation, in die ihre sogenannten Freundinnen sie gebracht haben, kann ich nachvollziehen. Auch die nächtliche Panikattacke nehme ich ihr ohne Weiteres ab. Diese Meja Burman ist eine unangenehme Person, die möchte ich auch nicht zur Freundin haben. Deren Augen haben vor Sensationslüsternheit gefunkelt, sie hat ihre Aussage regelrecht genossen. Dabei hat sie nichts ausgelassen, um Tuva Westin in ein schlechtes Licht zu rücken. Ihre ständigen Hinweise darauf, was vor zwei Jahren mit Tuvas Freundin Celine passiert ist, waren reichlich penetrant. Sie hat regelrecht versucht, uns Tuva Westin als mögliche Mörderin zu präsentieren."

„Ja, das ist mir natürlich auch aufgefallen", stimmte Rurik ihr zu. „Aber zutreffen kann es natürlich trotzdem. Die Frage ist, ob wir sie einfach laufen lassen sollen."

„Wir haben nicht genug Beweise, um sie festzuhalten. Außerdem sehe ich keine Fluchtgefahr. Sie hat eine Wohnung und eine Arbeitsstelle in Göteborg, aber kaum finanzielle Mittel. Wo sollte sie also hin? Wir müssen jetzt erst einmal die Ergebnisse der Spurensicherung und der Obduktion abwarten, danach wissen wir hoffentlich mehr."

Rurik wirkte nicht vollständig überzeugt. „Ich würde gern noch ein paar weitere Gespräche mit ihr führen. Die Sache mit der vor zwei Jahren spurlos verschwundenen Freundin ist schon seltsam. Auch wegen der Geschichte, an der Tuva Westin eisern festhält. Das kann sie doch niemandem ernsthaft erzählen, von ein paar esoterischen Spinnern mal abgesehen. Ich hielte es für eine gute Idee, wenn Birger mal mit ihr reden würde. Er kann sicher besser als wir einschätzen, ob sie etwas verbirgt."

„Daran habe ich auch schon gedacht und sogar mit Birger darüber gesprochen. Er sagte mir, sie sei damals bei einer Kollegin von ihm gewesen, der sie aber ebenfalls nur die Geschichte von der alten Frau im Nebelhaus erzählt hat. Bevor sie nicht selbst bereit ist, sich jemandem zu öffnen, wird auch Birger nichts bei ihr erreichen."

Rurik trank seinen restlichen Kaffee aus und erhob sich mit einem Seufzen. „Vermutlich hast du recht. Dann gehen wir jetzt nachschauen, wie weit die anderen sind."

Eine halbe Stunde später war alles geklärt. Die Spurensicherung würde noch eine ganze Weile zu tun haben, und Rurik wollte in seiner Funktion als leitender Ermittler vor Ort bleiben, bis sie ihre Arbeit beendet hatten. Sämtliche Gäste waren gebeten worden, das Hotel zu räumen. Der Aufforderung hätte es nicht einmal bedurft, der Aufbruch aller Anwesenden erfolgte geradezu fluchtartig. Tuva weigerte sich entschieden, gemeinsam mit Meja und Elin im Auto die Rückreise anzutreten. Sie wollte zum Bus laufen, nahm aber das Angebot von Alva an, sie mit zurück nach Göteborg zu nehmen. Da Rurik nicht mitkam, hatten sie einen freien Platz im Wagen. Alvas geheime Hoffnung, Tuva unterwegs noch irgendeine Äußerung entlocken zu können, erfüllte sich jedoch nicht. Die junge Frau schaute die ganze Zeit schweigend aus dem Fenster, den Blick aus weit aufgerissenen Augen in die Ferne gerichtet. Alva fragte sich, ob sie in der weißen Landschaft Dinge sah, die den Augen anderer verborgen blieben.

29.

Tuva hatte ihr Handy ausgeschaltet. Sie fragte sich, wie viele Anrufe sie dadurch bereits verpasst hatte. Wie ein Lauffeuer hatte sich die Nachricht vom Mord im Hotel bei Hyssna verbreitet, alle Fernsehsender berichteten darüber. Ihr Name war zum Glück noch nicht gefallen, aber das war nur eine Frage der Zeit. Natürlich würde man ihn abkürzen, was wenig nützte. Man würde ihre Verbindung mit dem rätselhaften Verschwinden von Celine genüsslich aufwärmen und breittreten. Ihr wurde bei dem Gedanken daran speiübel.

Tuva hielt sich die Ohren zu, als es an der Tür klingelte. Warum nur hatte sie die Klingel nicht einfach abgestellt? Sie stand auf, um es nachzuholen, doch in dem Moment waren ein energisches Klopfen und eine zornige Stimme zu hören. „Tuva, wir wissen, dass du da bist. Mach sofort auf." Ihre Mutter, das hatte Tuva gerade noch gefehlt. Wilma Westin würde das ganze Haus in Aufruhr versetzen, falls sie ihr nicht die Tür öffnete. Tuva spürte, wie sich die Wut zu einem dicken Klumpen in ihrem Bauch zusammenballte. Sie riss die

Tür mit einem derartigen Schwung auf, dass ihre Mutter, die gerade wieder die Hand zum Anklopfen erhoben hatte, vorwärts in den Flur stolperte.

„Bist du nun zufrieden? Siehst du, was du mit deiner tollen Idee angerichtet hast?“, brüllte Tuva sie an. Wilma Westin wich einen Schritt zurück und stieß mit ihrem Mann zusammen, der ihr gefolgt war und den Tuva erst jetzt bemerkte. Axel Westin gab ein Geräusch von sich, als wollte er ein Kind beschwichtigen. „Nun lass uns doch erst mal reinkommen Tuva“, sagte er. „Wir möchten in Ruhe mit dir reden. Was da in dem Hotel passiert ist, konnte niemand voraussehen.“

„Natürlich konnte es niemand voraussehen, deshalb ist es ungeheuerlich, jetzt so zu tun, als wäre ich schuld daran“, ereiferte sich Wilma Westin. „Vor allem aber hättest du sofort zu uns kommen und uns informieren müssen.“ Sie zeigte mit dem Finger anklagend auf Tuva, ihr Kopf auf dem langen dünnen Hals fuhr ruckartig nach vorn. Seit sie noch hagerer geworden war, stach ihre Nase spitz aus dem Gesicht hervor und gab ihr etwas Raubvogelartiges. „Hätte Meja nicht den Anstand besessen, uns sofort mitzuteilen, was passiert ist, wären wir jetzt völlig ahnungslos. Sie hat sich sogar die Mühe gemacht, persönlich vorbeizukommen. Du hast das nicht für nötig gehalten.“

„Meja war bereits bei euch?“ Diese Nachricht musste Tuva erst einmal verdauen. Ihre Mutter ließ sich inzwischen auf dem improvisierten Sofa nieder. „Dann wisst ihr ja Bescheid und wir können uns die weitere Unterhaltung sparen.“ Tuva baute sich mit verschränkten Armen mitten im Zimmer auf.

„Nun setz dich doch zu uns und lass uns vernünftig reden.“ Ihr Vater zog einen der beiden Stühle heran und klopfte einladend auf die Sitzfläche, während er sich auf dem Stuhl daneben niederließ. Widerstrebend gehorchte Tuva. Auf keinen Fall wollte sie sich zu ihrer Mutter auf das Sofa setzen, sie hatte das Gefühl, deren körperliche Nähe nicht ertragen zu können.

„Wir verstehen, dass du nach dem Schock erst einmal deine Ruhe brauchtest, um zu dir zu kommen“, sagte Axel Westin begütigend. „Aber jetzt sind wir da und wollen dir helfen. Vielleicht möchtest du ja darüber reden.“

„Wozu? Meja hat doch bereits ihre Version erzählt. Was soll ich dem noch hinzufügen?“, erwiderte Tuva störrisch.

Wilma Westin beugte sich nach vorn, ihr Gesicht lief rot an. „Du könntest uns zum Beispiel erzählen, weshalb du mit einer Frau, die du überhaupt nicht kanntest, gestritten hast. Mehr noch, du hast einen richtigen Aufstand veranstaltet. Meja musste dich beruhigen und von ihr wegziehen. Und nun ist diese Frau tot, ermordet. Weißt du, wie das aussieht?“

„Ich weiß vor allem, wie es für dich aussieht und was dich daran stört. Es geht dir nur um dich und um deinen kostbaren Ruf. Du wolltest die Gute und Edelmütige sein, die einem armen Kind eine Chance gegeben hat. Zu dumm, wenn sich nun herausstellt, dass du ein Monster aufgezogen hast. Aber noch kannst du deinen Ruf retten. Wie wäre es, wenn du die Presse über meine Adoption aufklärst? Damit kannst du dich reinwaschen, vermutlich sind meine schlechten Gene schuld. Wer waren denn meine Eltern, du wolltest es mir nie sagen. Bin ich das Kind eines Serienmörders? Das würde passen, schließlich trete ich erfolgreich in seine Fußstapfen, indem ich soeben mein zweites Opfer erledigt habe.“ Tuva sprang auf und wies mit ausgestrecktem Arm zur Tür. „Und jetzt raus hier. Versucht nie wieder, euch in mein Leben einzumischen, nie wieder.“

„Tuva bitte.“ Axel Westin wollte etwas sagen, doch seine Frau war bereits aufgesprungen und griff nach seinem Arm.

„Komm, bloß weg hier, ich habe genug gehört, es reicht.“ Sie zerrte ihren widerstrebenden Mann zur Tür hinaus. Tuva schloss hinter ihnen ab und sank dann auf dem Flur zu Boden. Ihr Köper wurde von Weinkrämpfen geschüttelt und sie brachte nicht einmal die Kraft auf, ins Zimmer zurückzugehen.

30.

Anfang der Woche schlug das Wetter um. Der Schnee auf den Straßen Göteborgs verwandelte sich in grauen Matsch. Alva putzte die Pfoten von Elchhund Veikko ab, mit dem sie und Birger am frühen Morgen bereits eine Runde gelaufen waren.

„Nimmst du ihn heute mit?“, fragte sie.

„Mache ich“, stimmte Birger zu. „Ich habe heute zwei Ausfallstunden, das Wetter sorgt bei meinen Patienten für Erkältungen. Da kann ich zwischendurch mit ihm an die frische Luft gehen.“

„Super, das wird ihm gefallen.“ Alva trank schnell ihren Kaffee aus, für ein ausgiebiges Frühstück war keine Zeit mehr. „Bei mir würde es heute nicht passen. Wir haben gleich eine Teambesprechung und am Nachmittag fahre ich in die Rechtsmedizin. Heute steht die Obduktion der Toten von Hyssna an. Da kann ich Veikko schlecht mitnehmen.“

Alva gab Birger einen flüchtigen Kuss und strich Veikko über das Fell, bevor sie sich auf den Weg zum Polizeipräsidium machte. Sie kam als Letzte an, im

Besprechungsraum waren bereits alle versammelt. Jemand hatte Kaffee gekocht und Mohnbrötchen mitgebracht.

„Dann können wir jetzt anfangen“, sagte Rurik. „Wir haben viel zu besprechen. Da wir bisher wenig Konkretes in der Hand haben, müssen wir unser weiteres Vorgehen umso sorgfältiger planen. Das Ergebnis der Spurensicherung ist frustrierend. Wir wissen bisher nicht einmal, wo die Frau getötet wurde. Wahrscheinlich ist, dass sie in ihrem Hotelzimmer starb, denn sie war nur mit einem Schlafanzug bekleidet. So wäre sie kaum nach draußen gegangen.“ Rurik war vor Ort geblieben, bis man die Leiche vom Schnee befreit und abtransportiert hatte. Daher wusste er als Einziger, wie sie bekleidet gewesen war.

„Aber sie ist doch offensichtlich erstochen worden“, meldete sich Jördis zu Wort. „Da muss es irgendwo Blutspuren geben.“

„Nicht unbedingt“, sagte Alva. „Die Leiche ist noch nicht obduziert, wir wissen nicht mit Sicherheit, ob die Stichverletzung die Todesursache war.“

„Du meinst, sie war schon tot und das Messer wurde ihr anschließend in die Brust gerammt? Als symbolischer Akt?“

„Sogar das können wir nicht ausschließen, aber es gibt noch eine andere Möglichkeit. Das Opfer kann innerlich verblutet sein. Da die Tatwaffe noch in der Wunde steckte, muss es nicht zu einem Blutaustritt gekommen sein.“

„Das sind bisher nur Spekulationen“, beendete Rurik die Diskussion. „Wir haben es hier mit einem besonderen Fall zu tun, bei dem wir die gefrorene und schneebedeckte Leiche nicht gründlich in Augenschein nehmen konnten. Deshalb müssen wir das Ergebnis der Obduktion abwarten. Danach wissen wir hoffentlich mehr über die Ursache und die näheren Umstände ihres Todes. Alva, du wolltest es übernehmen, in die Rechtsmedizin zu fahren. Soll dich jemand begleiten?“

Alva wollte sagen, das sei nicht nötig, doch Caroline meldete sich spontan. „Ich komme mit“, sagte sie.

„Dann wäre das geklärt.“ Rurik nickte zufrieden. „Wenden wir uns den Verdächtigen zu.“ Er stand auf und ging zum Whiteboard hinüber. „Da wäre einmal der Partner von Camilla Andersson, der zusammen mit ihr das Zimmer gebucht hatte, aber nicht aufgetaucht ist. Er heißt Frederik Ihle und wohnt in Göteborg in der Nähe der Universität. Dort ist er auch als Dozent für Literaturwissenschaft tätig. Angeblich hatte er es nicht geschafft, wie vereinbart am Abend anzureisen. Am kommenden Tag tauchte er dann allerdings bis zum Abend auch nicht im Hotel auf. Das ist merkwürdig. Inzwischen sollte er wissen, was mit seiner Freundin passiert ist und sich in irgendeiner Form bemerkbar gemacht haben. Wir werden ihn aufsuchen und befragen müssen.“

„Auf jeden Fall“, stimmte Sven ihm zu. „Wir können nicht ausschließen, dass er nachts doch im Hotel aufgetaucht ist.“

„Völlig unbemerkt? Das halte ich nicht für möglich“, warf Jördis ein.

„Ich schon. Schließlich hat auch niemand bemerkt, wie Camilla Andersson in der Nacht ermordet und nach draußen gebracht wurde. Unbemerkt in das Hotel zu kommen ist erst recht kein Problem. Sicherheitstechnisch ist die marode Bude eine Katastrophe.“ Sven verschränkte die Arme vor der Brust. Er war dafür bekannt, jedes Schloss knacken zu können, und so manches Mal hatten seine Kollegen diese Fähigkeit in Anspruch nehmen müssen.

„Ich stimme Sven zu“, sagte Rurik. „Der Mann sollte ein wasserdichtes Alibi vorweisen können. Wir müssen auch seine Beziehung zum Opfer genau unter die Lupe nehmen. Übernimmst du die Befragung Sven? Nimm Jördis mit.“

Alva sah, wie es um die Mundwinkel von Jördis verräterisch zuckte. Sie würde demnächst mit ihr reden müssen, so ging es mit den beiden nicht weiter.

Rurik schien nichts von den latenten Spannungen bemerkt zu haben, er schrieb bereits den nächsten Namen auf das Whiteboard.

„Tuva Westin.“ Er klopfte zur Bekräftigung mit dem Stift auf den Namen. „Ihr kennt alle die Vorgeschichte. Die Freundin von Tuva Westin ist vor etwas über zwei Jahren am gleichen Ort spurlos verschwunden. Bekannt ist auch die merkwürdige Geschichte, die Tuva danach darüber erzählt hat.“

„Die Freundin ist auf dem Wanderweg nahe einer Höhle verschwunden und nicht im Hotel“, warf Alva ein. „Es gibt keine Leiche und es erscheint höchst unwahrscheinlich, dass Tuva ihre Freundin umgebracht hat. Unser aktueller Fall ist ganz anders. Da hat uns jemand die Leiche förmlich vor die Füße geworfen. Tuva Westin kannte das Opfer nicht und sie war nicht aus eigenem Antrieb in dieses Hotel gereist, sondern wurde von ihrer Mutter und zwei ehemaligen Freundinnen überrumpelt.“

„Einverstanden“, stimmte Rurik ihr zu. „Einiges spricht gegen ihre Schuld. Andererseits war sie sehr verärgert und ihre ganze Wut über die Situation entlud sich möglicherweise auf das spätere Opfer, von dem sie sich provoziert fühlte."

„Und wie soll sie es praktisch bewerkstelligt haben, die Frau umzubringen und nach draußen zu schaffen?"

Rurik zuckte mit den Schultern. „Unmöglich ist es nicht. Das Opfer war eine schlanke, eher zierliche Frau. Tuva Westin wurde in der Nacht vor dem Hotel gesehen. Leider hat der Schnee alle Spuren verwischt."

„Wie ist eigentlich die psychische Gesundheit von Tuva Westin einzuschätzen?" Sven runzelte nachdenklich die Stirn. „Ich meine, ihre damaligen Ausführungen über das Haus, das plötzlich aus dem Nebel aufgetaucht sein soll und ihre anschließenden Erinnerungslücken, das klingt nicht normal. Vielleicht leidet sie unter irgendwelchen Zuständen, hat Halluzinationen und weiß dann nicht, was sie tut."

„Sie wurde damals einer Psychologin vorgestellt, die nichts Auffälliges feststellen konnte", sagte Alva. „Auf mich machte sie während ihrer Aussagen ebenfalls einen normalen Eindruck, obwohl ich natürlich keine Expertin bin. Aber momentan ist sie für mich nicht verdächtiger als jeder andere, der sich zur Tatzeit direkt im Hotel oder in dessen Nähe aufgehalten hat, wie die übrigen Gäste, die Inhaber und deren Nichte."

„Ich gebe dir recht, wir müssen alle im Auge behalten." Rurik seufzte. „Wir gehen die Liste gleich noch mal durch und verteilen die weiteren Aufgaben. Von allen Personen muss der Hintergrund gecheckt werden."

„Teile mich ein, wofür du willst, aber ich muss jetzt los, um pünktlich in die Rechtsmedizin zu kommen", sagte Alva. Die Zeit war wie im Fluge vergangen, abgesehen von den Mohnbrötchen hatte niemand etwas zu Mittag gegessen. Aber das musste warten. Alva erhob sich und Caroline folgte ihr.

31.

Alva parkte auf dem Platz gegenüber dem Institut für Rechtsmedizin. Es regnete schon seit einer Weile und es wehte ein kalter Wind.

„Der Wetterumschwung kommt für uns drei Tage zu spät“, sagte Caroline. „Wäre der Schnee nicht gewesen, hätten wir bei der Tatortbesichtigung mehr erkannt.“

Alva stimmte ihr zu. „Vor allem für die Spurenlage wäre es besser gewesen. Was die Leiche betrifft, wird uns Brigitte sicher gleich mehr sagen können.“

In den Fluren des Instituts empfing sie die vertraute Geruchsmischung aus Desinfektionsmitteln und Verwesung. Alva hatte sich inzwischen daran gewöhnt. Den Fäulnisgeruch bekam man selbst mit den stärksten Putzmitteln nie ganz weg. In den Obduktionsräumen war es im Sommer und im Winter gleichermaßen kühl. Ein Sektionsassistent, der Alva kannte, sprach sie an. „Dr. Wallenius ist in der 2, sie wartet bereits auf Sie.“

Unmittelbar darauf öffnete sich die Tür des Obduktionsraumes, und Brigitte Wallenius begrüßte Alva und Caroline mit einem Lächeln. Ihre strenge kühle Schönheit beeindruckte Alva jedes Mal aufs Neue. Diese Frau würde man eher in einem Fernsehstudio vermuten als zwischen Stahltischen, auf denen Leichen lagen. Wie immer hielt sie sich nicht lange mit der Vorrede auf. „Dann wollen wir uns mal eurem aktuellen Fall zuwenden“, sagte sie mit einer einladenden Handbewegung. „Bevor wir uns die Leiche anschauen, zeige ich euch die Aufnahmen aus dem CT. Die haben wir gemacht, bevor wir die Tatwaffe entfernen werden.“

Brigitte schaltete einen Computer ein, auf dem Bildschirm erschienen schematische Darstellungen, die das Skelett der Toten mit dem tief in der Brust steckenden Messer zeigten. Es war aus verschiedenen Perspektiven aufgenommen. „Das ist eine sehr lange Klinge“, stellte Alva fest.

„Es handelt sich um ein zweischneidiges Jagdmesser“, erläuterte Brigitte, „eine absolut tödliche Waffe. Sie wurde mit einem einzigen gezielten Stich direkt ins Herz gestoßen. Wir können uns die Leiche jetzt anschauen.“

Sie gingen hinüber zu einem der Stahltische, neben dem sich der Sektionsassistent aufgebaut hatte, um seines Amtes zu walten. Nackt und ungeschützt, den Blicken preisgegeben lag die Tote da, sie war schmal wie ein Kind. Nur ihr Haar schien noch lebendig zu sein und hob sich leuchtend rot von der wächsernen Blässe ihres Gesichtes ab. Das Messer steckte in ihrem Körper, der Täter hatte es fast bis zum Heft hineingestoßen. Es wirkte wie eine Requisite aus einem Bühnenstück, wie jener Dolch, den sich der verzweifelte Romeo Abend für Abend angesichts von Julias Leiche ins Herz stieß. Nur verschwand dabei die Klinge im Schaft, was hier nicht der Fall gewesen war.

„Wir haben ihr den Schlafanzug bereits ausgezogen und asserviert“, sagte Brigitte. „Die Stelle, durch die der Einstich erfolgte, ist im Gewebe deutlich zu erkennen. Weitere Beschädigungen gibt es nicht. Der Täter hat nur ein einziges Mal zugestochen. Bemerkenswert ist auch das Fehlen von Abwehrverletzungen bei der Toten.“ Sie hob eine Hand der Toten in die Höhe. „Seht ihr? Absolut nichts. Hätte sie den Angriff kommen sehen und sich gewehrt, könnten wir jetzt die für solche Fälle typischen Schnittverletzungen an den Händen erkennen. Bei dem Versuch, sich gegen den Täter zu wehren, greifen die Opfer nach dem Messer. Wir werden Proben unter ihren Fingernägeln nehmen und ins Labor schicken, doch ich glaube nicht, dass sich da etwas finden wird.“

„Was denkst du also? Wurde sie im Schlaf getötet?“, fragte Alva.

„Davon gehe ich stark aus. Wir werden uns das jetzt von innen ansehen.“

Alva und Caroline waren auf das Kommende gefasst, sie sahen es nicht zum ersten Mal. Die Öffnung der Körperhöhlen war der unangenehme Teil jeder Obduktion, dabei ging es recht brachial zu, wenn zum Beispiel Knochen durchtrennt werden mussten. Die Geräusche, die das verursachte, waren schwer auszuhalten. Brigitte wusste, was sie tat, es gelang ihr, das Herz mitsamt des darin steckenden Messers zu entfernen. „Schaut euch diese Blutansammlung in der Brusthöhle an“, sagte sie. „Mehrere große Gefäße am Herzen wurden verletzt, sie ist nach innen verblutet, was zu einem sofortigen Blutdruckabfall führte. Die Bewusstlosigkeit trat unmittelbar ein, sie ist vermutlich gar nicht mehr richtig erwacht. Zumindest hat sie nicht lange gelitten."

„Der Täter hat mit einem absoluten Tötungswillen gehandelt", fasste Alva zusammen.

Brigitte nickte. „Und er wusste genau, was er tun musste, um sein Ziel zu erreichen."

Als sie wieder nach draußen kamen, regnete es immer noch. „Du fährst sicher zurück ins Präsidium, dann verabschiede ich mich jetzt", sagte Caroline. „Es ist Zeit, Elsa abzuholen."

„Willst du bei dem Wetter etwa laufen?" Alva öffnete die Beifahrertür. „Steig ein, ich fahre dich an der Kita vorbei, das ist nur ein kleiner Umweg."

„Ja, vielleicht hast du recht. Bewegung ist gut, nass sollte man dabei aber nicht unbedingt werden." Caroline stieg zu Alva in den Wagen. „Willst du die anderen heute noch über das Ergebnis der Obduktion informieren?"

„Kommt drauf an, ob alle da sind, sonst mache ich es morgen früh. Auf jeden Fall muss ich den Wagen zurückbringen."

Vor der Kita stieg Caroline aus und winkte Alva noch einmal zu, bevor sie im Gebäude verschwand. Auf dem Flur traf sie auf Sixten, der Mia und Jonte abgeholt hatte. Mia kam sofort auf Caroline zugelaufen und schlang die Arme um sie.

„Hallo Mia, wie geht es dir?"

„Gut, wir waren Rodeln, ich bin ganz allein den Berg runterfahren. Wollen wir das heute wieder machen?" Sie schaute ihren Vater erwartungsvoll an. Der schüttelte bedauernd den Kopf. „Ich fürchte, der Schnee ist weggetaut, es regnet schon den ganzen Tag."

„Wo wart ihr denn Rodeln? Im Schlosspark?“ Der Bragebacken genannte Hügel dort war ideal für Kinder. Früher hatte es an der Stelle eine Skisprungschanze gegeben, von der man noch die Überreste erkennen konnte. Carolines Frage war an Sixten gerichtet, doch Mia antwortete an seiner Stelle. „Papa war nicht dabei, der war gar nicht zu Hause. Wir waren am Wochenende bei Oma und Opa.“

Sixten strich sich mit einer verlegenen Geste das Haar aus der Stirn. „Weiterbildung, solche Verpflichtungen lassen sich nicht umgehen.“

Caroline fand, er sah erschöpft aus, seine Augen waren gerötet. Kein Wunder bei zwei kleinen Kindern und voller Berufstätigkeit. Bestimmt hatte er auch von dem Mord im Hotel bei Hyssna gehört. Das dürfte die Frage, was vor einem Jahr mit seiner Frau geschehen war, in einem neuen Licht erscheinen lassen. Könnte sie gar nicht freiwillig untergetaucht, sondern ebenfalls Opfer eines Verbrechens geworden sein? Bestimmt hatte er Fragen dazu, die er in Gegenwart der Kinder nicht stellen wollte. Caroline war froh darüber, sie hätte nicht gewusst, was sie ihm antworten sollte. Alles war noch viel zu frisch und sie mussten erst mehr herausfinden.

32.

„Sie ist noch immer meine Freundin und ich möchte keinesfalls etwas Negatives über sie sagen. Natürlich bin ich schockiert über die Erlebnisse vom Wochenende und ich mache mir Gedanken darüber." Meja probierte einen treuherzigen Augenaufschlag, der von ihren langen künstlichen Wimpern gebremst wurde.

„Das ist verständlich, es muss auch für Sie schockierend gewesen sein." Die Moderatorin des Mittagsmagazins gab sich den Anschein von Mitgefühl, obwohl sie in Wahrheit nur auf sensationelle Enthüllungen gierte. „Sie haben diesen Ausflug nach Hyssna schließlich mit den besten Absichten unternommen."

Meja nickte. „Ich wollte Tuva helfen, sich zu erinnern, was Celine zugestoßen ist. Das hätte nicht nur ihr, sondern auch anderen Menschen geholfen, vor allem Tuvas Mutter, den Eltern von Celine und Kjell Granström, der ein bemerkenswertes Buch geschrieben hat."

Bei der Erwähnung von Kjell spiegelte sich die reine Verzückung auf ihrem Gesicht wider. *Du Miststück bist immer noch hinter ihm her und hast Celine gehasst, weil er sie dir vorgezogen hat,* dachte Tuva grimmig.

„Leider ist die Situation bereits am ersten Abend eskaliert“, brachte die Moderatorin Meja, die lieber noch länger über Kjell gesprochen hätte, wieder auf das eigentliche Thema zurück. „Was ist da passiert?“

Meja schüttelte mit gespielter Fassungslosigkeit den Kopf. „Ich begreife es immer noch nicht. Da saß diese Frau, das spätere Opfer, am Nebentisch, eine Unbekannte, die wir noch nie zuvor gesehen hatten. Sie telefonierte erst und gab dann ihre Bestellung auf. Nachdem sie gegessen hatte, holte die junge Frau, die auch das Essen serviert hatte, ihren Teller ab. Sie wechselten ein paar Worte, es war alles ganz normal. Doch Tuva bildete sich plötzlich ein, die beiden würden über sie reden. Sie sprang auf und ging wie eine Furie auf die Tischnachbarin los.“

„Moment, heißt das, sie hat die Frau körperlich attackiert?“

„Dazu kam es zum Glück nicht, weil ich dazwischengegangen bin und Tuva von der Frau weggezogen habe.“

„Und wenn Sie nicht rechtzeitig eingegriffen hätten, was glauben Sie, wäre passiert?“

„Ich möchte mir das gar nicht ausmalen.“ Meja riss theatralisch die Augen auf. „Tuva war plötzlich eine ganz andere Person, so hatte ich sie noch nie erlebt. Sie kam mir völlig unberechenbar vor. Fast habe ich mich vor ihr gefürchtet, weshalb ich zuerst erleichtert war, als sie aus dem Raum stürzte und sich oben in ihrem Zimmer einschloss. Später bin ich dann ebenfalls nach oben gegangen, um mit ihr zu reden. Leider war sie nicht bereit, mir die Tür zu öffnen.“

Tuva hatte genug gehört. Sie schaltete den Fernseher aus und schleuderte die Fernbedienung von sich. Warum tat sie sich das überhaupt an? Meja, diese hinterhältige Schlange, unternahm alles, um sie als mögliche Täterin hinzustellen. Hätte sie nicht damit rechnen müssen? Warum fiel sie immer wieder auf die falschen Menschen herein, ließ sich von ihnen manipulieren und ausnutzen? Tuva fühlte sich plötzlich furchtbar allein. Wer würde ihr jetzt noch glauben und sie beschützen? Zumindest Letzteres hatten ihre Eltern bisher getan, doch nach der Auseinandersetzung mit ihrer Mutter dürfte das vorbei sein. Tuva bereute ihre heftige Reaktion nun. Den ersten Schritt zu einer Versöhnung wollte sie aber auch nicht machen, zu sehr hatte das Misstrauen ihrer Mutter sie verletzt. Sie rollte sich wie ein Embryo auf dem Sofa zusammen und erging sich in Selbstmitleid. Bei der Arbeit hatte sie sich krankgemeldet. Nun vermisste sie die Tiere, die sanften Augen der Pferde, ihr warmes Fell und ihre weichen Nasen. Sie waren die einzigen Freunde, die sie auf dieser Welt noch hatte. Vor lauter Schluchzen hätte Tuva beinahe die Klingel überhört. Wer mochte das sein, kamen ihre Eltern vorbei, weil sie sie doch noch nicht aufgegeben hatten? Von Hoffnung erfüllt sprang Tuva vom Sofa auf und lief zur Tür.

„Wer ist da?“, fragte sie.

Sie hörte ein Räuspern, dann eine männliche Stimme. „Ich bin’s Holger. Ich habe dir was mitgebracht, etwas Obst und ein paar Lebensmittel. Weil du doch krank bist. Wenn ich störe, stelle ich es einfach vor die Tür und gehe wieder.“

„Nein, warte einen Moment, ich mache gleich auf.“ Tuva rannte ins Bad und schaute in den Spiegel. Wie nicht anders zu erwarten war, sah sie total verheult und verquollen aus. Hastig klatschte sie sich kaltes Wasser ins Gesicht. Die Spuren ihres Weinkrampfes waren nicht völlig zu beseitigen, sie hoffte, Holger würde ihr derangiertes Aussehen mit einer Erkältung in Verbindung bringen. Sie hatten bisher nur ein einziges Mal miteinander gesprochen, trotzdem war er so aufmerksam, für sie einzukaufen, das rührte sie zutiefst. Tatsächlich war ihr Kühlschrank gähnend leer, weil sie sich nicht unter Menschen zu gehen traute. Nach dem unsäglichen Auftritt von Meja würde sie es noch weniger wagen.

Sie öffnete die Tür, Holger stand mit einer großen Einkaufstüte davor und hielt ihr einen Strauß Blumen entgegen. Von dieser Geste war Tuva total überwältigt, ihr kamen gleich wieder die Tränen. Verlegen wischte sie sie weg. Holger sah noch besser aus, als sie ihn in Erinnerung hatte. Sein honigfarbenes Haar war nass vom Regen und wirkte dadurch dunkler, was den Kontrast zu seinen leuchtend grünen Augen verstärkte.

„Danke, das ist nett. Komm rein in meine bescheidene Hütte“, sagte sie.

Während sie die Blumen in eine Vase stellte, packte Holger Obst, Joghurt und Brot aus.

„Jetzt erzähl erst mal, wie es dir geht“, sagte er.

Tuva zuckte hilflos mit den Schultern. „Ich weiß nicht, wo ich anfangen soll.“ Als Holger darauf nichts erwiderte, sondern sie nur abwartend ansah, begann sie doch zu erzählen. Sie redete sich alles von der Seele, sie erwähnte auch Mejas gemeine Kommentare zu den Vorfällen und den Streit mit ihren Eltern.

„Du bist adoptiert“, sagte er überrascht. „Wie alt warst du da?“

„Gerade mal ein halbes Jahr. Meine richtigen Eltern sollen bei einem Unfall gestorben sein.“

„Seit wann weißt du, dass du adoptiert bist?“

„Genau kann ich es nicht sagen, ich bin gewissermaßen mit dem Wissen aufgewachsen. Meine Mutter hat mir schon früh erklärt, dass ich nicht in ihrem Bauch herangewachsen bin, sondern sie mich aus einem großen Haus geholt hat. Ich war wohl kurzzeitig in einem Waisenhaus.“

„Immerhin haben sie dich adoptiert, ich hatte weniger Glück. Meine Mutter starb, als ich acht Jahre alt war, sie war nicht mit meinem Vater verheiratet und ich habe ihn nie kennengelernt. Ich war nacheinander in zwei Pflegefamilien, habe aber zu keiner mehr Kontakt.“ Holger schaute Tuva nicht an, als er das sagte, sein Blick ging ins Leere.

„Eigentlich konnte ich mich über meine Adoptiveltern nicht beklagen“, sagte sie. „Jedenfalls nicht, bis das mit Celine passierte. Seitdem bekam ich ihr Misstrauen zu spüren. Und nun scheint meine Mutter ernsthaft zu glauben, ich könnte etwas mit dem Mord an der Frau in Hyssna zu tun haben. Nur weil ich sie am Abend zuvor im Hotel auf ihr unverschämtes Verhalten angesprochen hatte.“

„Das ist hart, ich verstehe, wenn du verletzt bist. Trotzdem solltest du dich hier nicht verkriechen. Die Tiere vermissen dich schon.“

„Ich vermisse die Tiere auch. Aber ich habe Angst vor blöden Fragen und vor Anfeindungen.“

„Das musst du nicht, ich werde dich beschützen. Schließlich habe ich noch eine Menge Arbeiten im Schlosspark zu erledigen. Ich werde immer ganz in deiner Nähe sein und ein Anruf genügt, dann bin ich sofort da und weise jeden in die Schranken, der dir zu nahetritt. Ist das ein Deal?“

„Ja, das ist ein Deal“, sagte Tuva und empfand in dem Moment tatsächlich Erleichterung.

33.

Sven und Jördis waren auf dem Weg zur Universität, um mit Fredrik Ihle, dem Freund der ermordeten Camilla Andersson zu sprechen. Sie hatten sich telefonisch mit ihm verabredet, er wollte die Pause zwischen seiner Vorlesung und einem Seminar für das Gespräch mit ihnen nutzen.

„Angeblich hatte er unseren Anruf bereits erwartet", sagte Sven. „Ich finde es nach wie vor komisch, dass er sich nicht selbst gemeldet hat. Und wieso hatte er sich mit dem Opfer im Hotel verabredet, um dann dort nicht aufzutauchen?"

„Er wird es uns sicher gleich erklären." Jördis schaute Sven nicht an, sondern starr geradeaus. Sie sprachen nur das Nötigste miteinander und ausschließlich über dienstliche Belange. Jördis wollte es so, sie hatte alle Versuche von Sven, ihre Beziehung zu klären, abgewehrt, bis er es schließlich aufgegeben hatte.

Die humanistische Fakultät der Universität befand sich in der Renströmsgatan. Es war ein modernes Gebäude mit viel Glas und einem weitläufigen Campus. Auch im Inneren wirkte der Bau luftig und transparent. Während Jördis und Sven die breite Treppe hinaufstiegen, konnten sie links und rechts in Seminarräume und Büros blicken, die nur durch Glasscheiben vom Treppenhaus getrennt waren.

„Hörsaal 4“, sagte Sven. „Vorlesung über die Struktur der klassischen Tragödie. Irgendwie passend, wo Ihle doch gerade eine private Tragödie erlebt hat.“

Jördis ließ seine Bemerkung unkommentiert. Sie warteten vor dem Hörsaal, bis sich die Türen öffneten und die Studenten nach draußen strömten. Der Mann, der vorn am Pult etwas sortierte, musste Ihle sein. Er war sehr groß und dünn, trug eine Brille und sein Haar lichtete sich in der Stirn bereits. Als er Jördis und Sven oben an der Tür stehen sah, kam er mit langen Schritten auf sie zu. „Sie sind die Kriminalbeamten, die mich sprechen wollen, nehme ich an. Kommen Sie bitte mit in mein Büro.“

Der Raum, in den er sie führte, war hell und funktional eingerichtet. Sie nahmen an einem Tisch Platz, um den sechs Stühle standen. Vermutlich diente er sonst dazu, Gespräche mit Studenten zu führen. Jördis und Sven saßen nebeneinander, Ihle ihnen gegenüber. Jördis überlegte, ob es angebracht war, ihm ihr Beileid auszusprechen, doch er kam sofort zur Sache. „Was möchten Sie von mir wissen?“

„Erzählen Sie uns bitte alles über Ihre Beziehung zu Camilla Andersson“, machte Sven den Anfang.

„Da gibt es nicht viel zu erzählen.“ Ihle räusperte sich. „Wir haben uns erst vor vier Monaten über ein Datingportal kennengelernt. Anfangs schien es ganz gut mit uns zu passen, aber bei näherer Bekanntschaft erwies Camilla sich zunehmend als schwierig. Sie war ziemlich anspruchsvoll, außerdem auch noch eifersüchtig. Das war ein bisschen zu viel des Guten beziehungsweise des Schlechten. Ich war daher entschlossen, die Beziehung zu beenden."

„Aber Sie haben sich trotzdem mit ihr für ein Wochenende in Hyssna im Hotel verabredet. Weshalb?"

„Um in Ruhe eine letzte Aussprache mit ihr zu führen. Ich bin nicht der Typ, der sich einfach aus einer Beziehung davonschleicht, indem er nichts mehr von sich hören lässt. Ich dachte, ein Gespräch an einem neutralen Ort, wo wir ausreichend Zeit füreinander haben, wäre ein vernünftiger Abschluss."

„Und warum sind Sie dann nicht im Hotel aufgetaucht? Das erschließt sich mir nicht."

Ihle setzte seine Brille ab und rieb sich die Augen. „Weil wir kurz zuvor schon wieder gestritten hatten. Ich hatte Camilla nicht über meine Absichten aufgeklärt. Sie ist wohl in der Erwartung auf ein romantisches Wochenende losgefahren. Wissen Sie, genau das war eins der Probleme, die ich mit ihr hatte. Sie war nicht in der Lage, sich in andere Menschen hineinzuversetzen und deren Gefühle zu verstehen. Es ging immer nur um sie, wie sehr sie mich mit ihrer Art oft verletzte und nervte, das nahm sie überhaupt nicht wahr. Und darum rechnete sie nicht mit meinen Trennungsabsichten. Jedenfalls rief sie mich sofort nach ihrer Ankunft im Hotel an und beschwerte sich, weshalb ich nichts Besseres für unser Wochenende gebucht hätte. Sie nörgelte an der Ausstattung des Zimmers und am Speisenangebot herum. Plötzlich hatte ich überhaupt keine Lust mehr, den Abend mit ihr zu verbringen. Ich redete mich damit heraus, es wegen des

Wetters nicht rechtzeitig zu schaffen, und vertröstete sie auf den kommenden Tag."

„Hatten Sie überhaupt die Absicht, am nächsten Tag dort zu erscheinen?"

„Ja, die hatte ich", beteuerte Ihle. „Nur angesichts der Stimmung, in der Camilla sich befand, sah ich eine schlimme Nacht mit hysterischen Anfällen voraus. Das wollte ich mir nicht antun. Da schien mir ein Spaziergang am kommenden Tag besser geeignet, die Situation zu klären. Aber es kam anders. Ich habe den Abend mit einem Freund verbracht, wir waren erst in einer Bar und haben danach in seiner Wohnung weitergetrunken. Ich bin es eigentlich nicht gewohnt, große Mengen Alkohol zu trinken, der Stress wegen Camilla war wohl ebenfalls schuld. Jedenfalls bin ich am darauffolgenden Tag erst gegen Mittag auf seiner Couch im Wohnzimmer aufgewacht. Mein Freund hat mich geweckt und mir gesagt, es hätte einen Mord im Hotel *Drei Buchen* gegeben. Er meinte auch, es wäre sinnlos, nun hinzufahren, die Polizei würde garantiert niemanden ins Haus lassen. Zu dem Zeitpunkt war noch nicht bekannt, wer das Opfer ist. Ich habe versucht, Camilla anzurufen, und war nicht überrascht, als sie sich nicht meldete. Verständlicherweise würde sie sauer sein, weil ich immer noch nicht dort war. Erst später, als man ihren Namen in der Presse erwähnte, wusste ich, dass nur sie mit Camilla A. gemeint sein konnte. Es war natürlich ein Schock für mich."

Seine Erklärung klang plausibel. Sven ließ sich den Namen und die Anschrift des Freundes geben, bei dem er die Nacht verbracht hatte. „Danke, wir werden Ihre Angaben überprüfen. Falls wir weitere Fragen haben sollten, melden wir uns."

„Und was meinst du? Klang er für dich glaubwürdig?“, fragte Sven, als sie wieder im Auto saßen.

„Ich kann mir gut vorstellen, dass es so war.“ Jördis legte den Sicherheitsgurt an. „Der Mann ist ein Waschlappen und offenbar unfähig, vernünftig zu kommunizieren. Wenn Camilla Andersson davon ausging, er wolle ein romantisches Wochenende mit ihr verbringen, dann hatte sie keine Ahnung von den Vorbehalten, die er gegen sie hegte. Das war garantiert nicht nur ihre Schuld, sondern auch seine, weil er ihr nie klar gesagt hat, was er fühlt und denkt. Sie dann im Hotel mit einer lahmen Ausrede zu versetzen und sich stattdessen zu besaufen, ist nun wirklich der Gipfel der Feigheit.“

„Und was, wenn er seinen Rausch nur vorgetäuscht hat? Während der Freund in einem anderen Zimmer schlief, könnte er die Wohnung unbemerkt verlassen haben. Er hätte es zeitlich problemlos schaffen können, nach Hyssna und wieder zurück nach Göteborg zu kommen.“

„Sicher.“ Jördis zuckte mit den Schultern. „Aber ich glaube es nicht. Die Entschlusskraft und Planung, die das erfordert hätte, traue ich ihm nicht zu. Er hat darauf spekuliert, dass seine Freundin endgültig die Nase von ihm voll hat und ihn verlässt. Offenbar ist das seine Strategie, mit Problemen umzugehen, er wartet, bis andere sie für ihn lösen. Solche Typen sind einfach zum Kotzen.“ Jördis entging nicht, wie Sven bei ihrem letzten Satz zusammenzuckte.

34.

„Dann lasst uns mal zusammenfassen, was wir an Informationen haben. Viel ist es leider nicht.“ Rurik rieb sich die Hände, als wäre ihm kalt. „Fangen wir mit dem Ergebnis der Obduktion an. Wir haben es mit einem Täter zu tun, der genau wusste, was er tat. Er hat das Opfer mit einem einzigen Stich ins Herz getötet, während es schlief. Er hat keine Spuren an der Leiche oder an der Tatwaffe hinterlassen, der Schnee hat ihm dabei geholfen. Vermutlich hat er genau darauf spekuliert, als er das Opfer nach draußen getragen hat. Eine Spurensuche im Hotelzimmer, wo das Opfer höchstwahrscheinlich getötet wurde, können wir vergessen. Dort werden wir Haare und Hautschuppen von sämtlichen Gästen finden, die sich im Verlaufe des vergangenen Jahres oder noch früher dort aufgehalten haben.“

„Aber wir können den Kreis der möglichen Täter doch einengen“, warf Caroline ein. „Es muss jemand von den Hotelgästen oder vom Personal gewesen sein.“

„Wäre schön, wenn es so einfach wäre“, sagte Sven. „Aber wie ich schon erwähnte, ist dieses Hotel sicherheitstechnisch ein Witz. Jemand, der es will, ist da im Nullkommanichts drin, ohne Spuren zu hinterlassen. Die altmodischen Zimmerschlüssel sind ohnehin nur Dekorationsobjekte, die Schlösser kann man mit einer Haarnadel öffnen. Oder sie einfach nur scharf angucken, dann springen sie von allein auf. Demnach könnte es auch jemand gewesen sein, der von draußen kam, zum Beispiel Fredrik Ihle."

Rurik nickte. „Was den Mann angeht, ist sein Alibi nicht wasserdicht. Für ihn spricht, wie offen er zugibt, die Beziehung mit Camilla Andersson leid gewesen zu sein. Hätte er sie umgebracht, wäre das Heucheln von Trauer die naheliegendere Strategie gewesen. Trotzdem streichen wir ihn noch nicht als Verdächtigen. Sehen wir uns jetzt die anderen Personen an, wer macht weiter?"

Caroline meldete sich zu Wort. „Ich habe mir das Hotelpersonal vorgenommen. Björn Hagman ist achtundvierzig Jahre alt. Er verließ die Schule nach der neunten Klasse und arbeitete zunächst als Holzfäller. Nach einer schweren Verletzung konnte er den Beruf nicht mehr ausüben. Er ging nach Dänemark und arbeitete als Aushilfe in einem Restaurant, wo er auch seine Frau Olivia kennenlernte."

„Sie ist demnach gebürtige Dänin?", fragte Rurik.

Caroline bestätigte es. „Man hört es immer noch an ihrem Akzent. Olivia arbeitete damals als Servicekraft in dem Restaurant, in dem Björn Hagman ebenfalls angestellt war. Die beiden heirateten vor fünfundzwanzig Jahren. Drei Jahre später gingen sie gemeinsam nach Schweden und eröffneten ihr eigenes Restaurant. Leider hatten sie kein Händchen für das Geschäftliche, zwei Jahre später waren sie pleite. Danach hatten sie verschiedene Anstellungen, bis sich vor zehn Jahren die Gelegenheit ergab, das in die Jahre gekommene Hotel in Hyssna günstig zu übernehmen. Finanziell scheint es auch hier nicht gut zu laufen, geplante Modernisierungen mussten zurückgestellt werden, die Bank gibt keinen Kredit mehr. Sie haben wahrhaftig keinen Grund, ihre Gäste umzubringen, sollten vielmehr froh über jeden Einzelnen sein. Dann ist da noch Nilla Ahloff, einundzwanzig Jahre alt, die angebliche Nichte von Olivia Hagman. Nilla studiert offiziell in Göteborg Jura, scheint es aber nicht besonders ernsthaft zu betreiben. Eine Sache ist erwähnenswert: Sie ist weder mit Olivia Hagman noch mit Björn Hagman verwandt. Ich nehme an, die Hagmans haben einen Deal mit ihr: Sie arbeitet schwarz für ein Taschengeld plus Kost und Logis. So sparen sie in ihrer angespannten finanziellen Situation Geld. Mit der Küchenhilfe, der dreiundsechzigjährigen Frau Karlsson scheinen sie es ähnlich zu handhaben, wobei die Frau im Dorf lebt und nicht untergebracht werden muss. Keine der beiden ist bisher strafrechtlich in Erscheinung getreten."

„Letzteres ist entscheidend für uns, dass sie Leute schwarz beschäftigen, soll uns nicht interessieren, darum können wir uns nicht auch noch kümmern", sagte Rurik.

Als unverdächtige Zeitgenossen erwiesen sich auch die beiden Eisangler. So richtete sich das Augenmerk der Kriminalisten wieder auf die drei Freundinnen Meja, Elin und Tuva, wobei Tuva wegen ihres abendlichen Streits mit dem Opfer nach wie vor als Hauptverdächtige galt.

„Habt ihr die Berichterstattung in den Medien verfolgt?" Alva verzog angewidert das Gesicht. „Meja

Burman gibt ein Interview nach dem anderen und unterlässt dabei nichts, um Tuva Westin in einem schlechten Licht dastehen zu lassen. Fast könnte man meinen, sie selbst hat das Ganze inszeniert."

„Dann müsste sie total krank im Kopf sein", sagte Sven. „Aber was ist mit Tuva Westin? Meja deutet an, Tuva wäre bei dem Streit plötzlich eine ganz andere Person gewesen. So etwas soll es doch geben. Und wenn man dann noch die Geschichte mit ihrer verschwundenen Freundin bedenkt, ist das Anlass genug, sie gründlicher unter die Lupe zu nehmen. Kann man nicht eine psychiatrische Untersuchung veranlassen?"

„Wir werden das im Hinterkopf behalten und prüfen." Rurik klopfte mit dem Kugelschreiber auf den Tisch, um seinen Worten Nachdruck zu verleihen.

„Das dürfte ohne konkreten Verdacht und gegen ihren Willen nicht möglich sein. Zum Glück", setzte Alva hinzu.

35.

Tuva lief zwischen den Regalen hindurch und füllte zielstrebig ihren Einkaufswagen, ohne auf die anderen Kunden zu achten. Die Woche war gut verlaufen und sie versteckte sich nicht mehr. Es war schön, wieder mit den Tieren zu arbeiten, die sie vermisst zu haben schienen. Die Mitarbeiter im Schlosspark verhielten sich alle freundlich und diskret, niemand stellte ihr Fragen. Vor allem aber hielt Holger sein Wort und war so viel wie möglich in ihrer Nähe. Inzwischen hatten sie bereits mehrmals Kaffee miteinander getrunken und sich angenehm unterhalten. Zwischen ihnen bahnte sich eine Freundschaft an, mehr wollte sich Tuva im Moment noch nicht vorstellen, obwohl sie es nicht ausschloss. In der Schule war sie das typische Mauerblümchen gewesen und seit dem Verschwinden von Celine hatte sich in Sachen Beziehung erst recht nichts getan. Viele hielten sie aufgrund ihres Berichts über die Ereignisse in Hyssna für durchgeknallt, andere näherten sich ihr nur aus purer Neugier. Holger hatte auch diese Prüfung bestanden, er hatte ihr in Ruhe zugehört, ohne Zweifel zu äußern. Tuva fühlte sich verstanden und weniger einsam. Seine Unterstützung tröstete sie über den Bruch mit ihren Eltern hinweg und half ihr, ihre Wut auf Meja zu verarbeiten. Tatsächlich hatte Meja die Dreistigkeit besessen, sie anzurufen. Tuva hatte „Belästige mich nie wieder!“ gebrüllt und das Gespräch weggedrückt. Bei Elin war sie immerhin bereit gewesen, sich deren Entschuldigung anzuhören, doch an einem weiteren Kontakt mit ihr war sie ebenfalls nicht interessiert.

Tuva bezahlte die Einkäufe an der Kasse und begab sich in ihre Wohnung. Ein Lächeln stahl sich auf ihre Lippen, als sie den Blumenstrauß auf dem Tisch anschaute. Holger hatte ihn ihr vor zwei Tagen einfach so und ohne besonderen Anlass geschenkt. Vielleicht sollte sie sich daranmachen, die Wohnung ein wenig zu verschönern. Das wäre eine Beschäftigung, die sie ablenken und ihr guttun würde. Tuva räumte die Lebensmittel weg, dann setzte sie sich auf ihre Bettcouch und versuchte, den Raum mit den Augen eines Besuchers zu sehen. *Trist* war das Wort, das ihr zuerst dazu einfiel, so trist wie ihr Leben in den vergangenen zwei Jahren. Nun war wieder etwas geschehen, das sie noch tiefer in den Abgrund zu ziehen drohte, wenn sie es zuließ. Diesmal wollte sie dagegen ankämpfen.

Ein Klingeln und dann ein heftiges Klopfen an der Wohnungstür riss sie aus ihren Gedanken. Wer konnte das sein? Ihre Eltern, die sich mit ihr versöhnen wollten? Oder Holger? Nein, sie waren nicht verabredet, und diese Art zu klopfen passte nicht zu ihm. Tuva ging zur Tür, ließ sie aber geschlossen.

„Wer ist da?“, fragte sie vorsichtig.

„Tuva mach bitte auf.“ Eine Frauenstimme, die wie ein heiseres Flüstern klang. Wer konnte das sein? Etwa Meja, die ihre Stimme verstellte? Oder eine aufdringliche Journalistin?

„Ich will wissen, wer da ist“, wiederholte Tuva in einem schärferen Ton.

„Tuva, ich bin es, Celine. Lass mich rein, bitte.“

Nein, das musste ein übler Scherz sein, ein Trick, mit dem sich jemand Zutritt verschaffen wollte. Aber da war auch ein vertrauter Klang in der Stimme, der Tuva erzittern ließ. Sie öffnete die Tür einen kleinen Spaltbreit. Die Frau, die die Kapuze eines langen dunklen Mantels tief in die Stirn gezogen hatte, drängte sich sofort mit ihrem ganzen Körpergewicht dagegen. „Bitte“, hauchte sie erneut und Tuva wich zurück.

Als sie im Flur der Wohnung stand, zog die Frau ihre Kapuze vom Kopf und Tuva konnte sie nur wortlos anstarren. Es war Celine, doch sie war kaum wiederzuerkennen. Mit siebzehn war sie eine blühende Schönheit gewesen. Jetzt sah sie aus wie eine verhärmte Dreißigjährige. Sie hatte abgenommen, ihre Wangen waren eingefallen und ihre Haut fahl.

„Um Himmels willen Celine, was ist passiert?“, fragte Tuva, als sie endlich die Sprache wiederfand.

Celine schien durch Tuva hindurchzuschauen, sie wirkte gehetzt. „Wir müssen reden“, sagte sie.

„Setz dich.“ Tuvas Mund war trocken, sie fühlte sich durch die Situation völlig überfordert. „Vor allem du musst reden, du musst mir erklären, was vorgeht.“

Celine setzte sich auf die Kante eines Stuhls, als wollte sie gleich wieder aufspringen. Sie öffnete den Mantel nur, zog ihn aber nicht aus. Darunter trug sie einen knöchellangen Rock aus grober Wolle und einen dunklen Pullover mit Rollkragen. Ihre Schuhe waren abgetragen und das einst so prächtige blonde Haar stumpf und glanzlos. Glanzlos waren auch Celines Augen, sie sah aus wie eine Frau, die viel geweint hatte.

„Ich habe wenig Zeit“, sagte Celine. „Ich bin zuerst zu dir gekommen, weil es wichtig ist. Du musst bei dem bleiben, was du vor über zwei Jahren nach meinem Verschwinden erzählt hast. Das ist ganz wichtig, hörst du.“

Plötzlich fühlte Tuva Ärger in sich aufsteigen. „Muss ich das?“, sagte sie. „Ich habe getan, worum du mich damals gebeten hast, und es hat mir jede Menge Schwierigkeiten eingebracht. Wenn ich pathetisch werden wollte, könnte ich sogar behaupten, es hat mein Leben zerstört. Meine Zukunftspläne musste ich aufgeben, die Polizei hat mich verhört und die Leute haben mit Fingern auf mich gezeigt. Meine Eltern haben sich von mir abgewandt, weil sie mir nicht glauben. Schau dich nur um, wie ich hier hause ohne Freunde und ohne Perspektive.“

„Es tut mir leid.“ Celine schaute zu Boden, eine Träne tropfte auf ihren Rock. „Ich war furchtbar naiv und hatte keine Ahnung, wie es ausgehen würde. Es war schrecklich, was ich durchgemacht habe. Ich will mein altes Leben zurück, von dem Punkt an, als ich es damals verloren habe. Was dazwischen war, will ich komplett vergessen. Du musst mir helfen, indem du bei deiner Version bleibst.“

„Und was ist mit meinem Leben?“, entgegnete Tuva aufgebracht. „Ich möchte es ebenfalls zurückhaben. Es geht hier nicht nur um dich. Wie wäre es, wenn du endlich alles erzählst?“

Celine schaute auf und ihr Blick wurde hart. Offenbar hatte sie mit Widerspruch gerechnet und sich zurechtgelegt, was sie nun sagte. „Glaubst du, das würde dir helfen? Nein, es würde im Gegenteil alles schlimmer machen. Du stündest als eine noch größere Lügnerin da, als es jetzt bereits der Fall ist. Aber das ist nicht mal das Entscheidende. Es gibt Menschen, die nicht im Geringsten an der Wahrheit interessiert sind, Menschen mit Verbindungen und großem Einfluss. Sie schrecken vor nichts zurück und sogar unser Leben wäre dann in Gefahr. Nein Tuva, wir haben gar keine andere Wahl. Wir müssen bei unserer Geschichte bleiben, das ist unsere einzige Chance.“

36.

Alva holte Birger nach Dienstschluss in seiner Praxis ab. Die letzte Patientin war gerade gegangen, Birger saß am Schreibtisch und tippte etwas in den Computer ein. „Alva, wie schön, dass du mich abholst", sagte er. „Eine Sekunde noch, ich bin hier sofort fertig."

„Lass dir Zeit", sagte sie. „Ich will dir gleich das Neuste berichten, bevor wir aufbrechen." An einem schnellen Aufbruch schien vor allem Veikko interessiert zu sein. Er schwänzelte um Alvas Beine herum und gab ungeduldige Fieplaute von sich. Alva setzte sich auf die Liege, die sonst den Patienten vorbehalten war, und zog den Hund am Halsband zu sich heran. „Platz Veikko, ein wenig musst du dich noch gedulden." Mit einem Laut, der wie ein tiefer Seufzer klang, ließ sich der Elchhund zu ihren Füßen nieder. Alva kraulte ihn zum Trost ausgiebig hinter den Ohren.

Birger schaltete den Computer aus. „Jetzt bin ich gespannt, was du zu berichten hast. Wenn du sogar Veikko dafür warten lässt, muss es etwas Wichtiges sein."

„Es ist etwas sehr Überraschendes, womit niemand gerechnet hätte. Am Wochenende ist Celine Sahlin, das Mädchen, das vor zwei Jahren und vier Monaten in Hyssna verschwand, plötzlich wieder zu Hause aufgetaucht. Sie soll abgemagert sein und völlig verstört wirken. Die besorgten Eltern brachten sie zur Untersuchung ins Krankenhaus, wo diverse Verletzungen festgestellt wurden. Celine konnte jedoch weder deren Herkunft erklären noch Auskunft darüber geben, wo sie die letzten Jahre verbracht hat. Die Eltern gehen davon aus, dass sie irgendwo festgehalten und misshandelt wurde. Sie haben Anzeige gegen Unbekannt erstattet und der Fall liegt nun auf unserem Tisch. Würdest du dich der jungen Frau annehmen? Ihre Aussage ist ungeheuer wichtig. Wir könnten dadurch eventuell herausfinden, was vor einem Jahr mit der Journalistin geschehen ist. Auch unser aktueller Mordfall könnte damit im Zusammenhang stehen."

„Das ist in der Tat eine überraschende Wendung." Birger rollte auf seinem Schreibtischstuhl näher zu Alva. „Wie genau hat sie sich geäußert und welchen Eindruck macht sie? Kann sie sich nicht erinnern oder will sie nicht, weil sie Angst vor jemandem hat? Und welcher Art sind ihre Verletzungen?"

Alva zuckte mit den Schultern. „Genaueres kann ich dir nicht sagen. Sie soll sich sehr gegen die Untersuchungen gesträubt haben, machte sogar Anstalten, aus dem Krankenhaus zu flüchten. Sie musste ruhiggestellt werden und noch ist nicht entschieden, wie es mit ihr weitergehen soll. Eine vorübergehende Einweisung in die Psychiatrie, wie sie die behandelnde Ärztin vorschlug, haben die Eltern abgelehnt. Celine Sahlin selbst ist im Moment nicht in der Lage, Entscheidungen zu treffen. Dich hinzuzuziehen, wie es ihnen Rurik in einem ersten Gespräch vorgeschlagen hat, halten sie dagegen für eine gute Idee. Je eher du mit ihr sprechen kannst, umso besser."

Birger nickte. „Ich werde es einrichten, weil ich die Dringlichkeit einsehe." Seit er regelmäßig neben seiner Arbeit in der Praxis für die Polizei arbeitete, hielt er sich Termine dafür frei. „Die Frage ist nur, ob Celine Sahlin damit einverstanden sein wird und ob sie bereit ist, sich zu öffnen. Gegen ihren Willen kann ich nichts erreichen."

„Du schaffst das schon." Alva bedachte Birger mit ihrem schönsten Lächeln.

„Dein Vertrauen ehrt mich. Aber jetzt gehen wir erst mal los, sonst verspielen wir das Vertrauen unserer Fellnase. Er ist schon ganz ungeduldig."

Birger griff nach der Hundeleine, worauf Veikko wie ein Blitz zur Tür raste.

Alva erhob sich ebenfalls. „Morgen sollten die medizinischen Untersuchungen von Celine Sahlin abgeschlossen sein", sagte sie. „Dann haben wir ein Gespräch mit den Ärzten und erfahren vielleicht schon Genaueres."

37.

Am nächsten Morgen fand sich Alva zusammen mit Jördis auf der Station für Innere Medizin des Sahlgrenska-Krankenhauses ein. Eine Ärztin, die sich als Dr. Astrid Grebe vorstellte, führte sie in ein kleines Büro. Frau Grebe war schätzungsweise Mitte fünfzig, ihr kräftiges graues Haar war kurz geschnitten und sie trug ihre Brille an einer Kette um den Hals.

„Ich gebe Ihnen jetzt einen zusammenfassenden Bericht“, sagte sie, nachdem Alva und Jördis sich gesetzt hatten. „Es war nicht leicht, die Patientin umfassend zu untersuchen, sie hat sich heftig dagegen gesträubt. Ihre Eltern mussten all ihre Überzeugungskraft einsetzen, bis es schließlich gelang. Die knapp zwanzigjährige Frau befindet sich in einem schlechten Allgemeinzustand. Sie ist untergewichtig und hat diverse Verletzungen. Äußerlich fielen Blutergüsse und diverse Brandnarben auf, außerdem Narben, wie sie durch Stock- oder Peitschenhiebe verursacht werden.“

Jördis sog an dieser Stelle hörbar die Luft ein. „Wurde sie gefoltert?“

Die Ärztin zuckte mit den Schultern. „Von systematischer Folter würde ich nicht sprechen, aber von regelmäßiger heftiger Misshandlung. Einige Narben sind älter, andere relativ frisch. Die Röntgenaufnahmen offenbarten noch mehr. Wir fanden mehrere schlecht verheilte Brüche, sie betreffen den rechten Unterarmknochen, zwei Rippen und den linken Knöchel."

„Hat sie irgendwelche Angaben gemacht, wer ihr die Verletzungen zugefügt hat?", wollte Alva wissen.

Astrid Grebe schüttelte den Kopf. „Mit keiner Silbe hat sie sich geäußert. Entweder steht sie unter Schock oder sie hat noch immer Angst vor ihren Peinigern. Man muss ihr Zeit lassen."

Zeit hatten sie eigentlich nicht, doch Alva sah ein, dass es nicht anders funktionieren würde. Sie hoffte, Birger würde es gelingen, die junge Frau zum Reden zu bringen.

„Da ist noch etwas", fuhr die Ärztin fort. „Celine Sahlin hat ein Kind geboren."

„Wann?", fragte Alva überrascht.

„Das wissen wir nicht genau, die Geburt könnte etwa ein Jahr zurückliegen oder auch länger. Sie hat sich dabei einen Dammriss vierten Grades zugezogen, der unzureichend versorgt wurde. Sie dürfte deswegen noch immer unter Beschwerden leiden."

„Aber wo ist das Kind?", fragte Jördis sichtlich verwirrt. „Hat sie sich dazu auch nicht geäußert?"

„Leider nicht. Wie gesagt, es gibt viele offene Fragen. Doch die können wir hier nicht beantworten, wir sind nur für die körperlichen Beschwerden der Patientin zuständig, die können wir lindern. Alles andere fällt in Ihren Bereich. Ich wünsche Ihnen viel Erfolg bei

Ihren Ermittlungen. Denn wer immer das der jungen Frau angetan hat, sollte bestraft werden."

Jördis wirkte ratlos und erschüttert, als sie mit Alva zum Auto ging. „Es ist schlimm, was dieser Frau angetan wurde. Aber warum redet sie nicht? Sie muss doch ein Interesse haben, den Mistkerl, der sie derart misshandelt hat, hinter Gitter zu bringen."

„Wir wissen nicht, was dahintersteckt." Alva setzte sich hinters Steuer. „Der ganze Fall ist mysteriös, angefangen von ihrem Verschwinden damals. Die merkwürdige Erzählung der Freundin und deren späteres Aufwachen in der Kirche lässt mich vermuten, die jungen Frauen könnten unter Drogen gesetzt worden sein. Celine wurde offenbar entführt, ob von einem Täter oder von mehreren wissen wir nicht. Unter Umständen ist sie überhaupt nicht in der Lage, ihre Peiniger zu beschreiben."

„Du meinst, weil man sie weiterhin unter Drogen gesetzt oder sie in Dunkelheit gefangen gehalten hat?"

„Zum Beispiel", stimmte Alva zu. „Aber das sind nur Spekulationen, wir müssen abwarten. Ich setze meine ganze Hoffnung auf Birger."

Von Jördis kam ein vernehmlicher Seufzer. „Weißt du überhaupt, wie gut du mit Birger dran bist, nicht nur beruflich, sondern auch privat?"

„Ja, das weiß ich." Alva wich einer Gruppe Radfahrer aus. „Aber was ist mit dir und Sven? Du musst mir nicht antworten, wenn du nicht darüber reden willst. Nur mache ich mir Sorgen um euch beide. Man merkt allzu deutlich, dass da etwas nicht stimmt."

„Es war mein Fehler", brach es aus Jördis heraus. „Ich hätte mich nicht mit ihm einlassen dürfen. Er wird sich nie von Gundel trennen, das ist mir inzwischen klar geworden."

„Es ist nicht leicht für ihn, Jördis. Da sind vor allem seine beiden Söhne, an denen er hängt. Sven ist ein guter Vater."

„Das weiß ich und das schätze ich an ihm. Aber Gundel nutzt das aus. Sie lebt ihr eigenes Leben, was ihr offenbar zunehmend besser gefällt. Nur wenn es ihr passt, darf Sven Zeit mit ihr und den Kindern verbringen und er ist auch noch dankbar dafür. Natürlich wollen die beiden Jungs gern wieder ständig mit beiden Eltern zusammenleben. Schon deshalb würde Sven nie vollendete Tatsachen schaffen und sie mit einer neuen Frau an seiner Seite konfrontieren. Dann wäre er in ihren Augen nämlich der Böse, was er nicht ertragen könnte. Gundel ist nach wie vor solo, zumindest offiziell. Sie unternimmt viel mit ihren neuen Freundinnen, holt nach, was sie versäumt zu haben glaubt, und ihre Eltern halten ihr den Rücken frei. Sven hofft inzwischen heimlich darauf, sie könnte einen neuen Partner finden und ihm so die Entscheidung abnehmen. Aber das finde ich erbärmlich. Ich will nicht seine Frau von Gundels Gnaden sein. Und ich will nicht jahrelang darauf warten. Deshalb habe ich einen Schlussstrich unter unsere Beziehung gezogen."

Alva konnte Jördis verstehen, doch ihr entging nicht, wie unglücklich sie aussah.

„Es tut trotzdem weh, nicht wahr?", fragte sie leise.

„Es tut verdammt weh." Jördis wandte das Gesicht ab, sie wollte ihre Tränen nicht zeigen.

38.

Celine Sahlin hatte ihre Zustimmung zu dem Gespräch mit Birger gegeben. Sie betrat seine Praxis pünktlich in Begleitung ihrer Mutter, die im Wartebereich Platz nahm, während Birger Celine in sein Sprechzimmer bat. Ihm fiel die Ähnlichkeit zwischen Mutter und Tochter auf, beide hatten klassische Gesichtszüge, blaue Augen und blondes Haar, nur war das der Mutter sorgsam frisiert und Celines achtlos mit einem Gummi am Hinterkopf zusammengerafft. Celine versuchte, ihre Magerkeit durch einen langen weiten Pullover zu kaschieren, doch als sie krampfhaft die Sessellehnen umklammerte, fielen Birger ihre knochigen Hände auf. In ihrem eingefallenen Gesicht stachen die Wangenknochen hervor, die Lippen waren blass und trocken.

„Wie fühlen Sie sich?“, fragte Birger. Ihm entging ihr Zittern nicht.

„Es geht“, erwiderte sie. Ihre Augen irrten im Raum umher, als würden sie nach einem Halt suchen.

„Wenn Ihnen das Gespräch zu anstrengend wird, können wir jederzeit eine Pause einlegen oder es ganz abbrechen. Sie müssen es mir nur sagen."

Celine erwiderte nichts, nickte aber zum Zeichen, es verstanden zu haben.

„Möchten Sie lieber frei erzählen, oder ist es Ihnen angenehmer, wenn ich Fragen stelle?"

„Fragen Sie."

„Gut, dann wollen wir nicht lange um die Sache herumreden, Sie wissen, weshalb Sie hier sind. Zwei Jahre und vier Monate ist es her, seit Sie bei Hyssna verschwanden, das ist eine lange Zeit. Niemand weiß, wo Sie gewesen sind. In einer ersten Befragung gaben Sie an, sich nicht zu erinnern. Ist Ihre Erinnerung inzwischen wenigstens teilweise zurückgekehrt?"

Durch den schmalen Körper der jungen Frau ging ein Ruck, sie richtete sich auf und ihr Gesicht und ihre Haltung drückten nun Entschlossenheit aus.

„Ich weiß, dass Sie es herausfinden sollen und viele Menschen daran interessiert sind, zum Beispiel die Polizei und meine Eltern. Aber ich bin nicht daran interessiert. Mein Anliegen ist ein ganz anderes. Ich will mein Leben zurückhaben, ich möchte an der Stelle weitermachen, wo es vor über zwei Jahren abrupt unterbrochen wurde. Ich habe keine Ahnung, was in der Zwischenzeit mit mir geschehen ist. Es kann nichts Gutes gewesen sein, sonst wäre ich nicht in diesem Zustand." Sie schaute an sich hinab und um ihre Mundwinkel zuckte es. Doch sie fing sich sogleich wieder. „Ist es nicht ein Schutzmechanismus unseres Gehirns, wenn wir schmerzhafte Erfahrungen vergessen? Sie müssten das am besten wissen. Ich bin dankbar für das Vergessen und möchte diesen Schutz auf keinen Fall aufbrechen, weil ich nicht weiß, was sich dahinter verbirgt und was es mit mir machen würde. Wir können gern über die Gegenwart und über meine Zukunft reden, aber lassen Sie bitte die Vergangenheit ruhen."

Birger war beeindruckt von ihren Worten. Sie war eine kluge Frau und sie wusste genau, was sie wollte. Aber sie war auch eine Frau, die ihre Kraft völlig überschätzte.

„Worüber Sie mit mir reden wollen, ist ganz allein Ihre Entscheidung", sagte er. „Dies ist kein Verhör, sondern ein Gespräch, das Ihnen helfen soll. Nur unterscheidet sich meine Einschätzung, was hilfreich ist, von Ihrer. Sicher kann es durchaus nützlich sein, unangenehme Episoden zu vergessen. Doch in Ihrem Falle geht es nicht um einzelne Episoden, sondern um eine beachtliche Zeitspanne Ihres Lebens. Es geht um eine Zeit, die sogar körperliche Spuren hinterlassen hat. Deshalb ist ein vollständiges Vergessen kaum vorstellbar. Die Erinnerungen sind gespeichert, sowohl in Ihrem Kopf als auch in Ihrem Körper. Sie können jederzeit hervorbrechen und sich durch plötzliche Flashbacks oder durch gesundheitliche Beschwerden bemerkbar machen. Dem sollten Sie sich nicht unvorbereitet aussetzen. Erinnern kann helfen, unangenehme Erfahrungen zu verarbeiten, damit sie dadurch ihre Macht verlieren."

„Das mag alles stimmen, wenn es sich aber für mich im Moment richtig anfühlt, nicht daran zu rühren, warum sollte ich das ändern?"

„Wenn Sie momentan nicht bereit sind, darüber zu sprechen, respektiere ich das selbstverständlich. Würden Sie mir aber Ihre letzte Erinnerung schildern, jene Augenblicke, bevor Sie nicht mehr wussten, was mit Ihnen geschah?“

Celine Sahlin war die Erleichterung über den Themenwechsel deutlich anzumerken. Geradezu eifrig schilderte sie nun ihre Erlebnisse auf dem Hyssnaleden. „Tuva und ich, wir wollten an dem Tag die Höhle *Torkels hideout* besichtigen. Das Wetter war nicht toll, aber davon ließen wir uns nicht abhalten. Als wir dann an der Höhle angekommen waren, wollte ich sie auch von innen in Augenschein nehmen. Tuva traute sich nicht runter, also habe ich mich allein an den Abstieg gemacht.“ Celine schilderte nun, wie sie sich dabei am Knöchel verletzte und kaum noch auftreten konnte. Plötzlich sei dichter Nebel aufgekommen und das Handy von Tuva habe nicht mehr funktioniert. Ihr eigenes hatte sie in der Höhle verloren. „Und dann sagte Tuva plötzlich, da wäre ein Haus. Ich sah es erst nicht, es wirkte verschwommen im Nebel, obwohl es ganz nah war. Tuva stützte mich, nach wenigen Schritten waren wir an der Tür.“ Celine beschrieb die alte Frau, von der sie ins Haus gelassen wurden, sehr genau, deren weißes Haar und ihre eigenartige bunte Tracht. „Ich zeigte ihr meinen Fuß und sie half mir, mich auf eine Art Diwan zu setzen. Sie schmierte meinen Knöchel mit einer Salbe ein, die sehr scharf roch. Es ist das Letzte, woran ich mich erinnere, dann muss ich eingeschlafen sein. Es fühlt sich an, als wäre es erst vor wenigen Tagen geschehen. Als ich aufwachte, war ich der Überzeugung, es könnten höchstens ein paar Stunden vergangen sein.“

Birger hatte sich Notizen gemacht, von denen er nun aufschaute. „Wie war das, als Sie aufgewacht sind?“

„Zuerst war mir nur kalt. Ich machte die Augen auf und saß im Freien auf einer Bank. Ich habe nach meinem Knöchel geschaut und mich gewundert, weil er nicht mehr wehtat. Ich bin aufgestanden und ein paar Schritte gelaufen. Allmählich habe ich begriffen, wo ich mich befand, es war im Schlosspark in der Nähe des Spielplatzes. Wie ich von Hyssna nach Göteborg gekommen war, konnte ich nicht begreifen, es machte mir Angst. Ich bin dann zu Fuß nach Hause gelaufen, meine Eltern fielen aus allen Wolken. Sie wollten wissen, wo ich gewesen bin, und ich sagte immer nur: *In Hyssna, ich war mit Tuva in Hyssna, das wisst ihr doch.* Dann haben sie mich ins Auto gesetzt und sind mit mir ins Krankenhaus gefahren."

Die Stunde war um, Celine wirkte erschöpft.

„Für heute soll es genug sein, ich würde mich aber gern weiter mit Ihnen unterhalten. Können wir einen neuen Termin vereinbaren?", fragte Birger.

Celine schien von der Aussicht nicht begeistert zu sein, stimmte jedoch zu. Als sie gegangen war, vervollständigte Birger seine Aufzeichnungen. Ihm war es wichtig, ihre Äußerungen im Wortlaut festzuhalten. Er hatte einen Verdacht, dem er nachgehen wollte.

39.

„Sie behauptet, sich an die zurückliegenden fast zweieinhalb Jahre überhaupt nicht zu erinnern? Ist so etwas möglich?“, fragte Sven, nachdem Birger dem Team von seinem ersten Termin mit Celine berichtet hatte.

„Völlig unmöglich ist es nicht, aber es ist unwahrscheinlich“, erwiderte Birger. „Mag sein, dass ihre Erinnerungen bruchstückhaft sind, es hängt davon ab, was ihr zugestoßen ist. Man könnte sie mehrfach unter Drogen gesetzt haben, das Ergebnis der toxikologischen Untersuchung steht noch aus. Doch meine Vermutungen gehen in eine andere Richtung. Sie hat sehr entschieden behauptet, sie wolle sich nicht erinnern. Celine möchte nahtlos an ihr altes Leben anknüpfen, das sie mit siebzehn Jahren aufgeben musste. Was immer ihr in der Zwischenzeit widerfahren ist, dürfte ihr dabei im Wege sein. Deshalb kann man ihre Aussage auch anders deuten. Sie will nicht darüber reden, niemand soll es erfahren.“

„Das verstehe ich nicht." Jördis schüttelte den Kopf. „Sie wurde nachweislich misshandelt, ihre Verletzungen wird sie sich kaum selbst zugefügt haben. Wieso will sie dann nicht, dass ihre Peiniger zur Verantwortung gezogen werden? Außerdem hat sie ein Kind geboren. Interessiert sie dessen Schicksal überhaupt nicht? Will sie das auch vergessen, nur um gefühlt noch einmal siebzehn sein zu dürfen?"

„Das sind gute Fragen, die ich mir natürlich auch stelle. Direkt darauf ansprechen möchte ich Celine jedoch nicht. Sie ist sehr auf der Hut und würde die Gespräche mit mir abbrechen, wenn sie sich zu sehr in die Ecke gedrängt fühlen sollte. Ich habe zunächst ein anderes Anliegen. Ist es möglich, Tuva Westin noch einmal zu vernehmen? Ich möchte von ihr eine genaue Schilderung hören, wie es damals zum Verschwinden von Celine kam."

„Du willst dir die ganze Geisterstory noch einmal anhören?", fragte Sven überrascht.

Birger kam nicht dazu, etwas darauf zu erwidern, denn Rurik griff den Vorschlag bereits auf. „Das sollte kein Problem sein. Jetzt, wo Celine wieder aufgetaucht ist und wir die Hintergründe ihres Verschwindens herausfinden müssen, kann uns die Aussage von Tuva Westin helfen. Ich denke, sie wird sich kooperativ verhalten. Da der Verdacht, sie könnte ihrer Freundin damals etwas angetan haben, sich nun in Luft aufgelöst hat, muss sie unendlich erleichtert sein."

„Ist sie damit wirklich über jeden Verdacht erhaben?" Sven runzelte die Stirn. „Sie war dabei, als ihre Freundin entführt wurde, während ihr nichts geschehen ist. Könnte sie mit den Tätern gemeinsame Sache gemacht haben? Eine weitere Frau verschwand ein Jahr später in der gleichen Gegend. Als Camilla Andersson umgebracht wurde, befand sich Tuva Westin im gleichen Hotel."

„Nein", sagte Alva entschieden, „du verrennst dich gerade in eine unwahrscheinliche Hypothese. Brutale Täter, die junge Frauen entführen, missbrauchen und misshandeln, machen keine Siebzehnjährige zu ihrer Komplizin. Das wäre viel zu riskant. Was mit der Journalistin Nora Hedlund geschehen ist, wissen wir nicht, sie könnte freiwillig untergetaucht sein. Camilla Andersson passt aber überhaupt nicht ins Schema. Sie wurde im Schlaf in ihrem Bett getötet, es war demnach nie geplant, sie zu entführen."

Alle am Tisch stimmten ihr zu, nur Caroline wirkte nachdenklich. „Ich glaube auch, den Fall Celine Sahlin müssen wir gesondert behandeln, er hängt nicht mit den beiden anderen zusammen", sagte sie. „Zwischen Nora Hedlund und Camilla Andersson könnte es aber schon eine Verbindung geben. Ich habe da gerade etwas überprüft. Der Ehemann von Nora Hedlund hatte für den Tag ihres Verschwindens kein Alibi. Er hatte die beiden Kinder zu seinen Eltern gebracht und war allein zu Hause. Er gab an, einfach mal gründlich ausgeschlafen zu haben. Seinen Eltern hatte er erzählt, er müsse an einer Weiterbildung teilnehmen."

Rurik kratzte sich am Kinn. „Okay, aber was hat er mit Camilla Andersson zu tun?"

„Nichts, außer dass er für den Tag ihres Verschwindens ebenfalls kein Alibi hat. Die Kinder waren am Wochenende bei seinen Eltern, weil er angeblich wieder zu einer Weiterbildung musste. Nur hat es auch diese Weiterbildung nie gegeben."

„Du hast das recherchiert?“ Rurik wirkte überrascht. „Wie bist du darauf gekommen, der Mann könnte etwas damit zu tun haben?“

„Es ergab sich zufällig so. Seine beiden Kinder und Elsa besuchen die gleiche Kita. Wir kennen uns von Kindergeburtstagen und wechseln ab und zu ein paar Worte. Seine Tochter Mia erwähnte zufällig, sie wären an dem Wochenende, an dem Camilla Andersson umgebracht wurde, bei Oma und Opa gewesen. Stutzig gemacht hat mich die Reaktion von Sixten Hedlund. Er wirkte verlegen und sprach dann von einer betrieblichen Weiterbildung. Er arbeitet bei Volvo in der IT-Abteilung. Dort gab es an besagtem Wochenende keine Weiterbildung.“

„Na schön, aber das muss nichts zu sagen haben“, meinte Sven. „Die Weiterbildung scheint seine bevorzugte Ausrede zu sein, wenn er mal freihaben möchte. Seine Frau ist jetzt seit über einem Jahr verschwunden. Möglicherweise hat er eine Freundin, mit der er das Wochenende verbracht hat. Es ist ihm unangenehm, darüber zu reden. Deshalb die Ausrede mit der Weiterbildung.“

Caroline nickte, wirkte aber nicht überzeugt. Alva fragte sich, ob Caroline entgegen ihren Beteuerungen doch Interesse an Sixten hatte. Dass sie ihm gefiel, merkte man jedenfalls sofort schon an der Art, wie er sie anschaute. Wollte Caroline sichergehen, nicht wieder an den falschen Mann zu geraten? Ihr Misstrauen war nur allzu verständlich, sie war bereits einmal einem Betrüger aufgesessen. Sie hatte garantiert kein Interesse, sich mit einem Mann einzulassen, der sich später als Mörder entpuppen könnte. Denn ganz von der Hand zu weisen war Carolines Verdacht nicht.

Sixten Hedlund war wütend gewesen, als seine Frau ihn mit den Kindern allein gelassen hatte. Was, wenn er ihr hinterhergefahren war, sie zur Rede gestellt und dann im Streit getötet hatte? Denkbar wäre es. Und der zweite Mord? Konnte er aus einem Hass auf Frauen schlechthin geschehen sein? Alva war in ihrer Laufbahn schon einigen Mördern begegnet, deren Motive rational kaum nachvollziehbar gewesen waren. Doch sie behielt ihre Überlegungen zu Sixten Hedlund für sich. Der Fall war auch so schon verworren genug.

40.

„Warum hast du das gemacht?“ Hugo Sahlin war vor Wut dunkelrot im Gesicht, sein vorstehender Adamsapfel hüpfte auf und nieder. „Warum du das gemacht hast, will ich wissen. Was versprichst du dir davon?“

Alma Sahlin stellte sich schützend vor ihre Tochter. „Schrei sie nicht an. Dieser Journalist wird sie mit irgendwelchen Tricks dazu gebracht haben. Solche Kerle schrecken vor nichts zurück. Celine ist noch zu schwach, um sich dagegen zu wehren. Wir hätten sie nicht allein lassen dürfen.“

„Ist das dein Ernst? Soll ich jetzt ein Kindermädchen für unsere zwanzigjährige Tochter engagieren? Oder willst du deinen Beruf aufgeben, nachdem du bereits deinen Urlaub für sie geopfert hast? Das können wir uns verdammt noch mal nicht leisten. Das Haus ist nicht abgezahlt und im Falle einer Zwangsversteigerung bleiben wir auf einem Haufen Schulden sitzen.“

„Wie kannst du jetzt nur über Geld reden? Denk an Celine und daran, was sie gerade durchmacht.“

„Ach ja, so schlimm kann es nicht sein, wenn sie es unbedingt in der Presse breittreten muss. Sie scheint es im Gegenteil zu genießen. Denkt sie dabei vielleicht an uns? Das hier ist erst der Anfang, von jetzt an werden wir keine Ruhe mehr haben, wir alle nicht." Hugo Sahlin griff nach der Zeitung und schleuderte sie in Celines Richtung. Seine Frau, die noch immer schützend vor ihrer Tochter stand, hob abwehrend den Arm. „Bist du jetzt total übergeschnappt?"

Celine presste ihre Hände auf beide Ohren und fing an zu schreien. „Hört auf damit, hört sofort auf."

Der Auslöser des Streits, die aktuelle Ausgabe der Zeitung *Aftonbladet* lag nun aufgeschlagen auf dem Boden. Auf der ersten Seite sprang ein großformatiges Foto von Celine ins Auge, darüber prangte die fette Überschrift: *Das dunkle Geheimnis von Hyssna*. Und darunter etwas kleiner: *Liegt in der Nähe der Höhle das Tor zu einer anderen Welt?*

In dem Artikel schilderte Celine ausführlich ihre Erlebnisse bis zu dem Moment, als sie in dem aus dem Nebel aufgetauchten Haus auf dem Diwan eingeschlafen war. *Ich habe keine Ahnung, was mit mir passiert ist, ich bin nur froh, wieder zu Hause zu sein. Dass ich fast zweieinhalb Jahre verschwunden gewesen sein soll, kann ich immer noch nicht glauben.*

„Es sind meine Erlebnisse." Celine liefen die Tränen übers Gesicht, als sie das sagte. „Deshalb ist es auch meine Sache, wie ich damit umgehe."

Hugo Sahlin wollte etwas erwidern, doch seine Frau gab ihm zu verstehen, das Reden jetzt besser ihr zu überlassen. „Natürlich sind es deine Erlebnisse", sagte sie sanft. „Doch nicht alle Menschen, die davon erfahren, werden rücksichtsvoll damit umgehen. Sie haben kein Mitgefühl mit dir, sondern gieren nur nach weiteren Sensationen. Man wird dir keine Ruhe lassen, wird wissen wollen, ob es nicht doch etwas gibt, woran du dich erinnerst. Unter Umständen wird man dir alles Mögliche unterstellen." Sie sprach nicht weiter, doch ihr Mann wusste genau, was sie meinte. Was hatte er nicht alles Tuva Westin unterstellt, nachdem sie damals ihre Aussage gemacht hatte. Als dreiste Lügnerin hatte er sie abgestempelt, sogar als Verbrecherin, die etwas mit dem Verschwinden seiner Tochter zu tun haben musste. Er hatte gegen das vom Gericht verhängte Annäherungsverbot rebelliert, er hatte die Polizei beschimpft, ihre Arbeit nicht ordentlich zu machen, indem sie Tuva mit ihren Hirngespinsten davonkommen ließen. Und nun erzählte seine Tochter öffentlich die gleiche Geschichte. Das musste er natürlich als Affront empfinden, denn er konnte ihr genauso wenig glauben, wie er Tuva geglaubt hatte.

„Wir sollten uns jetzt alle beruhigen und ins Bett gehen", sagte Alma Sahlin. „Was geschehen ist, können wir nicht mehr ändern. Wir schlafen am besten darüber und reden morgen weiter."

Celine griff den Vorschlag sofort dankbar auf. „Ja, ich bin furchtbar müde, gute Nacht." Sie verschwand in ihrem Zimmer. Viel Schlaf sollte sie in der Nacht nicht finden, der Streit hatte sie aufgewühlt. Doch sie war überzeugt, das einzig Richtige getan zu haben.

41.

Auch Tuva hatte den Artikel gelesen, in dem Celine ihre Erlebnisse schilderte. Nicht genug, dass sie gestern eine Vorladung erhalten hatte, um erneut eine Aussage bei der Polizei zu machen, nun wurde sie auch noch von Celine vor vollendete Tatsachen gestellt. Dabei war in ihr während der letzten Tage der Entschluss gereift, endlich reinen Tisch zu machen und die Wahrheit zu sagen. Nicht zuletzt hatte ihre sich entwickelnde Beziehung zu Holger dazu beigetragen. Er war für sie zu einem Seelenanker geworden und ihre Gefühle für ihn nahmen täglich zu. Wenn sie mit ihm einen Neuanfang wagte, sollten keine Lügen und Geheimnisse zwischen ihnen stehen. Doch nun schuf der Artikel von Celine neue Tatsachen. Tuva dachte an die schlimme Zeit, die sie wegen ihrer Aussage durchgemacht hatte, an die Verdächtigungen, Beschimpfungen und Drohungen. Ob es Celine wohl auch so ergehen würde? Mit Sicherheit nicht, bestimmt standen ihre Eltern hinter ihr, sonst hätte sie dieses Interview wohl kaum gegeben. Die wunderschöne sanfte Celine hatte es immer verstanden, alle auf ihre Seite zu ziehen. Wie stolz war Tuva gewesen, von ihr zur besten Freundin auserwählt worden zu sein. Dabei hatte Celine ihre Unsicherheit und Dankbarkeit nur ausgenutzt. Sie hatte erkannt, wie leicht Tuva zu manipulieren war und sie deshalb für ihre Zwecke eingespannt. Mit Meja wäre ihr das nie gelungen und mit den meisten anderen Mädchen ihres Alters ebenfalls nicht. Doch Tuva hatte ihr Spiel mitgespielt und sich dabei sogar noch großartig gefühlt. *Ich bringe mich um, wenn du mir nicht hilfst.* Sie hatte Celines Stimme von damals noch im Ohr, spürte ihr Entsetzen und ihre Angst, Celine könnte sich tatsächlich etwas antun. Deshalb hatte sie sich auf das idiotische Spiel eingelassen, und das nur mit einem Ziel: Celine sollte makellos als unschuldiges Opfer aus der Sache hervorgehen. Welche Probleme ihr selbst daraus erwachsen konnten, hatte sie in dem Moment leider nicht bedacht. Aber ein Gutes hatte die öffentliche Schilderung von Celine auch. Sie bestätigte ihre eigene Aussage im Nachhinein. Ihr war man mit Misstrauen begegnet, obwohl sie nur die Ereignisse weniger Stunden beschrieben hatte. Celine hatte nicht nur das Gleiche erzählt, sondern zusätzlich behauptet, sich an die zurückliegenden fast zweieinhalb Jahre nicht zu erinnern. Das war um einiges krasser und deshalb würde sich das Interesse jetzt wohl eher Celine zuwenden. Tuva hoffte, endlich zur Ruhe zu kommen. Sie würde für den Rest ihres Lebens ein Geheimnis mit sich herumtragen müssen, das war der Preis. Sie musste nur noch den morgigen Tag und ihre Aussage bei der Polizei überstehen. Das sollte zu schaffen sein.

42.

„Wir danken Ihnen, dass Sie gekommen sind, und haben erst einmal keine weiteren Fragen.“ Mit diesen Worten verabschiedete Alva Tuva Westin, die sichtlich erleichtert den Raum verließ. Sie schaute zu Birger, der die Befragung durchgeführt hatte.

„Wann wirst du uns deine Einschätzung mitteilen?“, fragte sie.

„Das kann ich sofort machen. Der Fall ist für mich ziemlich klar und das Gespräch genauso abgelaufen, wie ich es erwartet hatte.“

„Wenn das so ist, lass uns in den Besprechungsraum gehen. Ich trommele schnell die anderen zusammen.“ Es dauerte nur wenige Minuten, bis alle versammelt waren. Die Hoffnung, durch Birger neue Erkenntnisse zu bekommen, hatte sie an ihren Plätzen im Büro ausharren lassen. Birger begann seine Zusammenfassung mit einem prägnanten Satz: „Beide Frauen lügen.“

„Woran erkennt man das?“, fragte Jördis. „Gibt es da Hinweise, auf die man bei seinem Gesprächspartner achten sollte?“

Birger legte den Kopf schief und lächelte. „Wenn du an die Blickrichtung, Veränderungen in der Stimmlage oder Hand- und Fußhaltung denkst und daraus etwas ableiten willst, muss ich dich enttäuschen. Zwar gibt es bestimmte Anzeichen dafür, wenn jemand lügt, doch sie sind nicht zuverlässig. Unter Umständen deuten sie nur auf Unsicherheit und Angst hin, deshalb darf man sein Urteil nicht allein darauf stützen. Doch in unserem Fall, in dem wir es mit zwei Aussagen zum gleichen Sachverhalt zu tun haben, ist es einfach. Die Schilderungen der Frauen stimmen bis ins kleinste Detail überein, was darauf hindeutet, dass sie sich abgesprochen haben. Würde es sich um reale Erlebnisse handeln, würden sie sich zwangsläufig zumindest in Kleinigkeiten unterscheiden. Wenn mehrere Personen die gleiche Situation erleben, werden ihre Beschreibungen dieser Situation hinterher unterschiedlich sein, manchmal sogar in wesentlichen Punkten."

„Wem sagst du das", seufzte Rurik und dachte an seine langjährigen Erfahrungen mit Augenzeugen.

„Das ist leider normal", fuhr Birger fort. „Wir nehmen die Wirklichkeit nicht eins zu eins wie durch eine Kameralinse wahr, sondern gebrochen durch unsere persönlichen Erfahrungen. Stellt euch die von den beiden Frauen geschilderte Situation einmal bildlich vor. Schon zu Anfang gibt es jede Menge Möglichkeiten, die Abfolge durcheinanderzubringen. Wann kam der Nebel auf, vor dem Unfall oder nach dem Unfall von Celine in der Höhle? An welcher Stelle verlor sie ihr Handy? Wann merkte Tuva, dass ihr eigenes Handy nicht mehr funktionierte? Es ist nicht einfach, die Reihenfolge im Kopf zu behalten, doch beide Frauen schildern exakt den gleichen zeitlichen Ablauf. Das ist ungewöhnlich. Wenn es um ihre Erlebnisse in dem mysteriösen Haus geht, wird es noch deutlicher. Beide erwähnen genau die gleichen Details bezüglich der Erscheinung und Kleidung der alten Frau, sie beschreiben die Einrichtung auf die gleiche Weise. Normal wäre es, wenn eine von ihnen etwas bemerkt hätte, was der anderen nicht aufgefallen ist und umgekehrt. Aber sobald ich Fragen stellte, die über das Berichtete hinausgingen, entstand Unsicherheit. Der Grund liegt auf der Hand: Keine der Frauen wollte etwas sagen, was die andere so nicht bestätigen würde. Bloß keine Widersprüche zulassen. Aber genau das entlarvt sie. Ich frage mich, was die beiden veranlasst, an ihrer Geschichte festzuhalten. Ich kann mir nur zwei mögliche Gründe vorstellen: Angst oder Schuldgefühle. Ich tippe eher auf Angst, es würde erklären, weshalb Celine die Öffentlichkeit gesucht und das Interview gegeben hat. Sie will jemandem signalisieren: Ich verrate nichts, ich bleibe dabei, mich nicht zu erinnern."

Allen leuchtete ein, was Birger gesagt hatte. Sven sprach als Erster. „Es muss doch irgendeinen Ansatz geben, herauszufinden, wo Celine Sahlin sich aufgehalten hat und was mit ihr geschehen ist. Was ist mit den Sachen, die sie trug, als sie wieder auftauchte? Könnte das eine Spur sein?"

„Daran habe ich auch sofort gedacht und Nachforschungen angestellt", erwiderte Caroline. „Ihr Outfit war für eine junge Frau ungewöhnlich, der lange dunkle Wollrock und der schmucklose weite Kapuzenmantel hätten eher zu einer älteren Frau gepasst."

„Sag nichts gegen ältere Frauen, die kleiden sich heutzutage genauso flott wie die Jungen", meinte Rurik grinsend. „Zum Glück ist das so. Für mich wirkten die

Kleidungsstücke wie die einer muslimischen Frau, die darauf bedacht ist, ihre weiblichen Formen zu verhüllen. Hast du etwas über die Herkunft herausgefunden?"

Caroline nickte. „Die Kleidungsstücke wurden in der Türkei gefertigt. Das hilft uns aber nicht weiter. Die Türkei ist einer der größten Textilproduzenten und die Waren werden auch in Läden hier im Land vertrieben. Die Kleidung weist also nicht auf einen Aufenthalt in der Türkei hin, Celine kann die Sachen ebenso gut hier erworben haben oder sie von jemandem bekommen haben. Letzteres halte ich für wahrscheinlich, denn sie sind nicht neu und bereits ziemlich abgetragen."

„Wenn uns die Kleidung nicht weiterbringt, dann vielleicht die Tatsache, dass Celine ein Kind geboren hat", sagte Alva. „Die Gynäkologin konnte den Zeitpunkt der Entbindung nicht genau festlegen, er lag aber ihrer Ansicht nach mindestens ein Jahr zurück, eher noch länger. Außerdem weisen die Verletzungen auf das Fehlen medizinischer Hilfe hin, so als hätte Celine ganz allein entbunden. Demnach könnte Celine schon zum Zeitpunkt ihres Verschwindens schwanger gewesen sein. Und eventuell war das der Grund für ihr Untertauchen."

„Du meinst, sie könnte aus Angst vor ihren Eltern untergetaucht sein?", griff Rurik den Faden auf. „Zusammen mit einem Mann, der von den Eltern niemals gebilligt worden wäre? Das ist durchaus eine Möglichkeit. Allerdings gab es vor ihrem Verschwinden keinerlei Hinweise auf einen Freund. Es hieß, Celine habe jede Menge Verehrer gehabt, aber allen die kalte Schulter gezeigt."

„Wenn es da jemanden gab, von dem niemand wissen sollte, hatte sie einen Grund, keinen anderen an sich heranzulassen."

Rurik nickte zu Alvas Überlegungen. „Das ist ein Ansatz. Sie könnte freiwillig mit jemandem untergetaucht sein. Gemeinsam mit ihrer Freundin Tuva Westin dachte sie sich eine wilde Geschichte aus, die alle in die Irre führen und von den wahren Hintergründen ablenken sollte. Nur endete ihre Flucht nicht im siebten Himmel, sondern in der Hölle von Misshandlungen. Sie entkam, schweigt aber aus Angst. Wir sollten in dieser Richtung nachforschen, mit aller Vorsicht versteht sich. Wie gut, dass die Information über ihre Schwangerschaft nicht an die Öffentlichkeit gelangt ist."

43.

Alva machte sich mal wieder Gedanken um den Blutdruck von Rurik. Er war krebsrot im Gesicht und an seiner Schläfe pulsierte eine Ader bedrohlich. „Wie konnte das passieren“, brüllte er. „Gilt die ärztliche Schweigepflicht nicht mehr?“

Für seinen Wutanfall gab es einen guten Grund. Inzwischen wurde auf allen Kanälen über Celines Schwangerschaft und das Kind, das sie geboren hatte, berichtet. Die Spekulationen schossen ins Kraut und die Schlagzeilen überschlugen sich mit immer neuen Sensationsmeldungen. *War Celine S. das Opfer von Kinderhändlern? Wurde ihr Kind gezeugt, um es zu verkaufen?* Oder noch heftiger: *Kinder für satanistische Rituale! Dunkler Orden vergewaltigt Frauen, um ihre Kinder dem Teufel zu opfern.* Für Celine musste es schlimm sein, denn intimste Details wie ihre bei der Geburt erlittenen Verletzungen wurden ans Licht der Öffentlichkeit gezerrt. Angeblich hatte man sie freigelassen, weil sie keine weiteren Kinder zur Welt bringen konnte. Natürlich ließ man sie nicht laufen, ohne zuvor durch Hypnose ihre Erinnerungen komplett ausgelöscht zu haben.

„Das mit der durch Hypnose ausgelöschten Erinnerung ist Blödsinn“, sagte Birger, der sich damit bestens auskannte. „Das funktioniert für kurze Zeitintervalle, aber nicht über Jahre hinweg. Celine Sahlin macht auf mich den Eindruck einer Frau, die sich sehr wohl erinnert, aber ihre Erinnerungen um jeden Preis schützen will.“

„Das mit dem Schützen ist in einem Punkt gründlich misslungen“, sagte Rurik grimmig. „Der Vater von Celine macht uns die Hölle heiß und droht mit Klage. Sollte die Information aus unseren Reihen stammen und ich bekomme heraus, wer die undichte Stelle war, werde ich mich persönlich um denjenigen kümmern.“

Zumindest Letzteres blieb Rurik erspart, weil es Alva kurz darauf gelang, die undichte Stelle aufzudecken. Die Information war nicht aus den Reihen der Polizei gekommen, sondern aus der Klinik, in der Celine untersucht worden war. Eine Krankenschwester aus der Gynäkologie hatte kürzlich wegen Differenzen mit ihrer Chefin gekündigt und sich ihre Informationen an die Presse gut bezahlen lassen. Zufälligerweise war ihr Treffen mit dem Reporter in einem Café von einer Kollegin beobachtet worden. Eine Anzeige gegen die Krankenschwester war inzwischen erfolgt, doch der Schaden war angerichtet. Celine ging nicht mehr aus dem Haus und war am Boden zerstört. Nur Kjell Granström durfte sie besuchen. Sie lehnte weitere Gespräche mit der Polizei entschieden ab und ließ durch ihren Vater mitteilen, sich weder an eine Geburt noch an ein Kind zu erinnern.

„Wie kann eine Frau das vergessen, was ist da los?“, fragte Caroline kopfschüttelnd. Sven fiel vor allem das aggressive Auftreten von Celines Vater auf, der anscheinend auch nicht wissen wollte, was seiner Tochter zugestoßen war. „Könnte er nicht nur der Großvater, sondern auch der Vater des verschwundenen Kindes sein?“, fragte er laut.

Rurik seufzte. „Allmählich weiß ich überhaupt nicht mehr, was ich davon halten soll. Aber unsere Aufgabe ist es, das herauszufinden. Und einen Mord müssen wir außerdem aufklären. Wir dürfen den Fall Camilla Andersson nicht aus den Augen verlieren. Ob es einen Zusammenhang mit dem Verschwinden von Celine Sahlin und Nora Hedlund gibt, ist auch immer noch völlig unklar.“

44.

Auch Meja Burman las die Artikel wieder und wieder. Das gab es doch nicht, Celine, die sich immer aufgeführt hatte wie die Unschuld in Person, war also schwanger gewesen, als sie verschwand. Das war ein Paukenschlag, der sie mit Genugtuung und Hoffnung erfüllte. Seit Celines Auftauchen war Meja zu ihrem Ärger Luft für Kjell. All ihre Bemühungen um ihn, all die Kraft und Zeit, die sie investiert hatte, um eine Beziehung zu ihm aufzubauen, waren mit einem Schlag vergessen. Kjell besuchte Celine fast täglich und er war der Einzige, den ihre Eltern zu ihr vorließen. Garantiert hatte sie ihm nicht von ihrer Schwangerschaft erzählt und ihm das arme Opfer, das es zu trösten galt, vorgespielt. Aber jemandem wie Meja konnte sie nichts vormachen, sie stellte sich lebhaft vor, was passiert sein musste. Da war nichts mit Entführung und Missbrauch gewesen, dahinter steckte ein Mann, den Celine heimlich getroffen hatte und mit dem sie durchgebrannt war. Wenn Kjell das nicht selbst erkannte, musste sie ihn auf die Spur bringen. Meja lief unruhig in ihrem

Zimmer auf und ab. Sie hatte ihre Zeit mit dem Versuch, Celines Verschwinden aufzuklären, sinnlos verschwendet. Jetzt galt es herauszufinden, wer der Mann war, mit dem sich Celine eingelassen hatte. Kjell musste begreifen, was für ein durchtriebenes Biest die Frau war, die er noch immer anschmachtete wie eine Heilige. Das war ihre einzige Chance, ihn zurückzugewinnen. Doch wo sollte sie Beweise finden? Meja setzte sich auf ihr Bett und scrollte sich durch die Fotos auf ihrem Handy. Die meisten zeigten Kjell, sie hatte ihn fotografiert, wann immer sich eine Gelegenheit dazu geboten hatte. Früher hatte sie das heimlich getan, seit sie sich nähergekommen waren auch offen. Es gab sogar Selfies, auf denen sie gemeinsam in die Kamera lachten und wie ein Paar aussahen. Nein, sie würde Kjell nicht aufgeben, nicht nachdem sie schon so nah am Ziel gewesen war. Sie scrollte weiter zurück mit dem unbestimmten Gefühl, etwas übersehen zu haben, etwas, das ihr weiterhelfen konnte. Da war ein Foto von einer Lucia-Feier aus dem Jahr vor Celines Verschwinden. Natürlich war Celine die Lucia gewesen. Sie war auf dem Foto nur schemenhaft zu sehen, eine unscharfe weiße Gestalt, denn nicht sie hatte Meja beim Fotografieren ins Auge gefasst, sondern Kjell, der sie hingerissen anstarrte. Es tat Meja beim Betrachten immer noch weh, so hatte er sie nie angesehen, in all den Jahren nicht. Ein anderes Foto stammte von Mittsommer, eine bunt gekleidete Gesellschaft tanzte den Froschtanz. Kjell hatte sich direkt neben Celine eingereiht, sie trug einen Blumenkranz im blonden Haar. Dann Kjell auf dem Schulhof, im Gespräch mit anderen Jungen, doch sein Blick war auf einen fernen Punkt gerichtet und Meja war sich sicher, wen er suchte. Celine, immer wieder Celine. Am liebsten hätte sie das Handy in die Ecke geschleudert, beherrschte sich aber. Das Gefühl, dort könnte etwas sein, was eine Antwort auf alle Fragen bedeutete, ließ sie weitersuchen. Sie stieß auf eine Aufnahme von einer Gruppe Jungen und Mädchen, die sich vor einem Schaubild versammelt hatten. Wo war das gewesen? Richtig, in der IT-Abteilung von Volvo, im Rahmen einer Schulveranstaltung, die mögliche Berufsfelder aufzeigen sollte. Es war vor allem darum gegangen, die Schüler für die MINT-Fächer zu interessieren. Meja hatte die Veranstaltung ziemlich kaltgelassen im Gegensatz zu Celine. Sie hatte jede Menge Fragen gestellt und plötzlich entdeckte Meja das Foto, nach dem sie unbewusst gesucht hatte. Es zeigte Celine und Kjell im Gespräch mit einem Mitarbeiter der IT-Abteilung. Sie hatte die Aufnahme nur wegen Kjell gemacht, doch jetzt fiel Meja auf, wie Celine und der andere Mann einander anschauten. Da war ein Knistern zwischen ihnen, das man sogar auf dem Foto erkennen konnte. Die meisten Männer waren von Celines Schönheit fasziniert gewesen, das war nichts Besonderes. Doch auch Celines Blick saugte sich förmlich an dem Mann fest. Er musste um die dreißig sein, eigentlich zu alt für eine damals knapp Siebzehnjährige. Aber er sah zweifellos gut aus, das halblange Haar, das er im Nacken zusammengerafft trug, und der verschmitzte Gesichtsausdruck gaben ihm eine jugendliche Ausstrahlung. Vielleicht war es ja Celines Geheimnis gewesen, dass sie auf reifere Männer stand? Es könnte erklären, weshalb sie auf das Werben Gleichaltriger so abweisend reagiert hatte. Und dann fiel Meja noch etwas ein. Sie hatte Celine noch einmal gemeinsam mit dem Mann auf dem Foto gesehen. Wo war das nur gleich gewesen? In einem Café? Ja genau. Celine hatte allen erzählt, sie wolle Informatik studieren, deshalb hatte sie sich damals nichts dabei gedacht. Wie naiv war sie doch gewesen, Celine war es nur um diesen Mann gegangen. Meja frohlockte. Jetzt musste sie nur noch herausfinden, wer er war, dann konnte sie ihren Rachefeldzug starten. Celine würde ihre Pläne kein zweites Mal durchkreuzen.

45.

„Blix bleib hier! Nicht weglaufen." Der Dackel scherte sich nicht um die Rufe seines Frauchens, er schnüffelte aufgeregt an den Baumstämmen links und rechts des Weges. Sein rotbraunes Fell hob sich leuchtend von dem dunkelgrünen Moos des Waldbodens ab. Dazwischen schimmerten vereinzelte Schneereste wie Eisschollen auf einem wogenden Meer. Der Untergrund war uneben und an vielen Stellen türmten sich größere Felsbrocken auf.

„Blix, hierbleiben!", rief die Frau erneut.

„Lass ihn doch ein bisschen Spaß haben", erwiderte ihr Mann. Er war um die fünfzig, hatte dichtes graues Haar, ein wettergegerbtes Gesicht und eine sportliche Figur.

„Du solltest ihn lieber an die Leine nehmen, bevor er in einem Fuchsbau verschwindet." Die zierliche Frau wirkte besorgt.

„Ach was, Blix ist clever, dem passiert nichts." Er hatte kaum ausgesprochen, als der Dackel in einer schmalen Spalte zwischen zwei Felsblöcken verschwand.

„Da siehst du es“, schimpfte die Frau. „Hier gibt es Höhlen, in denen geht es richtig tief nach unten. Wenn er da hineingerät, wie sollen wir ihn wieder rausbekommen?“

Der Mann beugte sich zu der Felsspalte hinunter und rief erfolglos nach dem Hund. Seitlich des Weges stieg das Gelände an, mit weit ausholenden Schritten erklomm er den Hang.

„Das ist keine Höhle“, rief er seiner besorgten Frau zu. „Hier haben sich nur ein paar Felsbrocken übereinandergeschoben. Na komm schon her Blix, da ist doch nichts.“

Eine flache Felsplatte hatte sich wie ein Dach über mehrere große Steine gelegt. Darunter hörte man das aufgeregte Fiepen des Hundes. Als er auch auf erneute Zurufe nicht reagierte, beugte sich der Mann hinab und versuchte, etwas zu erkennen. Er schaltete die Taschenlampe an seinem Handy ein und hielt sie in die Öffnung. Im Lichtschein sah er verwitterte Kleidungsstücke, an denen der Hund aufgeregt zerrte. „Hier hat jemand seine alten Klamotten entsorgt“, rief er. „Das müffelt gewaltig, aber Blix scheint von dem Geruch total fasziniert zu sein.“

„Na toll“, erwiderte seine Frau. „Da wird er anschließend stinken wie ein Otter und wir müssen ihn heute schon wieder baden. Das erledigst du aber.“

Ihr Mann antwortete nicht, er stand wie angewurzelt da und hielt den Atem an. Er hielt den Strahl der Lampe auf ein rundes Gebilde gerichtet, das ihm nicht sofort aufgefallen war. Knochen leuchteten hell, leere Augenhöhlen schienen ihn anzustarren und wirres verfilztes Haar bedeckte das, was zweifellos der Schädel eines Menschen war.

„Wir müssen die Polizei verständigen“, sagte er mit belegter Stimme. „Hier liegt ein Toter.“

46.

„Leichenfund auf dem Hyssnaleden“, sagte Rurik. Er stand plötzlich in der Tür, seinem Gesichtsausdruck war nicht anzusehen, was er dachte.

„Wo genau?“, fragte Alva. Der beliebte Wanderweg war immerhin 40 Kilometer lang.

„In der Nähe von Hyssna, unweit der Höhle *Torkels hideout*.“

„Nicht schon wieder“, stöhnte Sven. „Haben wir es mit einem neuen Fall in der gleichen Gegend zu tun?“

„Das ist nicht gesagt, es könnte uns auch in einem unserer früheren Fälle weiterbringen. Die Leiche soll schon länger dort liegen und ist bereits weitgehend skelettiert. Sie wurde offenbar versteckt und es könnte Schwierigkeiten bei der Bergung geben. Mehr weiß ich auch noch nicht, aber wir sollten uns auf den Weg machen. Die Kollegen von der Streife sind vor Ort und unternehmen nichts, bevor wir nicht dort sind. Sie sperren lediglich den Fundort ab.“

Sie einigten sich darauf, zu dritt hinzufahren, Caroline und Jördis blieben im Büro zurück, während sich Rurik, Sven und Alva auf den Weg machten.

„Allmählich kennen wir die Gegend“, sagte Sven. „Hat jemand gesagt, wo wir parken können? Bis ganz nah ran werden wir mit dem Auto nicht kommen.“

„Ja, ich weiß Bescheid.“ Rurik hatte es ausnahmsweise übernommen, selbst zu fahren. „Vom Parkplatz sind es schätzungsweise noch dreihundert Meter. Der kleine Spaziergang wird uns guttun.“ Alva glaubte, hinter seinen Worten die mahnende Stimme von Ruriks Lebensgefährtin Märtha zu vernehmen. Sie achtete sehr auf seine Ernährung und genügend Bewegung. Schließlich hatte er bereits einen Herzinfarkt erlitten und noch immer zu hohen Blutdruck.

Sie stellten das Auto auf einem Parkplatz ab, wo schon mehrere andere Fahrzeuge standen. Rurik musterte sie argwöhnisch. „Hoffentlich keine Schaulustigen und keine Reporter“, brummte er. „Die sind wie Geier, riechen das Aas sofort.“ Auch zwei Streifenwagen waren auf dem Parkplatz abgestellt. Als sie sich auf dem Wanderweg dem Auffindeort der Leiche näherten, sahen sie schon von Weitem das blau-weiße Band, mit dem die Kollegen das Gebiet abgesperrt hatten. Zwei Wanderer kamen ihnen entgegen, junge Männer mit hochbepackten Rucksäcken. „Da vorn kommen Sie auf dem Weg nicht weiter, Sie müssen ein Stück den Hang runterklettern“, sagte der eine zu ihnen. „Oder umkehren.“

„Danke, wir kommen klar“, erwiderte Sven. Er war als Erster an der Absperrung und hielt das Band für Alva und Rurik zuvorkommend in die Höhe. Dann schaute er sich suchend um. Große Felsbrocken, wie von der Hand eines Riesen hingeworfen, türmten sich seitlich des Weges. Sie waren mit Farnen und Moosen bewachsen, dazwischen kämpften dünne Bäumchen ums Überleben. „Wo ist die Leiche?“, fragte Rurik.

„Gut versteckt, kommt mal mit.“ Die Antwort kam von der jungen blonden Polizistin, der sie bereits bei ihrem Einsatz im Hotel begegnet waren.

„So sieht man sich wieder“, sagte Rurik, während er hinter Sven und Alva den Hang erklomm. Der Boden war rutschig, man musste aufpassen, wohin man trat.

Die junge Polizistin wies auf den schmalen Spalt zwischen den Felsen. „Da drin liegt sie.“ Sie reichte Sven eine Taschenlampe, die er dankend entgegennahm. Er musterte das Innere des Hohlraumes aufmerksam und reichte die Lampe dann an Alva und Rurik weiter. „Sieht schon ziemlich skelettiert aus“, sagte er. „Es wird nicht einfach sein, herauszufinden, wie lange die Leiche hier schon liegt.“

„Ich frage mich vor allem, wie sie da hineingekommen ist“, sagte Rurik und betrachtete den schmalen Spalt. „Das passt doch niemand durch.“

„Eine schlanke Person schon, wenn sie es geschickt anstellt“, erwiderte Alva. Sie stellte sich vor, dass es für sie kein Problem wäre, obwohl sie nicht die geringste Lust verspürte, es auszuprobieren. „Das Opfer muss bereits tot gewesen sein, als jemand es mit Gewalt durch den Spalt gezwängt hat“, fuhr sie fort. „Bevor wir es hier rausschaffen lassen, brauchen wir Aufnahmen von der Auffindesituation.“

Das erledigte kurz darauf ein Mitarbeiter der Spurensicherung, die inzwischen eingetroffen war. Er hatte die Kamera dazu auf einen Stab montiert und führte ihn im Inneren des Hohlraumes hin und her. Lucas Marklund, der Chef der Spurensicherung, kratzte sich am Kopf. „Ich frage mich, wie wir etwas finden sollen, nachdem die Leiche schon lange hier zu liegen scheint. Draußen gibt es garantiert keine Spuren mehr und der Hohlraum ist schwer zugänglich. Die Felsplatte, die darüber liegt, dürfte seit der letzten Eiszeit nicht bewegt worden sein. Wir werden es auch kaum schaffen, sie anzuheben. Und durch den Spalt zwängen können wir uns nicht."

„Wieso nicht, wir dachten, du machst das", sagte Sven und musterte die hünenhafte Gestalt von Lucas treuherzig. Der verdrehte nur genervt die Augen. Sein Mitarbeiter, der inzwischen mit den Aufnahmen fertig war, machte einen vernünftigen Vorschlag. „Da drin liegt alles durcheinander, allem Anschein nach haben sich Tiere an der Leiche zu schaffen gemacht. Tierkot konnte ich auch erkennen. Wir zerstören nichts, wenn wir die Knochen vorsichtig Stück für Stück nach draußen schaffen. Zum Abgleich haben wir dann immer noch die Fotos."

„So machen wir es", stimmte Rurik zu. „Wenn dort Tiere am Werk waren, ist das Skelett eventuell nicht mehr vollständig. Wir brauchen hier vor Ort jemanden, der sich damit auskennt."

„Ich versuche Brigitte zu erreichen", sagte Alva und zückte ihr Handy. Zum Glück sagte die Rechtsmedizinerin sofort zu und versprach, spätestens in einer Stunde da zu sein. Während die Mitarbeiter der Spurensicherung das Umfeld des Fundortes absuchten, obwohl sie sich wenig davon versprachen, gönnten sich die Kriminalisten eine Pause. „Bevor wir nicht wissen, um wen es sich handelt und wann und wie derjenige zu Tode kam, können wir wenig tun", sagte Rurik.

„Aber wir werden zweifellos genug zu tun bekommen“, war Sven überzeugt. „Derjenige wird nicht allein zwischen die Felsen gekrochen sein, um dort zu sterben. Irgendwie scheint das hier eine gefährliche Gegend zu sein.“

47.

Eine Stunde später hatte sich die Szenerie verändert. Ein sorgfältig platzierter Scheinwerfer leuchtete den Hohlraum zwischen den Felsen aus. Eine zierliche Mitarbeiterin der Spurensicherung steckte mit dem gesamten Oberkörper in dem Spalt, nur ihre Beine waren noch zu sehen. Stück für Stück reichte sie Knochen und Stofffetzen nach draußen. Niemand beneidete sie um ihre Aufgabe. Vor der Höhle waren Planen ausgebreitet. Neben einer kniete die Rechtsmedizinerin Brigitte Wallenius und legte jeden Knochen an seinen Platz. Beine, Becken, Teile der Wirbelsäule und ein Arm waren bereits zu erkennen. Als der Schädel herausgereicht wurde, vernahm Alva hinter sich einen spitzen Schrei. Sie drehte sich um und entdeckte ein Pärchen, das sich nah an die Absperrung herangeschlichen hatte. Die Frau musste erkannt haben, was Brigitte da gerade in der Hand hielt. Der uniformierte Beamte, der den Fundort bewachte, forderte sie ungehalten zum Weitergehen auf. Es war auf dem steinigen Gelände schwierig, einen Sichtschutz zu errichten, doch nach diesem Vorfall nahmen zwei der Polizisten es in Angriff. Brigitte hatte den Zwischenfall überhaupt nicht registriert, so vertieft war sie in ihre Arbeit. „Zweifellos handelt es sich um eine Frau“, sagte sie, während sie den Schädel oberhalb der Wirbelsäule ablegte. „Das war auch schon am Becken zu erkennen.“

„Kannst du sonst etwas sagen?“, fragte Rurik. „Zu Liegezeit, Alter der Toten und zur Todesursache?“

Brigitte blies die Backen auf. „Du kannst Fragen stellen. Am einfachsten ist die nach dem Alter zu beantworten. Es handelt sich um eine erwachsene Frau, sie muss zwischen Mitte zwanzig und höchstens vierzig Jahre alt gewesen sein, als sie starb. Die Liegezeit schätze ich auf ein bis maximal zwei Jahre, sie ist fast vollständig skelettiert, was kein Wunder ist, wenn sie die ganze Zeit über der Luft ausgesetzt war. Mit der Todesursache wird es schwierig. Siehst du das hier?“ Rurik beugte sich näher hinab, um zu erkennen, was Brigitte ihm zeigen wollte. Sie deutete auf einen Oberschenkelknochen. „Das sind Fraßspuren, daran hat ein Tier seine Zähne gewetzt. So etwas findet sich auch an anderen Körperteilen. Wir sind noch nicht fertig, doch ich vermute, das Skelett wird nicht vollständig sein. Tiere könnten Knochen verschleppt haben. Die inneren Organe sind nicht mehr vorhanden und so gut wie keine Weichteile. Wurde die Frau erwürgt oder erstochen, kann man das nicht mehr feststellen. Knochen sind auch nicht mein Spezialgebiet, für diesen Fall solltet ihr einen forensischen Anthropologen hinzuziehen.“

Brigitte sollte mit ihrer Vermutung recht behalten. Als die Bergung der Leiche beendet war, fehlten ein

Unterarmknochen, diverse Fingerknochen und ein Fuß. Auf einer zweiten Plane waren die Kleidungsstücke ausgebreitet beziehungsweise das, was davon übrig war. Sven wies auf ein rotes Teil mit Reflektorstreifen. „Das ist ein Parka, dick gefüttert. Es deutet darauf hin, dass sie in der kalten Jahreszeit verschwunden ist."

„Die kalte Jahreszeit dauert hierzulande lange." Alva fröstelte schon wieder, das stundenlange Stehen setzte ihr zu. „Aber immerhin erlaubt es uns eine gewisse jahreszeitliche Eingrenzung." Sie zeigte auf die Schuhe, die am besten erhalten waren. „Gute Wanderschuhe, sie war darauf eingestellt, sich in schwierigem Gelände zu bewegen."

„Könnte es sich um die vermisste Nora Hedlund handeln?" Rurik kratzte sich am Kinn. „Von der Liegezeit her würde es hinkommen. Was ich allerdings nicht verstehe: Falls sie schon immer hier lag, wieso wurde sie nicht gefunden? Das Versteck ist gut gewählt und schwer einsehbar, doch es wurden bestimmt Hunde bei der Suche nach ihr eingesetzt. Die müssten die Leiche gewittert haben."

„Daran war der Fuchs schuld", sagte eine Stimme hinter ihm.

„Wie bitte?" Rurik drehte sich zu der jungen Polizistin um, die sie am Einsatzort begrüßt hatte.

„Ich war damals bei der Suche dabei", sagte sie. „Einer der Hunde hat an dieser Stelle angeschlagen. Dann sprang plötzlich ein Fuchs aus der Felsspalte und ergriff die Flucht. Der Hundeführer hielt ihn für die Ursache und hat die Stelle nicht näher untersuchen lassen. Das war ein Fehler."

„Der Fuchs hat sich an der Leiche gütlich getan." Alva schauderte es bei der Vorstellung. „Auf jeden Fall wurde sie hier versteckt, sie kann unmöglich versehentlich in die Felsspalte gerutscht sein. Wir müssen die Identifizierung abwarten und wenn möglich Informationen zur Todesursache. "

Rurik nickte. „Hier können wir nichts mehr machen, lasst uns aufbrechen." Alva stimmte dem Vorschlag sofort zu. Sie wollte dringend ins Büro, um etwas zu überprüfen.

48.

Als Tuva am Abend von der Arbeit nach Hause kam, sah sie den Mann vor der Haustür auf und ab gehen, als würde er auf jemanden warten. In der Dämmerung konnte sie sein Gesicht nicht erkennen, doch die Art, wie er sich bewegte, kam ihr bekannt vor. Holger war es jedenfalls nicht, der hatte heute länger zu tun. Sie hatte ihm bei ihrem Aufbruch zugewinkt und er hatte ihr mit Gesten zu verstehen gegeben, er würde sie später anrufen.

„Hallo Tuva, hast du einen Moment Zeit?“ Jetzt, wo der Mann sie ansprach, erkannte Tuva ihn. Es war Kjell Granström, der ehemalige Mädchenschwarm der halben Schule und unermüdliche Verehrer von Celine.

„Um was geht es?“, fragte Tuva spröde. Sie hatte während ihrer gesamten Schulzeit kaum zwei Sätze mit Kjell gewechselt. Es war durchaus nicht so, dass er ihr nicht gefallen hätte. Kjell hatte eine sportliche Figur, dichtes blondes Haar, ein markantes Gesicht und Augen, die je nach Lichteinfall grau oder grün schimmerten. Sein Charme und sein Lächeln waren unwiderstehlich, doch sie hatten nie Tuva gegolten, was sie als ein Naturgesetz hingenommen hatte. Die attraktiven Jungen waren nur für die schönen Mädchen wie Celine bestimmt. Jemand, der so unscheinbar aussah wie sie selbst, machte sich nur lächerlich, sollte er irgendwelche Hoffnungen hegen. Aus dieser Überzeugung heraus hatte Tuva eine Brandmauer um ihre Gefühle errichtet, die sie vor Enttäuschungen schützte. Ganz im Gegensatz zu Meja, die zwar gut aussah, aber neben Celine blässlich wirkte. Wie eine Besessene hatte sie um die Aufmerksamkeit von Kjell gekämpft und tat es wohl immer noch.

Kjell wirkte verlegen und antwortete nicht gleich auf ihre Frage. Vielleicht war es ihm auch peinlich, so unvermittelt aufzukreuzen, nachdem sie bisher so gut wie keinen Kontakt gehabt hatten. „Es wird ein wenig länger dauern, dir das zu erklären“, sagte er schließlich. „Darf ich mit raufkommen?“

Tuva kam es allmählich albern vor, noch länger mit ihm vor der Tür herumzustehen. Außerdem war sie neugierig, was er von ihr wollte, und hatte gleichzeitig ein ungutes Gefühl dabei. „Ja, klar“, sagte sie, obwohl sie es gar nicht so selbstverständlich fand. Sie ging voran und Kjell folgte ihr schweigend. „Woher weißt du eigentlich, wo ich wohne?“, fragte sie, als sie in der Wohnung angekommen waren.

„Ich wusste, wo du arbeitest, und habe mich dort erkundigt.“ Tuva hätte es wissen müssen, lange ließ sich so etwas nicht geheim halten. Sie fragte sich, ob sie Kjell etwas zu trinken anbieten sollte, unterließ es aber. Sie wollte das Gespräch schnell hinter sich bringen.

„Also, um was geht es?“ Tuva ließ sich ihm gegenüber auf dem Sofa nieder, Kjell hatte sich einen Stuhl herangezogen. Er hielt Tuva sein Handy hin und zeigte ihr ein Foto.

„Kennst du diesen Mann?“

Stirnrunzelnd betrachtete Tuva das Foto, das Celine im Gespräch mit einem Mann zeigte, der sein Haar zu einem Pferdeschwanz gebunden hatte. Er und Celine schauten einander in die Augen, auf seinen Lippen lag ein Lächeln. Daneben war Kjell zu sehen, der das Gespräch aufmerksam zu verfolgen schien. Tuva gab ihm das Handy zurück.

„Nein, wer ist das? Solltest du das nicht selbst wissen, du bist ihm doch offenbar begegnet.“

Kjell verzog unwillig das Gesicht, er schien mit der Antwort nicht zufrieden zu sein. „Ich bin ihm ein einziges Mal zufällig begegnet, das war auf einer Schulveranstaltung zur beruflichen Orientierung. Keine Ahnung, ob du auch dabei warst. Mir geht es auch nicht um diese Veranstaltung, ich möchte wissen, ob du den Mann von anderen Gelegenheiten her kennst. Oder ob dir Celine von ihm erzählt hat.“

„Nein, warum hätte sie das tun sollen?“

„Weil du ihre beste Freundin warst?“ Kjell hob die Stimme, er wirkte zunehmend ungehalten. „Besten Freundinnen vertraut man Geheimnisse an, ist das nicht so? Es muss eine Beziehung zwischen Celine und diesem Mann gegeben haben, von der sie dir erzählt haben könnte. Entweder hat sie sich freiwillig mit ihm getroffen, oder aber er hat ihr heimlich nachgestellt. Jedenfalls hat es im Endeffekt dazu geführt, dass Celine über zwei Jahre verschwunden war und ihr schreckliches Leid zugefügt wurde. Wenn dieser Mann dahintersteckt, was ich stark vermute, dann darf er damit nicht davonkommen. Er muss seine gerechte Strafe erhalten. Deshalb solltest du endlich den Mund aufmachen und aufhören, diese alberne Geschichte von einem Haus, das sich plötzlich aus dem Nichts materialisierte, und von einer alten Frau zu erzählen, die dich betäubt hat. Deine beste Freundin wurde entführt, misshandelt und vergewaltigt. Offenbar ist dir das gleichgültig, da du weiterhin lügst."

Tuva spürte, wie eine siedende Hitze in ihr aufstieg und ihr Gesicht zum Glühen brachte. Doch es war nicht Verlegenheit, es war Wut, was sie empfand. „Was erlaubst du dir eigentlich?", schrie sie Kjell an. „Du tauchst hier auf und wirfst mir Beschuldigungen an den Kopf. Ich bin ganz bestimmt nicht schuld an dem, was Celine zugestoßen ist. Warum fragst du sie nicht selbst? Schließlich stehst du doch weiterhin mit ihr in Kontakt, da müsste es ein Leichtes für dich sein."

Kjell hob mit einer entschuldigenden Geste die Hände. „Tut mir leid, wenn es so rüberkam, das wollte ich nicht. Ich hoffte, du würdest mir helfen. Celine kann ich nicht fragen, sie ist schwer traumatisiert. Wir reden nur über andere Themen, aber nie über das, was ihr angetan wurde. Es könnte kaum verheilte Wunden aufreißen und sie in eine Krise stürzen. Aber bei dir ist es etwas anderes. Du wurdest nicht zwei Jahre irgendwo gefangen gehalten, du durftest dein Leben weiterleben."

„Ach wirklich?" Tuva verschränkte die Arme vor der Brust. „Du weißt wirklich überhaupt nichts über mein Leben, sonst würdest du nicht so reden. Und jetzt will ich, dass du verschwindest, und zwar sofort. Ich habe dir nichts zu sagen."

Auch nachdem Kjell gegangen war, konnte Tuva sich lange nicht beruhigen. Es war eine Erleichterung, als Holger schließlich auftauchte und sie ihm alles erzählen konnte. Wie immer fand er die richtigen Worte. „Das ist eine Frechheit von dem Kerl, rede nicht mit ihm, falls er dich noch einmal belästigen sollte. Du bist nicht für das Leben anderer verantwortlich, nur für dein eigenes. Das solltest du dir so schön wie möglich machen.“

Als Holger sie in seine Arme zog und streichelte, fühlte Tuva sich wunderbar geborgen. Es ging ihr gut, so gut wie lange nicht. Holger war ein toller Mann, sanft und einfühlsam, und er war sogar attraktiver als Kjell. Endlich war das Glück einmal auf ihrer Seite, sie würde es sich nicht kaputt machen lassen. Sie ließ sich fallen, genoss seine Küsse und den Sex mit Holger. Später schlief sie, das Herz ganz erfüllt von Liebe, eng an ihn geschmiegt ein. So tief war ihr Schlaf, dass sie nicht bemerkte, wie Holger mitten in der Nacht hochschreckte. Sein Herz klopfte heftig und er wusste nicht, wo er sich befand. Erst als er den warmen Körper von Tuva neben sich spürte, beruhigte er sich ein wenig. Die Bilder des Albtraums, der ihn geweckt hatte, waren noch immer in seinem Kopf. Er sah die blonde Frau deutlich vor sich und fühlte ihren herablassenden Blick direkt auf sich gerichtet. *Bleib hier und rede mit mir,* hatte er sie angeschrien, doch sie hatte ihm einfach den Rücken zugewandt. Seine Versuche, sie festzuhalten, waren gescheitert, wie Nebel war sie zerflossen und einfach verschwunden. Als er danach seine Hände betrachtet hatte, waren sie voller Blut gewesen. Auch jetzt fühlten sie sich noch feucht und klebrig an. Obwohl er wusste, dass es Schweiß und kein Blut war, empfand er das dringende Bedürfnis, sich zu waschen. Nur die Angst, Tuva aufzuwecken, hielt ihn davon ab.

49.

Die skelettierte Leiche vom Hyssnaleden war inzwischen identifiziert. Es handelte sich zweifelsfrei um die vor über einem Jahr dort verschwundene Journalistin Nora Hedlund. Für Alva war das nur die Bestätigung ihrer Vermutung. Sie hatte sich die Vermisstenanzeige von Nora Hedlund vorgenommen, in der auch ihre Bekleidung beschrieben worden war. Alles stimmte mit den bei der Leiche gefundenen Sachen überein: der rote Parka, die dunkle Hose und die Wanderschuhe. Auch die Statur und das vermutete Alter der Frau hatten gepasst. Nora Hedlund war zum Zeitpunkt ihres Verschwindens einunddreißig Jahre alt gewesen. Ein DNA-Abgleich hatte die letzte Bestätigung gebracht. Jetzt musste nur noch geklärt werden, wie sie zu Tode gekommen war. Sven und Alva hatten sich in der Rechtsmedizin mit Brigitte Wallenius verabredet, die ihnen hoffentlich Aufschluss darüber geben konnte. Doch zunächst stand Ihnen die unangenehme Aufgabe bevor, Sixten Hedlund über den Tod seiner Frau in Kenntnis zu setzen. Bei einem Anruf in seinem Betrieb hatten sie erfahren, dass er an diesem Tag von zu Hause aus arbeitete. Sie würden ihn also antreffen. Als sie vor der Wohnung im dritten Stock eines Wohnblocks ankamen, war durch die Tür Kindergeschrei zu vernehmen. Auf ihr Klingeln öffnete ihnen eine Frau um die sechzig, die einen weinenden Jungen auf dem Arm trug. Das kleine Gesicht war ganz rot und nass. Alva stellte sich und Sven vor.

„Wir möchten zu Sixten Hedlund. Ist er zu Hause?“

Die Frau nickte. „Mein Sohn arbeitet von zu Hause aus, weil der Kleine krank ist.“ Sie schaukelte das Kind auf ihrem Arm sanft hin und her.

„Wohnen Sie auch hier?“, fragte Alva.

„Nein, ich bin nur heute hier, um Sixten zu unterstützen. Wie soll er sich sonst auf seine Arbeit konzentrieren? Er hat es ohnehin nicht leicht, allein mit zwei kleinen Kindern.“

Alva nickte verständnisvoll. „Wir müssen ihn trotzdem bei seiner Arbeit stören, weil wir eine wichtige Mitteilung für ihn haben.“

Die Frau riss die Augen weit auf. „Ist es Nora? Die Tote, die man am Hyssnaleden gefunden hat?“ Natürlich hatte sich der Leichenfund herumgesprochen und in den Medien waren Spekulation laut geworden, um wen es sich dabei handeln könnte. Insofern sollte auch der Ehemann auf das Schlimmste vorbereitet sein. Alva wollte es ihm persönlich sagen, bevor sie sich seiner Mutter anvertraute.

„Wir möchten bitte zuerst mit Ihrem Sohn sprechen“, sagte sie.

„Er ist im Wohnzimmer.“ Die Frau ging voran in einen Raum, in dem Sixten Hedlund an einem Computer saß. Die Einrichtung war eine Mischung aus Wohn-

und Arbeitszimmer, auf dem Boden lag Spielzeug herum. Auf dem Sideboard stapelten sich Ordner mit Unterlagen. Sixten Hedlund trug Kopfhörer und schaute unwillig auf, als seine Mutter mit dem weinenden Kind auf dem Arm eintrat. Als er Alva und Sven sah, nahm er zögernd die Kopfhörer ab und schaute sie fragend an.

„Polizei Göteborg“, sagte Alva. „Wir müssen mit Ihnen reden.“

Seine Mutter machte keine Anstalten, das Zimmer zu verlassen. Sven übernahm es, das zu regeln. „Es wäre besser, wenn Sie mit dem Kind nach nebenan gehen.“

„Ach, Jonte versteht das doch noch nicht“, widersprach sie.

„Kinder verstehen vielleicht nicht die Worte, aber dafür können sie unsere Gefühle sehr gut deuten. Sie sollten das kranke Kind nicht zusätzlich aufregen.“ Widerstrebend fügte sie sich. Alva wandte sich Sixten Hedlund zu, der um einen Schein bleicher geworden war. „Geht es um Nora?“, fragte er.

„Ja Herr Hedlund, es tut uns sehr leid. Wir müssen Ihnen mitteilen, dass Ihre Frau tot ist.“

„Aber wie ist es passiert?“, fragte er. „War es ein Unfall? Oder ist sie einem Verbrechen zum Opfer gefallen?“

„Zu den Einzelheiten können wir uns noch nicht äußern, da wir am Anfang der Ermittlungen stehen. Wir informieren Sie, sobald wir mehr wissen. Eventuell haben wir auch noch Fragen an Sie.“

„Ist sie die Tote, die man nahe der Höhle auf dem Hyssnaleden gefunden hat? Das können Sie mir doch sicher sagen.“

„Ja, sie ist es.“

Er fuhr sich mit beiden Händen übers Gesicht und nickte geistesabwesend. „Dann sollte ich sie wohl besser nicht noch einmal ansehen."

„Nein, davon würde ich Ihnen abraten. Behalten Sie Ihre Frau in Erinnerung, wie sie war. Unser aufrichtiges Beileid."

Als sie das Zimmer verließen, schoss Hedlunds Mutter pfeilschnell an Ihnen vorbei auf ihren Sohn zu. Sie hatte das Kind inzwischen abgelegt, aus einem Nebenraum war leises Wimmern zu vernehmen. Alva und Sven mussten den Weg nach draußen allein finden, sie nahm sich nicht die Zeit, die beiden zu verabschieden.

50.

„Er wirkte sehr gefasst, als hätte er es bereits gewusst“, sagte Sven. Er überholte in einem riskanten Manöver einen Lkw, doch Alva unterließ es, ihn deswegen zu kritisieren. Sven wirkte in letzter Zeit sehr gestresst.

„Wundert dich das?“, fragte sie. „Nach all den Meldungen über den Fund einer weiblichen Leiche am Hyssnaleden wird er damit gerechnet haben, dass es sich um seine Frau handeln könnte.“

„Das meinte ich nicht. Ich denke, er wusste es eventuell die ganze Zeit.“

„Heißt das, du verdächtigst ihn?“

Sven zuckte mit den Schultern. „In den meisten Fällen sind die Täter doch im engeren Familienkreis zu finden. Und wie es aussieht, war das Verhältnis zwischen Hedlund und seiner Frau nicht besonders harmonisch.“

„Wir können ihn als möglichen Täter natürlich nicht ausschließen, warten wir ab, was Brigitte uns zur Todesursache sagen kann.“ Alva wechselte das Thema. „Ich fand es übrigens gut, wie du die Mutter mit dem

Kleinkind aus dem Zimmer dirigiert hast. Ich kenne mich mit Kindern nicht so gut aus, doch sie bekommen garantiert mehr mit, als man denkt."

Sven nickte. „Das stimmt. Vor allem sind ihre Seelen zerbrechlich, man muss sehr darauf achten, was man sagt und tut."

Alva schaute ihn von der Seite an und wusste, woran er gerade dachte. Sven verzog das Gesicht. „Nun frag mich schon", sagte er. „Frag mich, wie es mit mir und Jördis weitergehen soll. Aber erwarte nicht, darauf eine befriedigende Antwort zu bekommen. Ich weiß es nämlich selbst nicht."

„Das ist schlimm, schlimm für euch alle, für Gundel, für die Kinder, für Jördis und natürlich auch für dich."

„Für Gundel ist es am einfachsten", erwiderte Sven bitter. „Sie hat sich komplett in ihrem neuen Leben eingerichtet. Mich vermisst sie nicht, es reicht ihr, wenn ich ab und zu den Wochenendvater spiele und ihr dadurch Freiräume für ihre Unternehmungen verschaffe. Und wenn ich ganz ehrlich bin, vermisse ich sie auch nicht sonderlich. Wir hatten uns auseinandergelebt, was natürlich zum großen Teil meine Schuld war. Ich war viel zu selten zu Hause. Mein Leben fand während der Arbeit statt und Jördis fühlte ich mich schon lange näher, als es mit Gundel jemals der Fall gewesen ist. Mit ihr konnte ich über alles reden. Ginge es nur um Gundel oder Jördis, hätte ich meine Entscheidung längst getroffen. Aber die Vorstellung, die Kinder zu verlieren, das fühlt sich an, als würde man mir das Herz aus der Brust reißen."

„Weshalb solltest du sie verlieren? Jetzt bist du noch mit Gundel verheiratet, doch im Falle einer Scheidung hättet ihr das gemeinsame Sorgerecht."

„Auf dem Papier schon, doch mein Einfluss würde rapide sinken. Bereits jetzt kommt es immer öfter vor, dass geplante gemeinsame Unternehmungen abgesagt werden. Außerdem beeinflussen meine Schwiegereltern die Kinder gegen mich. Erik war mal stolz auf seinen Vater, wollte sogar Polizist werden. Und weißt du, was er neulich gesagt hat? Er würde später lieber einen ordentlichen Beruf lernen. Und als ich ihn fragte, was denn ein ordentlicher Beruf wäre, das sagte er: Arzt oder Anwalt. Das ist genau die Meinung meiner Schwiegermutter, nur Ärzte und Anwälte sind in ihren Augen angesehene Mitglieder der Gesellschaft. Polizist kommt für sie dagegen gleich nach Landstreicher."

„Erik wird seine Meinung wieder ändern. In seinem Alter plappern Kinder noch nach, was man ihnen sagt. Du solltest es dir nicht zu sehr zu Herzen nehmen."

„Das sagst du so leicht. Wenn die Kinder erst ein wenig älter sind ..."

Er sprach den Satz nicht zu Ende, doch Alva erriet seine Gedanken. „So lange wird Jördis nicht warten", sagte sie.

„Ich weiß, und ich komme mir ihr gegenüber wie der letzte Arsch vor. Bei Birger und dir war es viel einfacher, weil ihr keine Kinder habt."

Oh nein, dachte Alva, einfach war es nicht. Birger hatte eine Tochter gehabt, die ermordet wurde. Er trauerte noch immer um sie, in der Zeit vor Weihnachten war es besonders schlimm. Dann zog er sich am liebsten in sein Ferienhaus auf Orust zurück und ging dem ganzen Trubel aus dem Weg. Denn jede Lucia, die ihm über den Weg lief, riss die kaum verheilten Wunden wieder auf. Er und Alva hatten nie über gemeinsame Kinder gesprochen. Sie behauptete, in ihrem Beruf, der einiges an Gefahren mit sich brachte, war es besser, keine Kinder zu haben. Doch das war nicht der einzige Grund. Sie wusste, dass Birger innerlich nicht bereit war, seine tote Tochter durch ein anderes Kind zu ersetzen. Und sie dachte lieber nicht darüber nach, ob sie das störte. Aber das sagte sie nicht zu Sven. Außerdem war keine Zeit mehr, sie waren inzwischen am Institut für Rechtsmedizin angekommen.

51.

Brigitte Wallenius empfing Alva und Sven vor der Tür zum Obduktionsraum. Ein frischer Geruch nach Zitronen umgab sie. Sie benutzte diesen Duft, um den Leichengeruch zu überdecken. Früher hatte Brigitte immer intensiv nach Zigarettenrauch gerochen, doch sie hielt ihren Vorsatz, das Rauchen aufzugeben, eisern durch. „Habt ihr etwas herausgefunden?“, fragte Alva.

Brigitte zuckte mit den Schultern. „Etwas finden wir immer heraus, aber es wird euch in diesem Falle nicht zufriedenstellen. Kommt mit, dann sehen wir es uns gemeinsam an.“

Die skelettierte Leiche auf dem Obduktionstisch war ein ungewohnter Anblick, doch wenigstens roch sie nicht so penetrant, wie es bei in Verwesung befindlichen Leichen der Fall war. Brigitte kam sofort zur Sache. „Da die Identität der Toten inzwischen feststeht, muss ich zu Merkmalen, die die Identifizierung erleichtern würden, nichts mehr sagen. Leider ist die Todesursache nicht eindeutig feststellbar. Aber der Reihe nach. Wir haben einige Verletzungen an Knochen und eingetrockneten Weichteilresten, die eindeutig auf Tierfraß zurückzuführen sind. Nur eine Kopfverletzung fällt aus dem Rahmen, die möchte ich euch zeigen. Seht ihr das hier?“ Sie hob den Schädel an und zeigte auf eine Stelle am Hinterkopf. Der Schädelknochen wies eine Verformung auf, von der feine Bruchlinien abgingen, die wie ein Spinnennetz aussahen. „Man bezeichnet dieses Verletzungsmuster als Biegungsbruch“, fuhr Brigitte fort. „Wir erkennen hier mehrere Bruchlinien, die das Bruchzentrum kreisförmig umfassen und die von radiär aus dem Bruchzentrum abgehenden Frakturlinien gekreuzt werden. Die Krafteinwirkung auf den Schädel war so massiv, dass sie den Tod verursacht haben könnte.“

„Demnach wurde sie erschlagen“, stellte Sven fest.

Brigitte schüttelte den Kopf. „Nicht unbedingt. Die Lokalisation der Verletzung spricht eher für einen Sturz. Sicher habt ihr schon von der Hutkrempenregel gehört. Verletzungen oberhalb der Hutkrempenlinie deuten auf einen Schlag hin, solche unterhalb sprechen eher für einen Sturz. Ich würde vermuten, sie ist rückwärts gestolpert und mit dem Kopf ungebremst auf eine Steinkante geschlagen.“

„Steine gibt es dort, wo man sie gefunden hat, mehr als genug. War es demnach ein Unfall?“, fragte Sven.

Wieder wollte sich Brigitte nicht festlegen. „Ich kann nicht sagen, was den Sturz verursacht hat. Eventuell wurde sie gestoßen. Sie könnte auch anderweitig verletzt worden sein, zum Beispiel durch einen Messerstich, was dann anschließend zum Sturz führte. Durch das Fehlen sämtlicher Weichteile und dadurch, dass es an den Rippen keine Spuren gibt, die auf eine Verletzung mit einem Messer hindeuten, kann man das nicht mehr feststellen."

„Das ist schade. Ich bin mir ziemlich sicher, dass mehr als ein banaler Unfall dahinterstecken muss", sagte Alva. „Weshalb hätte man die Leiche sonst verstecken sollen?"

„Die Frage kann ich euch leider nicht beantworten." Brigitte zog ein Laken über die traurigen menschlichen Überreste. „Meine Arbeit ist an dieser Stelle beendet und eure fängt erst richtig an."

Alva fühlte sich niedergeschlagen, als sie mit Sven den Rückweg antrat. Das waren keine guten Voraussetzungen für die Aufklärung des Falles. Länger als ein Jahr hatte die Leiche unentdeckt in ihrem Versteck gelegen, brauchbare Spuren waren nach dieser Zeit nicht mehr zu finden. Nicht einmal die Todesursache stand eindeutig fest. Die Kollegen würden über das, was sie ihnen zu berichten hatten, nicht glücklich sein. Als sie jedoch im Präsidium ankamen, trafen sie Rurik, Caroline und Jördis in eine aufgeregte Diskussion vertieft an. Sie fragten nicht einmal, was die Obduktion von Nora Hedlund ergeben hatte, sondern platzten sogleich mit einer Neuigkeit heraus.

„Wir haben einen anonymen Hinweis erhalten, wer für das Verschwinden und die Misshandlungen von Celine Sahlin verantwortlich sein soll", sagte Rurik. „Vermutlich auch für ihre Schwangerschaft. Schaut euch das mal an." Er gab den Blick auf den Computerbildschirm frei, wo ein vergrößertes Foto von Celine Sahlin zusammen mit einem Mann zu sehen war.

„Das gibt es nicht", sagte Sven. „Das ist Sixten Hedlund. Bei dem waren wir doch vorhin erst, um ihn über den Tod seiner Frau in Kenntnis zu setzen. Es sieht ganz so aus, als sollten wir ihm bald wieder einen Besuch abstatten."

52.

Sie hatten sich entschieden, Sixten Hedlund vorzuladen, Alva sollte das Gespräch gemeinsam mit Rurik mit ihm führen.

„Was ist er nun eigentlich für uns, ein Tatverdächtiger oder ein möglicher Zeuge?“ Sven balancierte einen Kaffeebecher zu seinem Schreibtisch. Er sah blass und müde aus.

„Zunächst ist er nur ein Zeuge“, stellte Rurik fest. „Er hat Celine Sahlin vor ihrem Verschwinden gekannt. Möglicherweise hat sie ihm etwas anvertraut, was uns weiterhilft.“

„Für mich klang der anonyme Hinweis so, als wäre da mehr als eine Bekanntschaft zwischen ihnen gewesen“, warf Caroline ein. „Hedlund ist fünfzehn Jahre älter als Celine, aber das muss nichts heißen. Außerdem sieht er jünger aus.“

„An dem Hinweis könnte was dran sein“, stimmte Sven ihr zu. „In seiner Ehe soll es nicht besonders gut gelaufen sein. Warum sollte er sich nicht mit einer jüngeren Freundin getröstet haben?“ Als Jördis ihm an dieser Stelle einen scharfen Blick zuwarf, verstummte er und beugte sich über seinen Kaffeebecher.

„Jetzt warten wir erst mal ab, was er dazu zu sagen hat.“ Rurik schaute auf die Uhr. „Er müsste jeden Moment eintreffen. Wir gehen mit ihm in den Verhörraum.“

Tatsächlich tauchte Sixten Hedlund kurz darauf auf. Sein Hemd war zerknittert und er hatte es offenbar nicht geschafft, sich zu rasieren. Alva bot ihm Kaffee an, den er dankbar annahm. Sie sah in ihm vor allem den Mann, der gerade den Tod seiner Frau verarbeiten musste. Entsprechend behutsam eröffnete sie das Gespräch. „Herr Hedlund, wie geht es Ihnen und den Kindern?“

Er zuckte müde mit den Schultern. „Nicht gut, wie sollte es anders sein. Manchmal habe ich an die Möglichkeit gedacht, Nora könnte nicht mehr am Leben sein, doch die Gewissheit ist trotzdem ein Schock. Ich musste es den Kindern sagen, das war besonders schwer. Aber es ließ sich nicht vermeiden, es ist ein allgegenwärtiges Gesprächsthema, auch in der Kindereinrichtung, die die beiden besuchen. Jonte ist zu klein, um es zu begreifen, aber für Mia ist es schlimm. Geahnt hat sie die ganze Zeit etwas, sie ist ein kluges Mädchen. Ich hatte ihr erzählt, ihre Mutter wäre verreist und müsste anderswo arbeiten. Mia stellte natürlich Fragen. Wieso ihre Mutter nie schreiben oder anrufen würde? Der Vater einer Freundin ist auf Montage im Ausland, aber er kommt zwischendurch regelmäßig nach Hause und bringt Geschenke mit. Einmal habe ich ihr eine Puppe gekauft und gesagt, die wäre von Nora.“ Er fuhr sich mit der Hand über die Augen, das Thema nahm ihn sichtlich mit. „Als ich ihr nun beibringen musste, dass Nora nicht wiederkommen wird, weil sie tot ist, hat sie erst einmal geweint. Aber so merkwürdig das klingen mag: Ich glaube, sie wird das besser verarbeiten, als wenn sie später erfahren müsste, von ihrer Mutter verlassen worden zu sein, weil sie und Jonte ihr lästig waren. So etwas steckt ein Kind nicht einfach weg."

„Sie haben an die Möglichkeit geglaubt, Ihre Frau könnte Sie aus diesem Grund verlassen haben", sagte Alva.

„Ja, das habe ich, und ich hatte Gründe, es anzunehmen. Noras Verhalten war einfach nicht normal. Ich meine, jede Mutter von zwei kleinen Kindern ist mal genervt oder hat Momente, in denen ihr alles zu viel wird. Aber Nora hat die Kinder fast schon mit Abscheu betrachtet, es gab keine liebevollen Gesten mehr."

„Ich nehme an, auch Ihre Beziehung zu Ihrer Frau hat darunter gelitten?"

„Das streite ich nicht ab, aber was sollen diese Fragen? Verdächtigen Sie mich etwa, Nora etwas angetan zu haben?"

„Von einem Verdacht würde ich nicht sprechen, aber es gehört nach einem ungeklärten Todesfall zur Routine, die Angehörigen zu überprüfen. Das verstehen Sie sicher. Außerdem ist da noch etwas. Sie hatten an dem Wochenende, als Ihre Frau verschwand, die Kinder zu Ihren Eltern gebracht. Angeblich weil Sie an einer betrieblichen Weiterbildung teilnehmen mussten. Diese Weiterbildung gab es nicht."

Hedlund fuhr sich mit einer heftigen Geste durchs Haar. Dabei löste sich der Gummi aus seinem Pferdeschwanz, er machte sich nicht die Mühe, ihn wieder zu befestigen. „Ja verdammt, ich hatte die Weiterbildung nur vorgeschoben. Ich hätte es niemals getan, wenn ich geahnt hätte, dass es mir mal derart auf die Füße fallen könnte. Ich habe kein Alibi für den Tag, an dem Nora verschwand. Am Abend zuvor hatte ich ziemlich viel getrunken und am nächsten Tag bis Mittag geschlafen. Ich war die ganze Zeit allein in der Wohnung, es gibt keine Zeugen. Den Rest des Tages habe ich vertrödelt, am Computer gespielt und mir Videos angeschaut. Ich habe das einfach mal gebraucht, weil fast die gesamte Verantwortung für die Betreuung der Kinder auf mir ruhte. Arbeiten musste ich schließlich auch noch. Vor meinen Eltern wollte ich das aber nicht zugeben, sie hätten sofort wieder auf Nora rumgehackt. Deshalb habe ich die Weiterbildung erfunden. Wollen Sie mich jetzt deshalb verhaften?“

„Nein, dafür sehen wir keinen Grund. Herbestellt haben wir Sie in erster Linie, weil wir noch eine weitere Frage an Sie haben. Sie kannten Celine Sahlin?“

Er versuchte, es nicht zu leugnen, wirkte jedoch ertappt. „Kennen ist zu viel gesagt, ich bin ihr mal begegnet. Wir veranstalten im Betrieb regelmäßig Informationstage über berufliche Möglichkeiten. Celine fiel mir auf, weil sie sehr interessiert war. Als dann die Meldung über ihr mysteriöses Verschwinden durch die Presse ging, habe ich mich natürlich an sie erinnert.“

Hedlund streifte den Haargummi über sein Handgelenk.

„War das die einzige Gelegenheit, bei der Sie Celine Sahlin getroffen haben, oder gab es noch weitere?“

Er tat, als müsste er überlegen, doch Alva konnte er damit nicht täuschen. Offenbar wusste er es genau.

„Einmal haben wir uns noch getroffen, sie hatte mich darum gebeten. Wie gesagt, sie war sehr interessiert."

„Woran war Sie interessiert, an Ihrem Beruf oder an Ihnen selbst? Und beruhte dieses Interesse auf Gegenseitigkeit?", fragte Rurik, der sich bis jetzt völlig im Hintergrund gehalten hatte. Hedlund starrte ihn erschrocken an.

„Es waren ausschließlich fachliche Themen, über die wir gesprochen haben. Sie strebte eine Ausbildung zur Informatikerin an, aber nicht auf dem üblichen Wege. Sie fragte nach Online-Kursen und Unterrichtsmaterial, mit dem sie sich möglichst schnell selbstständig Wissen aneignen konnte. Ich wollte wissen, weshalb sie es so eilig habe und sie deutete an, bei Erreichen ihrer Volljährigkeit ins Ausland gehen und dort arbeiten zu wollen. Sie meinte, das ginge als Informatikerin auch, wenn sie die Landessprache noch nicht beherrschen würde."

Alva horchte auf, das war eine interessante Information. „Hat sie erwähnt, in welches Land sie gehen wollte?"

„Nein, sie hat die Möglichkeit nur am Rande erwähnt. Konkreter ist sie nicht geworden."

„Herr Hedlund, war da nicht eventuell doch mehr zwischen Ihnen und Celine Sahlin?", mischte Rurik sich wieder ein. „Uns liegen Informationen vor, die es vermuten lassen." Ruriks Ton klang scharf, er spielte überzeugend den bösen Bullen.

Hedlund zog an dem Gummiband und ließ es mehrmals gegen sein Handgelenk schnippen. Alva verzog das Gesicht, am liebsten hätte sie ihn gebeten, das zu unterlassen.

„Wer so etwas behauptet, der lügt", sagte er.

„Sie war schon mit siebzehn ein sehr schönes Mädchen, nicht wahr?", insistierte Rurik. „Das muss Ihnen doch aufgefallen sein. Außerdem scheint sie von Ihnen fasziniert gewesen zu sein, was Ihnen sicher geschmeichelt hat. Weckte das bei Ihnen nicht den Wunsch, mehr daraus zu machen?" Er schob das Foto über den Tisch, auf dem Hedlund zusammen mit Celine zu sehen war. Doch der hatte sich inzwischen wieder gefangen.

„Dieses Foto stammt offenbar von der Informationsveranstaltung bei uns im Betrieb, das beweist gar nichts. Ja, sie war schon damals ein schönes Mädchen, aber sie war vor allem ein kluges Mädchen, das hat mir imponiert. Statt auf ihr gutes Aussehen zu setzen und Model oder Influencerin werden zu wollen, hatte sie sich für einen Beruf mit Zukunft entschieden. Ich habe sie beraten, so gut ich konnte, mehr ist da nie gewesen. Wir haben auch keinerlei Kontakt zueinander, seit sie nun glücklicherweise wieder aufgetaucht ist. Außerdem frage ich mich, weshalb Sie nicht selbst mit ihr reden. Sie wird Ihnen meine Angaben bestätigen."

„Das werden wir sicher tun", beendete Alva das Gespräch. „Wir müssen Sie nur noch nach Ihrem Alibi für das Wochenende fragen, an dem Celine Sahlin verschwand. Auch das gehört zur Routine."

„Mein Gott, das ist über zwei Jahre her, wie soll ich mich daran noch erinnern?"

„Denken Sie in Ruhe darüber nach, eventuell fällt es Ihnen wieder ein."

„Es wäre auf jeden Fall besser für Sie", setzte Rurik hinzu.

53.

Die Meinungen, ob Sixten Hedlund schuldig sein könnte, gingen auseinander. Nachdem er auch für den Tag, an dem Celine Sahlin verschwand, kein Alibi vorweisen konnte, hatte sich für Rurik und Sven der Verdacht gegen ihn erhärtet. Alva und Caroline hielten dagegen, Jördis neigte mal zu der einen, dann wieder zu der anderen Seite.

„Lasst uns den Ablauf doch einmal durchgehen“, sagte Alva. „Sixten Hedlund lernte Celine Sahlin im Frühjahr 2021 kennen. Nehmen wir ruhig einmal an, er hatte eine Affäre mit ihr, auch wenn er das Gegenteil beteuert. Im Sommer 2021 wurde seine Ehefrau Nora schwanger und er überredete sie, das Kind auszutragen. Im Oktober des gleichen Jahres verschwand Celine Sahlin. Wäre die Geschichte hier zu Ende, ließe sich für Hedlund ein Motiv daraus ableiten. Weil seine Frau ein Kind erwartete, auf das er sich freute, wollte er die Beziehung zu seiner Geliebten beenden. Als Celine sich weigerte, ließ er sie verschwinden. Aber es passt nicht, weil Celine lebt und wieder aufgetaucht ist. Die

Rolle ihrer Freundin Tuva mit deren abenteuerlicher Erzählung lässt sich so schon gar nicht erklären. Ich denke, Hedlund sagt die Wahrheit, er hat mit all dem, was Celine zugestoßen ist, nichts zu tun. Er hat sich ab und zu durch seine Eltern bei der Betreuung der Kinder entlasten lassen. Es ist Pech für ihn, dass er dadurch ausgerechnet für den entscheidenden Tag kein Alibi hat."

„Du bist zu schnell bereit, an seine Unschuld zu glauben", hielt Sven ihr entgegen. „Wir wissen nicht, wann Celine schwanger wurde. Möglicherweise war sie es im Oktober 2021 bereits. Sie hatte Angst vor ihren Eltern. Könnte es nicht sein, dass sie deshalb untertauchte und Hedlund ihr dabei half? Möglicherweise versprach er ihr, seine Ehe zu beenden und mit ihr zusammenzuleben, gab aber vor, noch etwas Zeit zu brauchen."

„Das ist eine typisch männliche Interpretation", murmelte Jördis so leise, dass nur Alva es verstand.

„Für mich klingt das nicht logisch." Mit einer energischen Geste strich Caroline ihr Haar aus dem Gesicht. „Wenn er sich von seiner Frau trennen wollte, hätte er sie bestimmt nicht zu dem zweiten Kind überredet. Und wo soll Celine sich die ganze Zeit versteckt gehalten haben? Wo ist das Kind, das sie zur Welt gebracht hat? Und komm mir jetzt bitte nicht mit der Variante, Hedlund brachte schließlich seine Frau Nora um, damit er frei für Celine ist. Weshalb sollte Celine dann erst über ein Jahr später wieder auftauchen? Wer hat sie misshandelt und ihr zahlreiche Verletzungen zugefügt? Wäre es Hedlund gewesen, würde sie das wohl sagen. Ihren kompletten Gedächtnisverlust nehme ich ihr nicht ab. Dahinter steckt etwas ganz anderes."

„Na schön, lassen wir Celine Sahlin mal außen vor“, lenkte Sven ein. „Vermutlich hat Hedlund damit wirklich nichts zu tun. Aber was den Tod seiner Frau angeht, bleibt er verdächtig. Er war mit den Kindern überfordert und durch das kalte und egoistische Verhalten seiner Frau frustriert. Möglicherweise war er an dem besagten Wochenende nicht die ganze Zeit zu Hause, sondern ist ihr hinterhergefahren, um sie zur Rede zu stellen. Der Streit eskalierte und endete für Nora Hedlund tödlich.“

Dem konnte niemand widersprechen. „Das würde heißen, das mysteriöse Untertauchen von Celine Sahlin und der Tod von Nora Hedlund haben nichts miteinander zu tun“, fasste Rurik zusammen. Ganz so wollte Alva es dann doch nicht sehen. „Nora Hedlund war in Hyssna, in dem gleichen Hotel, in dem auch Celine gewohnt hatte. Sie wollte dort recherchieren und einen Artikel über Celines Verschwinden verfassen. Könnte sie damit jemandem gefährlich geworden sein?“

„Das klingt nach einer Möglichkeit.“ Rurik strich sich nachdenklich übers Kinn. „Nur frage ich mich, was sie herausfinden wollte, nachdem es bereits ein Jahr lang keine Spur von dem Mädchen gab. Und der dritte Fall, die Ermordung von Camilla Andersson, die im Hotel erstochen wurde, passt schon gar nicht dazu.“

„Wenn es überhaupt eine Gemeinsamkeit zwischen den drei Fällen gibt, dann ist sie in dem Hotel zu suchen, in dem alle drei Frauen eingecheckt hatten. Wir sollten uns dort nochmals genauer umsehen.“

Der Vorschlag von Alva stieß auf allgemeine Zustimmung. Rurik konnte ein Gähnen nicht unterdrücken. „Wir kümmern uns darum, aber bestimmt nicht mehr heute. Wisst ihr, wie spät es schon ist? Machen wir Feierabend und gehen wir es morgen mit frischem Elan wieder an."

Es folgte ein allgemeiner Aufbruch, nur Alva blieb hinter ihrem Schreibtisch sitzen.

„Ich warte auf Birger, er muss jeden Moment hier sein, um mich abzuholen", sagte sie.

Birger war wenige Minuten später da, er führte Veikko an der Leine. „Ich habe deine Kollegen beim Reingehen noch getroffen und alle begrüßt", sagte er. „Nur Sven hat einen großen Bogen um mich und Veikko gemacht. Der sollte seine Hundephobie wirklich langsam in den Griff bekommen."

Alva seufzte. „Ich fürchte, das ist momentan nicht sein größtes Problem."

Sie wollte ihre Jacke holen, als das Telefon klingelte. Der Diensthabende vom Empfang meldete sich. „Gut, dass ich noch jemanden erwische. Hier ist eine junge Frau, die gern mit jemandem aus eurer Abteilung reden würde."

„Wie ist ihr Name und um was geht es?"

„Sie heißt Celine Sahlin und sie möchte eine wichtige Aussage machen."

„Ich komme sofort nach unten und hole sie ab." Alva machte sich auf den Weg. Celine erwartete sie an der Schranke, unter der Kapuze ihres dunklen Mantels wirkte ihr Gesicht geisterhaft blass.

„Sie möchten eine Aussage machen?", fragte Alva.

Celine nickte. „Ich weiß, es ist ziemlich spät, aber es ist wichtig."

„Kein Problem, kommen Sie bitte mit." Alva führte sie zu einem der Fahrstühle. Als sie in der Kabine nach oben glitten, bemerkte Alva, dass Celine zitterte. War es nur die Aufregung oder litt sie unter Platzangst?

Jedenfalls atmete die junge Frau hörbar auf, als der Fahrstuhl hielt und sie hinaus auf den Flur traten.

„So, da wären wir“, sagte Alva munter und führte sie in ihr Büro. Birger schickte sich an, den Raum zu verlassen, doch Celine schien von Veikko fasziniert zu sein.

„Was für ein schönes Tier“, sagte sie und beugte sich zu dem Hund hinab. Alva nutzte die Gelegenheit.

„Das ist Veikko, Sie dürfen ihn ruhig streicheln. Und Herrn Nyberg kennen Sie ja bereits“, sagte sie. „Haben Sie etwas gegen seine Anwesenheit?“

„Nein, er kann ruhig bleiben.“ Celine war immer noch damit beschäftigt, Veikko hinter den Ohren zu kraulen, was er sichtlich genoss.

Sie setzten sich zu dritt an den Besprechungstisch. Celine atmete tief durch, bevor sie zu sprechen begann. „Es geht um Sixten Hedlund. Ein Bekannter von mir hat einen Fehler gemacht. Er hat mir gestanden, Ihnen anonym Hinweise zugeschickt zu haben, durch die Herr Hedlund verdächtigt wird, etwas mit meinem Verschwinden und allem, was mir passiert ist, zu tun zu haben. Das ist aber überhaupt nicht der Fall, der Mann hat nicht das Geringste damit zu tun.“

„Jetzt mal ganz langsam“, sagte Alva. „Wer ist dieser Bekannte, der uns die Hinweise zugeschickt hat?“

Celine schien mit sich zu ringen. „Er hat es gut gemeint, er glaubte, das Richtige zu tun.“

„Wer ist er?“, wiederholte Alva ihre Frage.

„Kjell Granström, ein ehemaliger Mitschüler von mir. Aber das ging nicht von ihm aus, er bekam den Hinweis auf Hedlund anonym zugeschickt. Es war ein Foto dabei, ein völlig harmloses Foto, das uns zusammen mit Hedlund bei einer Informationsveranstaltung im

Volvo-Werk zeigt. Nur wurde im Text behauptet, ich hätte ein Verhältnis mit Hedlund gehabt, was überhaupt nicht zutrifft. Der Mann hat mich beraten, weil ich mich für eine Ausbildung im Bereich Informatik interessierte. Ich hätte das Kjell erklären können, aber er hat nicht mit mir darüber geredet, weil er mich nicht aufregen wollte. Wir haben eine stille Übereinkunft, nicht über das zu reden, was in den letzten zweieinhalb Jahren mit mir passiert ist. Aber er glaubte, diese Information nicht für sich behalten zu dürfen, und hat sie an die Polizei weitergeleitet. Aber dann bekam er ein schlechtes Gewissen und hat es mir gestanden."

„Haben Sie eine Idee, wer ihm das Material zugeschickt haben könnte?"

„Ja, die habe ich." Jetzt wurde Celine richtig lebhaft und ihre bleichen Wangen röteten sich. „Das kann nur eine ehemalige Freundin von mir gewesen sein. Sie war die ganze Zeit hinter Kjell her, schon als wir noch gemeinsam zur Schule gingen. Als ich verschwunden war, hat sie sich Hoffnungen gemacht, nun mit ihm zusammenzukommen, obwohl er ihr nie Grund dazu gegeben hat. Seit ich wieder da bin, kümmert sich Kjell sehr um mich. Das hat ihre Eifersucht geweckt, sie wollte mich vor Kjell als Schlampe hinstellen, die es mit verheirateten Männern treibt. Deshalb hat sie das Material an ihn und nicht an die Polizei geschickt. Dabei ist ihre Eifersucht völlig unbegründet, Kjell und mich verbindet nur Freundschaft. Sixten Hedlund zu beschuldigen ist wirklich das Letzte, der Mann wollte mir nur helfen. Ich habe ihn insgesamt nur zweimal getroffen und mit ihm geredet, mehr nicht."

Das deckte sich mit der Aussage von Hedlund, doch Alva wollte Celine nicht so einfach davonkommen lassen. „Es ehrt Sie, eine unbegründete Beschuldigung aus der Welt räumen zu wollen“, sagte sie. „Doch ich frage mich, was Ihre Aussage wert ist. Sie behaupten, sich an nichts zu erinnern, was in den fast zweieinhalb vergangenen Jahren geschehen ist. Das ist eine ungewöhnlich lange Zeitspanne. Wie können Sie da so sicher sein, Sixten Hedlund in dieser Zeit nicht begegnet zu sein? Sie haben ein Kind geboren, ohne es zu wissen. Sie erinnern sich nicht, wer Sie misshandelt hat, obwohl Ihr Körper deutliche Spuren aufweist. Aber Sie wollen ganz sicher wissen, wer es *nicht* gewesen ist. Tut mir leid, aber das überzeugt mich nicht.“

Celine senkte den Kopf. „Ich weiß sicher, dass er nichts damit zu tun hat. Mehr kann ich nicht sagen.“

„Können Sie nicht oder wollen Sie nicht? So macht Ihre Aussage keinen Sinn.“

Celine begann zu weinen. Veikko erhob sich daraufhin von seinem Platz und drängte sich nah an sie heran. Birger ließ den Hund gewähren. Er legte seinen Kopf auf Celines Schoß und sie vergrub eine Hand in seinem dichten Fell. Ihre Tränen flossen heftiger, ein Weinkrampf schüttelte sie. „Es gibt kein Kind, es ist tot“, stieß sie zwischen zwei Schluchzern hervor.

„Celine, was ist passiert?“, fragte Alva behutsam. „Wir können Ihnen helfen.“

„Nein, das kann niemand. Da waren zwei Frauen, Mutter und Tochter. Sie sagten, sie würden mir beistehen. Aber sie haben mich schlecht behandelt und geschlagen. Als die Wehen einsetzten, haben sie keine Hilfe geholt. Sie meinten, ich würde nur so tun und solle mich nicht anstellen. Das Kind kam zu früh und tot zur Welt. Danach wurde alles noch schlimmer. Ich war lange krank.“

„Das ist ganz furchtbar, Sie sollten das nicht auf sich beruhen lassen. Reden Sie mit uns und wir sorgen für die Bestrafung der Schuldigen."

Celine schüttelte heftig den Kopf. „Das will ich nicht. Es würde alles wieder aufwühlen und zu nichts führen. Ich hatte mich selbst in diese Situation gebracht. Mehr werde ich nicht sagen, ich will es nur so schnell wie möglich vergessen."

Zum ersten Mal sagte nun Birger etwas. „Ich verstehe Sie, fürchte aber, es wird Ihnen nicht gelingen. Die Last, die auf Ihrer Seele liegt, ist zu schwer, um allein damit fertigzuwerden. Ich will Sie auf keinen Fall bedrängen, doch ich würde Ihnen gern helfen, wenn Sie es zulassen. Alles, was Sie mir in einem vertraulichen Gespräch sagen, unterliegt der Schweigepflicht. Denken Sie in Ruhe darüber nach."

Ein schwaches Nicken von Celine nahm er als Bestätigung, mehr war von ihr in diesem Moment nicht zu erwarten. Als sie gegangen war, klopfte Birger Veikko auf den Rücken. „Braver Junge, das hast du gut gemacht."

54.

Da war der Schatten wieder, sie hatte sich nicht getäuscht. Bereits seit einigen Tagen wurde Tuva das Gefühl nicht los, verfolgt zu werden. Diesmal war sie sich ganz sicher, jemand schlich um den Stall herum, in dem die Gotland-Ponys untergebracht waren. Sie war länger geblieben, weil es einer der Stuten nicht gut ging. Während sie auf das Eintreffen des Tierarztes wartete, war es dunkel geworden.

„Hallo, wer ist dort?“, rief Tuva. Ihre Stimme klang nicht fest, wie sie es sich in diesem Moment wünschte, sondern dünn und kratzig. Sie räusperte sich und rief ein zweites Mal: „Wer ist da?“

Wie nicht anders zu erwarten, bekam sie keine Antwort. Tuva überlegte, wen sie anrufen könnte. Holger hatte seine Arbeit im Schlosspark vor einigen Tagen beendet und war zu einem Einsatzort in Hafennähe weitergezogen. Er würde nicht schnell genug hier sein. Während sie noch nachdachte, wer von den anderen Tierpflegern erreichbar sein könnte, hörte sie zu ihrer Erleichterung den Jeep des Tierarztes vorfahren. Er war ein kräftig gebauter Mann um die fünfzig mit einer dröhnenden Stimme. Alle nannten ihn nur Ole. „Na, wo ist denn meine Patientin?“, fragte er, kaum dass er aus dem Auto gestiegen war.

Tuva führte ihn zu der Box, in der die Stute untergebracht war. „Sie hat nicht gefressen und sie scheint Schmerzen zu haben“, sagte sie.

Der Tierarzt untersuchte die Stute mit einer Behutsamkeit, die man ihm mit seinen großen Händen kaum zugetraut hätte. Tuva hielt den Kopf des Tieres fest und redete beruhigend auf das Pferd ein.

„Kein Grund zur Besorgnis“, sagte Ole schließlich. „Die Kleine hat nur Blähungen. In den nächsten Tagen kein Kraftfutter geben, dafür viel Ballaststoffe, vor allem Rübenschnitzel. Dann sollte es ihr bald besser gehen.“

Tuva war beruhigt, sie bat Ole anschließend, sie ein Stück im Auto mitzunehmen.

„Ich bekomme Besuch und muss noch einkaufen“, sagte sie.

„Verstehe“, erwiderte Ole mit einem Schmunzeln und ließ sie einsteigen. Nein, er verstand überhaupt nichts. Tuva wollte nicht allein durch den Park laufen und riskieren, dass sich der unheimliche Verfolger an ihre Fersen heftete. Heute Abend würde sie mit Holger darüber reden und ihn bitten, sie künftig von der Arbeit abzuholen, wenn er es einrichten konnte.

Ole ließ Tuva in der Nähe ihres Wohnblocks aus dem Auto steigen und wünschte ihr einen schönen Abend. Tuva huschte schnell in den ICA-Markt, sie hatte kaum noch etwas im Kühlschrank. Vor dem Regal mit den Milchprodukten wurde sie plötzlich von hinten angesprochen. „Was für ein Zufall, so sieht man sich wieder."

Tuva fuhr herum und sah sich Meja gegenüber. Seit ihrem Wochenendausflug nach Hyssna, der ein tragisches Ende genommen hatte, waren sie sich nicht begegnet. Tuva verschlug es angesichts der Dreistigkeit von Meja die Sprache. Wie konnte sie es wagen, sie anzusprechen, als wäre nichts geschehen? Sie hatte schließlich dieses unsägliche Interview gegeben, bei dem sie Tuva als eine unberechenbare Person hingestellt hatte, der ein Mord im Affekt durchaus zuzutrauen sei. Meja nutzte die Sprachlosigkeit von Tuva aus, um in die Offensive zu gehen. „Ich denke, zwischen uns gibt es einiges zu klären", sagte sie mit einem boshaften Lächeln. „Was hast du Kjell über mich erzählt?"

Tuva musterte Meja, ihr glänzendes, fast weiß schimmerndes Haar und das viel zu stark aufgetragene Make-up. Diese Begegnung war kein Zufall, Meja hatte ihr aufgelauert. Seit Celine zurück war, interessierte sich Kjell nicht mehr für sie, was mächtig an ihr zu nagen schien. Nun suchte sie die Schuld für sein Abwenden bei anderen. Vermutlich beobachtete sie ihn systematisch und hatte seinen Besuch bei Tuva registriert, die allmählich ihre Fassung wiedergewann.

„Was soll ich ihm schon erzählt haben, was er nicht ohnehin weiß? Dass du ein durchtriebenes Biest bist, das Lügen über andere verbreitet. Aber das wäre gar nicht nötig gewesen, um ihn abzuschrecken. Kjell wollte nie etwas von dir wissen und daran wird sich nichts ändern, auch nicht, wenn du dir noch so viel Schminke ins Gesicht schmierst. Er erkennt deine hässliche Fratze unter der Maske."

„Das nimmst du zurück“, zischte Meja wütend und griff nach Tuvas Schal, den sie nur locker um die Schultern gelegt trug.

„Ich denke nicht daran und ich werde es jedem sagen, der es hören will“, erwiderte Tuva und wollte sich abwenden. In diesem Moment geschah etwas Unerwartetes. Meja kreischte los, als wäre sie in höchster Not. „Lass mich los, bist du verrückt geworden, hör sofort auf.“ Dann warf sie sich mit Schwung nach hinten und ließ sich in das Regal fallen. Gläser fielen auf den Boden und zerbarsten, in einer Kettenreaktion rissen sie weitere mit sich. Weiße Joghurtpfützen breiteten sich rings um die noch immer kreischende Meja aus. Tuva handelte vor Schreck aus einem Reflex heraus, den sie sich später nicht mehr erklären konnte. Sie ließ ihren Einkaufskorb stehen und rannte fluchtartig aus dem Laden. Hinter sich hörte sie Stimmen. „Um Gottes willen, was ist passiert? Sind Sie verletzt? Wo ist die Frau hin?“ Tuva rannte weiter, bis sie in ihrem Wohnblock angekommen war. Ein Mann kam die Treppe herunter und schaute sie überrascht an. Rasch drehte Tuva sich zu den Briefkästen um, damit sie ihm nicht ins Gesicht sehen musste. Vermutlich wirkte sie völlig aufgelöst und musste wie eine Irre aussehen. Ein Päckchen steckte in ihrem Kasten, sie nahm es an sich, ohne nachzudenken. In ihrer Wohnung legte sie es auf den Tisch. Erst als sie sich auszog, bemerkte sie das Fehlen ihres Schals. Der musste bei Meja im Supermarkt geblieben sein. Aber das war kein großer Verlust, er war billig und schon recht abgenutzt gewesen. Außerdem das war jetzt ihr geringstes Problem.

55.

Das Päckchen lag noch auf dem Tisch, Tuva nahm es unschlüssig von einer Hand in die andere. Der schlichte braune Karton hatte das Format eines Buches und in etwa auch das Gewicht. Könnte er tatsächlich ein Buch enthalten? Aber wer sollte ihr das geschickt haben? Ihre Anschrift war sauber aufgedruckt, doch der Absender fehlte. Vielleicht war es ja ein Werbegeschenk. So etwas hatte sie schon einmal in ihrem Briefkasten gefunden, ein Päckchen mit Proben verschiedener Süßigkeiten und einem beiliegenden Bestellschein. Die Süßigkeiten hatte sie genossen, von einer Bestellung aber abgesehen. Es wäre nicht schlecht, wenn es sich um etwas Ähnliches handeln sollte, nach dem Stress mit Meja konnte sie Zucker gebrauchen. Tuva holte eine Schere und zerschnitt das Klebeband, mit dem der Karton an den Seiten zugeklebt war. Sie klappte den Deckel hoch und schob das rote Papier, das sich darunter befand, zur Seite. Ihre Finger berühren etwas Weiches und ihr Verstand weigerte sich zu begreifen, was sie da sah. In dem

Karton lag eine große tote Ratte, um deren Hals sich eine offene blutige Wunde zog. Es sah aus, als hätte man ihr die Kehle zerfleischt. Tuva verzog angeekelt das Gesicht, verlor aber nicht die Fassung. Sie fürchtete sich nicht vor Ratten und Mäusen, wenn das so wäre, könnte sie ihre Arbeit nicht ausüben. Die Nager wurden durch das Futterangebot für die Zootiere angelockt und zu stillen Mitfressern. Solange ihre Population nicht überhandnahm, war das kein Problem. Was Tuva aufregte, war die Geschmacklosigkeit, ihr dieses Paket zu schicken. Sie sah ein Stückchen weißes Papier unter dem Körper der Ratte hervorblitzen und zog es mit spitzen Fingern heraus. Ein dünner Blutstreifen zog sich über das Papier, auf dem in Druckbuchstaben stand: *Verschwinde oder du wirst sterben wie diese Ratte.* Das war eine unverhohlene Drohung. Tuva ließ den Zettel fallen, ihre Hand zitterte dabei und sie spürte ihren rasenden Herzschlag bis in den Hals. Langsam ließ sie sich auf einen Stuhl sinken und versuchte, ruhig zu atmen. Das Ganze war ein übler Scherz, nichts weiter, wollte sie sich einreden. Doch ihre Angst, die sie wie eine Welle überrollte, sagte ihr etwas anderes. Wer konnte dahinterstecken? Die Leute, vor denen Celine sie gewarnt hatte, falls sie nicht bei ihrer Geschichte blieb? Die ihr sogar nach dem Leben trachten würden? Nein, das war unwahrscheinlich. Sie hatte keinen Anlass gegeben, ihr in dieser Hinsicht zu misstrauen. Sie hatte durch ihr beharrliches Schweigen sogar den Bruch mit ihren Eltern in Kauf genommen. Außerdem würden Leute mit einem so weitreichenden Einfluss, wie Celine ihn beschrieben hatte, ihr kaum Päckchen mit toten Ratten und Drohungen schicken. Sie würden jemanden eher still und heimlich verschwinden lassen, ohne Aufsehen zu erregen. Diese Überlegungen brachten Tuva dazu, den Zettel noch einmal zu lesen. „*Verschwinde*“ stand da geschrieben. Wohin sollte sie verschwinden? Und vor allem weshalb? Zum Verschwinden forderte man jemanden auf, der einem im Wege war. In diesem Zusammenhang fiel ihr nur Meja ein. Dieser hysterischen Person traute sie inzwischen alles zu. Sollte sie verschwinden, damit Kjell keinen Kontakt mehr zu ihr aufnehmen konnte? Meja schien sich daran wahnsinnig zu stören. Wenn sie die Absenderin war, hatte sie dann auch Celine solch makabere Botschaft zukommen lassen? Denn Celine, in die Kjell nach wie vor verliebt zu sein schien, musste Meja viel mehr stören. Tuva war versucht, Celine danach zu fragen. Seit deren spontanem Auftauchen in der ersten Nacht nach ihrer Rückkehr hatten sie keinen Kontakt wieder zueinander gehabt. Tuva hatte aus den Medien erfahren, man habe Celine verwirrt und ohne Erinnerung auf einer Bank im Schlosspark gefunden. Es war die gleiche Inszenierung, die sie damals in Hyssna selbst durchgezogen hatte, nur war es auf einer Bank in einer historischen Kirche gewesen. Tuva wünschte, sie könnte all das ungeschehen machen. Es war ein Wunsch, der sie seit über zwei Jahren Tag und Nacht begleitete.

56.

Holger hatte Pizza mitgebracht, doch Tuva brachte kaum etwas hinunter. Den Karton mit der Ratte hatte sie im Bad unter dem Waschbeckenschrank versteckt. Holger fiel ihre Zurückhaltung auf. „Was ist los, hast du keinen Appetit? Geht es dir nicht gut?“ Er legte sein angebissenes Pizzastück auf den Teller zurück.

„Es ist heute so einiges passiert. Aber iss bitte erst in Ruhe zu Ende, ich erzähle es dir danach.“

„Nein, ich möchte es gleich wissen.“ Holger wirkte nun ernsthaft beunruhigt. Tuva zögerte und goss ihm erst einmal Tee nach, um Zeit zu gewinnen.

„Na schön, ich erzähle und du isst dabei weiter“, sagte sie. Dann begann sie von ihrem Treffen mit Meja zu berichten.

„Meja? Das ist doch diese Tussi, die in einem Interview über dich hergezogen ist. Und die wagt es überhaupt noch, dich anzusprechen? Sie soll froh sein, wenn du sie nicht verklagst.“

Tuva überging seinen letzten Satz mit einem müden Lächeln. Sie hatte nicht die geringste Handhabe gegen

Meja, die lediglich ihre persönliche Sichtweise der Ereignisse geschildert und Tuva auch nicht direkt beschuldigt hatte. Dazu war sie zu schlau, dennoch war jede ihrer Äußerungen von purem Gift durchtränkt gewesen.

„Meja war schon immer intrigant und nur auf ihren eigenen Vorteil bedacht", sagte sie. „Ich hätte mich niemals von ihr zu dem Wochenendtrip überreden lassen dürfen. Nur wegen Elin, die ebenfalls dabei war, habe ich zugestimmt. Als ich merkte, wo ich gelandet war und was Meja vorhatte, wollte ich sofort abreisen, doch es war zu spät. Mit dem Mord im Hotel hatte Meja natürlich nicht rechnen können, aber er kam ihr zupass. Sie will Aufmerksamkeit um jeden Preis und Content für ihren Instagram-Kanal und ihren Blog. Also hat sie die Geschichte zu meinen Ungunsten ausgeschlachtet."

Holger wirkte immer noch wütend. „Schlimm genug, aber was wollte sie jetzt von dir? Sich dafür entschuldigen?"

Tuva lachte auf, verschluckte sich dabei und musste husten. „Nichts liegt ihr ferner als das. Sie ist gerade wütend auf alle und jeden, weil ihr großer Schwarm Kjell sich von ihr abgewandt hat, seit Celine wieder da ist. Vermutlich beobachtet sie ihn systematisch, sonst würde sie nicht von seinem Besuch bei mir wissen. Jedenfalls wollte sie herausfinden, was wir geredet haben. Meine Antwort darauf war nicht gerade freundlich, aber ich schwöre, ich habe sie nicht angerührt. Plötzlich kreischte sie los, als würde ich sie schlagen. Dann hat sie sich in ein Regal fallen lassen und ein riesiges Chaos veranstaltet. Es sollte aussehen, als hätte ich sie gestoßen."

„Hat denn niemand mitbekommen, wie sich das abgespielt hat?“

„Nein, ich glaube nicht, sie hat genau den richtigen Moment abgepasst, als niemand in der Nähe war. Ich war total erschrocken und bin blöderweise einfach abgehauen. Bestimmt macht sie ein riesiges Ding daraus. Wenn sie mich schon nicht wegen Körperverletzung anzeigt, wird sie das genüsslich auf ihren Kanälen ausschlachten. Eventuell springt sogar ein weiteres Interview für sie dabei heraus. Ich bin erledigt, ich bin die irre Mörderin, die eine Zeugin angreift, die doch nur die Wahrheit über sie gesagt hat.“ Tuva merkte, wie ihr das Atmen schwerfiel. „Ich kann mich auf meiner Arbeitsstelle nicht mehr blicken lassen.“ Bei dem Gedanken daran begann sie zu weinen.

Holger ergriff ihre Hand. „Nein“, sagte er energisch. „Du wirst dich von dieser Person nicht unterkriegen lassen. Wir stellen richtig, was passiert ist. Und wenn sie dich weiterhin belästigt und verleumdet, wirst du sie verklagen.“

Tuva glaubte nicht daran, auf diesem Wege etwas erreichen zu können. Noch immer galt sie als verdächtig, die Frau im Hotel in Hyssna ermordet zu haben. Der blöde Streit mit ihr am Vorabend war der Grund dafür. Auf keinen Fall würde sie von sich aus die Hilfe der Polizei suchen und von einem anderen Streit berichten, in den sie verwickelt worden war. Ihre Chancen, man würde ihr Glauben schenken, standen denkbar schlecht. Schließlich war sie einfach davongelaufen, statt sich der Situation mit Meja zu stellen. Trotz dieser düsteren Aussichten tat ihr der Zuspruch von Holger gut.

„Warte, da ist noch etwas, das ich dir zeigen will“, sagte sie. „Bist du fertig mit dem Essen?“

„Ja, warum fragst du, müssen wir dafür nach draußen?“

„Nein, ich habe es hier, es ist nur nicht gerade appetitlich.“

Tuva ging ins Bad und holte den Karton mit der toten Ratte. Holger betrachtete das Tier und den Zettel fassungslos. „Wie krank ist das denn?“, flüsterte er.

„Auch dahinter dürfte Meja stecken, ich bin mir inzwischen ganz sicher. Sie will mich einschüchtern und zu unbedachten Aktionen verleiten.“ Tuva klappte den Deckel des Kartons zu.

„Ja, es würde zu ihr passen“, stimmte Holger zu. „Diese Drohung ist natürlich ein handfester Grund für eine Anzeige, doch du wirst nicht beweisen können, wer dahintersteckt. Deshalb ist es besser, nicht darauf zu reagieren. Gib her, ich entsorge das für dich.“ Er griff nach dem Karton, doch Tuva hielt ihn zurück.

„Warte, ich will erst noch ein Foto machen. Sicher ist sicher, vielleicht brauche ich es noch.“ Sie holte ihr Handy und machte mehrere Aufnahmen von dem Karton mit der Ratte darin und von dem Zettel mit der Drohung. Erst danach gestattete sie Holger, alles in den Müll zu bringen.

57.

Am folgenden Tag fürchtete Tuva sich davor, zur Arbeit zu gehen. Holger, der wieder bei ihr übernachtet hatte, machte ihr Mut. „Selbst wenn diese Schlange Meja beabsichtigt, Lügen über dich zu verbreiten, wird ihr das so schnell nicht gelingen“, sagte er. „Sie dürfte seit gestern Abend kaum Gelegenheit dazu gehabt haben. Wir behalten im Auge, was sie tut. Sollte sie es wirklich wagen, werden wir darauf reagieren.“

Tuva sah ihre Möglichkeiten zur Gegenwehr zwar als sehr gering an, war aber froh über Holgers Unterstützung. Mit ihm fühlte sie sich stärker und den Ereignissen weniger ausgeliefert. Sie fuhren mit Holgers altem Saab, der beim Beschleunigen verdächtige Geräusche von sich gab.

„Keine Sorge, der hält noch eine Weile, bevor er auseinanderfällt“, sagte Holger. Er setzte Tuva beim Schlosspark ab und fuhr dann weiter zu seiner Arbeitsstelle am Hafen. Tuvas Befürchtungen, jemand könnte bereits etwas über den gestrigen Vorfall wissen, erwiesen sich als unbegründet. Alles lief gut, auch der kleinen Stute ging es zum Glück schon besser. Trotzdem war Tuva den ganzen Tag über abgelenkt und schaute immer wieder auf ihr Handy. Sie rief den Instagram-Kanal und den Blog von Meja auf, fand aber auf beiden keine neuen Nachrichten. Das blieb bis zum Abend so, was Tuva aber nicht unbedingt beruhigte. Wenn Meja nicht sofort Luft abließ und den Vorfall im Supermarkt ausschlachtete, dann plante sie vermutlich den ganz großen Auftritt. Je länger Tuva darüber nachdachte, umso wahrscheinlicher erschien ihr das und umso größer wurde ihre Angst. Sie war an diesem Tag froh, als sie endlich alle Aufgaben erledigt hatte und Holger sie abholte.

„Na siehst du, alles ist ruhig geblieben, deine Befürchtungen waren umsonst“, sagte er fröhlich. Er hatte demnach auch verfolgt, ob Meja sich geäußert hatte. Tuva war gerührt, er machte ihre Probleme inzwischen auch zu seinen, sie wuchsen immer mehr zu einer Einheit zusammen.

„Ich fürchte, der große Auftritt von ihr kommt erst noch“, sagte sie kleinlaut.

„Nun sei doch nicht so pessimistisch. Es kann ganz anders kommen. Du warst gestern aufgeregt und kannst nicht sicher sein, ob nicht doch jemand beobachtet hat, wie das im ICA-Markt tatsächlich abgelaufen ist. Außerdem gibt es dort garantiert Kameras. Dann hat sie jetzt den Ärger und nicht du.“

Tuva gestattete sich den Gedanken, es könnte tatsächlich so sein und fühlte sich gleich entspannter. Es wäre nur gerecht, wenn das Glück auf ihrer Seite gewesen und die Sache für Meja voll nach hinten losgegangen wäre.

„Wir sollten nicht weiter daran denken und uns einen schönen Abend machen“, schlug Holger vor. „Lass uns ausgehen, ich lade dich in eine Bar ein, die ein echter Geheimtipp ist.“

„Und wo ist das?“

„Wird nicht verraten, lass dich überraschen.“

Tuva war von dem Vorschlag sehr angetan, sie wollte auf andere Gedanken kommen und das könnte ihr dabei helfen. „Ich hab nichts Besonderes anzuziehen“, gab sie zu bedenken.

Holger grinste. „Das brauchst du auch nicht, es ist intim und schummrig dort. Außerdem siehst du gut aus, egal, was du anhast.“

Tuva war an solche Komplimente nicht gewöhnt, sie merkte, wie sie rot wurde. War es Freude oder Verlegenheit? Vermutlich eine Mischung aus beidem. In ihrer Wohnung duschte sie schnell und fand sich dann in einer schmalen dunklen Hose, kombiniert mit einem schwarzen Spitzenshirt doch recht passend angezogen. Sie steckte ihre Haare auf und schminkte sich die Lippen. Die Schuhe mit den hohen Absätzen waren ziemlich ungewohnt, Tuva hatte sie eine gefühlte Ewigkeit nicht angehabt. Die Unsicherheit, die sie darin empfand, verflüchtigte sich schnell, als Holger sie unterhakte und ihr erneut ein Kompliment für ihr Aussehen machte. Die Bar, in die er sie führte, lag versteckt in einer schmalen Nebenstraße der Avenyn. Die Atmosphäre war behaglich, sie ließen sich ein Menü für zwei Personen kommen, dessen Preis Tuva ein leichtes Schwindelgefühl verursachte. Doch Holger schien entschlossen zu sein, es heute richtig krachen zu lassen. Sie tranken einen guten Weißwein zum Essen, hinterher noch diverse Cocktails, und sie tanzten eng umschlungen auf der kleinen Tanzfläche im hinteren Bereich der Bar.

Tuva genoss den Abend, es war ihr schönstes Erlebnis seit langer Zeit. Holger rief ihnen für den Heimweg ein Taxi und als sie wieder in ihrer Wohnung waren, schaffte Tuva es gerade noch, sich abzuschminken. Sie schlief danach sehr schnell und tief ein. Es entging ihr völlig, dass Holger lange wach lag, bis auch er in einen unruhigen Schlaf fiel.

Tuva erwachte von einem Geräusch, es klang wie ein Schrei. Irritiert schlug sie die Augen auf und sah Holger aufrecht neben sich im Bett sitzen. Offenbar war er es gewesen, der geschrien hatte. Sie tastete nach seiner Hand. „Was ist los?“, fragte sie.

„Habe ich dich geweckt? Das tut mir leid, das wollte ich nicht. Ich hatte einen Albtraum“, sagte er.

Tuva richtete sich auf und berührte sein Gesicht, es war schweißnass.

„Es tut mir leid, schlaf weiter.“ Holger drückte sie an sich, dabei spürte sie, wie er zitterte. Tuva war nun hellwach. Sie schaltete die Stehlampe neben ihrem Bettsofa ein und musterte Holger besorgt.

„Wie kann ich schlafen, wenn es dir schlecht geht. Fühlst du dich krank?“

„Nein, es war nur dieser verdammte Albtraum“, wiegelte er ab. „Ich habe den bestimmt schon hundertmal geträumt, wenn das überhaupt reicht. Aber jedes Mal werde ich davon wach.“

Tuva rückte noch näher an ihn heran, soweit das auf dem schmalen improvisierten Bett überhaupt möglich war. „Willst du mir den Traum erzählen? Ich bin jetzt ohnehin wach. Er muss von etwas handeln, das dich schon lange bedrückt, sonst würde der Traum dich nicht derart verfolgen.“

Holger seufzte hörbar. „Das stimmt, und zwar verfolgt er mich seit meinem achten Lebensjahr. Damals starb meine Mutter. Der Traum handelt von dem Abend, als es geschah. Ich lag bereits im Bett, schlief aber noch nicht. Sie kam zu mir ins Zimmer, um nach mir zu schauen. Obwohl ich wach war, stellte ich mich schlafend. Warum ich das getan habe, kann ich mir heute nicht genau erklären. Meine Mutter war sehr fürsorglich, sie achtete bei mir auf eine gesunde Lebensweise, wozu für sie unbedingt ausreichender Schlaf zählte. Wenn ich schlecht einschlief, suchte sie nach Gründen dafür. Sie schränkte dann auch schon mal meinen Fernsehkonsum ein. Vermutlich stellte ich mich aus dieser Befürchtung heraus schlafend und sie verließ unmittelbar darauf das Haus. Ich konnte danach nicht einschlafen und wartete auf ihre Rückkehr. Da sie mich nie allein in der Wohnung ließ, schon gar nicht nachts, musste sie jeden Moment wieder auftauchen. Als die Zeit verging und sie nicht kam, wurde ich immer unruhiger. Schließlich kam ich auf die Idee, nach ihr zu suchen. Im Schlafanzug lief ich nach draußen und unweit unserer Haustür habe ich sie gefunden.“ Holgers Stimme brach und er konnte nicht weitersprechen. Er musste mehrmals tief durchatmen, bevor er die nächsten Sätze herausbrachte. „Sie war erschlagen worden, um ihren Kopf herum war überall Blut. Ich habe mich neben sie gehockt und sie angefleht, aufzuwachen. Irgendwann bin ich verstummt. Wie lange ich dort neben der Leiche gesessen habe, weiß ich nicht. Als man uns beide fand, war ich stark unterkühlt und wurde ins Krankenhaus gebracht. Vor dort holte mich später eine Mitarbeiterin des Jugendamtes ab und brachte mich zu meiner ersten Pflegefamilie."

„Das ist schrecklich", sagte Tuva leise. „Hat man herausgefunden, wer es getan hat?"

Holger schüttelte den Kopf. „Der Täter wurde nie gefunden. Man ging von einer zufälligen verhängnisvollen Begegnung aus, denn meine Mutter hatte keine Feinde, jeder mochte sie. Sie war eine wunderbare Mutter, warmherzig und liebevoll. Wer mein Vater ist, habe ich nie erfahren, doch ich vermisste ihn nicht. Es ging mir gut bei meiner Mutter, es fehlte mir an nichts." Holgers Stimme klang belegt, in seinen Augen glitzerten mühsam zurückgehaltene Tränen. „Der Traum, der mich seitdem verfolgt, handelt von jenem letzten Abend, an dem sie verschwand. Manchmal folge ich ihr dann und sehe, wie sie verzweifelt gegen jemanden kämpft. Manchmal hindere ich sie auch daran, überhaupt das Haus zu verlassen. Dann rufe ich, sie soll bei mir bleiben und erwache von meinem eigenen Schrei. Lange habe ich mir die Schuld an ihrem Tod gegeben. Hätte ich mich nicht schlafend gestellt, wäre sie nicht fortgegangen und würde noch leben."

„Aber das ist Unsinn, du warst ein Kind und konntest nicht ahnen, was passieren würde." Tuva strich ihm tröstend übers Haar.

„Das stimmt, doch es ändert nichts an meinen Gefühlen. Manchmal sind es winzige Entscheidungen, die unser Leben für immer verändern."

„Wie wahr", sagte Tuva leise und dachte an ihre eigene fatale Entscheidung. Sie fühlte sich Holger nun noch näher. Eng an ihn gekuschelt schlief sie wieder ein. Holger konnte nicht mehr schlafen. Er hatte Tuva die Wahrheit erzählt, aber den wichtigsten Teil ausgelassen. Jenen Teil, der sein Leben viel später noch nachhaltiger verändern sollte und auch Tuva in größte Gefahr brachte. Tuva hatte ihre Geheimnisse, die sie ihm nicht anvertraute. Doch gegen das, was er ihr verschwieg, waren sie bestimmt unbedeutend.

58.

„Ich verstehe Celine Sahlin nicht.“ Rurik schlug ärgerlich mit der flachen Hand auf die Tischplatte. Das ganze Team saß im Besprechungsraum, Alva hatte ihnen von Celines Aussage berichtet.

„Sie will Hedlund entlasten, bleibt aber vage, was die Fakten angeht“, fuhr er fort. „Ihre Erzählung über zwei Frauen, die ihre Fehlgeburt verschuldet und sie misshandelt haben, ist nichts wert, wenn wir sie nicht überprüfen können. Weshalb weigert sie sich, die Identität der Frauen preiszugeben, die ihr angeblich so übel mitgespielt haben? Und wie glaubwürdig ist sie überhaupt? Ihre erste Aussage über das Haus, das aus dem Nebel auftauchte, und über ihre anschließende mehr als zwei Jahre umfassende Gedächtnislücke dürfen wir getrost ins Reich der Märchen verweisen. Das hat sie sich gemeinsam mit ihrer Freundin Tuva Westin ausgedacht, um etwas zu verschleiern, was auf keinen Fall ans Licht kommen soll. Ich könnte mir vorstellen, dass auch die Geschichte von den zwei

Frauen frei erfunden ist. Ihr ging es nur darum, ihren Liebhaber Sixten Hedlund zu schützen."

„Nicht so voreilig." Alva hob die Hand. „Natürlich verhält sie sich nach wie vor merkwürdig. Aber an ein Verhältnis von Celine mit Hedlund glaube ich inzwischen nicht mehr. In seinen Aussagen ist mir etwas aufgefallen. Er sprach von Celines Bestreben, so schnell wie möglich beruflich auf eigenen Beinen zu stehen. Ich nehme daher an, sie hatte den Plan, von zu Hause wegzugehen. Vermutlich nicht allein, aber auch nicht mit Hedlund. Es könnte einen anderen Mann gegeben haben."

„Es gab mit Sicherheit einen anderen Mann, sonst wäre sie nicht schwanger geworden", warf Caroline ein.

„So sehe ich das auch, nur trat die Schwangerschaft zur Unzeit ein. Celine war noch nicht volljährig. Eventuell hatte sie die Befürchtung, ihre Eltern könnten sie zu einer Abtreibung drängen. Deshalb beschloss sie unterzutauchen, das Kind heimlich zur Welt zu bringen und ihre Volljährigkeit abzuwarten. Dann konnte ihr niemand mehr Vorschriften machen und sie durfte gehen, wohin sie wollte und mit wem sie wollte."

„Für mich klingt nachvollziehbar, was Alva sagt." Sven goss sich Kaffee nach, bereits zum dritten Mal. Obwohl er übermüdet wirkte, hatte er mitgedacht und brachte einen neuen Gesichtspunkt ins Spiel. „Mir geht die Frage nach dem Zusammenhang zwischen den drei Fällen nicht aus dem Kopf. Alle drei Frauen waren in Hyssna in dem gleichen Hotel untergebracht. Celine erwähnte zwei Frauen, Mutter und Tochter. Soweit ich mich erinnere, lebt die Mutter der Inhaberin des Hotels ebenfalls dort. Könnten es nicht diese beiden Frauen gewesen sein, die Celine Unterschlupf gewährt hatten? Das Hotel floriert nicht gerade, es gibt dort genügend freie Zimmer, um jemanden zu verstecken. Außerdem waren sie bestimmt froh über die zusätzliche Einnahmequelle durch einen Dauergast. Finanziert haben könnte es der uns unbekannte Kindsvater."

„Das macht Sinn." Caroline übernahm es, den Faden weiterzuspinnen. „Aber dann ging etwas schief. Der Kindsvater wandte sich von Celine ab und stellte möglicherweise die Zahlungen ein. Um bleiben zu dürfen, musste Celine nun die anfallenden Kosten abarbeiten, was zu Konflikten, Misshandlungen und ihrer Fehlgeburt führte."

„Schluss jetzt, Ende der Märchenstunde." Zum zweiten Mal schlug Rurik auf den Tisch. Er war sichtbar ungeduldig und Alva ahnte den Grund. Er bekam Druck von der Staatsanwaltschaft und wollte mit der Aufklärung von zwei Mordfällen vorankommen. Das Schicksal von Celine, die zwar einiges erlitten hatte, aber immerhin am Leben war, hatte für ihn keine Priorität. Sie war schließlich nicht zur Mitarbeit bereit und ohne ihre Aussage konnte man niemanden anklagen.

„Warte, ich war noch nicht fertig." Sven ließ sich nicht aus dem Konzept bringen. „Auf die beiden Morde komme ich jetzt zu sprechen. Nora Hedlund stieg ein Jahr später in dem gleichen Hotel ab mit dem offensichtlichen Ziel, das Schicksal von Celine aufzuklären. Sie könnte etwas herausgefunden haben, Celine eventuell sogar dort gesehen haben. Deshalb wurde sie getötet. Wiederum ein Jahr später ereilte Camilla Andersson das gleiche Schicksal."

„Nur weil sie einen versteckten Gast entdeckt hatten? Ist das ein Motiv?“ Rurik runzelte die Stirn.

„Ja, das ist ein Motiv, weil Celine zu dem Zeitpunkt kein Gast mehr war, sondern eine Gefangene. Die Wirtsleute hielten sie fest und zwangen sie, für sie zu arbeiten, weil sie der Ansicht waren, sie würde ihnen etwas schulden. Außerdem dürften sie Angst gehabt haben, Celine könnte reden.“

Rurik stützte den Kopf in die Hände und stöhnte. „Das ist eine schöne gruselige Geschichte über ein Mordhotel. Ich gebe zu, einige Elemente sind durchaus stimmig. Es wäre nicht der erste Fall, in dem jemand gegen seinen Willen festgehalten und in jeder Beziehung ausgebeutet wurde. Auch Verdeckungsmorde sind nichts Ungewöhnliches. Und doch weist die Geschichte zu viele Ungereimtheiten auf, um ein Ansatz für eine ernsthafte Ermittlung zu sein. Weshalb hat Celine nach ihrer Befreiung ihre Peiniger nicht angezeigt?“

„Weil sie Angst hat, dann ebenfalls umgebracht zu werden so wie Nora Hedlund und Camilla Andersson“, schlug Caroline vor.

„Nein, das glaube ich nicht.“ Rurik schüttelte den Kopf. „Wir reden hier nicht von der Mafia, sondern von zwei Frauen, die wir sofort in Gewahrsam nehmen würden. Wenn ich mich recht entsinne, ist die eine der beiden außerdem schon ziemlich betagt. Die Aussage von Celine Sahlin hat für mich keine Relevanz. Ich habe eine klare Anweisung von der Staatsanwaltschaft. Wir sollen unsere Ermittlungen auf Sixten Hedlund konzentrieren. Er hatte ein Motiv, seine Frau umzubringen, und er hat für die Tatzeit kein Alibi.“

„Klar, als Ehemann ist er der ideale Verdächtige“, sagte Sven sarkastisch. „Da können wir uns weiteres

Nachdenken ersparen. Camilla Andersson hat er dann vermutlich auch umgebracht, weil er inzwischen alle Frauen hasst."

„Ob es uns passt oder nicht, es ist unser Ermittlungsauftrag", beendete Rurik die Diskussion.

Niemand sagte mehr etwas, denn sie wussten, woher die Anordnung stammte. Die neue Staatsanwältin Agneta Ekblad hatte die Ausstrahlung einer Domina und trat auch entsprechend auf. Ihr widersprach man besser nicht.

59.

Tuva öffnete mühsam die Augen. Sie war nach dem nächtlichen Gespräch mit Holger nochmals eingeschlafen und wäre nicht aufgewacht, wenn er sie nicht sanft an der Schulter gerüttelt hätte. „Tuva, es ist Zeit aufzustehen. Ich muss gleich los, aber ich habe dir schon Kaffee gemacht. Der hilft dir, munter zu werden."

Holger reichte ihr die Tasse, die sie dankbar entgegennahm. Allein der Duft belebte ihre Lebensgeister. Nach dem ersten Schluck fühlte sie sich bereits wacher. „Das tut gut. Ohne dich hätte ich glatt verschlafen. Ich bin es einfach überhaupt nicht mehr gewöhnt, auszugehen und Alkohol zu trinken."

„Ohne meinen blöden Albtraum hättest du durchgeschlafen. Und dann habe ich dich auch noch mit meinen Geschichten wachgehalten. Es tut mir leid."

„Das muss dir doch nicht leidtun", protestierte Tuva. „Wir hatten einen wunderschönen Abend. Ich bin froh, dass du mir von deiner Mutter erzählt hast."

„Na ja, es hätte nur nicht mitten in der Nacht sein müssen.“ Holger schnitt eine Grimasse. „Ich werde mir künftig bessere Zeiten für tiefgründige Gespräche aussuchen, versprochen. Und nun muss ich mich beeilen, sonst komme ich zu spät.“ Er drückte Tuva einen Kuss auf die Stirn, dann griff er nach seiner Jacke und eilte zur Tür hinaus. Tuva schaute ihm mit einem Lächeln hinterher. Ein Mann, der ihr morgens Kaffee ans Bett brachte, es wurde immer besser. Sie trank den letzten Schluck, dann warf sie die Decke von sich und begab sich ins Bad. Die Müdigkeit war verflogen, nach dem Duschen fühlte sie sich frisch und ausgeruht. Ihr Elan hielt an, bis sie ihre Morgenrunde durch die Tiergehege beendet hatte. Tuva hatte es sich angewöhnt, erst danach richtig zu frühstücken. Gleich nach dem Aufstehen brachte sie nichts hinunter, da reichte ihr eine Tasse Kaffee. Doch jetzt meldete sich ihr leerer Magen. In dem kleinen Aufenthaltsraum für die Tierpfleger war sie um diese Zeit meistens allein, was ihr nur recht war. Sie packte ihre Frühstückdose aus, die sie am Vorabend noch bestückt hatte, und setzte sich an den Tisch. Ihr Smartphone zeigte den Eingang einer Nachricht an, sie war von Holger. „Bist du gut angekommen? Tut mir leid, dass ich heute so schnell losmusste. Hab dich lieb. Kuss Holger.“

„Alles gut, hab dich auch lieb, bis später. Kuss Tuva“, antwortete sie.

Danach konnte sie der Versuchung nicht widerstehen, Mejas Instagram-Kanal aufzurufen. Es gab einen neuen Beitrag, als sie ihn sich anhörte, fühlte es sich an, als würde man einen Kübel mit Eiswasser über sie ausschütten.

Ich muss euch etwas zeigen. Meja trug einen weiten Pullover, den sie nun über ihre rechte Schulter streifte und dabei ihren knochigen Rücken entblößte. Ein großer blauer Fleck wurde sichtbar. *Das stammt von einem Angriff und tut höllisch weh. Ich will euch erzählen, was mir vorgestern Abend passiert ist. Gestern war ich nicht dazu in der Lage, da stand ich noch unter Schock. Außerdem hatte ich schlimme Schmerzen. Die habe ich noch immer, es gibt weitere Verletzungen an intimeren Stellen, die ich hier nicht zeigen kann. Aber am schlimmsten sind die seelischen Wunden und die Angst. Denn der Angriff kam von einer Frau, die ich mal für meine Freundin gehalten habe. Sie hat Probleme und ich habe versucht, ihr zu helfen, aber mit diesen Konsequenzen konnte ich natürlich nicht rechnen.*

In Tuvas Ohren rauschte es, sie hatte Mühe, den weiteren Ausführungen von Meja zu folgen, die nun einen völlig überraschenden und unmotivierten Angriff schilderte: *Ich kann nicht einmal sagen, ob unser Treffen im Supermarkt ein Zufall war oder ob sie mir aufgelauert hat. Ich fürchte, Letzteres war der Fall. Sie ging wie eine Furie auf mich los, genau wie damals auf die ihr völlig fremde Frau im Hotel in Hyssna. Und wisst ihr, woran ich jetzt ständig denken muss? Diese Frau war am nächsten Morgen tot, ermordet. Ich will niemandem etwas unterstellen, aber ich fühle mich bei dem Gedanken daran unwohl. Wenn ein Mensch von einer Sekunde auf die nächste völlig ausrastet und sich dabei in eine ganz andere Person verwandelt, ist ihm dann nicht alles zuzutrauen? Ich muss nachdenken, wie ich mich weiter verhalten soll. Auf jeden Fall werde ich vorsichtig sein. Bis bald. Eure Meja*

„Tuva, was ist los, schlechte Nachrichten?“

In der Tür stand Enna, eine ältere Kollegin, die schon seit über zehn Jahren hier arbeitete. Tuva hatte nicht gehört, wie sie hereingekommen war. Sie schaltete schnell ihr Smartphone aus, als wäre sie bei etwas Verbotenem ertappt worden.

„Du bist weiß wie eine Wand“, fuhr Enna fort, „fühlst du dich nicht gut?“

Das traf tatsächlich zu, in ihrem Kopf schien sich ein Karussell in Bewegung gesetzt zu haben und ihr Magen rebellierte gegen das soeben eingenommene Frühstück. Ohne zu antworten, sprang sie auf und stürzte an Enna vorbei nach draußen. Dort lehnte sie sich gegen die Bretterwand und ließ die Kälte ihre heiße Stirn kühlen. Der Brechreiz verflog, doch das Schwindelgefühl blieb. Enna war ihr gefolgt und ergriff besorgt Tuvas Arm. „Was ist los mit dir, bist du krank?“

„Ich bekomme wohl eine Erkältung, aber es geht schon wieder“, log Tuva.

„Danach siehst du nicht aus, es ist besser, wenn du nach Hause gehst und dich ausruhst.“

„Ja, vielleicht ist es wirklich besser, aber wer erledigt dann meine Arbeit?“ Tuva fühlte sich schwach und wollte nur noch allein sein. Bald würde Mejas Text die Runde machen, eine Vorstellung, die ihr den Angstschweiß auf die Stirn trieb. Wem konnte sie dann noch in die Augen schauen? Wie sollte sie erklären, dass alles ganz anders gewesen war?

Enna lächelte sie beruhigend an. „Wir schaffen das schon, ich werde mir die Arbeit mit Lars teilen. Fahr nach Hause und ruh dich aus, damit du schnell wieder auf die Beine kommst.“

„Danke, das ist sehr nett von dir.“

„Ist doch selbstverständlich unter Kollegen. Schaffst du es allein bis nach Hause? Nicht dass du unterwegs aus den Latschen kippst. Ich kann dich schnell fahren, es ist ja nicht weit.“

„Nein, das musst du wirklich nicht.“

Enna schaute skeptisch.

„Wenn es dich beruhigt, rufe ich meinen Freund an, der kümmert sich um mich“, sagte Tuva.

Enna lächelte wissend. „Gute Idee. Das ist doch dieser Handwerker, der bis kürzlich hier gearbeitet hat. Hübscher Kerl, er macht einen netten Eindruck. Dann lass dich gut von ihm pflegen.“

Tuva rief Holger nicht sofort an, sondern erst, als sie in ihrer Wohnung angekommen war. Sie erreichte nur die Mailbox, bestimmt war er beschäftigt und würde sie später zurückrufen. Als er sich bis zum späten Nachmittag nicht gemeldet hatte, rief sie ihn erneut an und sprach ihm eine Nachricht auf die Mailbox. Falls er auf die Idee käme, sie von der Arbeit abzuholen, sollte er den Weg nicht umsonst machen. Bis zum Abend hatte er sich immer noch nicht zurückgemeldet und Tuva wurde allmählich unruhig. So lange konnte er unmöglich arbeiten. Hatte er ihre Nachricht nicht abgehört? Weshalb rief er nicht wenigstens zurück? Sie fühlte sich noch immer schwach und hatte kaum etwas gegessen. Mit einem unguten Gefühl kroch sie ins Bett und wurde in der Nacht von düsteren Träumen gequält, an deren Inhalt sie sich am nächsten Morgen nicht mehr erinnern konnte. Sie wusste nur, dass sowohl Meja als auch Holger darin eine Rolle gespielt hatten.

60.

Die Nachricht platzte mitten in ihre Besprechung, Rurik kam nicht mehr dazu, die Aufgaben bezüglich der weiteren Ermittlungen gegen Sixten Hedlund zu verteilen. Als er den Anruf entgegennahm, war ihm die zunehmende Anspannung deutlich am Gesicht abzulesen. Die Gespräche am Tisch erstarben und alle schauten zu ihm hin, nichts Gutes ahnend. „Wo genau?“, fragte Rurik.

„Ja, ist gut, wir machen uns auf den Weg.“

„Was ist passiert?“, fragte Sven überflüssigerweise, denn Rurik erteilte bereits Anweisungen. „Wir haben eine Leiche. Alva und Sven, ihr begleitet mich.“

Alva erhob sich, Rurik machte einen gehetzten Eindruck und sie wollte ihn nicht warten lassen. „Weißt du schon Näheres?“, fragte sie.

„Es handelt sich um eine Frau, sie wurde tot in ihrer Wohnung aufgefunden.“

Die Anschrift, die man ihnen genannt hatte, lag westlich vom Zentrum Göteborgs im Stadtteil Majorna. Vor dem Haus, einem Block aus den Siebzigerjahren, parkten ein Streifenwagen und ein Rettungswagen mit offenen Türen. Sie fanden eine Parklücke zwischen den beiden Autos. Alva warf nach dem Aussteigen einen Blick in den Rettungswagen und stellte fest, dass sich niemand darin befand. Sie vermutete, derjenige, der die Leiche gefunden hatte, könnte einen Schock erlitten haben und musste nun entsprechend versorgt werden. So etwas kam häufig vor, sie kannte es von früheren Einsätzen. Die Wohnung befand sich im zweiten Stock, die Tür stand offen, von drinnen war Stimmengewirr zu hören. Alva, Rurik und Sven betraten den Flur, wo sie auf zwei uniformierte Beamte trafen, die beruhigend auf eine ältere Frau einredeten. „Wo ist die Leiche?“, fragte Rurik.

„Da drin, aber ...“, setzte einer der Streifenpolizisten an, doch Rurik wartete nicht, bis er den Satz vollenden konnte. Er betrat den Raum, bei dem es sich der Einrichtung nach um das Wohnzimmer handelte. Zwei Sanitäter und ein Arzt bemühten sich intensiv um eine am Boden liegende Person. Rurik konnte von seiner Position aus nur die Beine einer Frau erkennen. Sie steckten in blauen Leggings, die Füße waren nackt mit rot lackierten Zehennägeln.

„Wo ist die Leiche?“, fragte Rurik, diesmal jedoch leiser und deutlich irritiert. Alva, die hinter ihm stand, spürte, wie jemand sie am Arm berührte. Es war der jüngere der beiden uniformierten Beamten, ein schlanker Mann mit dunklem Teint und dunklen Augen. „Es gibt keine Leiche“, sagte er leise. „Die Mieterin, die gegenüber auf der Etage wohnt, hat die Frau gefunden. Sie sah aus, als wäre sie tot. Deshalb hat sie uns informiert. Ehrlich gesagt haben mein Kollege und ich sie im ersten Moment ebenfalls für tot gehalten, aber dann konnte ich einen ganz schwachen unregelmäßigen Puls fühlen. Ich habe mit der Reanimation begonnen und den Rettungsdienst informiert. Ich hoffe, die Frau kommt durch."

„Das hoffen wir natürlich auch. Dann dürfte unsere Aufgabe sich damit erledigt haben."

„Das sehe ich anders." Der Kollege konnte nicht weitersprechen, weil die Sanitäter die Frau nun auf eine Trage gehoben hatten und sich anschickten, mit ihr die Wohnung zu verlassen. Deshalb mussten alle den Flur freigeben. Alva, Rurik und Sven traten ins Treppenhaus hinaus. Die Trage mit der unter einer Decke liegenden Frau wurde an ihnen vorbeigetragen. Einer der Sanitäter hielt einen Infusionsbeutel hoch. Alva erhaschte einen Blick auf ein junges Gesicht, das von langem weißblondem Haar umrahmt wurde. Die Notärztin ging hinter der Trage her, ohne die Kriminalisten eines Blickes zu würdigen. Die Eile und Besorgnis waren ihr anzusehen, es war nicht der richtige Zeitpunkt, um Fragen zu stellen.

„Gehen wir?", fragte Rurik.

„Nein, warte mal, der Kollege wollte uns noch etwas sagen." Alva hatte ein merkwürdiges Gefühl. Man würde sie nicht informiert haben, wenn keine Hinweise auf ein Gewaltverbrechen vorlägen. Genau das bestätigte sich im Gespräch mit dem Polizisten, der die Vitalzeichen bei der Frau entdeckt hatte. Er stellte sich nun als Ahmad vor und berichtete der Reihe nach.

„Wir wurden kurz nach 14 Uhr benachrichtigt, in der Wohnung würde eine Tote liegen, sie wäre ermordet worden. Die Frau am Telefon war sehr aufgeregt, Details waren ihr nicht zu entlocken. Als wir in der Wohnung ankamen, sah wirklich alles nach einem

Verbrechen aus. Die junge Frau lag am Boden, ein Schal war sehr fest um ihren Hals gezurrt. Sie war offenbar damit gewürgt worden. Auf den ersten Blick gab sie keinerlei Lebenszeichen mehr von sich, doch dann konnte ich wie gesagt einen schwachen Puls ertasten. Ich habe den Rettungsdienst gerufen, hielt es aber für richtig, euch ebenfalls zu informieren. Alles spricht dafür, dass jemand versucht hat, die Frau umzubringen. Sie kann sich nicht selbst mit dem Schal erdrosseln haben wollen. Die Mieterin, die uns gerufen hat, gab außerdem an, die Geschädigte habe heute früh Besuch gehabt. Sie will einen Schrei und ein verdächtiges Geräusch gehört haben."

„Gut, wir werden mit ihr reden müssen", sagte Rurik. „Ist sie dazu in der Lage?"

Ahmad nickte. „Sie hat sich schnell wieder gefasst und ist erleichtert, die junge Frau am Leben zu wissen." Er senkte die Stimme. „Leider ist höchst unklar, ob das Opfer überleben oder jemals das Bewusstsein wiedererlangen wird."

„Die Zeugin soll in ihrer Wohnung auf uns warten. Wir schauen uns zuerst den Tatort an. Ich möchte möglichst genau wissen, wie die Auffindesituation war."

Ahmad und sein Kollege gaben sich große Mühe, eine exakte Beschreibung abzugeben, wobei sie sich gegenseitig ergänzten.

„Hier hat sie gelegen, halb auf der rechten Seite, den linken Arm vom Körper weggestreckt, der rechte Arm lag in Höhe des Bauches. Beide Beine waren leicht angewinkelt."

„Wo ist der Schal?", wollte Rurik wissen.

„Hier.“ Ahmad wies auf einen Sessel, auf dem ein dunkler Schal mit einem blau-weißen Schneeflockenmuster lag. „Ich habe ihn der Frau abgenommen und ihn dabei ohne Handschuhe berührt.“

„Das sollte kein Problem sein, wir werden ohnehin von allen, die hier im Raum waren, eine DNA-Probe nehmen müssen.“ Rurik schaute resigniert auf das Chaos, das sich seinen Blicken bot. Verpackungen von Spritzen und Infusionslösungen waren auf dem Boden verstreut, wo die Sanitäter um das Leben der jungen Frau gekämpft hatten.

„Ich wüsste aber gern, wie der Schal um den Hals der Frau geschlungen war. Kannst du das beschreiben? War er vor oder hinter ihrem Nacken fixiert? Wie oft war er herumgeschlungen?“

Ahmad runzelte die Stirn. „Ich weiß, dass es wichtig sein kann, und ich will deshalb nichts Falsches sagen. Nur war ich völlig darauf konzentriert, ihn so schnell wie möglich zu entfernen und die Frau zu reanimieren. Er war einmal sehr fest um den Hals gewickelt, da bin ich mir ziemlich sicher. Und er war hinten im Nacken verknotet.“

„Mit einem speziellen Knoten?“

„Nein, mit einem einfachen Doppelknoten. Ich weiß, die Art des Knotens ist wichtig, aber mir ging es darum, ihn so schnell wie möglich zu lösen.“

„Das war in diesem Falle richtig so.“ Rurik packte den Schal in eine Plastiktüte. Um den Rest sollten sich die Kollegen von der Kriminaltechnik kümmern.

Alva nahm inzwischen die Einrichtung in Augenschein. Sie entdeckte in einer Ecke des Zimmers eine Kamera, ein Mikrofon und eine professionell wirkende Ringleuchte. Das Opfer musste einen eigenen Instagram-Kanal betreiben, eventuell war sie Influencerin. Als sie ein großformatiges Foto an einer Pinnwand entdeckte, gab sie einen überraschten Laut von sich. Rurik und Sven drehten sich zu ihr um. „Was ist los, hast du etwas gefunden?“, fragte Rurik.

„Allerdings, kommt mal her und seht euch das Foto an. Diese Frau kennen wir.“

Rurik kniff die Augen zusammen und starrte auf das Bild, während Sven sofort reagierte. „Na klar, sie war eine der Zeuginnen im Mordfall Camilla Andersson. Sie war zusammen mit Tuva Westin und noch einer Freundin zu dem Zeitpunkt im Hotel. Wie war doch gleich ihr Name? Meja, Meja ...“

„Meja Burman“, ergänzte Alva. „Ich habe ihr Gesicht nur flüchtig gesehen, als die Sanitäter sie abtransportierten, doch sie kam mir gleich bekannt vor. Während der Befragung im Hotel hat sie den Verdacht auf Tuva Westin gelenkt, die mit dem späteren Opfer am Abend zuvor Streit gehabt hatte. Das war übrigens nicht ihre einzige Äußerung zu dem Thema. Das Foto hier zeigt sie beim Fernsehinterview in einem Morgenmagazin. Auch da hat sie Tuva Westin ziemlich eindeutig als Verdächtige hingestellt.“

„Hast du das Interview gesehen?“, fragte Rurik überrascht.

Alva schüttelte den Kopf. „Wenn wir alles lesen und anschauen würden, was nach einem Mordfall an Klatsch und Tratsch die Runde macht, kämen wir nicht mehr zum Arbeiten. Eine Nachbarin, die ab und zu auf Veikko aufpasst, machte mich darauf aufmerksam. Sie ist schon älter, alleinstehend und verbringt viel Zeit vor dem Fernseher.“

„Meja Burman scheint eine mitteilungsfreudige Person zu sein, damit macht man sich nicht nur Freunde.“ Rurik beschloss, den Computer zu beschlagnahmen. Den sollten die Kollegen von der Spurensicherung, die soeben eintrafen, gleich mitnehmen und die Auswertung veranlassen. „Überlassen wir ihnen jetzt das Feld und reden wir mit der Nachbarin“, schlug er vor.

61.

Astrid Dahl, wie die Nachbarin von Meja Burman hieß, saß in der Küche und hatte Kaffee zubereitet. Sie wollte die Kriminalisten ebenfalls damit versorgen, doch nur Sven nahm das Angebot an.

„Es tut mir leid, wenn ich einen Fehler gemacht habe“, sagte Astrid Dahl sichtlich betreten. „Wie sie dort lag, den Schal fest um den Hals, da sah sie aus, als wäre sie tot.“

„Sie haben nichts falsch gemacht“, beruhigte Alva die Frau. Natürlich wäre es gut gewesen, wenn sie genau hingesehen und Meja Burman den Schal sofort abgenommen hätte. Doch es brachte nichts, das Gewissen der Frau mit Vorhaltungen zu belasten. Was geschehen war, ließ sich ohnehin nicht mehr ändern.

Astrid Dahl war um die fünfzig, hatte eine füllige Figur, dunkelblondes kurzes Haar und wache braune Augen. Sie versuchte, sich die Nervosität nicht anmerken zu lassen, doch ihre Hände, die sie nicht stillhalten konnte, verrieten sie. In schweigendem Einverständnis überließ Rurik Alva die Befragung.

„Frau Dahl, wenn ich es richtig verstanden habe, war Ihnen heute zwischen 13 und 14 Uhr etwas aufgefallen. Sie sagten, Frau Burman habe Besuch gehabt."

„Ja, ganz recht, eine junge Frau. Also gesehen habe ich sie nicht, aber die Stimme klang jung. Sie haben sich vor der Tür unterhalten, bevor sie in die Wohnung gegangen sind. Ich dachte, das ist bestimmt wieder jemand von der Zeitung oder vom Fernsehen. Wissen Sie, die Meja ist nämlich schon richtig berühmt, gibt immerzu Interviews. Sie hat auch einen eigenen Sender und verdient gut Geld damit."

„Einen eigenen Sender? Sie meinen sicher ihren Instagram-Kanal."

„Ja genau, so heißt das. Ich interessiere mich eigentlich überhaupt nicht dafür, aber die Meja macht das toll. Sie nimmt Filme dafür auf, hat mir auch einige gezeigt."

„Haben Sie demnach ein enges Verhältnis zu Meja Burman?"

„Ein enges Verhältnis würde ich nicht sagen, dafür sind wir vom Alter und von den Interessen her zu verschieden. Aber ein gutes nachbarschaftliches auf jeden Fall. Meja ist eine freundliche junge Frau, die nicht stur vorbeiläuft, sondern gern mal ein Wort mit einem wechselt. Das tut gut, wenn man ganz allein ist und wenig rauskommt. Ich bin nach einem Unfall frühberentet, müssen Sie wissen. Meja wird doch hoffentlich wieder gesund?"

„Sie ist jetzt in guten Händen und die Ärzte werden ihr Möglichstes tun", erwiderte Alva ausweichend. Sie wollte wieder auf das eigentliche Thema zurückkommen. „Wie ging es weiter mit der Besucherin? Der

Kollege von der Streife sagte, Sie hätten so etwas wie einen Schrei und verdächtige Geräusche gehört."

Astrid Dahl nestelte am Tischtuch und schien angestrengt zu überlegen. „Ich kann nicht genau sagen, ob es ein Schrei war. Es wurde nur etwas lauter da drüben. Ob es ein Schrei oder ein freudiges Kreischen war, was ich gehört habe, kann ich nicht sagen. Junge Frauen albern schließlich auch gern ein wenig herum. Aber dann war da ein dumpfes Poltern. Ich hörte danach, wie die Haustür geöffnet wurde und Schritte auf der Treppe. Ich dachte, jetzt ist die Besucherin bestimmt gegangen. Kurz danach schaute ich nach draußen und sah, dass die Wohnungstür von Meja offenstand. Das war ungewöhnlich, deshalb bin ich rübergegangen und habe nach ihr gerufen. Aber es kam keine Antwort und dann sah ich sie dort liegen. Ich war so was von erschrocken, das können Sie mir glauben. Ich dachte gleich, jetzt hat sie jemand aus dem Weg geräumt, weil sie zu viel wusste."

„Wie kommen Sie denn darauf?", fragte Rurik verblüfft dazwischen.

„Das liegt doch auf der Hand. Meja hat über Kriminalfälle gesprochen, aber nicht nur das, sie war Tätern auf der Spur. Ich habe sie gewarnt und ihr gesagt, das könnte gefährlich für sie werden. Aber sie hat nur gelacht. Hätte sie nur auf mich gehört."

„Sie war Tätern auf der Spur? Hat sie sich näher geäußert, um wen es sich dabei handelte?"

„Das hat sie." Astrid Dahl wurde nun richtig lebhaft. „Es geht um den Mord an der jungen Frau in Hyssna. Als das passierte, war Meja gerade zufällig ebenfalls in dem Hotel zusammen mit zwei Freundinnen. Und die eine dieser Freundinnen, Tuva heißt sie, ist eine sehr seltsame Person. Sie war schon mal vor zwei Jahren in dem gleichen Hotel und damals verschwand ihre Freundin Celine bei dieser Gelegenheit spurlos. Sie ist ja inzwischen wieder aufgetaucht, aber die ganze Sache ist doch höchst verdächtig."

Alva unterbrach sie, weil sie längere Ausführungen über Celine Sahlin befürchtete, die ihnen momentan nicht weiterhalfen.

„Verdächtigte Meja ihre Freundin Tuva, auch etwas mit dem kürzlichen Mord an der Frau im Hotel *Drei Buchen* zu tun zu haben?"

„Ja, und das sicher nicht ohne Grund. Diese Tuva hatte am Abend zuvor mit der Frau gestritten. Wie eine Verrückte soll sie sich dabei aufgeführt haben. Und vorgestern ist es wieder passiert, da wurde Meja aus heiterem Himmel von ihr angegriffen."

Diese Information war neu, Alva und Rurik tauschten einen schnellen Blick.

„Wo ist das passiert, hier in der Wohnung von Meja Burman?"

„Nein, im ICA-Markt. Meja wollte nur ein paar Sachen einkaufen, auf einmal stürzte diese Tuva auf sie zu, beschimpfte sie und schlug sie sogar. Sie hat Meja dann in ein Regal geschubst, sie war völlig fertig, als sie hier ankam. Ich habe sie vor der Tür getroffen, ihr schöner neuer Mantel war mit Joghurt bespritzt. An der Hand verletzt hatte sie sich außerdem, weil sie beim Aufstützen in eine Scherbe gegriffen hatte. Ich will ja niemanden verdächtigen, aber ich denke, die Frau heute früh könnte Tuva gewesen sein."

„Denken Sie das nur, oder haben Sie konkrete Hinweise darauf?", fragte Rurik erneut dazwischen.

„Wie gesagt, ich habe nur die Stimme einer jungen Frau gehört, aber gesehen habe ich sie nicht. Nur, liegt es nicht auf der Hand nach diesem Überfall im Supermarkt? Diese Tuva ist voller Wut auf Meja, und ihr ist alles zuzutrauen."

„Gut, wir werden das überprüfen, aber jetzt habe ich noch eine andere Frage."

Alva legte die Plastiktüte mit dem Schal auf den Tisch. „Kennen Sie diesen Schal? Gehört er Meja?"

Astrid Dahl warf nur einen Blick darauf und schüttelte sogleich den Kopf. „Nein, den habe ich noch nie an ihr gesehen. Ich kann mir auch nicht vorstellen, dass er Meja gehört. Er passt überhaupt nicht zu ihr. Meja kleidet sich sehr modisch, sie trägt nur helle Pastellfarben und alles ist aufeinander abgestimmt."

„Danke für Ihre Hilfe, das war es dann. Wenn wir noch Fragen haben sollten, melden wir uns bei Ihnen."

Die redselige Nachbarin wirkte plötzlich besorgt. „Sie werden dieser Tuva doch nicht verraten, was ich Ihnen über sie erzählt habe? Wissen Sie, ich lebe ganz allein in der Wohnung ..."

„Machen Sie sich keine Sorgen", beruhigte Alva sie. „Alles, was wir besprochen haben, bleibt unter uns."

62.

„Die Aussage der Nachbarin deutet darauf hin, dass es sich bei der Täterin um eine Frau handelt“, fasste Rurik zusammen, als sie wieder im Büro waren. „Sie hat die Frau mit Meja Burman vor der Tür reden gehört und unmittelbar, nachdem die Besucherin gegangen war, Meja auf dem Boden liegend vorgefunden. Es kann in der Zwischenzeit keine andere Person in der Wohnung gewesen sein.“

„Besser wäre es gewesen, wenn die Nachbarin die Besucherin gesehen hätte und beschreiben könnte“, fügte Sven hinzu. „Sie scheint Meja Burman regelrecht zu belauern. Garantiert horcht sie hinter der Tür und ist nur rübergegangen, um etwas Neues zu erfahren.“

Alva zuckte mit den Schultern. „Was willst du, die Frau ist einsam. Meja bringt Farbe und Glamour in ihr Leben, sie bewundert die schillernde Influencerin. Außerdem ist es ein Glück, dass Astrid Dahl gleich nach Meja geschaut hat, nachdem die Besucherin weg war. Sonst wäre sie nicht rechtzeitig gefunden worden.“

„Hoffen wir mal, es war rechtzeitig“, sagte Rurik düster und goss sich Kaffee ein. „Wenn sie überlebt und das Bewusstsein wiedererlangt, ist sie unsere wichtigste Zeugin. Bis dahin dürfen wir natürlich nicht untätig sein. Die Nachbarin hat den Verdacht auf Tuva Westin gelenkt, in reichlich penetranter Weise zwar, doch nicht ohne Grund. Wir müssen einiges überprüfen. Da ist einmal dieser Vorfall im Supermarkt, Sven, du kümmerst dich darum.“

„Fragt sich nur, in welchem ICA-Markt das war, es gibt schließlich mehrere.“ Sven strich sich durch sein ohnehin schon nach allen Seiten abstehendes Haar und wirkte nicht sonderlich motiviert.

„Es gibt einen ICA-Markt direkt gegenüber von dem Block, in dem Tuva Westin wohnt“, sagte Alva. „Mit dem solltest du anfangen.“

„Dann wäre das geklärt.“ Rurik nickte zufrieden. „Der Schal ist zur Auswertung bei der Kriminaltechnik, wenn wir Glück haben, landen wir einen Treffer. Die DNA-Probe von Tuva Westin liegt dort noch vor, falls sie es war, sollten wir bald Gewissheit bekommen. Der Computer von Meja Burman wird ebenfalls nach Hinweisen durchsucht. Alva würde ich bitten, Verbindung zum Krankenhaus aufzunehmen und uns über den Zustand von Meja auf dem Laufenden zu halten. Brigitte Wallenius wurde beauftragt, sich die Verletzungen anzusehen, mit ihr solltest du dich ebenfalls austauschen und uns anschließend Bericht erstatten. Caroline soll sich schon mal um das Alibi von Tuva Westin kümmern.“

„Und was soll ich machen?“, fragte Jördis. Sie fühlte sich in letzter Zeit zurückgesetzt und ihr war anzumerken, wie sehr das an ihr nagte.

„Du beschäftigst dich weiter mit dem Umfeld von Sixten Hedlund. Das ist der Auftrag, den wir von Agneta haben, und sie würde es uns sehr verübeln, wenn wir ihn vernachlässigen.“ Nur im internen Kreis nannte Rurik die kühle Staatsanwältin beim Vornamen.

„Warum bürdet sie uns weitere Ermittlungen auf, wenn ihr die Angelegenheit mit Hedlund so wichtig ist?“ Sven wirkte gereizt, er war über seinen Auftrag, die Supermärkte abzuklappern, offenbar nicht glücklich.

„Das macht schon Sinn“, beschwichtigte Alva ihn. „Irgendwie hängen die Fälle alle zusammen. Und der Dreh- und Angelpunkt ist weiterhin das Hotel *Drei Buchen* in Hyssna beziehungsweise das, was sich in dessen Umfeld abgespielt hat.“

„Warum konzentrieren wir uns dann nicht auf dieses Hotel?“ Jördis machte die typische Bewegung, mit der sie früher immer ihren Zopf nach hinten geworfen hatte und die bei ihr Entschlossenheit ausdrückte. Ihr Haar war gewachsen, sie trug es jetzt mit einem Gummi an Hinterkopf zusammengerafft. „Ich war bei den ersten Ermittlungen nach dem Mord an Camilla Andersson nicht dabei, also kennt man mich dort nicht. Ich könnte im Hotel einchecken und mich in Ruhe umschauen.“

„Das kommt überhaupt nicht infrage.“ Rurik wirkte genervt. „Wir sind hier bei der Polizei und nicht auf dem Abenteuerspielplatz. Schlag dir das aus dem Kopf und kümmere dich um Sixten Hedlund. Agneta will Ergebnisse von uns sehen.“

Jördis widersprach nicht, warf ihrem Chef jedoch einen finsteren Blick zu. Alva sorgte sich um ihre Kollegin. Jördis trug einen ganzen Packen an Problemen mit sich herum. Da war einmal die Sorge um ihre

Mutter, die momentan noch in einer Wohnanlage für Senioren untergebracht war, wo sie nach einem Oberschenkelhalsbruch die notwendige Betreuung erhielt. Doch sie drängte darauf, in ihr Haus zurückzuziehen und war keinen vernünftigen Argumenten zugänglich. Der Bruch mit Sven machte Jördis am meisten zu schaffen und beruflich hatte sie das Gefühl, nicht voranzukommen. Alva hoffte, sie würde sich nicht zu unüberlegten Handlungen hinreißen lassen.

63.

„Wir können leider keine verlässliche Prognose abgeben.“ Die Ärztin verzog das Gesicht zu einer Miene des Bedauerns. Sie hatte sich bereit erklärt, mit Alva über Meja Burman zu sprechen, soweit es ihre ärztliche Schweigepflicht zuließ. „Die körperlichen Funktionen der Patientin sind stabil, was Herz-Kreislauf und Atmung angeht. Inwieweit ihr Gehirn durch den Sauerstoffmangel Schaden erlitten hat, können wir nicht einschätzen. Das müssen wir abwarten.“

„Wird sie wieder zu sich kommen?“, fragte Alva.

„Mit aller Vorsicht wage ich zu behaupten, die Chancen dafür stehen gut.“

So bestand immerhin die Aussicht, Meja Burman könnte wieder das Bewusstsein erlangen und aussagen, durch wen sie angegriffen worden war. Nur mussten sie sich in Geduld üben.

„War die Rechtsmedizinerin schon hier?“, fragte Alva.

Die Ärztin nickte. „Gleich heute früh. Sie hat sich die Verletzungen angesehen. Was sie herausgefunden hat, danach müssen Sie sie schon selbst fragen.“

Nichts anderes hatte Alva vor. Ihr nächster Weg führte sie in die Rechtsmedizin. Brigitte Wallenius war gerade mit einer Obduktion beschäftigt, gab ihr aber ein Zeichen zu warten. „In fünfzehn Minuten bin ich hiermit fertig“, sagte sie. Sie war dann sogar noch schneller fertig und begab sich mit Alva in den kleinen Abstellraum, den sie früher für ihr heimliches Laster genutzt hatte. Seit Brigitte nicht mehr rauchte, hatte sich auch der Raum verändert. Auf dem Fensterbrett standen zwei üppige Grünpflanzen und statt des klapprigen Hockers gab es einen zweiten Stuhl.

„Möchtest du einen Kaffee?“, fragte Brigitte und zeigte auf eine nagelneue Kaffeemaschine.

„Dazu sage ich nicht nein.“ Bis auf die eine Tasse zum Frühstück hatte Alva heute noch keinen Kaffee getrunken.

Sie wartete mit ihren Fragen, bis Kaffeeduft den Raum erfüllte und Brigitte die Tassen auf den Tisch stellte.

„Das tut gut“, seufzte Brigitte nach einem Schluck aus ihrer Tasse. „Meine erste Pause heute. Aber du bist nicht nur zum Kaffeetrinken hier, bei euch geht es im Moment auch ziemlich hektisch zu. Immer noch keine Spur in den beiden Mordfällen?“

„Nein, leider nicht.“ Alva nippte von ihrem Kaffee, er war stark und gut. „Wir sind schon erleichtert, dass es keine dritte Leiche gab. Aber natürlich müssen wir den Angriff auf Meja Burman aufklären. Was kannst du uns dazu sagen?“

„Nur das Offensichtliche, es handelt sich um eine typische Drosselung durch fremde Hand. Das Drosselwerkzeug, ein Schal, befand sich ja noch um ihren Hals, als sie aufgefunden wurde. Die Einzelheiten dazu wurden mir mitgeteilt. Der Angriff muss von hinten erfolgt und völlig überraschend für das Opfer gekommen sein. Ich konnte keine Abwehrverletzungen feststellen. Eine kleine Schnittwunde an der rechten Hand war bereits verschorft und muss vorher entstanden sein. Die typischen Anzeichen, die man bei einer Drosselung findet, wie punktförmige Hauteinblutungen in den Augenbindehäuten und der Mundschleimhaut, sind zwar vorhanden, aber eher schwach ausgeprägt. Ich stelle mir den Ablauf so vor: Der Täter warf ihr den Schal von hinten um den Hals und zog sofort fest zu, worauf das Opfer sehr schnell das Bewusstsein verlor. Daraufhin fixierte der Täter den Schal hinten am Hals mit zwei Knoten, in der Hoffnung, die Drosselung so aufrechtzuerhalten, was zum Glück nicht der Fall war. Der Blutfluss war nicht vollständig unterbrochen, das Opfer überlebte. Welche Schäden sie möglicherweise erlitten hat, dazu kann ich leider nichts sagen."

„Wir haben Hinweise darauf, bei dem Täter könnte es sich um eine Frau handeln. Wie siehst du das?"

„Das ist durchaus möglich. Auch eine Frau kann die entsprechende Zugkraft aufbringen."

Alva hatte ihren Kaffee inzwischen ausgetrunken.

„Möchtest du noch eine Tasse?", fragte Brigitte.

„Danke, ich muss los. Es ist echt blöd, immer derart in Eile zu sein."

„Wem sagst du das?", seufzte Brigitte. „Dabei haben meine Patienten alle Zeit der Welt. Nur diejenigen, die Auskunft über sie verlangen, haben es eilig."

Brigitte begleitete Alva trotzdem noch bis zum Ausgang. Der Duft eines herben Parfüms umwehte sie. Alva fand, er passte wesentlich besser zu der aparten Rechtsmedizinerin als der Zigarettenrauch, nach dem sie früher gerochen hatte.

64.

Tuva hatte sich entschlossen, einen weiteren Tag zu Hause zu bleiben. Die unruhige Nacht steckte ihr in den Knochen und beim Aufstehen schien es, als würde das Zimmer um sie herum schwanken. In dem Zustand konnte sie nicht arbeiten, sie würde Enna bitten, sie einen weiteren Tag zu vertreten. Holger hatte sich immer noch nicht gemeldet, was sie ebenfalls beunruhigte. Sie wollte sich gerade einen Kaffee machen, als ihr Handy klingelte. Endlich! Hastig griff sie danach, musste aber feststellen, dass der Anruf von ihrer Mutter kam, von der sie seit ihrem Streit nichts gehört hatte. Ihr erster Impuls war es, das Gespräch einfach wegzudrücken, doch dann nahm sie es entgegen.

„Tuva, es tut mir alles so entsetzlich leid, ich möchte mich entschuldigen."

Mit dieser Begrüßung hatte Tuva nicht gerechnet.

„Was tut dir leid?", fragte sie vorsichtig.

„Alles." Wilma Westin schluchzte. „Ich habe Meja völlig falsch eingeschätzt, habe mich von ihrem freundlichen Auftreten täuschen lassen. Dabei war das alles nur gespielt, sie ist eine hinterhältige und bösartige Person. Was sie über dich verbreitet hat, ist wirklich unerträglich, ich glaube ihr kein Wort. Dein Vater und ich haben überlegt, wie wir dagegen vorgehen können. Der Angriff, bei dem sie beinahe umgebracht wurde, ändert natürlich einiges. Aber dir das jetzt anhängen zu wollen, wie es einige ihrer sogenannten Follower inzwischen tun, das ist wirklich der Gipfel. Wir besorgen dir einen Anwalt und besprechen mit ihm das weitere Vorgehen. Nur sollten wir so schnell wie möglich ..."

„Nun mal langsam", unterbrach Tuva den Redefluss ihrer Mutter. „Was hast du da gerade gesagt? Der Angriff im ICA-Markt war gar keiner, das hatte Meja inszeniert. Und sie wurde dabei auch nicht fast umgebracht, sie hat lediglich ein paar Joghurtgläser aus dem Regal gerissen. Wieso brauche ich deswegen einen Anwalt? Verlangt der Supermarkt Schadenersatz von mir?"

„Tuva, das meine ich nicht, ich rede nicht von dem Streit im ICA-Markt. Weißt du es denn noch gar nicht? Meja wurde gestern in ihrer Wohnung überfallen und liegt im Koma. Hast du die Meldungen nicht gelesen?"

Nein, das hatte Tuva tatsächlich nicht. Mejas letztes Video hatte ihr gereicht, seitdem war sie nicht wieder im Internet gewesen. Sie hatte die meiste Zeit geschlafen.

„Was hast du da gesagt?", stammelte sie. „Meja wurde überfallen?"

„Ja, es ist sehr ernst Tuva. Von einem Mordanschlag ist die Rede. Und einige Leute verdächtigen dich bereits öffentlich. Wir müssen jetzt sofort ..."

„Nein warte“, unterbrach Tuva sie erneut. „Unternimm erst einmal nichts. Ich melde mich wieder.“

Sie unterbrach das Gespräch, ohne eine Antwort abzuwarten. Es stürzte gerade alles völlig unvorbereitet auf sie ein und sie musste sich ein Bild machen, bevor sie eine Entscheidung treffen konnte. Ihr war schlecht, als sie das Instagram-Profil von Meja öffnete, doch es ließ sich nicht vermeiden. Das Erste, worauf sie stieß, war eine lange Reihe von Genesungswünschen. Dazwischen auch ein R.I.P., bei dessen Anblick sich ihr Magen verkrampfte. War Meja etwa tot oder war das ein Irrtum? Tuva wechselte zu einer Nachrichtenseite. Der Bericht über den Mordanschlag auf eine Influencerin fiel ihr sofort ins Auge.

War es ein Racheakt? Schon diese Überschrift verhieß nichts Gutes. Je mehr Tuva dann las, umso schlimmer wurde es: *Die erfolgreiche Influencerin Meja B. wurde gestern Vormittag von einer Nachbarin leblos in ihrer Wohnung aufgefunden. Diese Nachbarin hatte zuvor einen Streit zwischen Meja B. und einer unbekannten Frau gehört. Sie vermutet einen Racheakt, weil Meja B. verschiedentlich im Zusammenhang mit einem Mordfall über diese Frau berichtet hatte. Erst zwei Tage zuvor war sie von ihr deshalb in einem Supermarkt körperlich attackiert und dabei verletzt worden.*

Tuva lehnte sich zurück und schloss die Augen. Sie versuchte, ruhig zu atmen und ihren rasenden Herzschlag zu beruhigen. Das alles war ein einziger Albtraum. Zwar wurde ihr Name nirgends genannt, doch Mejas Follower wussten garantiert, von wem die Rede war. Sie zwang sich, zurück auf den Instagram-Account zu gehen und weitere Kommentare zu lesen.

Schnell fand sie, was sie befürchtet hatte: *Das war garantiert Tuva W., die ihr das angetan hat. Mit der war Meja sogar mal befreundet.* Dieser Beitrag fand jede Menge Zustimmung. *Wer sollte es sonst gewesen sein? Von der ist Meja doch erst vor zwei Tagen im Supermarkt angegriffen worden.* Einige Follower zogen noch weitreichendere Schlussfolgerungen. *Ist Tuva W. nicht auch die Hauptverdächtige in einem Mordfall in Hyssna? Ich frage mich, wieso diese Person noch frei herumläuft. Man hätte sie längst einsperren sollen, dann wäre Meja nichts passiert.*

Tuva hatte das Gefühl, keine Luft zu bekommen, sie musste dringend raus aus der Wohnung. Fast wunderte sie sich, wieso die Polizei noch nicht bei ihr aufgetaucht war. Sie verspürte den dringenden Wunsch, vorher mit Holger zu reden. Er hatte immer zu ihr gehalten und musste ihr glauben. Aber wieso meldete er sich nicht? Plötzlich kam ihr ein schrecklicher Verdacht. Sie dachte an ihr letztes Gespräch zurück. Was hatte Holger da in Bezug auf Meja geäußert? *Wir werden sie im Auge behalten und entsprechend reagieren.* Bestimmt hatte er Mejas Post über den Vorfall im Supermarkt auch gelesen. Hatte der ihn zu einer unüberlegten Aktion verleitet? Tuva konnte es sich nicht vorstellen, Holger war ihrer Überzeugung nach kein gewalttätiger Mensch. Trotzdem machte sich eine nagende Ungewissheit in ihr breit. Erneut wählte sie seine Nummer und erreichte wieder nur die Mailbox. Irgendetwas stimmte da nicht. Tuva beschloss, ihn persönlich auf seiner Arbeitsstelle aufzusuchen. Sie nahm sich nicht einmal die Zeit, ihren Kaffee auszutrinken, der inzwischen ohnehin kalt geworden war. Sie verließ die Wohnung und eilte zur Straßenbahnhaltestelle.

65.

Zum Glück hatte Tuva sich von Holger beschreiben lassen, wo genau er arbeitete. Im Anbau des als „Lippenstift" bekannten Hochhauses am Hafen waren einige Reparaturarbeiten in den dort untergebrachten Büroräumen auszuführen. Tuva fuhr mit der Straßenbahn bis Brunnsparken, von da aus waren es gut zehn Minuten bis zu ihrem Ziel. Sie ging rasch, ohne nach links und rechts zu schauen. Es war ein klarer, kühler Tag und als sie sich dem Hafen näherte, hätte sie den Anblick normalerweise genossen. Ein wolkenloser blauer Himmel spiegelte sich im Wasser des Hafenbeckens, majestätisch lag das historische Segelschiff Barken Viking am Kai und das Weiß des Schiffskörpers wetteiferte mit der sonnenbeschienenen rot-weißen Fassade des Hochhauses. Doch Tuva hatte für all das keinen Blick. Sie ging auf den Anbau des Lippenstifts zu und wollte gerade durch die Tür gehen, als ihr ein Mann auffiel, der in lässiger Haltung an der Wand lehnte und eine Zigarette rauchte. Er musterte sie spöttisch aus zusammengekniffenen Augen. „Hej, suchst du jemanden?“, fragte er.

Jetzt erkannte Tuva ihn, er war einer von den Handwerkern, mit denen Holger zusammenarbeitete. „Hej, ich will zu Holger. Kannst du mir sagen, in welchem Raum ich ihn finde? Das ist alles ganz schön weitläufig hier.“

Er ließ sich Zeit mit der Antwort, nahm erst noch einen tiefen Zug, bevor er die Zigarette in einem Taschenaschenbecher langsam und sorgfältig ausdrückte. „Holger?“, sagte er dann gedehnt. „Den wirst du hier nicht finden.“

„Aber wieso nicht, er arbeitet doch hier?“

„Er hat hier gearbeitet. Bis gestern Nachmittag, um genau zu sein.“ Der Mann war ein untersetzter und etwas schmierig wirkender Typ, der Tuva zunehmend unsympathisch wurde. Sie musste sich zwingen, weiterzufragen.

„Wo ist er hin, wenn er nicht mehr hier arbeitet?“

Mit großer Geste breitete ihr Gegenüber die Arme aus und zog gleichzeitig die Schultern in die Höhe. „Woher soll ich das wissen? Ich kann dir nur raten, ihn abzuschreiben. Der hat sich nämlich zusammen mit einer heißen Braut aus dem Staub gemacht, die ihn abgeholt hat. Seitdem ist er nicht wieder aufgetaucht und ich wette, der kommt nicht zurück. Aber ich biete mich gern als Ersatz an, wie wäre es gleich mit heute Abend?“

„Danke, ich verzichte“, konnte Tuva gerade noch herausbringen, bevor sie auf dem Absatz kehrtmachte.

„Du weißt nicht, was du verpasst!“, rief der Typ ihr noch hinterher. Tuvas Augen brannten und sie sah alles verschwommen durch einen Tränenschleier hindurch.

Was, wenn der Kerl sie belogen und sich nur über sie lustig gemacht hatte? Gleich verwarf sie die Idee wieder. Es passte alles zusammen. Holger meldete sich nicht, weil er keinen Kontakt mehr zu ihr haben wollte. Er hatte sich einfach feige aus dem Staub gemacht, noch dazu mit einer anderen Frau. Tuva wusste nicht einmal, wo er wohnte. Während er hier arbeitete, war er zusammen mit den anderen Handwerkern in einem Wohnheim untergebracht. Ihr verletzter Stolz verbot ihr, dort nachzufragen. Die Beziehung zu Holger, die sie als so innig empfunden hatte, war nur eine Täuschung gewesen. Die ganze Welt kam Tuva auf einmal wie ein einziges riesiges Lügengespinst vor, und sie war die Fliege, die sich immer wieder arglos darin verfing. In ihrer Verbitterung war sie blind für alles, was um sie herum geschah. Sie bemerkte nicht einmal das Auto, das neben ihr herfuhr und dann am Straßenrand hielt. Erst als die Beifahrertür geöffnet wurde und jemand ihren Namen rief, wurde sie aufmerksam. Die Frau, die am Steuer saß, kam ihr bekannt vor, doch sie konnte sie nicht einordnen. „Tuva steig ein“, sagte sie eindringlich. „Ich soll dich zu Holger bringen. Er muss unbedingt mit dir reden.“

66.

„Tuva Westin ist nicht aufzufinden“, sagte Caroline. „Auf ihrer Arbeitsstelle im Schlosspark sagte man mir, sie wäre krank. Aber bei ihr zu Hause habe ich sie auch nicht angetroffen.“

„Könnte es sein, dass sie da war und nur nicht geöffnet hat?“, fragte Alva. „Wenn sie krank ist, kann sie auch im Bett gelegen und geschlafen haben.“

„Nichts von alledem, ich fürchte, es ist anders.“ Rurik schwenkte einen Zettel mit einem Ausdruck. „Das ist der DNA-Abgleich. Es wurde jede Menge DNA von Tuva Westin an dem Schal gefunden, mit dem Meja Burman fast erdrosselt wurde. Es befanden sich sowohl Hautschuppen als auch Haare daran. Vermutlich gehört der Schal Tuva Westin. Die Nachbarin des Opfers war ohnehin der festen Überzeugung, diesen Schal nie bei Meja gesehen zu haben.“

„Wenn der Schal Tuva Westin gehört, dann war es extrem leichtfertig von ihr, ihn in der Wohnung zurückzulassen.“ Jördis schaute von ihrem Computer auf. „Jedes Kind weiß inzwischen, wie leicht sich DNA nachweisen lässt. Und da es eine Verbindung zwischen ihr und Meja gibt, hätte sie auch gleich ihren Ausweis neben das Opfer legen können. Wer verhält sich denn so?“

„Jemand, der vor Wut nicht Herr seiner Sinne ist“, entgegnete Rurik. Er sah sich suchend im Raum um und entdeckte die Thermoskanne auf dem Tisch vor dem Fenster. „Ist da noch Kaffee drin?“, fragte er.

„Ja, gerade erst aufgebrüht“, bestätigte Alva.

Rurik strahlte, er setzte sich an den Tisch und nahm sich eine saubere Tasse. Alva nahm ihm gegenüber Platz. „Du meinst also, Tuva habe Meja Westin im Affekt angegriffen. Was veranlasst dich dazu?“

„Das liegt doch auf der Hand, man muss sich nur ihr früheres Verhalten anschauen. Im Hotel in Hyssna hat sie völlig grundlos Streit mit Camilla Andersson angefangen. Wenn wir ihr bisher auch nichts nachweisen konnten, gilt sie für den Mord an der Frau noch immer als tatverdächtig. Dann der Angriff auf Meja Burman im ICA-Markt. Sie hatte Grund, sauer auf Meja zu sein, die ist mächtig über sie hergezogen. Nicht bei jedem artet Wut in körperliche Gewalt aus, bei Tuva Westin aber offenbar schon. Die Stichelei von Meja gegen sie ging weiter, wie wir durch die Auswertung ihres Instagram-Kanals wissen. Sie hat den Vorfall im Supermarkt gründlich ausgeschlachtet. An dem Morgen, als der Beitrag erschien, meldete sich Tuva Westin kurz darauf krank und verließ ihren Arbeitsplatz, um nach Hause zu fahren. Stattdessen fuhr sie vermutlich zu Meja Burman, um sie zur Rede zu stellen. Der Streit eskalierte mit dem bekannten Ausgang. Es passt alles. Auch, dass Tuva Westin jetzt untergetaucht ist. Wir werden eine Fahndung einleiten müssen."

„Nach wem wollt ihr fahnden?", fragte Sven, der gerade zur Tür hereinkam.

„Nach Tuva Westin", sagte Rurik und fasste seine Gründe nochmals zusammen.

„Wenn der Schal das stärkste Indiz ist, würde ich abwarten", sagte Sven, während er sich am Tisch niederließ und sich ebenfalls Kaffee eingoss. „Ich habe nämlich gleich im ersten ICA-Markt einen Volltreffer gelandet. Alva hatte den richtigen Einfall, es handelt sich um den Markt gegenüber von Tuva Westins Wohnung. Die Videoaufzeichnung von dem Vorfall mit Meja war noch vorhanden, wir können sie uns gern gemeinsam ansehen. Sie ist höchst aufschlussreich, so viel kann ich euch schon verraten."

„Mach es nicht so spannend, sag schon, was los ist." Jördis klang brüsk und als sie sich ebenfalls zu der Runde gesellte, setzte sie sich ein Stück von Sven weg. Nur Caroline blieb an ihrem Schreibtisch sitzen.

„Ich habe mir die Szene mehrfach angesehen und bin mir über den Ablauf ganz sicher." Sven nahm schnell einen Schluck aus seiner Kaffeetasse, bevor er weitersprach. „Tuva Westin stand erst allein vor dem Regal und schien zu überlegen, was sie einkaufen wollte. Dann tauchte Meja Burman hinter ihr auf und sprach sie an. Es gab einen Wortwechsel zwischen den beiden Frauen, aber keine körperlichen Berührungen. Es war Meja Burman, die plötzlich die Hände nach Tuva ausstreckte. Dabei ist von Interesse, wie die beiden Frauen gekleidet waren. Meja Burman trug einen langen hellen Mantel, ein Schal war nicht zu erkennen. Tuva Westin war mit einem dunklen Parka bekleidet und hatte einen Schal um die Schultern gelegt. Nach diesem Schal griff Meja Burman mit beiden Händen und warf sich gleichzeitig schwungvoll nach hinten, wodurch sie in das Regal fiel und anschließend zu Boden ging. Beim mehrmaligen Ansehen entstand bei mir der Eindruck, Meja wollte Tuva mitziehen, was ihr aber misslang. Der Schal löste sich von Tuvas Schultern und blieb in Mejas Händen zurück. Tuva Westin stand wie vom Donner gerührt da. Dann ließ sie ihren Einkaufskorb stehen und rannte panisch davon."

Rurik pfiff leise durch die Zähne. „Das Ganze sieht nach einer absichtlichen Inszenierung durch Meja aus. Weshalb hat sie das wohl gemacht?"

„Das ist einfach zu erklären", ließ sich Caroline von ihrem Schreibtisch aus vernehmen. „Sie brauchte neuen Content für ihren Instagram-Kanal. Man muss sich nur die Hashtags anschauen, die sie verwendet: *Verschwunden in Hyssna* und *Hyssna-Morde*. Seit sie darüber schreibt und sich dabei als das verfolgte Opfer einer unberechenbaren Person hinstellt, die vermutlich eine Mörderin ist, hat sich die Zahl ihrer Follower verdreifacht. Das kann sich schnell ändern, wenn keine neuen Inhalte geliefert werden. Deshalb hat sie dafür gesorgt, dass etwas passiert."

„Das leuchtet ein." Rurik nickte. „Aber es entlastet Tuva Westin nicht. Sie muss sehr wütend auf Meja Burman gewesen sein, weil die ein derart hinterhältiges Spiel mit ihr spielte. Außerdem wollte sie möglicherweise ihren Schal zurückhaben. Also ging sie zu Meja in die Wohnung, es kam zum Streit, und der Schal, den sie gerade zurückgefordert hatte, wurde zum Mordwerkzeug. Wir müssen Tuva Westin so schnell wie möglich finden."

67.

„Eine Frau möchte Sie dringend sprechen. Kann sie raufkommen?“ Der Anruf kam vom Empfang.

Eigentlich passte es Alva gerade nicht, sie wollte zu den Eltern von Tuva Westin fahren, um herauszufinden, wo sich ihre Tochter aufhalten könnte.

„Um wenn handelt es sich und um was geht es?“, fragte sie.

„Die Frau heißt Celine Sahlin und sie möchte eine Aussage, die sie früher gemacht hat, korrigieren. So hat sie sich jedenfalls ausgedrückt.“

Alva beschloss spontan, ihren Besuch bei den Westins zu verschieben. Was Celine Sahlin zu sagen hatte, konnte wichtig sein. Schließlich war sie die erste Person gewesen, die in Hyssna verschwunden und nun wieder aufgetaucht war. Alva war immer noch der Ansicht, die beiden späteren Mordfälle mussten in irgendeinem Zusammenhang mit dem Ort stehen. Wenn Celine endlich bereit wäre, ihr Schweigen zu brechen und ihre Peiniger zu benennen, konnte das der große Durchbruch sein.

Alva fuhr mit dem Fahrstuhl nach unten in die Halle, wo das übliche morgendliche Treiben herrschte. Uniformierte Kollegen standen in Gruppen beieinander und warteten auf ihren Einsatz. Anwälte, die an ihrer formellen Kleidung deutlich zu erkennen waren, drängten sich vor dem Empfangsschalter und verlangten, zu ihren Mandanten gelassen zu werden. Normale Bürger standen ebenfalls in der Schlange, entweder um eine Anzeige aufzugeben oder weil sie einer Vorladung folgten. Alva schaute sich um und konnte Celine zunächst nicht entdecken. Doch dann zog ein Streit zwischen drei Personen ihre Aufmerksamkeit an. Er wurde sehr lautstark geführt und zwei uniformierte Kollegen waren sichtlich um Vermittlung bemüht. Alva erkannte in der einen Beteiligten Celine Sahlin. Sie wurde von einer großen hageren Frau bedrängt und lautstark beschimpft. Beim Näherkommen verstand Alva einzelne Sätze: „Mit dir hat das ganze Unglück angefangen. Du hast Tuva dazu verleitet, Lügen zu erzählen. Dann bist du einfach verschwunden und Tuva musste die Folgen tragen."

Tuva? Alva begann zu ahnen, um wen es sich bei der Frau handeln musste. Ein Mann, der einen halben Kopf kleiner war als die Frau, stand neben ihr und versuchte sie zu beschwichtigen. Celine weinte. Alva trat zu der Gruppe und verschaffte sich Gehör. „Frau Sahlin, Sie wollten mich sprechen und können mitkommen. Darf ich fragen, wer Sie sind und was hier vorgeht", wandte sie sich dann an die noch immer vor sich hin schimpfende Frau. Der Mann antwortete an ihrer Stelle. „Westin, Axel Westin, und das ist meine Frau Wilma. Wir sind die Eltern von Tuva Westin und eigentlich hergekommen, um sie als vermisst zu melden."

„Genau, und daran ist sie schuld“, keifte seine Frau und wies anklagend auf Celine. „Sie hat unsere Tochter da reingezogen, von sich aus wäre Tuva nie auf die Idee gekommen, sich solche Geschichten auszudenken. Tuva hat die Folgen ganz allein tragen müssen, sie wurde als Lügnerin beschimpft und jetzt verdächtigt man sie sogar, einen Mord begangen zu haben. Kein Wunder, dass sie es nicht mehr ausgehalten hat. Sollte Tuva sich etwas angetan haben, dann ...“

Wilma Westin hob drohend die Hand, als wollte sie Celine schlagen. Alva packte sie am Handgelenk. „Jetzt beruhigen wir uns alle erst mal. Auch Sie können mit mir nach oben kommen, ich hatte ohnehin vor, mit Ihnen zu reden.“

Wenn Alva wollte, strahlte sie eine Autorität aus, der sich niemand zu widersetzen wagte. Sie geleitete die drei Personen zum Fahrstuhl, Celine ging dicht neben ihr, als würde sie Schutz suchen. Im Fahrstuhl drückte sie sich an die Wand und schlug die Augen nieder. Wilma Westins giftige Blicke nahm sie dadurch nicht wahr. Im Büro angekommen, wollte Alva zuerst mit Celine reden und Westins auffordern, zu warten. Doch plötzlich äußerte sich Celine mit ungewohnter Festigkeit in der Stimme. „Ich möchte Tuvas Eltern dabeihaben, wenn ich meine Aussage mache. Sie haben recht mit ihren Vorwürfen gegen mich. Was ich nun zu sagen habe, geht auch sie etwas an.“

Damit hatte Wilma Westin offenbar nicht gerechnet, sie klappte den Mund mehrmals auf und zu, ohne ein Wort hervorzubringen. Sie erinnerte an einen Karpfen, der nach Luft schnappt.

„Gut, dann machen wir es so“, sagte Alva und bat alle drei in ihr Büro. Nur Jördis war da, sie gab ihr einen Wink, sich zu ihnen zu setzen. Wie sie da nun zu fünft um den Tisch saßen, wirkte das wie eine lockere Runde, doch es lag eine fast unerträgliche Spannung in der Luft. Alle warteten darauf, dass Celine anfing zu reden. Alva stellte ihr unaufgefordert ein Glas Wasser hin, was sie mit einem dankbaren Nicken zur Kenntnis nahm.

„Es tut mir leid", begann Celine. „Ich habe einen großen Fehler gemacht. Dafür möchte ich mich entschuldigen, auch wenn das sicher nicht ausreicht."

Wilma Westin machte Anstalten, etwas zu erwidern, doch Alva brachte sie mit einem Blick zum Schweigen.

„Ich werde nicht in allen Einzelheiten erzählen, was damals in Hyssna passiert ist", fuhr Celine fort. „Ich möchte nur betonen, dass ich es ganz allein zu verantworten habe, niemand sonst. Ich war siebzehn Jahre alt und wollte unbedingt von zu Hause fort. Wie ohnehin bereits öffentlich bekannt ist, war ich schwanger. Meine Eltern hätten den Mann, dessen Namen ich nicht verraten werde, niemals akzeptiert. Deshalb wollten wir gemeinsam untertauchen. Wir hatten alles geplant, es ging nur noch darum, unsere Spuren zu verwischen. Die Idee mit dem mysteriösen Haus aus dem Nebel war von mir, auch Tuvas Part in der Geschichte hatte ich mir ausgedacht. Sie war bereit, mitzuspielen. Ich hatte keine Ahnung, welche Folgen das für sie haben könnte."

„Aber warum haben Sie sich eine derart komplizierte und abwegige Geschichte ausgedacht?", fragte Alva. „Und warum mussten Sie Tuva mit hineinziehen?"

Celine hob den Kopf und schaute Alva in die Augen. „Ich habe viele Möglichkeiten erwogen, wie ich mein Verschwinden bewerkstelligen könnte. Mein Freund

und ich hatten unsere Beziehung absolut geheim gehalten, niemand hatte eine Ahnung davon, schon gar nicht meine Eltern. Das musste unbedingt so bleiben, niemand sollte sich auf unsere Spur setzen und mich zurückholen können. Wir wollten uns deshalb weit genug außerhalb von Göteborg treffen und unsere Flucht dort beginnen. Die Wahl fiel auf Hyssna und ich gab meinen Eltern gegenüber vor, mit Tuva dort ein paar Ferientage verbringen und Wanderungen unternehmen zu wollen."

„Warum ausgerechnet Tuva?", fragte Wilma Westin scharf. „Warum nicht Meja Burman? War sie nicht lange Zeit deine beste Freundin?"

Eine zarte Röte überzog die Wangen von Celine. „Meine Eltern waren immer sehr streng. Sie mochten Meja nicht, sie war ihnen zu unseriös, sie fürchteten ihren schlechten Einfluss. Sie hätten mir nicht gestattet, mit ihr wegzufahren. Außerdem traute ich Meja nicht, sie hätte mein Geheimnis verraten, um sich wichtig zu machen."

„Aber Tuva war genau richtig für deine Pläne, nicht wahr?", ereiferte sich Wilma Westin. „Du hast ihr deine Freundschaft nur vorgespielt und sie benutzt."

„Das ist nicht wahr", flüsterte Celine. „Ich habe sie wirklich gern." Eine Träne tropfte auf die Tischplatte.

„Frau Westin, ich bitte Sie, Celine nicht zu unterbrechen. Wenn Sie es erneut tun sollten, werde ich Sie auffordern, den Raum zu verlassen."

Die Drohung wirkte, Wilma Westin hielt sich von nun an zurück, nur ihr Gesicht drückte ihre wechselnden Emotionen aus.

„Nachdem feststand, wo meine Flucht beginnen sollte, habe ich mit Tuva verschiedene Varianten durchgespielt. Zuerst sollte sie sagen, wir hätten uns auf einer Wanderung aus den Augen verloren oder aber ich wäre morgens allein zu einem Spaziergang aufgebrochen und nicht zurückgekehrt. Tuva wollte das aber nicht. Sie fand, das würde aussehen, als hätten wir uns gestritten und man würde ihr die Schuld daran geben. Ihr war auch klar, dass man sie hinterher ausführlich befragen würde, und sie hatte Angst, sich in Widersprüche zu verwickeln. Wir überlegten hin und her und schließlich erinnerte ich mich an eine Sage, die ich mal gehört hatte, und dachte mir die Geschichte aus."

„Und Sie glaubten, das würde keine Fragen aufwerfen?", fragte Jördis an dieser Stelle ungläubig. Celine schaute sie zum ersten Mal direkt an. „Ja, wir waren beide so naiv, es für eine gute Idee zu halten. Wenn Tuva vorgab, betäubt worden und erst in der Kirche wieder aufgewacht zu sein, dann konnte sie doch nicht wissen, was mit mir passiert war. Sie musste nur bei ihrer Geschichte bleiben."

Wilma Westin gab ein empörtes Schnaufen von sich. „Das hat sie getan, bis heute. Weil sie ein grenzenlos loyaler Mensch ist, der ein gegebenes Versprechen nicht bricht. Du hast das ausgenutzt und Tuva ins Unglück gestürzt."

„Frau Westin, ich hatte Sie gewarnt. Sie gehen jetzt besser nach draußen und warten dort. Wir unterhalten uns anschließend", sagte Alva.

Wilma Westin erhob sich. „Ich habe genug gehört, das reicht mir." Gemeinsam mit ihrem Mann verließ sie den Raum, nicht ohne Celine vorher noch einen drohenden Blick zuzuwerfen.

„Sie haben also diesen Plan gefasst, wie ging es dann mit der praktischen Ausführung weiter?", fragte Alva, nachdem die Westins die Tür hinter sich geschlossen hatten.

Celine trank von ihrem Wasser, bevor sie weitersprach. „Wir sind an einem Tag losgegangen, an dem das Wetter richtig mies und außer uns niemand unterwegs war. Unser Ziel war die Höhle *Torkels hideout*, wir hielten das für einen guten Platz für unsere Geschichte. Dort habe ich mein Handy zerstört und in die Höhle geworfen. Dann sind wir auf dem gleichen Weg zurückgegangen, bis zu einer Stelle, wo man mit dem Auto ranfahren konnte. Dort wartete mein Freund auf mich.“

Das erklärte, warum die Hunde Celines Spur damals nur bis zur Höhle verfolgen konnten. Alva hatte das schon immer vermutet.

„Tuva ging allein weiter zur Kirche. Mehr möchte ich dazu nicht sagen. Nur so viel: Ich verlor das Kind und die Beziehung zu meinem Freund ging in die Brüche.“

Celines Wasserglas war leer, Alva stand auf und goss nach. „Frau Sahlin“, sagte sie dann, „es ist gut, dass Sie gekommen sind und auch die Eltern Ihrer Freundin Tuva nun die Wahrheit erfahren haben. Niemand kann Sie zwingen, mehr dazu zu sagen. Doch ich möchte Ihnen klarmachen, wie wichtig es wäre, wichtig für Sie und für andere. Bei vielem, was Ihnen in den vergangenen zwei Jahren widerfahren ist, handelt es sich zweifelsfrei um Straftaten. Die Spuren an ihrem Körper sprechen eine eindeutige Sprache. Wollen Sie die Schuldigen wirklich ungestraft davonkommen lassen? Wäre es nicht eine Befreiung für Sie, wenn Gerechtigkeit hergestellt würde?“

Celine schüttelte heftig den Kopf. „Nein, es würde mich nur in Schwierigkeiten bringen. Die Schuldigen sind ohnehin nicht greifbar."

„Wieso nicht? Weil sie im Ausland sitzen?" Alva hatte mit ihrer Frage ins Schwarze getroffen, sie sah es sofort. Celine zuckte zusammen und biss sich auf die Unterlippe.

„Ich habe schon zu viel gesagt. Darauf antworte ich nicht mehr."

„Gut, das ist Ihr Recht. Nur lassen Sie mich noch auf etwas hinweisen: Zwei Frauen sind tot. Der Mord an der ersten Frau, einer Journalistin, die zu Ihrem Schicksal recherchieren wollte, weist einige Besonderheiten auf. Da hatte sich jemand von der Geschichte, die Sie sich damals ausgedacht hatten, inspirieren lassen. Das zerstörte Handy der Frau wurde in der gleichen Höhle gefunden, in die Sie Ihres damals geworfen hatten. Die zweite Frau wurde in dem gleichen Hotel ermordet, in dem Sie und Tuva damals gewohnt hatten. Ich halte all das nicht für Zufälle, es muss eine Verbindung geben. Und ich habe ehrlich gesagt die Befürchtung, es könnte zu weiteren Taten kommen. Vielleicht können Sie es verhindern, wenn Sie uns sagen, wo Sie die ganze Zeit gewesen sind und wer Sie so zugerichtet hat. Wir sichern Ihnen Stillschweigen zu und werden Sie schützen."

„Niemand kann mich vor diesen Personen schützen, da überschätzen Sie Ihre Möglichkeiten", erwiderte Celine heftig. „Meine Aussage würde Ihnen außerdem überhaupt nicht weiterhelfen, da bin ich mir sicher. Was mit den anderen beiden Frauen geschehen ist, hat mit meiner Geschichte nichts zu tun."

Alva wusste nicht, was sie dem noch entgegensetzen sollte. „Falls Sie es sich anders überlegen sollten, wissen Sie, wo Sie mich finden“, sagte sie zum Abschied.

68.

Nachdem Celine gegangen war, bat Alva die Westins zu sich herein. Wilma Westin hatte sich inzwischen glücklicherweise etwas beruhigt. Alva wollte zunächst wissen, wann Westins ihre Tochter zuletzt gesehen oder gesprochen hatten. Wilma Westin berichtete von ihrem letzten Telefonat mit Tuva. „Sie wusste noch gar nichts von dem Überfall auf Meja“, sagte sie. „Als ich es erwähnte, dachte Tuva, es ginge um die Sache im ICA-Markt. Ich mache mir jetzt Vorwürfe, es am Telefon angesprochen zu haben, wir hätten zu ihr fahren und direkt mit ihr reden sollen. Es muss ein furchtbarer Schock für sie gewesen sein, ich konnte das Gespräch mit ihr nicht zu Ende führen. Tuva hat gesagt, wir sollen nichts unternehmen. Ich dachte, sie müsse das erst einmal verarbeiten und würde sich dann wieder melden, aber das passierte nicht. Seitdem ist sie verschwunden, ihr Handy ist ausgeschaltet.“

„Um was ging es in Ihrem letzten Gespräch, was wollten Sie unternehmen?“

„Ich habe gesagt, wir würden ihr sofort einen Anwalt besorgen. Schließlich wurden in den Medien bereits Verdächtigungen gegen Tuva laut, das wollten wir auf keinen Fall so stehen lassen."

„Und Tuva hat das abgelehnt?"

„Nein, nicht direkt abgelehnt, sie war einfach überfordert. Wenn ich gewusst hätte, dass sie völlig ahnungslos ist, hätte ich sie nicht derart damit überfallen."

„Tuva ist also seitdem verschwunden", sagte Alva. „Haben Sie eine Ahnung, wo sie sich aufhalten könnte? Könnte sie sich bei Freunden versteckt halten."

Wilma Westin senkte den Kopf und wurde plötzlich ganz kleinlaut. „Ich habe keine Ahnung. Wir wissen sehr wenig über Tuva."

„Erzählen Sie mir mehr darüber, wie das Verhältnis zwischen Ihnen und Ihrer Tochter ist. Und ob es schon immer so war."

„Es hat sich im Laufe der Jahre verändert", sagte Wilma Westin leise. „Sie hat sich immer weiter von uns entfernt."

Alva schaute zu ihrem Mann, der nach wie vor kein Wort sagte, aber betrübt nickte. Offenbar war er es gewohnt, seiner Frau das Reden zu überlassen.

„Erzählen Sie am besten von Anfang an", forderte Alva die Frau auf. „Ich möchte mir ein genaueres Bild von Tuva machen."

Wilma Westin schien sich einen Ruck zu geben. „Tuva ist adoptiert, das müssen Sie wissen, um zu verstehen, wie alles kam. Mein Mann und ich, wir können leider keine Kinder bekommen und haben uns sehr frühzeitig um eine Adoption bemüht. Tuva kam im Alter von sechs Monaten zu uns. Sie hatte zu dem Zeitpunkt wegen einer Infektion im Krankenhaus gelegen. Ihre Eltern wollten sie abholen und verunglückten auf dem Weg dorthin mit dem Auto tödlich. Das war natürlich schlimm, doch für uns war Tuva das größte Glück. Sie war ein entzückendes Baby." Bei der Erinnerung daran nahm das herbe Gesicht von Wilma Westin verklärte Züge an. „Auch die ersten Jahre mit ihr waren wunderbar. Wir hatten nicht vor, ihr von der Adoption zu erzählen. Jedenfalls nicht, bevor sie in einem Alter wäre, in dem man so eine Mitteilung verkraften kann. Aber leider ging das schief. Bekannte von uns wussten Bescheid. Sie waren so leichtsinnig, in Anwesenheit ihrer Tochter darüber zu reden, und die erzählte es Tuva. Tuva war acht und sie nahm es sehr schlecht auf. Wir konnten ihr noch so oft erklären, wie sehr wir sie lieben würden, sie weinte viel und beobachtete uns von da an mit wachsendem Misstrauen. Die kleinste Kritik nahm sie als Zeichen dafür, nicht wirklich gewollt zu sein. Damals begann sie, sich innerlich zurückzuziehen. Auch anderen Menschen gegenüber war sie verschlossen, sie hatte kaum Freundinnen. Das einzig Konstante waren ihre guten Schulleistungen. Sie machte berufliche Pläne für die Zeit nach dem Abitur, wollte studieren. Befreundet war sie zu dem Zeitpunkt mit Elin Hansson, einem netten ruhigen Mädchen. Ich habe nie verstanden, weshalb sie sich plötzlich an Celine Sahlin klammerte, die viel weniger zu ihr passte."

„Sie wollte dazugehören", sagte Axel Westin. „Celine war schön und beliebt, die anderen Mädchen wetteiferten um ihre Gunst. Die Jungen natürlich erst recht. Tuva dagegen fühlte sich als unbeachtetes Mauerblümchen. Durch Celines Freundschaft gewann sie an Selbstvertrauen. Aber sie himmelte Celine regelrecht an, mit bösen Folgen. Ihre Zuneigung wurde ausgenutzt. Ich mache mir große Sorgen um sie.“

Eine so lange Rede hatte Alva dem stillen Mann gar nicht zugetraut. Seine Sorge um Tuva teilte sie durchaus.

„Haben Sie wirklich keine Idee, wo Tuva sich aufhalten könnte?“, fragte sie erneut. Sie erntete von beiden Eheleuten nur resigniertes Kopfschütteln.

69.

Tuvas Kopf schmerzte und ihr war übel. Wie lange hatte sie eigentlich geschlafen? Und warum war ihr so schrecklich kalt? Nur mit Mühe gelang es ihr, die Augen einen Spaltbreit zu öffnen. Um sie herrschte eine vollkommene, undurchdringliche Dunkelheit. Demnach musste es noch mitten in der Nacht sein. Was war nur mit ihrem Kopf los, hatte sie am Abend zuvor getrunken? Daran konnte sie sich beim besten Willen nicht erinnern. Nicht nur ihr Kopf, auch ihr Rücken schmerzte. Vermutlich hatte sie sich einen Infekt eingefangen und wurde krank. Das hatte ihr gerade noch gefehlt. Es erklärte auch, weshalb sie so fürchterlich fror. Tuva wollte nach ihrer Bettdecke fassen, um sie fester an sich zu ziehen. Aber da war keine Decke. War sie verrutscht und heruntergefallen? Mit den Händen tastete Tuva neben sich und zuckte zurück, als sie eine feste kalte Oberfläche spürte. Sie lag offenbar nicht im Bett, sondern auf dem Boden. Nur waren das nicht die Dielen ihres Zimmers, das war blanke Erde. Der Schreck fuhr ihr in alle Glieder, mühsam richtete sie sich halb auf. Sie musste irgendwo draußen sein. War sie auf dem Heimweg gestürzt, hatte sich dabei den Kopf angeschlagen und war dann einfach liegen geblieben? Ja, so musste es gewesen sein. Vorsichtig berührte sie ihren Kopf, konnte aber keine Wunde entdecken. Sie ließ die Hände abwärts über ihren Körper gleiten und stellte fest, dass sie ihren Parka trug. Ihre Überlegungen waren demnach richtig, sie war irgendwo im Freien gestürzt. Vielleicht hatte sie Stunden dagelegen, vielleicht auch nur Minuten. Jedes Zeitgefühl war ihr abhandengekommen. Doch statt länger darüber nachzugrübeln, musste sie sich jetzt schnellstens auf den Heimweg machen. Bei dem Versuch, sich zu orientieren, wurde Tuva sich ihres Irrtums bewusst. So sehr sie auch angestrengt um sich schaute, überall war außer tiefer Schwärze nichts zu erkennen. Es gab keine Sterne über ihr, keinen Lichtschein von Laternen oder aus Fenstern. Ihr Herz begann zu rasen, Tuva glaubte, erblindet zu sein. Vor lauter Angst und Panik wurde sie von einem derart heftigen Schwindel erfasst, dass sie keine Luft mehr bekam. Sie ließ sich zurück auf den Rücken sinken und fühlte sich einer Ohnmacht nahe. Ein leises Wimmern kam aus ihrem Mund, es klang seltsam dumpf. Sie konnte noch immer nichts sehen, dafür nahm sie die Gerüche ihrer Umgebung jetzt umso intensiver wahr. Es roch penetrant nach Erde und Moder. *Das ist eine Gruft, ich bin in einer Gruft gefangen*, dachte Tuva entsetzt. Sie war nicht blind, sondern in einem dunklen Gewölbe eingesperrt. Starr lag sie da und wagte kaum zu atmen, geschweige denn, sich zu bewegen. Wenn sie versuchte, ihre Umgebung zu erkunden, auf was würde sie stoßen? Auf morsche Särge, auf verstreute Knochen oder auf noch Schlimmeres? Die Kälte drang durch ihren Parka und eigenartigerweise wurde sie mit der Zeit ruhiger. Es brachte überhaupt nichts, dazuliegen und in Schockstarre zu verharren. Sie musste sich auf die Suche nach einem Ausgang machen, egal was ihr dabei begegnete. Vorsichtig stemmte sie sich hoch, zuerst in die Hocke, dann in eine aufrechte Haltung. Wieder wurde sie von Schwindel erfasst, doch nachdem sie mehrmals tief in den Bauch geatmet hatte, verging das Gefühl. Sie streckte eine Hand nach oben und stieß sogleich an eine Decke aus groben unbehauenen Steinen. Der Raum war niedrig, sie konnte gerade so darin stehen, eine größere Person würde den Kopf einziehen müssen. Beim weiteren Abtasten der Decke bemerkte sie, wie diese zu den Seiten hin abfiel. Tuva wurde mutiger und bewegte sich schneller. Bald wusste sie, dass sie sich in einem Tonnengewölbe befand, dessen Boden aus gestampftem Lehm bestand. Im hinteren Teil des Raumes stieß sie auf ein halb zusammengefallenes Regal. Erleichterung durchströmte sie, eine Gruft war das jedenfalls nicht. Das war ein alter Erdkeller, der vermutlich schon lange nicht mehr genutzt wurde. Davon gab es in Schweden, besonders in ländlichen Gebieten noch viele. Und was das Entscheidende daran war: Diese Keller hatten eine Tür, die ebenerdig direkt ins Freie führte. Tuva machte sich auf die Suche nach der Tür, die sich auf der gegenüberliegenden Seite befinden musste. Um auf dem Weg dorthin nicht zu stolpern, bewegte sie sich auf Händen und Füßen vorwärts. Leider erwies sich das auch nicht als gute Idee, denn plötzlich spürte sie einen schmerzhaften Stich in der rechten Hand. Sie hatte in einen Nagel gefasst, der aus einem morschen Brett ragte.

Tuva fluchte und saugte die Wunde gründlich aus. Sie wollte sich nicht vorstellen, wie der Nagel aussah, bestimmt war er total verrostet. Eine Blutvergiftung fehlte ihr gerade noch. Vorsichtiger als zuvor bewegte sie sich weiter vorwärts, wobei sie den Boden sorgfältig abtastete. Endlich stieß ihre Hand auf eine Wand und gleich darauf spürte sie das Holz einer Tür unter ihren Fingern. Tuva richtete sich auf und suchte nach dem Türgriff. Sie fand nur ein verbogenes scharfkantiges Schließblech mit einem Loch an der Stelle, wo sich der Griff befinden müsste. Jemand hatte die Klinke innen abgeschraubt. Mit aller Kraft warf sie sich gegen die Tür, nichts rührte sich. Auch als Tuva ihr ein paar Tritte verpasste, gab die Tür keinen Millimeter nach. Erschöpft ließ sie sich mit dem Rücken zur Wand zu Boden sinken. Wie zum Teufel war sie überhaupt in diese Lage gekommen? Wer hatte sie hier eingesperrt? In ihrem Kopf herrschte Leere, die letzten Stunden waren komplett ausgelöscht, oder waren es gar Tage, die ihr fehlten? Sie versuchte angestrengt, sich zu erinnern. Bilder flammten vor ihrem inneren Auge auf. Da war ein rauchender Mann mit einem schmierigen Grinsen gewesen. Richtig, sie hatte ihn nach Holger gefragt. Seine Antwort, an die sie sich nicht genau erinnern konnte, war verstörend gewesen. Doch noch verstörender erschien ihr die Erinnerung an einen Anruf ihrer Mutter, von dem sie nicht wusste, ob sie ihn nur geträumt hatte. Es war um Meja gegangen. War Meja tot, ermordet in ihrer Wohnung? Nein, das konnte einfach nicht wahr sein. Sie hatte nach Holger gesucht, dessen war sie sich sicher. Und dann hallte plötzlich ein Satz in ihrem Kopf wider: *Holger will dich dringend sprechen.* Wer hatte das zu ihr gesagt? Und wo war

Holger jetzt? Er musste ihr helfen und sie aus dieser Lage befreien. In ihrer Verzweiflung rief sie laut seinen Namen.

70.

Caroline kam ins Büro und brachte einen Schwall kühler Luft mit. Ihre Wangen waren von der Kälte gerötet. „Ich habe einen Hinweis bekommen, bei wem sich Tuva Westin aufhalten könnte", sagte sie, während sie ihren Schal abwickelte. „Eine Arbeitskollegin von Tuva erzählte mir, Tuva habe seit Kurzem einen Freund, einen Handwerker, der im Zoo einige Reparaturen ausgeführt hat. Sie kannte nur seinen Vornamen Holger, aber da er offiziell dort arbeitete, war es kein Problem für mich, seinen vollständigen Namen und seine Personennummer zu erfragen. Vorübergehend soll er in einem Wohnheim in Göteborg leben, offiziell gemeldet ist er in Malmö."

„Arbeitet er noch im Zoo? Konntest du mit ihm sprechen?", fragte Alva.

„Nein, leider nicht. Die Arbeiten im Zoo sind abgeschlossen und die Firma, für die er zurzeit tätig ist, führt jetzt Aufträge im Lilla Bommen aus. Dort habe ich ihn leider nicht angetroffen und sein Chef war ziemlich sauer auf ihn. Holger Edwardson, wie er mit vollständigem Namen heißt, hat die Baustelle vorgestern einfach verlassen und ist seitdem nicht wieder aufgetaucht, auch im Wohnheim nicht."

„Das klingt verdächtig." Alva kam um ihren Schreibtisch herum. „Seit vorgestern ist auch Tuva Westin verschwunden. Die beiden könnten sich gemeinsam aus dem Staub gemacht haben."

„Es fragt sich nur, wie weit sie gekommen sind", stimmte Caroline Alvas Überlegungen zu. „Tuva musste damit rechnen, dass bereits nach ihr gesucht wird. In so einem Fall meidet man Bahnhöfe und Autobahnen. Sie könnten sich irgendwo in der Nähe versteckt halten. Auf jeden Fall sollten wir zur Meldeadresse von Holger Edwardson fahren. Im einfachsten Falle sind sie dort, weil sie annehmen, niemand wüsste von ihrer Verbindung. Die Kollegin, die mir davon erzählte, hatte es auch nur zufällig mitbekommen. Tuva war in dieser Beziehung sehr verschlossen."

„Okay, aber wir müssen das natürlich vorher mit Rurik abstimmen. Er ist bei Agneta und holt sich gerade den nächsten Rüffel ab, weil wir Sixten Hedlund noch nichts nachweisen konnten. Die Zeit, bis er zurück ist, sollten wir nutzen, um uns ein Bild von Holger Edwardson zu machen. An die Arbeit."

Als Rurik zurückkam, waren sie so in ihre Recherchen vertieft, dass sie ihn nicht gleich bemerkten. Erst durch sein lautes Stöhnen wurden sie auf ihn aufmerksam. Hinter ihm tauchte Sven auf.

Alva schaute Rurik mitfühlend an. „War es so schlimm?"

Rurik winkte nur ab, doch Sven war gesprächiger. „Heute war Agneta richtig fies drauf. Sie hat uns durch ihre neueste Intelligenzprothese gemustert, als wären wir der Bodensatz der Göteborger Polizei." Die Staatsanwältin Agneta Ekblad hatte einen ausgeprägten Brillentick. Immer wieder überraschte sie mit neuen Modellen, eins ausgefallener als das andere. Nicht nur die Formen und Farben variierten, es gab auch Brillen mit Strass und passenden Accessoires wie funkelnden Brillenketten und darauf abgestimmten Ohrgehängen. In Kollegenkreisen wurde gemunkelt, ihre Brillenschränke würden einen ganzen Raum in der Wohnung einnehmen.

Alva wies auf den Besprechungstisch. „Nun setzt euch erst mal, Caroline hat Neuigkeiten für uns."

„Neuigkeiten zu Sixten Hedlund?", fragte Rurik hoffnungsvoll, doch Alva schüttelte den Kopf. „Es geht um den möglichen Aufenthaltsort von Tuva Westin, das finde ich im Moment wichtiger, als Sixten Hedlund den Mord an seiner Frau nachzuweisen, den er vermutlich wirklich nicht begangen hat. Caroline hat einen Freund von Tuva ausfindig gemacht und während ihr bei Agneta wart, haben wir zu ihm recherchiert. Es ist recht aufschlussreich, was wir dabei herausgefunden haben."

Rurik wirkte nun interessiert. Caroline erzählte zunächst, wie sie auf die Existenz des Freundes aufmerksam geworden war. Die Tatsache, dass er ebenfalls untergetaucht war, fand Rurik bemerkenswert. „Und was habt ihr sonst noch über ihn herausgefunden?", fragte er.

„Er ist achtundzwanzig Jahre alt und noch nie mit dem Gesetz in Konflikt gekommen. Die Mutter arbeitete als Sekretärin, der Vater ist unbekannt. Nach dem Tod der Mutter wuchs er bei einer Pflegefamilie auf, genauer gesagt bei zwei Pflegefamilien, es gab da einen Wechsel."

„Weshalb der Wechsel, ist das ebenfalls bekannt?", fragte Sven.

Alva nickte. „Er war acht Jahre alt und nach dem Tod der Mutter traumatisiert, lange Zeit soll er deshalb kein Wort gesprochen haben. Die erste Pflegefamilie kam damit nicht klar, bei der zweiten lief es dann wohl besser. Bis heute ist er dort gemeldet. Aber die meiste Zeit ist er irgendwo unterwegs. Er hat den Beruf eines Tischlers erlernt und arbeitet mal hier und mal dort auf dem Bau."

„Lobenswert", murmelte Rurik. „Handwerker sind bekanntlich knapp, gut, wenn sich junge Leute für diesen Berufsweg entscheiden."

„Ja, nur wollte er ihn vor anderthalb Jahren wieder verlassen und zur Polizei gehen. Dann wären wir Kollegen geworden." Alva musste über Ruriks verdutzten Gesichtsausdruck schmunzeln. „Interessant daran ist, weshalb er diese Entscheidung vermutlich getroffen hat. Der Tod seiner Mutter vor zwanzig Jahren war ein gewaltsamer, der leider nicht aufgeklärt werden konnte. Er ist inzwischen ein Cold Case. Ich habe Hinweise drauf gefunden, dass Holger Edwardson mehrfach Anfragen nach Ermittlungsergebnissen gestellt und darauf gedrungen hat, den Fall weiterzuverfolgen. Leider ohne Erfolg."

„Verstehe, er wollte zur Polizei, um selbst ermitteln zu können." Rurik kratzte sich am Kopf. „Zwanzig Jahre sind eine lange Zeit. Was genau ist damals passiert?"

„Die Frau wurde am Abend ganz in der Nähe ihrer Wohnung erschlagen. Die Tatwaffe wurde nie gefunden, vermutlich handelte es sich um einen Stein, den der Täter anschließend mitgenommen hat. Ein Motiv fand sich ebenfalls nicht, die Frau galt als zurückhaltend und beliebt."

„Eine Zufallstat in Verbindung mit einem Sexualdelikt oder Raub", mutmaßte Rurik.

„Es gab keine Hinweise, weder in die eine noch in die andere Richtung. Aber um auf Holger Edwardson zurückzukommen: Er zog seine Bewerbung nur wenige Monate später zurück. Dabei wäre er bestens geeignet gewesen und hatte sogar die Aufnahmeprüfungen bereits mit Bravour bestanden. Aber plötzlich wollte er nicht mehr in den Polizeidienst, eine Begründung gab er nicht an."

„Vermutlich hatte er sich gründlicher mit den Arbeitsbedingungen und den Verdienstmöglichkeiten vertraut gemacht." Sven verzog das Gesicht zu einer säuerlichen Grimasse.

„Das hatte er garantiert gemacht, bevor er seine Bewerbung einreichte." Alvas Bauchgefühl sagte ihr, es musste etwas Entscheidendes geschehen sein, was ihn seinen Entschluss zurücknehmen ließ. Aber sie hatte keine Idee, was es gewesen sein könnte. „Wie dem auch sei", fuhr sie fort, „wir sollten Kontakt zu den Pflegeeltern in Malmö aufnehmen. Schließlich ist er bei ihnen noch gemeldet und wenn wir Glück haben, hält er sich zusammen mit Tuva Westin dort auf. Falls nicht, geben sie uns eventuell einen Hinweis auf seinen Aufenthaltsort. Holger Edwardson ist die einzige Verbindung zu Tuva, die wir noch nicht untersucht haben."

„In Malmö leben die Pflegeeltern?", fragte Sven. „Rufen wir sie doch an."

Den Vorschlag fand Rurik nicht gut. „Auf keinen Fall“, sagte er. „Falls sich Holger Edwardson dort zusammen mit Tuva versteckt hält, würden wir sie durch unseren Anruf warnen. Wir müssen schon hinfahren und sie überraschen. Wer übernimmt das?“

Caroline wollte etwas sagen, doch Rurik winkte ab. „Du nicht, du musst deine Tochter abholen. Sven, Alva und Jördis, ihr fahrt am besten zu dritt. Aber seid vorsichtig, erkundet nur das Terrain und geht kein Risiko ein. Da wir nicht wissen, ob sie dort sind, können wir nicht gleich mit einem Einsatzkommando anrücken. Sobald euch etwas Verdächtiges auffällt, zieht ihr euch zurück und fordert Verstärkung an. Haben wir uns verstanden?“

„Wir sind schließlich keine Anfänger“, erwiderte Sven leicht genervt.

71.

Die Fahrzeit von Göteborg nach Malmö betrug knapp drei Stunden. Sie hatten einen Dienstwagen gewählt, um im Falle eines Staus schneller voranzukommen. Doch es war nicht nötig, die Sirene einzuschalten, die Fahrt verlief reibungslos. Im Wageninneren herrschte allerdings eine angespannte Stimmung. Alva fuhr, Jördis saß neben ihr und musste schon einen steifen Nacken haben, so angestrengt vermied sie es, sich zu Sven umzudrehen, der auf dem Rücksitz saß. Sie sprachen nur das Nötigste miteinander. „Wir werden gegen 18 Uhr in Malmö ankommen, das ist eine zivile Zeit, da sollten wir die Pflegeeltern antreffen“, sagte Sven.

„Die Chancen stehen gut, außerdem sind sie bereits im Rentenalter.“ Alva beschleunigte, die Fahrbahn war frei und sie kamen gut voran. Jetzt waren sie wieder mal dienstlich nach Malmö unterwegs und Alva hatte ihren Vorsatz, für ein Wochenende mit Birger privat nach Malmö zu fahren, immer noch nicht in die Tat umgesetzt. Es gab dort eine herrliche Shoppingmeile und viele wunderbar erhaltene alte Häuser. Außerdem wollte sie endlich das Schloss besichtigen. Die Zeit reichte einfach nicht aus.

Die Pflegeeltern von Holger Edwardson hatten damals veranlasst, dass er ihren Familiennamen annimmt, um ihm ein Gefühl der Zugehörigkeit zu geben. Sie wohnten außerhalb des Zentrums in einem blauen einstöckigen Holzhaus mit Gauben im ausgebauten Dachgeschoss. Das Haus wirkte sehr gepflegt, hinter den Fenstern brannte Licht. Sie parkten das Auto unauffällig seitlich vom Haus und Alva ging voran, um zu klingeln. Eine stattliche grauhaarige Frau von Anfang sechzig öffnete und schaute sie fragend an. „Frau Edwardson?“, fragte Alva.

„Ja, das bin ich, um was geht es?“

„Bitte nicht erschrecken, wir sind von der Polizei Göteborg und haben lediglich einige Fragen. Dürfen wir reinkommen?“ Alva zeigte ihren Ausweis vor.

Die Frau zögerte kurz, nickte dann aber und gab die Tür frei. Sie wurden in ein Wohnzimmer geführt, das gemütlich und aufgeräumt zugleich wirkte. Ein großer Mann mit gebräuntem Gesicht erhob sich aus einem Sessel und begrüßte die Ankömmlinge.

„Mein Mann Bengt“, sagte Eva Edwardson. Alva, Sven und Jördis stellten sich ebenfalls vor.

„Geht es um einen unserer ehemaligen Zöglinge?“, fragte Eva Edwardson.

„Wie kommen Sie darauf?“, fragte Alva erstaunt.

Eva seufzte. „Es wäre nicht das erste Mal. Mein Mann und ich waren darauf spezialisiert, besonders schwierige Kinder aufzunehmen. Wir haben unser Bestes getan, ihnen den Weg ins Leben zu ebnen, trotzdem sind einige später gestrauchelt. Aber nehmen

Sie doch bitte Platz.“ Sie wies auf eine Sitzgruppe. Alva und Jördis setzten sich auf die Couch, Sven und die Edwardsons nahmen in den dazugehörigen Sesseln Platz. Alva verzichtete auf den angebotenen Kaffee, sie begnügten sich alle drei mit Wasser.

„Es geht tatsächlich um eines ihrer ehemaligen Pflegekinder, um Holger“, sagte sie. „Aber er hat nichts angestellt, wir möchten nur mit ihm reden. Er kann uns eventuell eine wichtige Auskunft über eine andere Person geben.“

„Es hätte mich auch gewundert, wenn Holger etwas angestellt hätte, er ist ein guter Junge, der nie Probleme gemacht hat“, betonte Eva Edwardson im Brustton der Überzeugung. „Damit war er eine Ausnahme unter unseren Schützlingen, er war ein durch den Tod seiner Mutter traumatisiertes Kind, das lange Zeit kein Wort sprach. Aber allmählich taute er zum Glück unter unserer Obhut auf.“

„Sie müssen ein ganz besonderes Verhältnis zu ihm haben, da er Ihren Namen angenommen hat und noch immer hier gemeldet ist.“

Alva bemerkte einen wehmütigen Zug um den Mund der Pflegemutter. „Holger war wie ein Sohn für uns. Mein Mann und ich, wir können keine eigenen Kinder bekommen. Deshalb haben wir uns entschlossen, Pflegeeltern zu werden und anderen Kindern ein Zuhause zu geben. Wir haben beide eine pädagogische Ausbildung. Holger ist uns richtig ans Herz gewachsen, deshalb bekam er unseren Namen und später seine eigene kleine Wohnung im Dachgeschoss.“

Alva war eine kleine Nuance in den Worten von Eva nicht entgangen. „Sie sagten, Holger *war* wie ein Sohn für Sie. Ist er es nicht mehr?“

Eva wechselte einen schnellen Blick mit ihrem Mann. „Ich habe einen Fehler gemacht, den er mir sehr übel genommen hat“, sagte sie dann. „Es gab da eine Frau in seinem Leben und vielleicht gibt es sie immer noch. Holger war sozial engagiert und wollte anderen stets helfen, wahrscheinlich hat er sich das von uns abgeschaut. Er hat mal für ein paar Wochen freiwillige Arbeitsstunden in einem Heim der geschlossenen Jugendfürsorge geleistet. Sie wissen sicher, was für Einrichtungen das sind. Indem man sie dort unterbringt, will man straffällig gewordenen Jugendlichen den Aufenthalt in einem Gefängnis ersparen. Dort hat Holger ein Mädchen kennengelernt. Sie haben sich angefreundet und nach ihrer Entlassung wurden sie ein Paar. Als er sie uns vorstellte, hatte ich sofort ein ungutes Gefühl. Sie wirkte auf mich wie eine sehr manipulative Person, die Holger nur benutzte. Außerdem hatte sie bereits einige schwere Straftaten begangen. Ich habe Holger vor ihr gewarnt und das hat er mir nicht verziehen. Seitdem haben wir keinen Kontakt mehr zueinander.“

„Wann war das?“, fragte Alva.

„Vor anderthalb Jahren.“

„Und seitdem haben Sie nichts von Holger gehört?“

„Nein, leider nicht.“ Ihr war anzumerken, wie sehr sie darunter litt.

„Wussten Sie, dass Holger sich damals für den Polizeidienst beworben hatte?“

„Ja, davon hatte er uns noch erzählt. Wissen Sie, ob er damit erfolgreich war?“

„Er hat seine Bewerbung bald darauf zurückgezogen.“

„Oh“, sagte Eva Edwardson nur. Sie schien das Gleiche zu denken wie Alva. Es könnte mit diesem Mädchen zusammenhängen, dessen Namen sie ihnen nannte, bevor die drei Kriminalisten sich verabschiedeten.

72.

„Nilla Ahloff, klingelt da nichts bei euch?“, fragte Alva. Sie saßen wieder im Auto und Alva war über die Entdeckung eines weiteren Zusammenhanges mit ihren aktuellen Fällen ziemlich aufgeregt. „Das ist die junge Frau, die im Hotel *Drei Buchen* von der Wirtin als ihre Nichte beziehungsweise als die Tochter einer Cousine ausgegeben wurde, weil sie dort vermutlich schwarzarbeitet.“

„Das kann sie unmöglich sein“, sagte Jördis, die sich daran erinnerte, den Hintergrund der Frau gecheckt zu haben. „Nilla Ahloff war noch nie mit dem Gesetz in Konflikt gekommen. In einem Heim der geschlossenen Jugendfürsorge war sie schon gar nicht untergebracht. Sie studiert in Göteborg Jura, hatte sich nach einem Burn-out aber eine Auszeit genommen. Sie sagte, die praktische Arbeit im Hotel würde ihr helfen, sich zu erholen.“

„Dann ist es nicht die gleiche Nilla Ahloff, von der die Pflegemutter gesprochen hat.“ Sven beugte sich vom Rücksitz ein Stück nach vorn. „So selten ist der

Name schließlich nicht. Wie heißt es doch so schön: Neunzig Prozent aller Schweden haben den Familiennamen Andersson und die restlichen zehn Prozent teilen sich die übrigen hundert Namen."

Alva blieb skeptisch. Vielleicht war sie dabei, sich in einen Gedanken zu verrennen, weil sie krampfhaft nach Zusammenhängen suchte. Immer wieder führten ihre Bemühungen, einen roten Faden in den Fällen der getöteten Frauen zu finden, sie zurück nach Hyssna.

„Wo ist die Nilla Ahloff, die wir in Hyssna vernommen haben, gemeldet?", fragte sie Jördis.

„In Göteborg, wo sie mit zwei anderen Studentinnen in einer WG lebt. In Hyssna war sie nach eigenen Angaben nur vorübergehend."

„Dann ist es doch das Einfachste, morgen in der WG nachzufragen, da wir ohnehin in Göteborg sind", sagte Alva. „Wenn wir dort die falsche Nilla Ahloff finden, müssen wir uns auf die Suche nach der richtigen machen. Heute ist es zu spät, wir werden das gleich morgen früh erledigen."

Es war schon fast 23 Uhr, als sie in Göteborg ankamen. Alva schlug vor, Jördis und Sven nach Hause zu fahren und den Wagen dann allein ins Präsidium zurückzubringen. Als sie vor der Haustür von Jördis hielt, stieg Sven ebenfalls aus.

„Danke und komm gut heim", verabschiedete er sich. Alva verbarg ihre Überraschung, so gut sie konnte.

Sie sah Jördis wie zur Salzsäure erstarrt dastehen, offenbar war sie ebenfalls total überrumpelt. Bevor Alva um die Ecke bog, bemerkte sie noch im Rückspiegel, wie Sven lebhaft auf Jördis einredete.

Am nächsten Morgen war Alva die Erste im Büro. Caroline kam eine halbe Stunde zu spät und entschuldigte sich wortreich. „Elsa war heute richtig schwierig. Sie wurde schwer wach und wollte sich nicht anziehen lassen. Als wir es endlich geschafft hatten, goss sie sich ihren Kakao über Hose und Pullover. Ich musste sie komplett umziehen."

„Kein Problem, Sven und Jördis sind auch noch nicht da." Alva sagte es leichthin, machte sich aber Sorgen. Ob die beiden gestern Abend gestritten hatten? Sie wollte Caroline gerade auffordern, mit ihr die Studenten-WG aufzusuchen, als Sven und Jördis gemeinsam auftauchten. Sie sahen entspannt aus, doch als Jördis den fragenden Blick von Alva bemerkte, schaute sie schnell weg.

„Tut mir leid, dass ich zu spät bin." Sven zog seinen Parka gar nicht erst aus. „Aber wir können gleich aufbrechen und die Identität der Studentin Nilla Ahloff klären."

„Nein, lass mich mit Alva fahren", sagte Jördis schnell.

„Wie du möchtest." Das Lächeln, mit dem Sven Jördis bedachte, kam Alva höchst verdächtig vor. Sie und Jördis fuhren schweigend mit dem Fahrstuhl nach unten. Erst als sie im Auto saßen, schaute Jördis zu Alva hinüber. „Nun frag schon", sagte sie.

„Ich werde nicht fragen, aber wenn du willst, kannst du reden und ich werde zuhören."

Jördis seufzte. „Es ist kompliziert. Sven hat erklärt, er werde nicht zu Gundel zurückkehren. Die Affäre mit ihrem Chef hat er ihr verziehen und er war bereit zu einem Neuanfang. Er gibt sich die Schuld an Gundels Unzufriedenheit, weil er durch seinen Job zu wenig

Zeit für die Familie hatte und alles an ihr hängen blieb. Aber durch die räumliche Trennung hat sich sein Blick auf seine Ehe verändert. Gundel hat sich nie wirklich vom Einfluss ihrer Eltern gelöst, die von Anfang an gegen Sven intrigiert haben. Daran wird sich auch in Zukunft nichts ändern. Deshalb will er einen Schlussstrich ziehen."

„Heißt das, er will sich scheiden lassen?"

„Ja, das heißt es. Aber er hat auch gesagt, er werde immer für seine beiden Söhne da sein. Sie kommen für ihn an erster Stelle."

Alva sagte nichts, sie wartete, welche Schlussfolgerungen Jördis selbst daraus ziehen würde.

„Ich schätze seine Ehrlichkeit", sagte Jördis schließlich. „Wir werden nicht heiraten und uns auch nicht zwei Kinder und einen Hund anschaffen. Aber wir können eine Partnerschaft auf Augenhöhe führen. Wir müssen nicht einmal zusammenziehen und haben das demnächst auch nicht vor."

„Genügt dir das?", fragte Alva.

„Ich weiß, dass es mir im Moment genügt. Für die Zukunft will ich keine Prognose abgeben. Aber wer kann das schon? Nicht mal die Paare, die mit großem Pomp heiraten und sich ewige Liebe schwören, um sich wenige Jahre später erbittert zu bekriegen. Bei Sven weiß ich, was ich bekomme. Es ist nicht alles, was ich mir wünsche, aber es ist mehr, als viele Frauen haben. Und wenn ich ganz ehrlich bin, passt es zu meiner aktuellen Lebenssituation. Sven ist für mich ein emotionaler Anker und eine praktische Stütze in vielen Lebenslagen. Und er lässt mir die Freiräume, die ich brauche. Mit einer Familiengründung wäre ich zurzeit überfordert."

73.

Sie waren vor dem Haus angekommen, in dem sich die WG befand. Es handelte sich um einen dreistöckigen Altbau am Stadtrand, der dringend einen neuen Anstrich gebrauchen konnte. Die Wohnung lag im zweiten Stock, an der Tür war ein offenbar selbstgetöpfertes Schild mit den Namen von drei Bewohnerinnen angebracht, darunter dem von Nilla Ahloff. Auf ihr Klingeln öffnete ihnen eine junge blonde Frau.

„Guten Tag, wir möchten zu Frau Ahloff. Ist sie zu Hause?", fragte Alva.

„Nilla, Besuch für dich!", rief die Blondine in die Wohnung hinein. Eine andere Frau kam aus einer Tür auf Alva und Jördis zu. Im Flur war es dämmrig, doch schon von Weitem sah Alva, dass sie nicht die von ihnen Gesuchte war. Sie hatte langes dunkles Haar und keine Piercings. Der Anblick von Alva und Jördis schien sie zu enttäuschen, sie hatte wohl mit anderem Besuch gerechnet.

„Alva Claesson, Polizei Göteborg, das ist meine Kollegin Jördis Holm. Bitte nicht erschrecken, wir suchen eine andere Nilla Ahloff, der wir einige Fragen stellen möchten. Hier liegt offenbar eine Verwechslung vor."

Alva wollte sich verabschieden, doch die Frau wirkte verunsichert. „Ich bin mir nicht sicher, ob das eine Verwechslung ist", sagte sie.

„Wie meinen Sie das?"

Auf der Treppe waren Schritte zu hören, die von unten heraufkamen. Nilla Ahloff trat zur Seite und gab die Tür frei. „Kommen Sie rein, ich erkläre es Ihnen."

Sie ging voran, Alva und Jördis tauschten einen fragenden Blick, sie zogen die Schuhe aus, bevor sie ihr folgten. Nilla Ahloff führte sie in ein Zimmer am Ende des Flures, an dessen Tür ihr Name stand. Alva war überrascht von dem Anblick, der sich ihr bot, so stellte man sich nicht unbedingt das Zimmer einer Studentin vor. In dem Raum herrschte eine penible Ordnung. Auf dem Schreibtisch vor dem Fenster standen lediglich ein Laptop und ein Behälter mit Stiften. In einem Regal an der Wand waren die Bücher nach Größe und Themen aufgereiht, oben die Fachbücher, darunter Romane. Das Bett an der gegenüberliegenden Wand bedeckte eine akkurat glatt gestrichene cremefarbene Tagesdecke. Nilla Ahloff wies auf einen niedrigen Tisch in der Ecke, um den drei Sitzsäcke lagen. Alva und Jördis ließen sich nebeneinander nieder und fanden es erstaunlich bequem. Nilla saß ihnen gegenüber, ein Bein unter den Körper gezogen. Sie wirkte verlegen, setzte dann aber zu einer Erklärung an. „Wir hatten noch nicht miteinander zu tun, deshalb sind Sie erstaunt. Mit Kollegen von Ihnen hatte ich durchaus schon das Vergnügen. Mal ging es um Diebstahl, mal um tätliche Übergriffe. Immer steckte meine Schwester dahinter, sie hat meine Identität benutzt. Inzwischen schien etwas Ruhe eingekehrt zu sein, aber nun muss wieder etwas vorgefallen sein, sonst wären Sie nicht hier."

Alva war nicht gut darin, sich Gesichter zu merken, ganz im Gegensatz zu Birger, der beinahe ein Super-Recognizer war. Er vergaß kein Gesicht, auch nach Jahren erkannte er ehemalige Patienten problemlos wieder, selbst wenn sie sich inzwischen verändert hatten. Doch wie sie der jungen Frau nun gegenübersaß, sah Alva plötzlich die Ähnlichkeit mit derjenigen, die sich im Hotel in Hyssna als Nilla ausgegeben hatte.

„Es ist nichts vorgefallen, doch es sieht ganz so aus, als würde Ihre Schwester weiterhin Ihren Namen benutzen. Eigentlich wollten wir nur eine Auskunft von ihr. Doch da wir nun einmal hier sind, wäre es hilfreich, wenn Sie uns mehr über Ihre Schwester erzählen würden. War sie mal in einer geschlossenen Einrichtung der Jugendfürsorge untergebracht?"

„Ja, das trifft zu." Nilla strich sich ihr langes braunes Haar aus dem Gesicht. Die Bedienung im Hotel hatte ihr rabenschwarzes Haar sehr kurz getragen, es war wohl gefärbt gewesen.

„Wie heißt Ihre Schwester mit richtigem Namen?"

„Sie heißt Nele und ist meine Zwillingsschwester. Nilla und Nele, unsere Eltern fanden das offenbar passend." Nillas Gesichtsausdruck verriet, wie wenig es ihr selbst gefiel. „Nele wurde eine Stunde nach mir geboren und es gab einige Komplikationen bei ihrer Geburt. Im Säuglings- und Kleinkindalter war sie im Gegensatz zu mir oft krank. Auch ihre späteren Verhaltensprobleme führten unsere Eltern darauf zurück und entschuldigten sie damit. Nele war schon als Kind ziemlich aggressiv. Aber ich denke, daran war zu einem großen Teil die Erziehung durch unsere Eltern schuld. Sie ließen ihr alles durchgehen. Als Nele in die Pubertät kam, wurde es dann richtig schlimm mit ihr. Sie schwänzte die Schule, probierte Drogen, bestahl ihre Freunde und prügelte sich. Die Jugendstrafe erhielt sie wegen schwerer Körperverletzung, sie hatte mit einem Messer auf ein anderes Mädchen eingestochen. Bald nach ihrer Entlassung tauchte sie unter und brach den Kontakt zur Familie völlig ab. Ich habe sie seitdem nicht gesehen und weiß nicht, wo sie sich aufhält. Unsere einzigen Berührungspunkte sind die Straftaten, die sie in meinem Namen begeht. Sie hat mir meine ID-Karte geklaut und benutzt meine Personennummer."

„Ich verstehe, das ist sicher sehr unangenehm für Sie", sagte Alva. „Hat Ihre Schwester die ID-Karte noch?"

„Das kann sein, obwohl seit fast einem Jahr nichts wieder vorgekommen ist. Ich wage mir nicht auszumalen, wie sie inzwischen ihr Geld verdient."

Alva gab keinen Kommentar dazu ab und dankte Nilla Ahloff für das Gespräch. Danach fuhren sie und Jördis zurück ins Präsidium.

74.

„Wir haben demnach im Zusammenhang mit dem Mord in Hyssna die falsche Frau überprüft“, sagte Rurik. „Nele Ahloff, die im Hotel schwarzarbeitete, hatte sich als ihre Schwester Nilla ausgegeben, die eine blütenweiße Weste hat.“

„Eigentlich ist es verständlich, mit ihrer Vorgeschichte hätte man sie im Hotel sicher nicht arbeiten lassen.“ Jördis machte sich an der Kaffeemaschine zu schaffen.

„Na hör mal, das ist eine Straftat“, entgegnete Rurik empört.

Jördis zuckte mit den Schultern. „Ich habe nicht gesagt, ich würde es billigen. Ich verstehe lediglich ihre Beweggründe. Ihre Schwester äußerte Befürchtungen, auf welche Weise Nele aktuell wohl ihren Lebensunterhalt bestreiten könnte. Wie es aussieht, versucht sie es gerade mit ehrlicher Arbeit. Nur musste sie lügen, um die Stelle zu bekommen.“

„Von ehrlicher Arbeit kann bei Schwarzarbeit keine Rede sein“, murrte Rurik. Er ärgerte sich, weil sie getäuscht worden waren.

„Immerhin scheint sie seit einem Jahr keine Straftaten mehr begangen zu haben, von der Benutzung eines falschen Namens mal abgesehen."

Alva stimmte Jördis zu. „Sie benutzt den Namen weiterhin, als wolle sie mit ihrer früheren Identität nichts mehr zu tun haben. Auch den Pflegeeltern von Holger hat sie sich als Nilla vorgestellt, nur konnte sie ihnen gegenüber ihre Vergangenheit nicht leugnen, weil Holger die kannte. Er war offenbar nicht bereit, für sie zu lügen, aber er hielt zu ihr. Sogar den Bruch mit seinen Pflegeeltern nahm er dafür in Kauf."

„Trotzdem scheint die Beziehung beendet zu sein, sonst wäre er jetzt nicht mit Tuva Westin zusammen." Jördis umklammerte mit beiden Händen ihren Kaffeebecher und wirkte nachdenklich. „Irgendwie hängen sie alle zusammen, Nele Ahloff, Holger Edwardson und Tuva Westin. Aber bringt uns das irgendwie bei unseren Ermittlungen weiter?"

„Das ist die entscheidende Frage." Rurik erhob sich mit einem energischen Ruck. „Wenn es keine konkrete Verbindung mit unseren Mordfällen gibt, dürfen wir uns nicht weiter verzetteln. Caroline, nimm dir noch einen Tag Zeit, um alle Informationen zu Nele Ahloff zusammenzutragen. Aber nicht länger. Die Suche nach Tuva Westin erfolgt inzwischen öffentlich, da wir auch Holger Edwardson nicht ausfindig machen konnten, blieb uns gar nichts anderes übrig. Und du Jördis mach mit dem Umfeld von Sixten Hedlund weiter und stell alle Informationen dazu in einem Bericht zusammen."

Jördis verdrehte die Augen, doch ihre Miene entspannte sich, als Sven ihr aufmunternd auf die Schulter klopfte. „Ich helfe dir, dann geht es schneller." Alva lächelte verstohlen. Wenigstens dieses Problem schien erst einmal gelöst zu sein.

Sie arbeiteten alle schweigend vor sich hin, bis Caroline mit einem überraschten Ausruf ihre Aufmerksamkeit erregte.

„Bist du auf etwas Interessantes gestoßen?“, fragte Sven.

„Allerdings, und zwar auf die Verbindung zu unseren Mordfällen, nach der wir suchen.“

„Wow, das wäre ein echter Durchbruch.“ Alle erhoben sich von ihren Plätzen und gingen zu Caroline hinüber, um ihr über die Schulter zu schauen.

„Könnt ihr alle gut sehen?“, fragte sie und wies auf ihren Laptop. „Ich habe zunächst den Hintergrund von Nele Ahloff gecheckt. Dabei bin ich auch auf das geschlossene Heim gestoßen, in dem sie untergebracht war. Es befindet sich in Malmö. Und jetzt kommt das Interessante: Nora Hedlund, unser erstes Opfer, hat vor dreieinhalb Jahren eine Reportage über dieses Heim geschrieben. Sie hatte auch die Gelegenheit, mit einigen der dort untergebrachten Jugendlichen zu sprechen. Die Namen hat sie anschließend geändert, sie berichtete über ein Mädchen namens Lilian. Doch die Geschichte dieses Mädchens gleicht in jedem Detail der von Nele Ahloff. Sie handelt von Schulschwänzen, Drogenexperimenten und beschreibt dann, wie sie im Streit ein anderes Mädchen mit einem Messer schwer verletzte. Ich gehe jede Wette ein, mit diesem Mädchen war Nele Ahloff gemeint. In der Reportage wird erwähnt, sie habe sich gut geführt, nehme bereits zahlreiche Lockerungen in Anspruch und hoffe, bald entlassen zu werden. Außerdem habe sie jemanden kennengelernt, der sich um sie kümmere und mit dem sie eine gemeinsame Zukunft plane."

„Damit kann Holger Edwardson gemeint sein", sagte Jördis.

Caroline nickte. „Das nehme ich auch an. Jedenfalls muss Nele Ahloff später angefangen haben, unter dem Namen ihrer Schwester im Hotel *Drei Buchen* in Hyssna zu arbeiten. Und dann tauchte plötzlich Nora Hedlund dort auf und erkannte sie wieder. Neles Tarnung drohte aufzufliegen."

„Könnte sie Nora Hedlund deshalb getötet und die Leiche versteckt haben?" Alva sprach aus, was alle dachten, doch sie hatte Zweifel. „Ich meine, das ist zweifellos ein Motiv und Nele Ahloff verfügt, wie wir wissen, über eine nicht zu unterschätzende Gewaltbereitschaft. Doch soll sie die Tat ganz allein ausgeführt haben? Sie ist eine eher zierliche Frau."

„Auch zierliche Frauen können gewaltige Körperkräfte mobilisieren, wenn es darauf ankommt", gab Sven zu bedenken, womit er natürlich recht hatte.

„Sie könnte aber auch Hilfe gehabt haben", sagte Caroline. „Was ist mit ihrem Ex-Freund Holger Edwardson? Er scheint sehr auf sie fixiert gewesen zu sein, wenn er ihretwegen sogar mit seinen Pflegeeltern gebrochen hat, zu denen er bis dahin ein sehr gutes Verhältnis gehabt hatte. Natürlich ist fraglich, ob er für Nele auch einen Mord begangen hätte."

„Eventuell war es gar kein Mord, sondern ein Unfall." Alva sah sich wieder in der Rechtsmedizin neben dem Stahltisch stehen, auf dem die sterblichen Überreste von Nora Hedlund lagen. Brigitte hatte sie auf die Schädelverletzung hingewiesen, die mit Sicherheit tödlich gewesen war und durchaus von einem Sturz herrühren konnte. „Nehmen wir mal an, es gab einen Streit zwischen Nele Ahloff und Nora Hedlund, bei dem Nora durch einen unglücklichen Sturz zu Tode kam. Nele muss in Panik gewesen sein, bei ihrer Vorgeschichte wäre sie diesmal mit Sicherheit für längere Zeit ins Gefängnis gewandert. Holger Edwardson half ihr bei der Vertuschung der Tat. Er hatte sich kurz zuvor bei der Polizei beworben, konnte es aber nun nicht mehr mit seinem Gewissen vereinbaren, dort zu arbeiten. Er zog die Bewerbung zurück. Zeitlich passt das alles."

„Und wie passt Tuva Westin da rein?", fragte Jördis. Sie richtete sich auf und rieb sich die Stirn, als wollte sie einen Schmerz vertreiben. „Wieso ist er plötzlich mit ihr befreundet, kurz nachdem sie im gleichen Hotel unter Mordverdacht geriet? Und weshalb musste Camilla Andersson sterben?"

Alva hatte eine vage Ahnung, verbot sich aber, ihr nachzugehen. Sie hatten sich bereits wieder viel zu sehr in Spekulationen ergangen, was aber allein zählte, waren Fakten. Das weitere Vorgehen mussten sie mit Rurik abstimmen. Und sie sollten ihre Suche nach Holger Edwardson intensivieren. Möglicherweise war der Schlüssel zur Lösung bei ihm zu finden.

75.

Ruriks Reaktion auf Carolines Rechercheergebnisse überraschte alle. „Endlich“, sagte er. Die Erleichterung war ihm deutlich anzumerken. „Endlich ein Hinweis, der Sinn macht. Wir fahren sofort nach Hyssna und knöpfen uns die junge Dame vor. Außerdem fühlen wir den Wirtsleuten auf den Zahn, wie viel sie gewusst haben.“

„Sofort?“, fragte Sven ungläubig. „Jördis und ich sind noch nicht fertig mit dem Bericht für Agneta.“

„Vergesst Agneta und den Bericht, wir haben Wichtigeres vor. Wer hält hier die Stellung?“

Caroline meldete sich freiwillig, weil sie Elsa pünktlich aus der Kita abholen musste. Wie lange die anderen in Hyssna brauchen würden, war ungewiss.

Rurik legte fest, eins der Zivilfahrzeuge zu benutzen. „Wir wollen sie bei unserer Ankunft nicht gleich aufschrecken“, sagte er. Auf der gut vierzigminütigen Fahrt nach Hyssna wurde im Wagen lebhaft über mögliche Zusammenhänge spekuliert, denn für den Mord an Camilla Andersson gab es weiterhin kein

Motiv. „Sollten wir es mit voneinander unabhängigen Taten zu tun haben?“, überlegte Jördis. „Anfangs gingen wir von drei zusammenhängenden Ereignissen aus, bis sich das Verschwinden von Celine Sahlin auf andere Weise klärte.“

„Trotzdem gibt es einen Zusammenhang“, sagte Alva. „Als der oder die Täter die Leiche von Nora Hedlund verschwinden ließen, erinnerten sie sich an Celines Fall. Sie inszenierten es so, als wäre Nora Hedlund das Gleiche zugestoßen, sie zerstörten ihr Handy und warfen es in die Höhle. Camilla Andersson wurde im Hotel erstochen, das ist wirklich rätselhaft. Sollte das Motiv wirklich der Streit zwischen ihr und Tuva Westin gewesen sein? Und hat Tuva dann auch noch versucht, Meja Burman zu erwürgen?“

„Ihr Untertauchen spricht jedenfalls dafür“, sagte Sven. „Aber lasst uns jetzt nicht länger spekulieren, mir schwirrt schon der Kopf und wenn wir so weitermachen, kommen wir alle mit einem dicken Brummschädel am Ziel an.“

„Richtig, wir machen eins nach dem anderen und konzentrieren uns auf das Wesentliche.“ Rurik bog bereits in den Weg ein, der zum Hotel führte. „Wenn wir Nele Ahloff ein wenig unter Druck setzen, wird sie uns hoffentlich sagen, wo wir Holger Edwardson finden können. Die beiden waren eine Weile zusammen und wenn er irgendwo einen Unterschlupf hat, wird sie den vermutlich kennen. Und mit etwas Glück führt er uns dann zu Tuva Westin.“

Sie fuhren auf den Parkplatz des Hotels, auf dem nur zwei Autos standen. Nach viel Betrieb sah das nicht aus. Als sie sich dem Haus näherten, begriff Alva auch den Grund. Tiefverschneit hatte das alte Hotel einen gewissen Charme ausgestrahlt, an diesem grauen nasskalten Tag wirkte es dagegen nur trist und heruntergekommen. Die Eingangstür war nicht verschlossen und knarrte in den Angeln. In der Halle herrschte schummriges Halbdunkel und die Rezeption war nicht besetzt. Rurik drückte auf die nostalgische Klingel auf dem Tresen, die wie ein Relikt aus vergangener Zeit anmutete. Sie gab einen blechernen Ton von sich und gleich drauf teilte sich ein Vorhang im Hintergrund, durch den die Wirtin Olivia Hagman hervortrat. Sie setzte ein professionelles Lächeln auf, das für Gäste bestimmt war. Als sie erkannte, mit wem sie es zu tun hatte, erstarb es sogleich.

„Frau Hagman, wir kennen uns ja bereits“, sagte Rurik nach der offiziellen Begrüßung. „Wir stecken mitten in den Ermittlungen und es haben sich weitere Fragen ergeben.“

Olivia Hagman führte sie wortlos in den Wintergarten. Sie wies auf einen Tisch neben der Tür, doch Rurik blieb stehen. „Wir würden zuerst gern mit Nilla Ahloff reden, wenn das möglich ist“, sagte er.

Die Wirtin schüttelte den Kopf. „Nein, das ist leider nicht möglich. Nilla ist nicht hier.“

„Wissen Sie, wo sie sich aufhält?“

„Sie ist in Göteborg, schließlich studiert sie dort.“

Alva fragte sich, ob die Wirtin das wirklich glaubte. Sollten sie die Frau mit der Wahrheit konfrontieren? Rurik schien einen Entschluss gefasst zu haben, er wagte sich ein Stück vor.

„Wir haben Hinweise darauf, dass Nilla nicht studiert“, sagte er. Alva registrierte, wie er zunächst bei dem falschen Namen blieb. Olivia Hagman wirkte unsicher, sie nestelte am Tischtuch.

„Nun ja“, gab sie schließlich zu, „sie hat ihr Studium schon vor einiger Zeit abgebrochen. Es lag ihr einfach nicht und sie hatte einen Burn-out. Deshalb fing sie hier an zu arbeiten, erst nur stundenweise, dann häufiger. Ihre Eltern wissen nichts davon, sie glauben immer noch, Nilla würde studieren. Irgendwann wird sie es ihnen sagen müssen, doch noch ist sie nicht dazu bereit.“

Das war also die Geschichte, die Nele den Hagmans aufgetischt hatte und an der ihnen offenbar bisher keine Zweifel gekommen waren.

„Da Nilla nicht studiert, wird sie auch nicht in Göteborg an der Uni sein.“ Rurik, der inzwischen ihr gegenüber Platz genommen hatte, lehnte sich zu Olivia Hagman über den Tisch. „Wir müssen wissen, wo sie sich sonst aufhalten könnte.“

Sein eindringlicher Tonfall ließ sie zusammenzucken. „Hat Nilla etwas angestellt? Suchen Sie deshalb nach ihr?“

Rurik antwortete mit einer Gegenfrage. „Halten Sie das für möglich? Hatten Sie jemals Grund zu der Annahme, mit Nilla würde etwas nicht stimmen?“

„Also doch, ich habe es immer geahnt, aber Björn wollte nichts davon hören. Mein Mann ist einfach zu gutmütig, der traut niemandem etwas Schlechtes zu“, platzte es nun förmlich aus ihr heraus.

„Was haben Sie geahnt?“

„Es war mehr als nur eine Ahnung, es gab immer wieder merkwürdige Situationen. Einmal habe ich sie dabei erwischt, wie sie in meinen Sachen wühlte. Eine ganze Schublade aus dem Wohnzimmerschrank war herausgezogen und der Inhalt lag verstreut auf dem Boden, als ich dazukam. Als ich sie zur Rede stellte, hat sie behauptet, die Schublade wäre ein Stück offen gewesen und habe sich nicht richtig schließen lassen. Sie habe sie herausgezogen, um nachzuschauen, ob sich etwas dahinter verklemmt hat. Dabei sei sie ihr auf den Boden gefallen."

„Was hatte Nilla in Ihrem Wohnzimmer zu suchen?", fragte Alva.

„Na ja, sie hat dort manchmal sauber gemacht, wenn im Hotel nicht viel zu tun war. Aber nach diesem Vorfall wollte ich das nicht mehr."

„Fehlte hinterher irgendetwas?"

„Nein, aber in der Schublade waren keine Wertsachen, nur einige Unterlagen und alte Briefe."

„Gab es noch andere Vorfälle, die Ihr Misstrauen erregt haben?", zog Rurik das Gespräch wieder an sich.

„Ja, die gab es immer wieder. Ich fühlte mich von Nilla beobachtet. Sie lauerte hinter Türen und versuchte mitzuhören, wenn ich telefonierte. Dabei habe ich sie mehrmals ertappt. Sie tat dann immer schnell so, als hätte sie dort etwas zu erledigen, was aber nicht der Fall war."

„Wissen Sie wirklich nicht, wo sie jetzt sein könnte?"

„Nein, sie sagte nur, sie wäre mal eine Weile weg, das war vor drei Tagen. Seitdem habe ich sie nicht gesehen. Sie hat nicht gesagt, was sie vorhat und wie lange es dauern würde. Ich konnte ihr keine Vorschriften machen, weil ..." Olivia Hagman vollendete den Satz nicht und errötete.

„Weil sie nicht offiziell angestellt ist, nicht wahr?", tat Rurik es an ihrer Stelle.

„Sie wollte es so", erwiderte Olivia Hagman hitzig. „Und uns war es recht. Sie müssen sich hier nur umschauen, um zu sehen, wie uns das Wasser bis zum

Halse steht. An dem Haus müsste jede Menge repariert werden. Wovon sollen wir das bezahlen, wenn wir kaum Gäste haben? Die Leute werden immer anspruchsvoller. Bei den kleinen Preisen, die sie hier für eine Übernachtung zahlen, verlangen sie Bedingungen wie in einem Fünfsternehotel. Da können wir nicht mithalten."

„Frau Hagman, wir sind nicht von der Steuerbehörde. Wir wollen nur Nilla sprechen, das ist alles. Und dabei geht es nicht um ihre Arbeit hier und wie die bezahlt wird."

„Um was geht es dann, sagen Sie es mir doch endlich."

Rurik beschloss, den Ehemann zu dem Gespräch hinzuzuziehen. Beide Eheleute schienen in Bezug auf Nele Ahloff wirklich ahnungslos zu sein.

Björn Hagman war im Keller beschäftigt gewesen, als er sich zu ihnen gesellte, trug er einen Blaumann mit Ölflecken darauf. Seinen Händen und Fingernägeln sah man die handwerkliche Arbeit ebenfalls an. Er schien für Reparaturen im Haus zuständig zu sein. Bevor er sich setzte, breitete er eine Serviette auf dem Stuhl aus, um ihn nicht zu beschmutzen.

Rurik räusperte sich. „Wie wir Ihrer Frau schon mitgeteilt haben, sind wir eigentlich gekommen, um mit Nilla Ahloff zu sprechen. Leider ist sie nicht hier. Haben Sie eine Idee, wo sie sich aufhalten könnte?"

„Nein, wenn meine Frau es nicht weiß." Er zuckte mit den Schultern, es schien ihn nicht sonderlich zu interessieren.

„Nilla Ahloff ist nicht die Person, als die sie sich ausgegeben hat."

Mit diesem Satz hatte Rurik nun auch die Aufmerksamkeit von Björn Hagman.

„Nicht? Aber ich meine, wer ist sie dann? Und was bedeutet das für uns?“

„Eine ganze Menge kann das bedeuten“, keifte seine Frau. „Ich habe dir immer gesagt, ich traue ihr nicht, aber du hast sie in Schutz genommen.“

Rurik stoppte ihren Redeschwall mit einer Handbewegung. „Ich kann Ihnen nur so viel sagen: Sie hat ein paar Jugendsünden begangen, die sie Ihnen gegenüber offenbar nicht zugeben wollte. Sie hat auch nie studiert. Aber ob sie sich darüber hinaus etwas hat zuschulden kommen lassen, wissen wir nicht. Wir suchen sie lediglich als Zeugin. Daher bitten wir Sie, sich nichts anmerken zu lassen, falls Nilla auftaucht. Rufen Sie uns einfach an und sagen Sie ihr nicht, dass wir hier waren. Schon gar nicht sollten Sie sie auf ihre Schwindeleien ansprechen. Können wir uns darauf einigen?“

Olivia Hagman zögerte, doch ihr Mann stimmte sofort zu. „Natürlich halten wir uns daran. Uns hat sie keinen Grund zur Klage gegeben.“

„Ach nein? Und ihre Schnüffelei in meinen Sachen? Die belauschten Telefonate?“ Seine Frau funkelte ihn böse an.

Er ließ sich davon nicht aus der Ruhe bringen. „Das ist doch verständlich. Sie wollte herausfinden, ob du etwas über sie in Erfahrung gebracht hast. Davor hat sie sich offenbar gefürchtet.“

Auch jetzt verteidigte Björn Hagman sie noch. Bevor sich die Stimmung zwischen den Eheleuten deshalb aufheizen konnte, stellte Rurik eine andere Frage. „Ist Ihnen bekannt, ob Nilla einen Freund hat?“

„Davon wissen wir nichts. So wie wir offenbar eine Menge über sie nicht wissen.“ Olivia Hagman war noch immer erbittert.

„Sagt Ihnen der Name Holger Edwardson etwas?“

„Nein, nie gehört.“

Rurik bedankte sich und schärfte den Eheleuten nochmals ein, sich sofort zu melden, falls Nilla auftauchen sollte, und sich ihr gegenüber nichts anmerken zu lassen.

„Du hast ihnen nicht gesagt, wie Nilla wirklich heißt und wessen Identität sie angenommen hat“, sagte Sven, als sie wieder im Auto saßen.

„Das habe ich nicht für nötig gehalten, unter Umständen würden sie sich ihr gegenüber dann doch verplappern.“

„Besonders ergiebig war unser Ausflug nicht, wir hätten nicht zu viert anrücken müssen.“ Sven war mit dem Ergebnis unzufrieden, doch nicht nur er.

„Das konnten wir vorher nicht wissen.“ Rurik lenkte das Auto vom Parkplatz. „Wäre sie da gewesen, hätten wir sie mitgenommen und im Präsidium gründlich befragt.“

„Dazu reichen die Verdachtsmomente gegen sie nicht aus“, gab Alva zu bedenken.

Rurik zuckte mit den Schultern. „Das mag sein, ich wäre das Risiko trotzdem eingegangen. Auf einen Anschiss mehr oder weniger von Agneta kommt es inzwischen nicht mehr an. Ich hoffe, Nele Ahloff ist nicht untergetaucht, obwohl ich es fast befürchte. Zeitgleich mit ihr ist auch Holger Edwardson verschwunden. Sie könnten zusammen sein. Möglicherweise haben sie alle getäuscht und sind noch immer ein Paar.“

„Wenn das wirklich so sein sollte, müssen wir uns um Tuva Westin große Sorgen machen", sagte Alva.

76.

Sie fror erbärmlich, aber schlimmer war der Durst. Tuva glaubte, irgendwo Wasser rauschen zu hören, eine kristallklare Quelle, die aus einem Felsen entsprang. Jetzt sah sie es deutlich vor sich, die Sonne spiegelte sich in dem kühlen Nass und ließ es funkeln wie einen Teppich aus Diamanten. Sie streckte die Hand aus, um sie hineinzutauchen, und berührte den nackten Erdboden. Das brachte sie schlagartig in die Realität zurück. *Mein Gott, ich habe schon Halluzinationen,* dachte sie erschrocken. Oder war sie nur kurz eingenickt und hatte geträumt? Jedes Zeitgefühl war ihr abhandengekommen. Wie lange war sie bereits hier eingesperrt? Zwei Tage oder länger? Und wie lange konnte ein Mensch ohne Wasser überleben? Sie glaubte, sich zu erinnern, dass es maximal drei Tage waren. Das Nachdenken fiel ihr schwer, sie hatte schreckliche Kopfschmerzen und ihr Bewusstsein war bereits getrübt, beides deutlich Anzeichen für Dehydrierung. Der Gedanke, in diesem Keller sterben zu müssen, war unerträglich. Sie hatte alles versucht, hatte ohne jeden Erfolg gegen die verdammte Tür getreten, bis ihre Füße schmerzten und die Knöchel dick angeschwollen waren. Geschrien und um Hilfe gerufen hatte sie, bis sie vollkommen heiser war, doch niemand schien sie zu hören. Auch ihre Suche nach Werkzeug, mit dem sie das Schloss bearbeiten konnte, war erfolglos gewesen. Außer ein paar verbogenen rostigen Nägeln, die sie mühsam aus den morschen Regalbrettern klauben musste, hatte sie nichts gefunden. Dem Türschloss konnten ihre Bearbeitungsversuche nichts anhaben, nur ihre Hände wurden dabei völlig zerschunden. Gierig hatte sie daraufhin das Blut von den Fingern geleckt. In ihrer Verzweiflung war sie sogar auf die Idee gekommen, sich die Pulsadern aufzuritzen, um das Blut zu trinken. Ein letzter Funken Verstand hielt sie davon ab. Sie versuchte, ihren Urin in der hohlen Hand aufzufangen und zu trinken, doch ihr Körper gab kaum noch etwas her.

„Ich will nicht sterben!" Sie schrie es heraus, so laut sie konnte. Nein, sie würde nicht aufgeben, solange noch eine winzige Hoffnung auf Rettung bestand. Neben ihr lag ein Stück von einem Brett, aus dem sie Nägel entfernt hatte. Sie nahm es in beide Hände und begann, damit rhythmisch auf die Tür einzuschlagen. Um ihre schwindenden Kräfte zu schonen, schlug sie nur leicht zu, es ging ihr um das Geräusch, das dadurch erzeugt wurde. Zwischendurch legte sie immer wieder Pausen ein und lauschte angestrengt. Sie hoffte, irgendjemand würde zufällig vorbeikommen und sie hören. Wenn er dem Geräusch nachginge, könnte sie sich durch Rufen bemerkbar machen. Nein, sie würde nicht aufgeben, jetzt noch nicht. Zwischendurch tauchte immer wieder der Gedanke an Holger auf. Sie glaubte nicht mehr an die gehässige Bemerkung seines schmierigen Kollegen, Holger wäre mit einer fremden Frau verschwunden. Sie wollte es nicht glauben, denn er war der einzige Mensch, der sie vermissen und nach ihr suchen könnte. Wenn sie sich in ihm getäuscht haben sollte, sah sie keine Hoffnung mehr für sich.

77.

Er hörte das Plätschern wie eine Melodie, die seine Träume untermalte. Es war das Geräusch von Wellen, die gegen eine Bordwand schlugen. Demnach befand er sich irgendwo auf dem Meer. Hatte er die Fähre bestiegen und seine Flucht angetreten? So musste es sein, wenn er sich auch nicht daran erinnern konnte. Ihm blieb nur noch die Flucht, nachdem sein verbissener Plan mehreren Menschen das Leben gekostet hatte. Dabei war es ihm nur um die Wahrheit gegangen, die er nun vermutlich nie mehr erfahren würde. In ihm regte sich Widerstand, sollte alles umsonst gewesen sein? Wenn sein Leben ohnehin zerstört war, warum sollte er dann vor dem letzten Schritt zurückschrecken? Warum nicht erst noch zu Ende bringen, was er begonnen und was ihn dann wie eine Lawine überrollt hatte? Nur musste er dazu von dieser verdammten Fähre runter, vor allem aber musste er wach werden. Die Traumbilder waren wie Tentakel, die ihn umklammerten und sein Erwachen verhindern wollten. Verschwommen tauchte ein bleiches Gesicht mit weit aufgerissenen Augen vor ihm auf, das Gesicht einer Frau. Sie lag mit verrenkten Gliedern da und rührte sich nicht. Er wollte ihr aufhelfen, sie schütteln, sie anschreien, damit sie aus ihrer Erstarrung erwachte. *Lass das, sie ist tot.* Die Kälte in der Stimme, die diesen schrecklichen Satz aussprach, ließ ihn schaudern. Entsetzen über das, was geschehen war, schüttelte ihn. Bei dem Versuch, sich aus den Klauen des Albtraums zu befreien, warf er sich hin und her. Sein Kopf schlug gegen ein Hindernis, durch den Schmerz wurde er endlich wach. Holger öffnete die Augen einen Spaltbreit. Er sah einen weißen gewölbten Gegenstand unmittelbar vor sich und es dauerte einen Moment, bis er realisierte, dass es sich um eine Toilette handelte. Er lag daneben auf dem Boden und sein Kopf dröhnte. Wie kam er hierhin und was war mit ihm passiert? Das war nicht sein Bad. Der Raum war eng, die Wände beigefarben, direkt gegenüber der Toilettenschüssel befand sie ein kleines ovales Waschbecken. Er musste wieder klar denken können, und um das zu erreichen, war kaltes Wasser ein geeignetes Mittel. Holger erhob sich schwankend und wollte zum Waschbecken hinübergehen, als etwas an seinem Fuß zerrte. Er senkte den Blick und konnte zunächst nicht glauben, was er sah: Eine Kette war mit einer Eisenschelle an seinem Fußgelenk befestigt. Sie führte straff gespannt zu einer zweiten Schelle, mit der sie an einem in der Wand verankerten metallenen Haltegriff befestigt war. Er war in dieser winzigen Nasszelle angekettet wie ein Tier. Er brüllte seine Wut laut heraus, doch sein Schreien verhallte ungehört. Alles blieb still bis auf das leise Plätschern, das ihn bis in seine Träume hinein begleitet hatte. Das war keine Illusion, das war real. Er befand sich auf dem Wasser, aber nicht auf der Fähre, sondern auf einem Boot. Endlich setzte sein Erinnerungsvermögen wieder ein. Mit dem Boot hatte er fliehen sollen und war durch seine Weigerung, es zu tun, in diese Lage geraten. Wie viel Zeit war inzwischen vergangen und wo genau befand sich das Boot jetzt? Motorengeräusche waren nicht zu vernehmen, auch keine leisen Erschütterungen, wie sie während der Fahrt zwangsläufig entstehen. Demnach lag das Boot irgendwo vor Anker. In einem Hafen oder an einer einsamen Anlegestelle? Letzteres musste der Fall sein, sonst würden irgendwelche Geräusche von draußen zu hören sein. Das machte seine Lage schwierig, denn es brachte nichts, wenn er um Hilfe rief. Trotzdem versuchte er es einige Male, bevor er resigniert aufgab. Er musste einen Weg finden, sich selbst zu befreien. Die Kette ließ ihm wenig Bewegungsspielraum, er kam nicht einmal bis zum Waschbecken. Holger drehte sich um und musterte den Haltegriff, an dem die Kette befestigt war. Zwei Schrauben, beide leicht angerostet, fixierten ihn in der Wand. Das sollte kein Problem sein, denn Trennwände auf Booten waren aus leichtem Material, um das Gewicht möglichst gering zu halten. Meist handelte es sich um Sperrholz, so vermutlich auch hier. Da seine Hände zum Glück frei waren, umfasste Holger den Griff und zerrte mit aller Kraft daran. Bis auf ein leises Knirschen tat sich zunächst nichts. Er verdoppelte seine Anstrengungen, indem er beide Füße gegen die Wand stemmte und mit den Händen kräftig zog. Das Knirschen wurde lauter, dann löste sich eine der Schrauben und hinterließ ein hässliches Loch in der Wand. Holger atmete auf, der Rest war ein Kinderspiel. Er bewegte den nun lockeren Griff wie einen Hebel und bekam so auch die zweite Schraube aus der Wand. Endlich konnte er zum Waschbecken hinübertaumeln, wobei er die Kette mitsamt dem Haltegriff hinter sich herschleifte wie ein entlaufener Sträfling. Aus dem Hahn kam nur ein dünnes Tröpfeln, doch es reichte aus, um die Schläfen zu benetzen. Danach fühlte Holger sich besser. Als er aufblickte, entdeckte er die Schrift auf dem Spiegel. Die Angst legte sich wie ein eiserner Ring um seine Brust. Er durfte keine Zeit mehr verlieren, hoffentlich war es nicht schon zu spät. Die Toilettentür war nicht verschlossen, weil das von außen gar nicht möglich war. Über ein paar Stufen ging es hinauf aufs Deck, die schmale Tür, die die Kajüte davon abtrennte, öffnete er mit wenigen Tritten. Draußen war es bereits dämmrig, Holger ließ sich nur wenig Zeit, um sich zu orientieren. Er befand sich auf einem ungefähr zehn Meter langen, ihm völlig unbekannten Kajütboot. Den Steg, an dem es lag, betrat er mit einem großen Schritt. Hoch über sich sah er die Ruine einer Burg mit einem gewaltigen Rundturm aufragen und wusste sofort, wo er sich befand. Das war die Festung Bohus in Kungälv, rund zwanzig Kilometer von Göteborg entfernt. Das Boot lag auf einem Abzweig des Göta-Flusses direkt unterhalb der Burgruine. Es war einsam hier, andere Boote waren nicht in Sicht. Insofern war der Anlegeplatz perfekt gewählt, es gab keine möglichen Zeugen, die bemerken konnten, dass auf dem Boot etwas nicht stimmte. Holger durfte nun keine Zeit mehr verlieren. Er umfasste den Haltegriff, der noch immer an der zweiten Schelle hing, wie den Bügel einer Handtasche. Die Kette war gerade lang genug, damit er trotz der Fußfessel bequem laufen konnte. Während er den

Felsen erklomm, begegnete er keiner Menschenseele. Auch die Festung, wo tagsüber immer Besucherandrang herrschte, lag verlassen da. Holger war dankbar dafür, mit seiner Kette musste er auf andere zwangsläufig einen merkwürdigen Eindruck machen. Eilig strebte er weiter, hin zu der Wohngegend, die der Festung am nächsten war. Es handelte sich um ein nostalgisches Viertel, das überwiegend aus Holzhäusern bestand. Holger ging auf das erste Haus zu, hinter dessen Fenstern er Licht sah. Er verbarg den Griff mit der Kette so gut wie möglich hinter seinem Rücken. Dann atmete er tief durch und drückte auf die Klingel. Wenn es ihm jetzt nicht gelang, überzeugend aufzutreten, dann könnte das entsetzliche Folgen haben.

78.

„Ja Veikko, es geht sofort los." Alva kraulte den großen Elchhund hinter den Ohren. Veikko gab fiepende Laute von sich. Birger hatte ihn mitgebracht, um Alva von der Arbeit abzuholen. Sie würden anschließend einen längeren Spaziergang mit dem Hund unternehmen, worauf dieser schon ungeduldig wartete. Alva hatte die Jacke angezogen und griff nach ihrer Tasche, als das Telefon klingelte. Am liebsten hätte sie es ignoriert, aber das ging natürlich nicht. Während sie den Anruf annahm, wartete Birger an der Tür. Veikko spitzte die Ohren und sein muskulöser Körper spannte sich. Er bemerkte die Aufregung, in die sein Frauchen durch das Gespräch versetzt wurde, und reagierte entsprechend darauf.

„Ist Rurik schon informiert?", fragte Alva. „Und Sven auch? Ja, in Ordnung, ich warte hier. Wann werdet ihr schätzungsweise mit ihm hier sein?"

„Sieht so aus, als müssten Veikko und ich allein losziehen", sagte Birger, nachdem Alva das Gespräch beendet hatte.

„Mir wäre es lieber, wenn du bleibst, eventuell brauchen wir deine Hilfe. Ein Streifenwagen ist auf dem Weg hierher. Sie bringen Holger Edwardson mit, der in Kungälv aufgegriffen wurde. Genaueres weiß ich auch noch nicht, aber die Umstände sollen merkwürdig sein.“

Alva ging zu ihrem Schreibtisch und nahm eine Blechdose aus der Schublade. Veikko begann aufgeregt mit dem Schwanz zu wedeln, er wusste, was die Dose enthielt. Alva gab ihm zwei Snacks und strich ihm tröstend über den Kopf. „Armer Junge, auf deinen Spaziergang wirst du noch warten müssen.“ Die Botschaft schien anzukommen, denn der Hund ließ sich mit einem Brummen auf dem Boden nieder und legte den Kopf auf die Pfoten.

Rurik, der kurz darauf auftauchte, wusste etwas mehr. „Holger Edwardson hat sich selbst gemeldet“, sagte er. „Den Beamten von der Streife, die zuerst vor Ort waren, hat er erzählt, er wäre betäubt und dann auf einem Boot angekettet worden. Das Boot liegt unterhalb der Festung Bohus in Kungälv an einem Steg, die Besatzung eines weiteren Streifenwagens ist auf dem Weg dorthin. Der andere Wagen befindet sich mit Edwardson auf dem Weg hierher. Angeblich soll er sehr aufgeregt sein und ständig davon sprechen, seine Freundin sei in höchster Lebensgefahr oder schon tot.“

„Kungälv ist nur zwanzig Kilometer entfernt und die Kollegen waren bereits losgefahren, als sie mich angerufen haben“, sagte Alva. „Sie sollten bald hier sein.“

Sven, der ebenfalls herbeigeeilt war, traf unten in der Halle auf die vier uniformierten Polizisten, die Holger Edwardson begleiteten. Sie boten ein eigenartiges Bild.

Zwei Beamte hatten Edwardson in die Mitte genommen, zwei gingen dicht hinter ihm her, wobei der eine etwas wie einen Bügel mit einer Kette daran in der Hand hielt. Beim genaueren Hinschauen sah Sven zu seiner Verwunderung, dass die Kette an Edwardsons Fußgelenk endete. Aufklärung, was es damit auf sich hatte, bekam er erst beim anschließenden Gespräch im Büro. Edwardson wirkte gehetzt, flehte die Kriminalisten geradezu an, umgehend die Suche nach Tuva Westin aufzunehmen.

„Nun mal ganz ruhig, nach ihr wird bereits gesucht", sagte Rurik. „Was wissen Sie über Tuva Westins möglichen Aufenthaltsort?"

„Sie hält sich nicht freiwillig irgendwo auf, sie wurde entführt." Erregt sprang er von seinem Stuhl im Verhörraum auf. Der Beamte, der hinter ihm stand und noch immer das Ende der Kette in der Hand hielt, kam durch die heftige Bewegung ins Wanken. „Sie wurde entführt und ist vielleicht schon nicht mehr am Leben. Nele wird sie umbringen, wie sie alle anderen umgebracht hat." Ein Schluchzen schüttelte ihn, er konnte nicht weitersprechen.

„Wen hat Nele Ahloff umgebracht?", wollte Rurik wissen. „Nennen Sie Namen, wenn Sie so etwas behaupten."

„Sie hat Camilla Andersson erstochen und Meja Burman beinahe erwürgt. Jetzt hat sie Tuva entführt und wird auch sie umbringen. Bitte suchen Sie nach ihr, vielleicht haben wir noch eine Chance."

„Was ist mit Nora Hedlund? War auch sie das Opfer von Nele Ahloff?"

„Ja, aber das war keine Absicht, es war ein Unfall. Und ich bin schuld daran, nur meinetwegen ist es so gekommen. Ich werde Ihnen alles ausführlich erzählen, aber suchen Sie bitte erst nach Tuva."

Alva, die neben Rurik saß, gab ihm ein Zeichen. Holger Edwardson machte auf sie einen aufrichtigen und echt verzweifelten Eindruck. Sie sollten keine Zeit verlieren, sein Geständnis würden sie später bekommen. Rurik schien zu dem gleichen Schluss gekommen zu sein.

„Wenn Tuva Westin von Nele Ahloff entführt wurde, wo könnte sie dann sein?", fragte er.

„Ich weiß nur einen Ort. Es gibt einen alten Erdkeller, etwa fünfhundert Meter von dem Hotel *Drei Buchen* in Hyssna entfernt. Das Gehöft, zu dem er gehörte, existiert schon lange nicht mehr. Man findet den Keller nur, wenn man genau weiß, wo er ist. Das Gelände ist völlig zugewuchert."

„Und woher wissen Sie von dem Keller?"

„Nele hat in entdeckt. Wir haben uns dort früher manchmal heimlich getroffen, weil uns niemand zusammen sehen sollte."

Rurik schluckte die Frage nach dem Grund hinunter, er sah nun ebenfalls ein, dass Eile geboten war. Tuva war bereits den dritten Tag verschwunden, sollte sie wirklich in dem Keller sein, bestand Lebensgefahr.

Sie gingen hinüber ins Büro, wo Sven sich an seinen Computer setzte und die Gegend um das Hotel auf einem Satellitenbild betrachtete. „Ich weiß ungefähr, wo der Erdkeller sein muss", sagte er.

„Bitte nehmen Sie mich mit, ich kenne mich aus, ich zeige Ihnen den Weg", bat Edwardson.

Rurik zögerte, stimmte dann aber zu. „Sie fahren im Streifenwagen mit den Kollegen voraus. Aber vorher entfernen wir noch schnell diese blöde Fußkette."

79.

Tuva spürte die Kälte und den Schmerz in ihren Eingeweiden kaum noch. Sie schwebte zwischen Wachen und Träumen. Anfangs waren es beängstigende Bilder gewesen, die sie heimgesucht hatten, inzwischen überwogen Szenen, die Traurigkeit und Reue bei ihr auslösten. Sie sah sich mit ihren Eltern im Urlaub, erinnerte sich an Geburtstagsfeiern und Weihnachtsfeste. Wie hatte sie nur jemals an ihrer Liebe zweifeln können? Obwohl sie adoptiert war, hätte sie sich kein besseres Zuhause wünschen können. Wann hatte sie ihnen zuletzt gezeigt, wie sehr sie sie liebte? Sie konnte sich nicht daran erinnern, nur an Streit und an verletzende Worte. Nun war es zu spät, um es wieder gutzumachen. Tuva hörte das leise Knarren einer Tür und lächelte im Halbschlaf. Sie lag in ihrem Zimmer im Bett und ihre Mutter kam herein, um noch einmal nach ihr zu schauen und ihr über das Haar zu streichen. Das tat sie jeden Abend, ganz behutsam, um Tuva nicht aufzuwecken. Doch diesmal war etwas anders, da war ein greller Lichtschein, den sie sogar durch ihre geschlossenen Augenlider wahrnahm. Tuva blinzelte und wurde sich der Realität schlagartig bewusst. Sie lag nicht in ihrem Bett, sondern war in einem Erdkeller gefangen. Der Lichtschein war allerdings immer noch da, er kam von einer Taschenlampe. Das Knarren, das sie in ihren Traum eingebaut hatte, war das Knarren der Kellertür gewesen. Jemand war gekommen, um sie zu befreien. Aber warum kam er nicht näher? Tuva fühlte sich, als wäre sie unsichtbar geworden.

„Hilfe“, krächzte sie. „Hilfe.“

„Hilfe willst du? Aber sicher doch, die bekommst du jetzt.“ Es war die Stimme einer Frau. Der Strahl der Taschenlampe schwenkte zur Seite und nun konnte Tuva die Umrisse der Sprecherin erkennen. Sie verschwendete keinen Gedanken daran, wer die Frau war, denn etwas anderes nahm ihre Aufmerksamkeit vollständig gefangen. Die Frau hielt eine Wasserflasche in der Hand. Als sie die Taschenlampe darauf richtete, funkelte die Flasche im Licht. Sie erschien Tuva als das Schönste und Kostbarste, was sie jemals gesehen hatte.

„Wasser“, flüsterte sie. „Bitte Wasser.“

„Du sollst das Wasser bekommen, aber vorher musst du eine Kleinigkeit dafür erledigen. Ich gebe dir einen Text, den du abschreiben wirst. Keine Angst, er ist nicht lang. Du setzt deinen Namen darunter und dafür bekommst du Wasser. Wenn du es geschafft hast, gibt es anschließend noch mehr Wasser, so viel, wie du in deinem ganzen Leben nicht trinken kannst.“

Tuva nickte, sie fühlte sich unendlich schwach, doch sie wollte alles tun, wenn sie nur endlich trinken durfte. Ihre Hand zitterte heftig, sie ließ den Stift fallen, den die Frau ihr hinhielt. Erst beim dritten Versuch gelang es ihr, ihn festzuhalten. Sie lag auf den Knien, das Blatt vor sich. Die Frau mit der Wasserflasche diktierte ihr den Text. „Ich habe getötet“, lautete der erste Satz. Tuvas Hand gehorchte ihr kaum, die Buchstaben tanzten über das Papier, aber irgendwie brachte sie es fertig, den Satz aufzuschreiben. „Nora Hedlund, Camilla Andersson und Meja Burman, das war ich“, diktierte die Frau weiter. Die Namen kamen Tuva vertraut vor, den Zusammenhang mit dem ersten von ihr zu Papier gebrachten Satz vermochte ihr benebeltes Gehirn nicht herzustellen. Sie schrieb die Namen in krakligen Buchstaben auf, immer das Wasser vor Augen, das sie bereits auf ihrer Zunge zu spüren glaubte, die wie ein fremder Klumpen in ihrem ausgedörrten Mund lag.

„Jetzt noch unterschreiben“, sagte die Frau. „Dann sind wir fertig.“

Tuva setzte gehorsam ihren Namenszug unter das Schriftstück, dessen Sinn sie nicht zu erfassen vermochte. Dann ließ sie den Stift fallen und streckte die Hand nach der Wasserflasche aus. Doch die Frau gab sie ihr nicht, sie zog sie weg.

„Ich habe es mir anders überlegt“, sagte sie hämisch. „Das ist zu wenig Wasser für dich. Du bekommst mehr, sehr viel mehr. Aber dazu müssen wir einen kleinen Ausflug machen. Los, steh auf.“

Tuva versuchte es, doch ihre Beine trugen sie nicht. Die Frau zerrte sie grob hoch. „Reiß dich zusammen. Du willst doch trinken, also komm jetzt. Du bekommst ganz viel Wasser, so viel, dass du darin untertauchen kannst.“

Tuva spürte, wie sie vorwärts gestoßen wurde und gleich wieder zu Boden sank. Die Frau stieß einen Fluch aus, dann packte sie Tuva mit beiden Händen unter den Achseln und zog sie rückwärtsgehend hinter sich her. Auf einmal war der Sternenhimmel über Tuva und er kam ihr so nah vor wie noch niemals zuvor. Sie hatte das Gefühl, sich aus ihrem Körper zu lösen und zu den Sternen hinaufzuschweben. Aber woher kam plötzlich dieser Lärm? Die Hände unter ihren Achseln lösten sich, eine Frau schrie, fremde Arme fingen Tuva auf, besorgte Gesichter beugten sich über sie. Tuva schloss die Augen, sie wollte nur noch schlafen.

80.

„Ich will zu ihr, bitte lassen Sie mich zu ihr.“ Holger Edwardson saß im Streifenwagen und beobachtete, wie Tuva auf einer Trage in den Krankenwagen geschoben wurde.

„Das kommt überhaupt nicht infrage.“ Der Polizeibeamte neben ihm drückte ihn auf den Sitz zurück. „Verhalten Sie sich ruhig, sonst bekommen Sie zusätzlich zu den Handschellen auch noch Fußfesseln angelegt.“

„Ich will doch nur wissen, ob sie durchkommen wird“, schluchzte Edwardson. Der zweite Beamte neben ihm zeigte ein wenig Mitleid. „Das wird sie bestimmt. Sie ist am Leben und von jetzt an in den besten Händen.“

Nele Ahloff wurde in Handschellen an ihnen vorbeigeführt und in einen zweiten wartenden Wagen verfrachtet. Sie warf Holger Edwardson einen hasserfüllten Blick zu, den er überhaupt nicht bemerkte. All seine Aufmerksamkeit galt dem Krankenwagen, der mit eingeschaltetem Signal davonfuhr. Inzwischen drängten sich mehrere Fahrzeuge auf dem einzigen zugänglichen Platz inmitten des unwegsamen Geländes. Auch die Spurensicherung war eingetroffen. Rurik sprach mit Lucas Marklund, dem Chef der Kriminaltechnik. „Ihr nehmt euch den Erdkeller vor. Nicht dass wir da etwas übersehen. Und schickt auch ein zweites Team nach Kungälv, sie sollen das Boot untersuchen, auf dem Holger Edwardson angeblich gefangen gehalten wurde. Eine Streife ist vor Ort und hat den Zugang zum Steg abgesperrt."

Während die Spurensicherung ihre Arbeit aufnahm, begaben sich Alva, Sven und Rurik zu ihrem Wagen. Sie fuhren dem Streifenwagen hinterher, in dem Holger Edwardson zurück zum Polizeipräsidium in Göteborg gebracht wurde.

„Das wird eine lange Nacht", sagte Rurik. „Wir werden Edwardson umgehend gründlich vernehmen. Er ist sichtlich erschüttert und dadurch bereit zu reden. Diese Chance dürfen wir uns nicht entgehen lassen."

Im Präsidium wurde Edwardson in einen Verhörraum geführt. Rurik, Alva und Sven würden bei seiner Vernehmung anwesend sein, Birger sollte durch den Einwegspiegel zusehen. Er hatte sich ebenfalls wieder eingefunden, nachdem er zuvor mit Veikko spazieren gewesen war. Nun lag der Hund schlafend zu seinen Füßen.

Holger Edwardson bekam einen Kaffee angeboten, nahm aber lieber Wasser. Seine Hände zitterten, er konnte kaum das Glas halten. Rurik, Alva und Sven hatten sich Kaffee geholt, um munter zu bleiben.

Rurik klärte Edwardson zuerst über seine Rechte auf. „Wir werden Ihre Aussage aufzeichnen", sagte er dann. „Sie haben Nele Ahloff beschuldigt, mehrere Morde beziehungsweise Mordversuche begangen zu haben“, sagte er dann. „Aber Sie haben auch eine eigene Schuld angedeutet. Sie müssen sich nicht selbst belasten, doch alles, was Sie freiwillig gestehen, kann später zu Ihren Gunsten gewertet werden.“

„Ich will reinen Tisch machen“, sagte Edwardson. „Es ist so vieles durch meine Schuld passiert, was niemals hätte passieren dürfen.“

„Erzählen Sie am besten von Anfang an“, forderte Rurik ihn auf.

„Meine Mutter“, begann Edwardson. „Sie wurde ermordet, als ich acht Jahre alt war. Ich habe sie damals gefunden.“ Er stockte, sein Blick schien nach innen gerichtet zu sein. Auf einmal hatte er die schrecklichen Bilder wieder vor Augen, wie er neben der blutbesudelten Leiche seiner Mutter hockte. „Ich hatte etwas gesehen und gehört an dem Abend, bevor sie starb“, fuhr er schließlich fort. „Weil ich unter Schock stand, konnte ich nicht darüber reden. Ich war für ein ganzes Jahr verstummt. Als ich dann später zu reden begann, wollte mir niemand zuhören. Alle glaubten, ich würde mir das nur einbilden. Aber ich wusste, es war real gewesen. An jenem Abend war eine Frau bei meiner Mutter gewesen, eine blonde Frau. Sie hat mit meiner Mutter gestritten, auf eine aggressive Art, die mir Angst machte. Ihre eigenartige Aussprache hat sich mir eingeprägt, aber erst viel später wurde mir klar, dass es sich dabei um einen dänischen Akzent gehandelt hatte. Ihr Bild und ihre Stimme waren in meinem Gedächtnis eingebrannt. Meine Aussichten, diese Frau zu finden oder gar die Polizei zu veranlassen, nach ihr zu suchen, schätzte ich als äußerst gering ein. Aber dann vor zweieinhalb Jahren sah ich sie plötzlich wieder.“

Holger Edwardson trank von seinem Wasser, bevor er weitersprach. „Sie wurde in einem Fernsehbeitrag zum Verschwinden von Celine Sahlin befragt. Das Mädchen hatte zusammen mit einer Freundin im Hotel dieser Frau übernachtet, bevor es verschwand. Nun hatte die Fremde plötzlich einen Namen: Olivia Hagman. Sie war älter geworden, hatte sich aber wenig verändert. Der dänische Akzent, ihre aufgeregte Art zu sprechen, das streng frisierte blonde Haar, alles war wie damals. Ich hatte von nun an nur noch einen Wunsch. Ich wollte herausfinden, ob sie etwas mit dem Tod meiner Mutter zu tun hatte."

„Warum haben Sie sich damit nicht an die Polizei gewandt?"

„Das ging nicht", erwiderte Edwardson entschieden. „Ich hatte keinerlei Beweise. Wäre die Polizei meinem Hinweis nachgegangen und hätte Olivia Hagman befragt, wäre sie gewarnt gewesen und hätte Beweise vernichten können. Das durfte ich nicht riskieren."

„Was für Beweise sollten das sein?" Rurik zog fragend die Augenbrauen hoch.

„Es gibt da zwei Dinge, die mir aufgefallen sind, als ich später durch einen Anwalt Einblick in die Ermittlungsakte zum Mord an meiner Mutter nehmen durfte. Da ist einmal das Fehlen ihres Medaillons. Sie trug es immer und darin befand sich ein Foto von ihr und meinem Vater, den ich nie kennengelernt habe. Auch an dem Abend ihres Todes hatte sie es nicht abgelegt. Sie kam ins Zimmer, um nach mir zu sehen, bevor sie mit der Frau nach draußen ging. Ich bin mir ganz sicher, ich fühlte, wie das Medaillon mein Gesicht streifte, als sie sich über mich beugte. Aber als sie später tot hinter dem Haus lag, habe ich es nicht mehr an ihr gesehen. Im Polizeibericht war jedes Kleidungsstück von ihr aufgeführt, doch die Kette mit dem Medaillon fehlte."

„Sie glauben, der Täter oder die Täterin hat die Kette mitgenommen und könnte sie als eine Art Trophäe behalten haben?"

Edwardson nickte. „Ich würde das nicht ausschließen. Und dann war da noch etwas. Ein unsäglicher Brief, in dem meine Mutter beschuldigt wurde, eine Prostituierte zu sein und Freier in ihrer Wohnung zu empfangen. Das war eine gemeine Lüge, um eine falsche Spur zu legen. Ich denke, dieser Brief stammt ebenfalls vom Täter. Ich weiß nicht, ob es Olivia Hagman selbst war, die meine Mutter tötete, oder ob draußen ein Komplize auf sie wartete und sie nur den Lockvogel gespielt hat. Doch ich glaube, dieser Brief könnte von ihr stammen. Ich habe ihn mir gründlich angesehen. Er ist nicht auf einem Computer, sondern auf einer älteren Schreibmaschine getippt worden. Entweder diese Maschine oder andere auf ihr verfasste Schriftstücke könnten noch existieren."

„Sie haben also Hinweise gesammelt, sind damit aber nicht zur Polizei gegangen", fasste Rurik zusammen. „Was haben Sie stattdessen unternommen?"

„Ich habe mit Nele darüber geredet. Bei ihr fand ich das nötige Verständnis. Kennengelernt hatte ich sie während meiner Arbeit in einem geschlossenen Heim der Jugendfürsorge. Nele hat sich mir anvertraut, sie hatte es nicht leicht gehabt. Während ihre Zwillingsschwester der ganze Stolz ihrer Eltern war, galt sie als Problemkind. Weil sie gegen die begabte und tüchtige Schwester ohnehin keine Chance hatte, beschloss sie, irgendwann richtig Probleme zu machen, damit ihre

Eltern einen triftigen Grund zum Klagen hatten. Im Endeffekt hatte sie das in dieses Heim gebracht. Ich mochte sie wirklich und nach ihrer Entlassung wurden wir ein Paar. Als ich ihr von meinen Nachforschungen erzählte, war sie sofort Feuer und Flamme und wollte mir helfen. Es sah dann zunächst ganz einfach aus. Sie bewarb sich bei den Hagmans im Hotel als Aushilfe, und die waren froh über die billige Arbeitskraft. Nele gab sich als ihre Schwester aus, was überhaupt nicht nötig gewesen wäre. Die Hagmans haben keine Fragen gestellt, sie hatten schließlich nicht vor, Nele regulär anzustellen. Nele wurde zum Mädchen für alles, sie bekam auch Zugang zu den Wohnräumen. Wir fühlten uns unserem Ziel ganz nah, aber dann ging etwas gründlich schief." Holger Edwardson schaute auf, seine Augen waren gerötet. „Können wir bitte eine Pause machen?"

Rurik schaute auf die Uhr. „Zehn Minuten Pause", sagte er. Während Sven bei Edwardson zurückblieb, verließen Rurik und Alva den Raum. Auf dem Flur trafen sie auf Birger. „Was hältst du von seiner bisherigen Aussage?", fragte Alva ihn.

„Er wirkt auf mich authentisch, ihr habt die Chance, noch eine Menge von ihm zu erfahren. Der Mann ist entschlossen, einen Schlussstrich zu ziehen."

„Das werden wir nutzen." Rurik schaute auf die Uhr. Mehr als zehn Minuten Pause wollte er Edwardson nicht zubilligen, und die waren schnell um. Sie gingen zurück in den Verhörraum, um die Vernehmung fortzusetzen.

81.

„Sie sagten, etwas ging gründlich schief", nahm Rurik die Befragung wieder auf, nachdem er und Alva erneut gegenüber von Holger Edwardson Platz genommen hatten. „Was ist passiert?"

Edwardson räusperte sich. „Nora Hedlund tauchte im Hotel auf und erkannte Nele wieder. Sie hatte zwei Jahre zuvor in dem geschlossenen Heim recherchiert, in dem Nele untergebracht war. Bei der Gelegenheit hatte sie auch mit Nele gesprochen und über deren Fall berichtet. Nele reagierte panisch, sie befürchtete, Nora Hedlund würde sie bei den Hagmans verraten. So äußerte sie sich jedenfalls, als sie mich an jenem Abend anrief. Sie meinte, wir müssten etwas unternehmen, damit das nicht passiert. Daraufhin versprach ich, am nächsten Tag im Hotel vorbeizukommen und es mit ihr gemeinsam zu regeln."

„Was stellten Sie sich vor, wie Sie es regeln wollten?", fragte Rurik.

„Auf keinen Fall so, wie es sich dann tatsächlich abspielte", entgegnete Edwardson heftig. „Wir verabredeten, Nora Hedlund zu folgen, wenn sie das Hotel verlassen würde und mit ihr zu reden. Ich wollte sie bitten, Nele nicht zu verraten, weil sie mit ihrer Vergangenheit abschließen wolle und eine neue Chance verdient hätte. Ich war mir sicher, sie überzeugen zu können. Nele sollte das Reden mir überlassen, so hatten wir es vereinbart. Aber sie hielt sich nicht daran. Als Nora Hedlund es wagte, ihr Fragen zu stellen, wurde sie sofort aggressiv."

„Was für Fragen waren das?"

„Ganz sachliche Fragen. Warum sie nicht zu ihrer Vergangenheit stehen wolle. Weshalb sie sich anders nennen würde, solche Sachen. Daraufhin flippte Nele total aus. Sie drohte der Frau, sie fertigzumachen. Sie wollte öffentlich verbreiten, Nora Hedlund hätte sie damals bei dem Interview unter Druck gesetzt und ihre Äußerungen falsch wiedergegeben. Niemand sollte jemals wieder einen Artikel von ihr drucken. Dann ging alles ganz schnell. Nora Hedlund wurde ebenfalls wütend. Sie schrie Nele an, sie habe sich kein Stück gebessert und werde immer eine Lügnerin mit einem Hang zu kriminellen Handlungen bleiben. Kaum hatte sie das ausgesprochen, wurde Nele handgreiflich. Sie versetzte der Frau einen heftigen Tritt gegen die Beine und einen Schlag gegen den Oberkörper. Es gelang mir, Nele von ihr wegzuziehen, aber es war schon zu spät. Nora Hedlund strauchelte und stürzte auf dem abschüssigen Gelände ein Stück hangabwärts. Dabei krachte sie mit dem Hinterkopf auf einen Stein."

Edwardson griff nach dem Wasserglas, wieder zitterten seine Hände heftig. Das Weitersprechen fiel ihm sichtlich schwer. „Ich wollte ihr aufhelfen, wollte schauen, wie schwer sie verletzt ist, aber sie war tot. Als ich das begriff, war ich nicht mehr ich selbst."

„Nicht mehr Sie selbst? Wie meinen Sie das?" Rurik schaute ihn an und runzelte die Stirn.

„Ich war plötzlich wieder acht Jahre alt und die Frau, die da vor mir lag, war meine tote Mutter. Ich fing an zu zittern und war nicht fähig, zu sprechen oder mich zu bewegen. Nele schüttelte mich und gab mir Anweisungen, die ich wie ein Roboter befolgte. Was genau wir getan haben, kann ich nicht sagen, da klaffen Lücken in meiner Erinnerung. Wenn ich darüber nachdenke, sehe ich nur einzelne Bilder, die keinen Zusammenhang ergeben. Wie wir die Frau durch einen Felsspalt schieben, wie wir Zweige hinterherschieben, um sie damit zu bedecken. Ich habe auch keine Ahnung, wie ich danach zurück nach Hause gekommen bin. Mehrere Tage lag ich mit Fieber im Bett. Als mir dann richtig bewusst wurde, was wir getan hatten, wollte ich zur Polizei gehen. Aber Nele ließ es nicht zu."

„Was heißt das, sie ließ es nicht zu?" Rurik schob das Mikrofon ein wenig näher zu Edwardson, da seine Stimme immer leiser wurde.

„Sie sagte, wenn ich das tun würde, ginge sie wegen ihrer Vorgeschichte ins Gefängnis und ich käme glimpflich davon. Dabei wäre all das nur passiert, weil sie mir unbedingt helfen wollte, die Wahrheit über den Tod meiner Mutter herauszufinden. Ich hätte uns dadurch in diese Situation gebracht. Natürlich konnte ich das nicht von der Hand weisen und fühlte mich schuldig."

„Sie haben nicht nur die Leiche von Nora Hedlund versteckt, Sie haben auch deren Handy zerstört und in die Höhle geworfen“, sagte Rurik.

Edwardson schaute auf, in seinen Augen glitzerten Tränen. „Das war ich nicht, das war Nele. Ich habe es nicht einmal gewusst, sie hat es mir erst später gesagt. Sie meinte, das Verschwinden von Nora Hedlund würde nun genauso aussehen wie das von Celine Sahlin. Niemand würde auf die Idee kommen, wir könnten etwas damit zu tun haben.“

„Haben Sie gehofft, man würde die Leiche nicht finden?“

„Nein, das habe ich nicht. Ich habe mich gewundert, weshalb es erst so spät passierte, denn die Zeit bis dahin war eine einzige Qual für mich. Die Beziehung zwischen Nele und mir veränderte sich. Mir war, als hätte sie mir an dem Tag, als Nora Hedlund starb, zum ersten Mal ihr wahres Gesicht gezeigt. Ich wollte nicht mehr mit ihr zusammen sein, aber es war mir auch nicht möglich, sie einfach völlig fallen zu lassen. Durch unser schreckliches Geheimnis waren wir aneinandergekettet. Ich bat sie, keine weiteren Nachforschungen bei den Hagmans anzustellen, doch sie ging nicht darauf ein, sondern machte verbissen weiter. All meine Versuche, sie auf Abstand zu halten, unterlief sie. Sie wollte nicht begreifen, dass ich keine Gefühle mehr für sie hatte, jedenfalls keine positiven. Meine Zurückhaltung führte sie einzig und allein auf die Angst vor der Entdeckung der Leiche von Nora Hedlund zurück. Und dann tat sie etwas noch viel Schrecklicheres.“

Diesmal war es Rurik, der eine Pause anordnete. Edwardson war kreidebleich und schien einem Zusammenbruch nahe zu sein. Gemeinsam mit Alva ging er zu Birger hinüber. „Kannst du bitte mal nach ihm schauen?“, sagte er. „Ich bin mir nicht sicher, ob wir weitermachen können, der klappt uns gleich zusammen.“

Birger nickte. „Das Reden darüber triggert ihn, besonders die Schilderung der Situation, wie er neben Nora Hedlunds Leiche kniete. Das hat sein Kindheitstrauma wieder aufbrechen lassen. Ich rede mit ihm.“

Birger blieb eine halbe Stunde bei Holger Edwardson. Alva brühte inzwischen frischen Kaffee auf, für den Fall, das Verhör fortsetzen zu können. Ihre Entscheidung erwies sich als richtig, denn Birger gab grünes Licht. „Er ist stabil genug, um es durchzuhalten“, sagte er. „Und er möchte es zu Ende bringen.“

82.

Holger Edwardson hatte sich nun ebenfalls für Kaffee entschieden und nippte vorsichtig daran. Der aromatische Duft aus vier Tassen erfüllte den engen Verhörraum und fügte der ernsten Situation eine anheimelnde Note hinzu.

„Nele rief mich an, sie wirkte geradezu euphorisch", fuhr er fort. „Es sei etwas Unglaubliches passiert, sagte sie. Tuva Westin, die Freundin, die damals beim Verschwinden von Celine Sahlin dabei war, werde erneut im Hotel einchecken. Die Anmeldung für den Aufenthalt war bereits eine Woche zuvor erfolgt. Das könnte eine Chance für uns sein, sie irgendwie auch mit dem Verschwinden von Nora Hedlund in Verbindung zu bringen, meinte Nele. Ich fand die Idee total hirnrissig, wie sollte das funktionieren? Außerdem wollte ich keine Unschuldige in die Sache hineinziehen. Deshalb habe ich Kontakt zu Tuva aufgenommen. Ich glaubte, sie vor Nele beschützen zu können. Aber was Nele dann tatsächlich tat, damit hätte ich niemals gerechnet." Er stützte den Kopf in die Hände und brauchte einen

Moment, um sich zu sammeln, bevor er weitersprechen konnte. „Tuva fuhr nach Hyssna, daran konnte ich sie nicht hindern. Ich glaubte auch nicht mehr an die krude Idee von Nele. Doch dann rief sie mich wieder an und erzählte mir, Tuva sei am Abend mit einer Frau in Streit geraten. Am Morgen danach habe man diese Frau erstochen aufgefunden. Es liege auf der Hand, dass Tuva Westin es getan hat, die Polizei habe sie gleich mitgenommen. Nun würde man sie bestimmt verdächtigen, auch Nora Hedlund auf dem Gewissen zu haben."

Edwardson umklammerte die Kaffeetasse, seine Knöchel traten weiß hervor. „Ich war wie vor den Kopf geschlagen", sagte er leise. „Meine Ahnung sagte mir sofort, da würde etwas nicht stimmen. Bei unserem nächsten Treffen habe ich Nele zur Rede gestellt. Erst leugnete sie, doch dann gab sie den Mord zu. Ich werde nie vergessen, was sie mir sagte: *Ich habe es für dich getan, weil ich sehe, unter welchem Druck du stehst. Die Angst, jemand könnte herausfinden, was mit dieser windigen Journalistin passiert ist, macht dich kaputt. Aber jetzt kannst du dich entspannen. Die Polizei hat eine Schuldige gefunden, die passender nicht sein könnte. Und wir können unbeschwert in die Zukunft schauen.*" Er schüttelte den Kopf, als könne er es noch immer nicht fassen. „Nele ist krank, das ist nicht normal. Ich konnte sie nicht verraten, aber ich habe ihr gesagt, ich will nichts mehr mit ihr zu tun haben. Und ich habe versucht, Tuva beizustehen."

„Hätte die beste Form von Beistand nicht darin bestanden, die Wahrheit zu sagen und Tuva so von allen Vorwürfen zu entlasten?" Rurik hob die Stimme und Holger Edwardson zuckte zusammen.

„Wäre sie tatsächlich für den Mord angeklagt worden, hätte ich die Wahrheit gesagt“, beteuerte er leise. „Dieses Unrecht hätte ich niemals zugelassen. Aber dann habe ich mich ganz schnell in sie verliebt, das war nicht geplant. Tuva ist eine tolle Frau, aufrichtig, sensibel und loyal. Sie hat für ihre Freundin Celine unendlich viel auf sich genommen. Manch einer wird das für Dummheit halten, es war die gleiche Art von Dummheit, die auch mich bewogen hat, Nele nicht zu verraten. Da war sofort eine besondere Art der Verbindung zwischen Tuva und mir. Als wir sehr schnell ein Paar wurden, habe ich alles verdrängt, was zuvor geschehen war. Ich habe mir eingebildet, zusammen mit Tuva neu anfangen zu können. Doch ich hatte nicht mit Nele gerechnet, die verrückt vor Eifersucht und wild entschlossen war, Tuva aus dem Weg zu räumen. Sie hat Tuva heimlich beobachtet, auch deren Streit mit Meja Burman im Supermarkt. Als Meja das dann in den sozialen Medien ausschlachtete, sah Nele ihre Chance gekommen, Tuva den nächsten Mord anzuhängen. Sie machte mir gegenüber entsprechende Andeutungen und ich war alarmiert. Ich habe sie aufgefordert, sofort zu mir zu kommen. Diesmal meinte ich es ernst, ich wollte mit ihr gemeinsam zur Polizei gehen und alles offenlegen. Es würde sonst nie ein Ende nehmen, das war mir klar geworden. Auf Tuvas Anrufe habe ich nicht reagiert, ich wusste nicht, was ich ihr sagen sollte. Nach meinem Geständnis würde sie ohnehin nichts mehr von mir wissen wollen. Aber Nele war schneller als ich, sie schuf einfach Tatsachen. An dem Morgen, als die Berichte über den Mordanschlag auf Meja Burman in den Medien auftauchten, habe ich auf dem Bau gearbeitet. Plötzlich stand Nele vor mir. Sie sagte,

Tuva habe es diesmal wirklich getan und sie wisse, wo sie sich deshalb versteckt halte. Wenn ich es von ihr selbst hören wolle, könne sie mich hinführen. Wir stiegen in mein Auto. Nele bestand darauf, zu fahren, weil ich zu aufgeregt war und sie außerdem den Weg kannte. Unterwegs zog sie ganz beiläufig eine Wasserflasche unter ihrem Sitz hervor und reichte sie mir. Nachdem ich davon getrunken hatte, wurde mir schwindlig. Von da an erinnere ich mich an nichts. Ich kam erst auf dem verdammten Boot wieder zu mir. Anfangs lag ich auf einem Bett. Nele beschwor mich, mit ihr gemeinsam in ein neues Leben zu starten. Als ich das empört ablehnte, rammte sie mir eine Spritze in den Arm und ich verlor erneut das Bewusstsein. Zwischendurch kümmerte sie sich um mich, gab mir zu trinken. Doch ich war zu schwach, um mich gegen sie zu wehren. Ich sagte ihr, ich wisse, dass sie auch Meja Burman getötet habe, und werde alles der Polizei erzählen. Natürlich war das dumm von mir, daraufhin verpasste sie mir die nächste Dosis. Diesmal kam ich angekettet im Bad zu mir. Auf dem Spiegel hatte Nele mit schwarzem Lippenstift eine Botschaft hinterlassen. Demnach wollte sie alles regeln und danach wären wir beide endgültig frei. Ich wusste, was das bedeutete, und hatte entsetzliche Angst um Tuva." Er warf Rurik einen flehenden Blick zu. „Wird sie durchkommen? Werden Sie mir sagen, wie es ihr geht?"

„Das werden wir", antwortete Alva an Ruriks Stelle. Sie fand, so viel Ehrlichkeit hatte Holger Edwardson nach seiner umfassenden Aussage verdient.

83.

Obwohl die Nacht kurz gewesen war, fühlte sich Alva am Morgen voller Energie. Endlich waren sie der vollständigen Aufklärung gleich mehrerer Fälle ganz nah, was bei ihr einen Adrenalinschub auslöste. Ihren Kollegen schien es ähnlich zu gehen, alle waren frühzeitig im Besprechungsraum versammelt. Nele Ahloff hatten sie am Vorabend nicht mehr vernehmen können. Sie musste nach einem Tobsuchtsanfall ruhiggestellt werden. Ihr galt Alvas erste Frage.

Rurik zuckte mit den Schultern. „Es dürfte wenig Sinn machen, mit ihr zu reden. Sie hat sich zwar beruhigt, doch sie weigert sich, eine Aussage zu machen. Das ist ihr gutes Recht. Lassen wir sie ein wenig schmoren, vielleicht überlegt sie es sich noch."

„Ich denke, sie hat kaum eine Chance zu leugnen", meinte Sven. „Die Schilderung der Geschehnisse durch Holger Edwardson klang für mich sehr glaubwürdig. Die Spuren im Erdkeller und auf dem Boot, das übrigens gestohlen war, liefern handfeste Indizien, die Edwardsons Aussage untermauern. Ich frage mich nur, warum Nele Ahloff ihre Rivalin Tuva Westin nicht gleich umgebracht hat. Bei Camilla Andersson und Meja Burman hat sie schließlich nicht lange gefackelt."

„Deshalb hat sie Tuva nicht gleich umgebracht." Sven legte ein Schriftstück auf den Tisch. „Das ist eine Kopie", sagte er. „Das Original liegt bei der Kriminaltechnik. Dieses Geständnis wollte Nele Tuva zuvor abpressen. Funktioniert hat das erst, als Tuva bereits so entkräftet war, dass sie kaum noch begriffen hat, was sie da schreiben musste. Garantiert hat Nele Ahloff gehörigen Druck auf sie ausgeübt. Wir sind gerade noch rechtzeitig gekommen. Ahloff hatte bereits, was sie wollte. Der nächste Schritt wäre gewesen, den Suizid von Tuva Westin vorzutäuschen, als Eingeständnis von deren Schuld. Offenbar glaubte sie fest daran, danach ein neues Leben mit Holger Edwardson beginnen zu können."

„Werden wir ihr alle Taten nachweisen können, auch den Mordversuch an Meja Burman?"

Ein Strahlen breitete sich auf Ruriks Gesicht aus. „Darauf wollte ich gerade zu sprechen kommen. Meja Burman hat das Bewusstsein wiedererlangt und die Ärzte geben grünes Licht für eine Befragung. Wer fährt ins Krankenhaus?"

„Ich übernehme das", sagte Alva schnell. „Bei der Gelegenheit würde ich gern auch bei Tuva vorbeischauen und mich nach ihrem Zustand erkundigen."

„Mach das." Rurik nickte zufrieden und Alva beschloss, Caroline mitzunehmen. Seit es zwischen Sven und Jördis zu einer Übereinkunft gekommen war, bildeten die beiden wieder ein Team.

Im Sahlgrenska-Krankenhaus herrschte der übliche Betrieb. Alva und Caroline eilten zwischen anderen

Besuchern und gestressten Pflegekräften die langen Gänge entlang, bis sie das Zimmer von Meja Burman fanden. Meja saß halb aufrecht im Bett und tippte eifrig auf ihrem Handy herum. Ob sie wohl schon wieder Content für ihren Instagram-Kanal postete? Die Frage lag Alva auf der Zunge und Caroline schien das Gleiche zu denken. Meja schien ihr Eintreten überhaupt nicht zu registrieren. Das Bett neben ihr war nicht belegt, eine Krankenschwester hatte die Patientin vor wenigen Minuten zu einer Untersuchung abgeholt. Der Termin war extra so gelegt worden, um den Polizistinnen ein ungestörtes Gespräch mit Meja Burman zu ermöglichen. Sie schaute erst von ihrem Handy auf, als Alva sich vernehmlich räusperte.

„Guten Tag Frau Burman. Wir sind von der Polizei und haben einige Fragen an Sie. Fühlen Sie sich in der Lage, mit uns zu reden?"

Meja nickte und legte das Handy beiseite. Sie war bleich und an ihrem Hals war eine bläuliche Verfärbung zu erkennen.

„Erinnern Sie sich an den Überfall auf Sie?"

„Ja." Ihre Stimme war heiser und das Sprechen bereitete ihr offensichtlich Mühe.

„Können Sie uns zusammenhängend berichten, wie es dazu kam?"

Meja nickte. „Sie hat gesagt, sie wäre von einem Fernsehsender und wollte ein Interview mit mir. Da hab ich sie reingelassen." Meja griff nach einem Wasserglas, das auf ihrem Nachttisch stand und trank einen Schluck. „Wir saßen uns gegenüber. Sie sagte was von der Aussicht, stand auf und ging zum Fenster. Dadurch war sie hinter mir. Dann drückte sie auch schon zu. Ich konnte mich nicht wehren, alles wurde schwarz.“ Meja sprach abgehackt, um ihre Stimme zu schonen.

„Können Sie die Frau beschreiben?“

„Kurze schwarze Haare, Nasenpiercing und ein Tattoo, hier. Eine Schlange.“ Meja griff sich an ihren eigenen geschundenen Hals, um die Stelle zu zeigen.

Alva zog ihr Handy hervor und klickte das Foto von Nele Ahloff an. „War es diese Frau?“

„Ja, das ist sie, ganz sicher.“ Mejas bleiche Stirn färbte sich vor Aufregung rot. „Haben Sie sie?“

„Ja, wir haben sie.“

Mit einem erleichterten Seufzen ließ Meja sich in die Kissen sinken.

„Eine letzte Frage noch“, sagte Alva. „Konnten Sie erkennen, womit Sie gewürgt wurden?“

Sie schüttelte den Kopf. „Ging zu schnell. War wohl ein Tuch.“

„Es war ein Schal, der Tuva Westin gehörte. Können Sie uns sagen, wie der in Ihre Wohnung gekommen ist?“

„Den muss Tuva bei mir vergessen haben.“

Alva hielt es für überflüssig, diese offensichtliche Lüge zu kommentieren. Sie hatten erfahren, was sie wissen mussten.

84.

Alva und Caroline erstatteten den Kollegen nach ihrem Besuch im Krankenhaus Bericht. „Nele Ahloff wird die Tat nicht leugnen können“, sagte Alva. „Sie wurde von Meja Burman zweifelsfrei erkannt, und wir wissen nun auch, mit welchem Trick sie sich Zugang zu deren Wohnung verschafft hat.“

„Bei Tuva Westin haben wir anschließend auch noch vorbeigeschaut“, ergänzte Caroline. „Es geht ihr schon besser, auch sie wird aussagen. Die Dehydrierung haben die Ärzte bereits im Griff, doch seelisch ist sie verständlicherweise ebenfalls ziemlich angeschlagen. Zum Glück waren ihre Eltern bei ihr und scheinen ihr eine wirkliche Stütze zu sein. Während der ganzen Zeit, die wir bei Tuva im Zimmer waren, haben sich alle drei an den Händen gehalten.“

„Wir haben eine Menge erreicht, aber etwas fehlt noch.“ Rurik schaute in die Runde, ob die anderen erraten würden, was er meinte. Alva reagierte zuerst. „Der Mord an der Mutter von Holger Edwardson ist noch immer nicht aufgeklärt. Ihr Name war Berit

Granström. Holger wurde später von den Edwardsons adoptiert, daher der abweichende Name. Wir sollten herausfinden, ob an seinem Verdacht gegen Olivia Hagman wirklich etwas dran ist. Schließlich haben die eigenmächtigen Ermittlungsversuche von Edwardson die Lawine erst ins Rollen gebracht.“

Rurik nickte. „Es dürfte natürlich nicht einfach werden. Die Sache ist zwanzig Jahre her und die Indizienlage war dürftig, weshalb es nie einen konkreten Verdacht gab. Wenn wir Olivia Hagman jetzt einfach konfrontieren, wird sie natürlich leugnen. Wir müssen es geschickt anfangen und auf ihre Reaktionen achten. Wer könnte das besser als Birger? Alva, würdest du ihn fragen, ob er uns begleiten kann?“

Alva musste kaum Überzeugungsarbeit leisten. Birger hatte die Arbeit an dem Fall die ganze Zeit über intensiv begleitet und war nun genauso interessiert, das letzte Puzzlestück zu finden. Er nahm sich gleich für den kommenden Vormittag frei und fuhr gemeinsam mit Alva und Rurik nach Hyssna. Zuvor hatten sie die alte Ermittlungsakte zum Tod von Berit Granström nochmals durchgesehen. Eine richtige Strategie hatten sie sich nicht zurechtgelegt, sie hofften im Verlaufe des Gesprächs auf die richtige Eingebung.

Gegen Mittag des nächsten Tages fuhren sie auf den Parkplatz des Hotels. Veikko, den sie so schnell nicht hatten anderweitig unterbringen können, saß durch ein Gitter vom Fahrgastraum abgeschirmt hinten im Wagen. Alva strich ihm tröstend über den Kopf, bevor sie zum Hotel hinübergingen. „Du musst jetzt hier warten“, sagte sie. „Wir wollen sie nicht gleich zu sehr erschrecken, indem wir dich mitnehmen.“

„Wenn es notwendig werden sollte, können wir ihn immer noch holen“, meinte Rurik. Er ging als Erster durch die offene Eingangstür des Hotels, Alva und Birger folgten. Diesmal war es Björn Hagman, der sie begrüßte. Er trug seine Brille nicht und blinzelte kurzsichtig. Alva spürte, wie Birger plötzlich sehr fest ihre Hand drückte. Irgendetwas wollte er ihr damit signalisieren, doch sie konnte ihn jetzt nicht fragen.

„Wir würden gern mit Ihrer Frau sprechen“, sagte Rurik. Björn Hagman musste sie nicht rufen, Olivia kam bereits durch die Tür hinter dem Tresen und runzelte die Stirn, als sie die Kriminalisten erkannte.

„Sie schon wieder? Gibt es immer noch Fragen?“

„Ja, und diesmal sind es neue Fragen. Können wir uns irgendwo hinsetzen?“

„Von mir aus gern.“ Sie zuckte gleichmütig mit den Schultern und ging voran in den Wintergarten. Eine blasse Frühlingssonne schien durch die trüben Scheiben, die dringend geputzt werden mussten. Sie wählten einen Tisch in der Nähe des Eingangs, die Situation hatte etwas Vertrautes. So hatten sie einander bei ihrem letzten Besuch auch gegenübergesessen. Nur war Birger nicht dabei gewesen.

„Frau Hagman sagt Ihnen der Name Berit Granström etwas?“, fragte Rurik.

„Nein, überhaupt nicht.“ Ihre Antwort kam sehr schnell.

„Denken Sie gut nach, ob Sie eine Frau dieses Namens gekannt haben.“

„Was soll das?“, erwiderte sie gereizt. „Das ist ein Allerweltsname. Ich möchte nicht wissen, wie viele Frauen in Schweden so heißen. Aber ich erinnere mich an keine, die ich näher gekannt hätte.“

„Dann sollten wir Ihrem Mann die gleiche Frage stellen“, sagte Birger und beobachtete die Reaktion von Olivia Hagman aufmerksam. Ihre plötzliche Unsicherheit fiel auch Alva auf.

„Das können Sie sich sparen, mein Mann kennt auch keine Berit Granström.“

„Wie können Sie da so sicher sein?“, fragte Rurik.

„Ich bin so sicher, wie man es nach fünfundzwanzig Jahren Ehe nun mal ist. Mein Mann und ich haben durch unsere Arbeit wenig Zeit, Bekanntschaften zu pflegen. Unser Freundeskreis ist überschaubar und eine Frau dieses Namens gehört nicht dazu.“

„Wir werden ihn trotzdem fragen.“

Olivia Hagman sprang auf, doch Rurik hielt sie zurück. „Bleiben Sie bitte sitzen. Birger, bist du so freundlich, Herrn Hagman zu holen.“

„Sie können uns nicht beide gleichzeitig von der Arbeit abhalten, wir führen schließlich ein Hotel.“

„Sicher, aber viel Betrieb scheint hier im Moment nicht zu sein.“ Rurik lehnte sich gelassen zurück und ließ die wütenden Blicke der Frau an sich abprallen. Birger war schon zur Tür hinaus und kam gleich darauf mit Björn Hagman zurück.

„Setzen Sie sich, Herr Hagman.“ Er nahm am Kopfende des Tisches Platz und schaute fragend zwischen Rurik und seiner Frau hin und her.

„Herr Hagman, sagt Ihnen der Name Berit Granstöm etwas?“

Bereits an seinem Zögern konnte Alva die Antwort erahnen. Die Erwähnung des Namens löste etwas bei ihm aus. „Ich kannte mal eine Berit Granström, aber das ist sehr lange her.“

„Wie lange?“

„Fast dreißig Jahre."

„Erzählen Sie uns von dieser Bekanntschaft."

Er suchte den Blick seiner Frau und wand sich ein wenig, bevor er weitersprach. „Sie war meine Jugendliebe, aber die Beziehung zwischen uns hat nicht gehalten."

„Wir würden gern genauer wissen, wie das mit Ihnen und Berit Granström war, wie Sie sich kennengelernt haben und wie es endete."

„Was soll das?", fuhr Olivia Hagman wütend dazwischen. „Haben Sie bei der Polizei nichts Besseres zu tun, als alte Liebesgeschichten auszugraben? Wer erinnert sich denn noch genau, was vor dreißig Jahren war? Ich hatte viele Verehrer und weiß von den meisten nicht mal mehr, wie sie ausgesehen haben."

Alva nahm ihr die vielen Verehrer nicht so recht ab, doch ihre sichtliche Erregung zeigte ihr, dass sie auf etwas gestoßen waren. Was hatte Birger gesehen, als er Björn Hagman zum ersten Mal gegenübergestanden hatte? Und was sah sie selbst nicht?

Björn Hagman begann zögernd zu reden. „Wir lernten uns auf einem Mittsommerfest in Örebro kennen. Berit hatte gerade ihr Abitur gemacht und wollte Lehrerin werden. Ich arbeitete in der Forstwirtschaft, weil ich schnell eigenes Geld verdienen musste. Berits Mutter war von Anfang an gegen unsere Beziehung. Berit war zuvor mit einem anderen Mann befreundet gewesen, der ihr geeigneter für ihre Tochter erschienen war. Berit gab ihm meinetwegen den Laufpass. Wir hatten Pläne, wollten zusammenbleiben. Doch dann hatte ich bei Baumfällarbeiten einen schweren Unfall, lag fast ein halbes Jahr im Krankenhaus. Berit besuchte mich kein einziges Mal. Und dann, kurz vor meiner

Entlassung, bekam ich einen Brief, in dem ihre Verlobungsanzeige steckte. Nichts weiter, kein persönliches Wort. Sie war zu ihrem früheren Verehrer zurückgekehrt und hatte mich aus ihrem Leben gestrichen. Ich bin gleich darauf nach Dänemark gegangen und habe einen Aushilfsjob in der Gastronomie angenommen. Zu schweren körperlichen Arbeiten war ich nicht mehr in der Lage. Dort habe ich dann meine Frau kennengelernt."

„Von Berit Granström haben Sie nie wieder gehört?"

„Nein, wie sollte ich?"

„Seit wann sind Sie und Ihre Frau wieder in Schweden?"

„Schon lange, seit zweiundzwanzig Jahren."

„Berit Granström ist tot, sie wurde ermordet. Zu einem Zeitpunkt, als Sie bereits wieder hier waren. Haben Sie nichts davon gehört?"

Björn Hagman wurde blass. „Das ist ja schrecklich, nein das wusste ich nicht."

Alva glaubte ihm, der Mord in Örebro hatte keine großen Wellen geschlagen und die Meldungen darüber waren in der Flut der Nachrichten untergegangen. Außerdem war der Name des Opfers dabei wie üblich abgekürzt wiedergegeben worden.

„Jetzt hören Sie aber auf", entrüstete sich Olivia Hagman. „Wollen Sie meinem Mann einen Mord unterstellen, der zwanzig Jahre zurückliegt? Meinen Sie, er wollte sich nach Jahren dafür rächen, von der Frau den Laufpass bekommen zu haben?"

„Nein, das glauben wir nicht. Unser Verdacht richtet sich gegen eine andere Person. Ich habe nicht erwähnt, wann genau der Mord geschah. Woher wissen Sie, dass es zwanzig Jahre her ist?"

Sie geriet sichtlich aus dem Konzept, fing sich aber schnell wieder. „Das war eine ungefähre Schätzung."

„Eine sehr exakte Schätzung, denn sie stimmt."

„Zufall", sagte sie trotzig.

Während Rurik nachzudenken schien, wie er weiterfragen sollte, wandte sich Birger an Björn Hagman. „Hat Berit Granström Kontakt zu Ihnen aufgenommen, als Sie wieder in Schweden waren?"

„Nein, weshalb hätte sie das tun sollen?", erwiderte er sichtlich irritiert. Und plötzlich sah auch Alva, was Birger sofort aufgefallen sein musste. Da war eine unverkennbare Ähnlichkeit zwischen Björn Hagman und Holger Edwardson. Er hatte die gleichen grünen Augen mit den bernsteinfarbenen Einsprenkeln, die leicht gebogene Nase und den energischen Mund. Seine Züge hatten sich durch das Alter und das Erschlaffen der Haut verändert, doch jetzt, als sein Gesicht einen wachsamen Ausdruck annahm, traten sie deutlich hervor. Auch Rurik musste es erkannt haben, denn als er sich erneut an Olivia Hagman wandte, schien er sich seiner Sache sicher zu sein. „Sie hat Ihren Mann kontaktiert und Sie haben davon gewusst, nicht wahr? Deshalb haben Sie am Abend des 18. März 2004 Berit Granström in ihrer Wohnung in Örebro aufgesucht. Ein Zeuge hat Sie gesehen und inzwischen wiedererkannt."

„Das ist doch absolut lächerlich." Olivia Hagman verschränkte die Arme vor der Brust. „Was für ein Zeuge soll das sein, nach zwanzig Jahren? Außerdem habe ich diese Frau nie aufgesucht."

„Das wird sich zeigen. Manchmal dauert es lange, bis ein Fall sich aufklären lässt. Doch es gibt Fortschritte auf dem Gebiet der Kriminaltechnik und eine DNA-Spur, die damals noch nicht aussagekräftig genug war, ist es inzwischen. Jeder Mensch, der sich an einem bestimmten Ort aufhält, hinterlässt dort ungewollt eine Menge Spuren."

„Olivia, stimmt das?" Die Stimme ihres Mannes war nur ein Hauch, er war sehr blass geworden.

„Na schön, ich war dort, aber ich habe der Frau nichts getan. Ich wollte lediglich mit ihr reden, sie zur Vernunft bringen. Sie kann doch nicht plötzlich auftauchen und unsere Ehe zerstören wollen. Ich habe ihr gesagt, Björn und ich sind seit fünf Jahren verheiratet und sie soll uns in Ruhe lassen. Das hat sie akzeptiert."

„Wie kam der Kontakt zustande?"

„Sie hat einen Brief geschrieben an meinen Mann." Olivia Hagman schaute ihren Mann nicht an, dessen Gesicht jetzt wie erstarrt wirkte.

„Du hast den Brief unterschlagen? Wie konntest du das tun?"

„Wie konntest du das tun?", äffte sie ihn gereizt nach. „Ich wollte uns beide schützen. Ich weiß doch, wie schwach du bist, du wärst vor dieser Frau eingeknickt. Sie wollte unser gemeinsames Leben kaputt machen."

Rurik stellte die nächste Frage und lenkte ihre Aufmerksamkeit damit wieder auf sich. „Hat Berit Granström einen Grund dafür angegeben, warum sie nach so langer Zeit wieder Kontakt zu Ihrem Mann suchte? Ausgerechnet zu diesem Zeitpunkt?"

„Ihre Mutter war gestorben, das gab ihr die Möglichkeit, alle Schuld an dem Bruch mit Björn ihr zuzuschreiben." Olivia Hagman zog verächtlich die Mundwinkel nach unten. „Angeblich hat die Mutter kurz vor ihrem Tod zugegeben, ihr verschwiegen zu haben, dass Björn im Krankenhaus war. Auch die fingierte Verlobungsanzeige soll sie verschickt haben."

„Na schön, Berit Granström hatte dadurch im Nachhinein die Möglichkeit und vielleicht auch das Bedürfnis, ein Missverständnis aufzuklären. Aber wieso sollte dadurch die Ehe zwischen Ihnen und Ihrem Mann kaputt gemacht werden? Trauen Sie Ihrem Mann so wenig?“

„Nein, natürlich nicht“, ruderte sie zurück.

„Oder gab es einen weiteren Grund, das zu befürchten?“, hakte Rurik nun nach. „Berit Granström hatte einen Sohn. Er wurde im September 1996 geboren. Wann war Ihr Unfall?“, fragte Rurik Björn Hagman, der die Entwicklung des Gespräches mit zunehmender Fassungslosigkeit verfolgte.

„Im Februar 1996“, flüsterte er.

„Demnach war Berit Granström zu dem Zeitpunkt bereits im zweiten Monat schwanger, wusste es aber eventuell noch nicht. Sie bekam durch die Intrige ihrer Mutter keine Möglichkeit, es Ihnen zu sagen, und sie wollte das später sicher auch nicht mehr, weil sie tief enttäuscht war. Sie muss angenommen haben, Sie hätten sich einfach abgesetzt. Sie wussten von der Existenz dieses Sohnes, nicht wahr, Frau Hagman? Entweder stand das bereits in dem Brief oder Sie haben es erfahren, als Sie Berit Granström aufgesucht haben.“

„Es steht überhaupt nicht fest, ob es überhaupt Björns Kind ist“, keifte sie wütend. „Wer weiß, mit wem sich diese Person noch herumgetrieben hat. Weil kein anständiger Mann sie wollte, hat sie versucht, sich wieder an Björn zu hängen.“

„Sie sagen, Frau Granström wäre keine anständige Frau gewesen. Haben Sie deshalb nach ihrem Tod den anonymen Brief verfasst, in dem Sie sie der Prostitution bezichtigten? Wissen Sie“, fuhr Rurik im lockeren

Plauderton fort, „auch auf Schriftstücken lässt sich DNA nachweisen. Da nützt es überhaupt nichts, wenn man Handschuhe trägt. Schon unsere Atemluft kann genügend Partikel für eine Analyse enthalten. Also weshalb dieser Brief?“

„Weil ich wütend auf diese Frau war. Die wollte doch nur Geld von uns kassieren für ihr Balg, Geld, das wir nicht hatten.“

Ruriks Tonfall nahm so plötzlich an Schärfe zu, dass alle am Tisch unwillkürlich zusammenzuckten. „Nur der Mörder von Berit Granström konnte ein Interesse haben, diesen Brief zu schreiben und damit eine falsche Spur zu legen. Und nur der Mörder hatte einen Grund, der Toten ihre Kette mit dem Medaillon abzunehmen, in dem sich ein Foto von Berit Granström befand, das sie zusammen mit Björn Hagman, Ihrem Mann, zeigte. Hätte man es damals bei der Toten gefunden, dann wäre die Verbindung zu Ihnen klar geworden. Wenn wir jetzt das Haus gründlich durchsuchen, was ich unverzüglich veranlassen werde, finden wir dann dieses Medaillon?“

Es war der Moment, in dem Olivia Hagman endgültig aufgab. „Es ist im Schlafzimmer in einem Schmuckkästchen in meinem Nachttisch.“

„Hatten Sie keine Angst, jemand könnte es zufällig finden?“, fragte Alva verblüfft. „Nein, die hatte ich nicht. Zu unserem Schlafzimmer hatte Nilla keinen Zutritt. Und mein Mann interessierte sich nicht für meine Sachen. Genauso wenig, wie er sich jemals wirklich für mich interessiert hat.“

85.

Die angeforderte Verstärkung kam schnell. Alva, Rurik und Birger schauten zu, wie Olivia Hagman in den Streifenwagen stieg, der sie nach Göteborg bringen würde. Dort sollte sie noch heute dem Haftrichter vorgeführt werden. Björn Hagman beobachtete die Szene mit ausdruckslosem Gesicht und hängenden Schultern. Er schien unter Schock zu stehen.

„Herr Hagman, die Hausdurchsuchung können wir Ihnen ersparen, da uns Ihre Frau das wichtigste Beweisstück freiwillig übergeben hat“, sagte Rurik. Er hielt eine Plastiktüte hoch, in der die Kette mit dem Medaillon steckte.

„Kann ich, ich hätte gern ...“, stammelte Hagman, der seinen Blick nicht davon lösen konnte. Rurik verstand, was er sagen wollte.

„Ich fürchte, das ist nicht möglich. Das Medaillon ist ein wichtiges Beweisstück. Wenn es später nicht mehr gebraucht werden sollte, hat zuallererst der Sohn von Berit Granström einen Besitzanspruch darauf.“

Bei der Erwähnung des Sohnes kam Bewegung in Hagman. „Wo ist er jetzt? Können Sie mir sagen, wo ich ihn finde?“

„Nein, denn es hängt von ihm ab, ob er Sie kennenlernen möchte. Sobald wir ihm mitteilen, was mit seiner Mutter passiert ist, wird er auch von der naheliegenden Vermutung erfahren, dass Sie sein Vater sein könnten. Ob er sich dann Gewissheit verschaffen möchte, ist seine Angelegenheit.“

„Ich will es unbedingt wissen.“ Hagman zitterte jetzt am ganzen Körper. Alva legte ihm eine Hand auf die Schulter. „Jetzt beruhigen Sie sich erst einmal. Alles zu seiner Zeit. Es ist gerade eine Menge auf Sie eingestürmt, das will verarbeitet werden.“

„Ja, vielleicht haben Sie recht. Ich weiß gar nicht, wie ich es Olivias Mutter beibringen soll. Aber es wird sich nicht vermeiden lassen.“ Er drehte sich um und ging langsam zum Haus zurück. Seine Haltung war gebeugt, und er schien in den vergangenen Stunden um Jahre gealtert zu sein.

„Armer Kerl“, sagte Alva leise. „Sehr bald wird er auch noch erfahren, was Nele Ahloff getan hat. Es ist bestimmt keine schöne Vorstellung, so jemanden beschäftigt zu haben. Aber im Vergleich dazu, die eigene Frau als Mörderin entlarvt zu sehen, spielt es sicher die kleinere Rolle.“

„Was machen wir jetzt?“, fragte Birger. „Fahren wir dem Streifenwagen hinterher?“ „Nein“, erwiderte Rurik entschieden. „Wir holen Veikko aus dem Auto und machen einen Spaziergang. Ich brauche jetzt dringend frische Luft und Bewegung. Ihr doch sicher auch.“

„Guter Vorschlag, Veikko wird es dir danken.“ Birger öffnete die hintere Tür des Wagens und der Hund sprang ihm mit Schwung entgegen. Birger legte ihm die Leine an.

„Das ist hier eine herrliche Gegend zum Wandern“, sagte Alva. „Man hat das alles ganz in der Nähe und kommt viel zu selten dazu, es zu genießen.“

„Ja, eigentlich hätten wir uns jetzt alle einen Sonderurlaub verdient“, stimmte Rurik ihr zu. „Selbst Agneta wird uns den Erfolg nicht absprechen können. Wir haben die Todesumstände von Nora Hedlund und den Mord an Camilla Andersson sowie den Mordversuch an Meja Burman aufgeklärt. Tuva Westin konnten wir zum Glück in letzter Minute retten. Und als wäre all das nicht genug, ist auch noch ein zwanzig Jahre alter Cold Case endlich gelöst.“

„Als wir heute losgefahren sind, hatte ich mir kaum Chancen ausgerechnet.“ Alva schaute zu Birger. „Dir ist die Ähnlichkeit zwischen Björn Hagman und Holger Edwardson schon bei der Begrüßung aufgefallen, nicht wahr? Deshalb hast du meine Hand gedrückt. Bei mir hat es länger gedauert.“

„Bei mir auch“, gab Rurik zu. „Aber dann war mir auf einen Schlag das Motiv von Olivia Hagman klar. Sie und ihr Mann haben keine Kinder. Und dann tauchte da plötzlich die Jugendliebe mitsamt Sohn auf. Sie muss gefürchtet haben, ihren Mann zu verlieren. Selbst wenn es ihr nur ums Geld gegangen sein sollte, wäre das ein Grund gewesen. Wirtschaftlich ging es ihnen nie gut, da wären Unterhaltsforderungen das Letzte, was sie gebrauchen konnten.“

„Ich wusste gar nicht, dass DNA-Proben aus der Wohnung von Berit Granström und von dem anonymen Brief genommen und aufbewahrt wurden“, sagte Alva.

„Dabei habe ich die Ermittlungsakte gründlich studiert, muss das aber übersehen haben.“

„Du hast nichts übersehen, solche Proben gibt es nicht.“

„Aber du sagtest doch ...“

Rurik grinste. „Das habe ich nie behauptet. Ich habe nur ganz allgemein über die heutigen kriminaltechnischen Möglichkeiten gesprochen.“ Alva schnappte vor Überraschung nach Luft, dann lachte sie laut los. „Du alter Fuchs!“

„Den Fuchs nehme ich als Kompliment, aber *alter* will ich überhört haben.“

86.

Tuva hörte, wie ihre Mutter unten im Wohnzimmer telefonierte. Sie war wieder zu Hause, aber noch krankgeschrieben. Ihre Eltern umsorgten sie, was einfach guttat. Jetzt kam ihre Mutter die Treppe herauf und klopfte an die Zimmertür.

„Komm rein, ich bin wach“, sagte Tuva.

Wilma Westin schob die Tür auf. „Celine hat eben angerufen und gefragt, ob sie dich besuchen darf. Ich habe ihr gesagt, ich müsste dich erst fragen. Sie will später wieder anrufen.“

„Von mir aus kann sie kommen.“ Tuvas Blick ging zum Fenster und ihre Mutter lächelte.

„Er war auch schon wieder da“, sagte sie. „Täglich geht er mehrmals hier vorbei und schaut zu deinem Fenster hoch, aber er kommt nie zur Tür.“

Die Rede war von Holger Edwardson. In den vergangenen Tagen war in den Medien ausführlich über den nach zwanzig Jahren aufgeklärten Mord an seiner Mutter berichtet worden. Tuva hatte alles darüber gehört und gelesen, während sie die Berichte über die

Taten von Nele Ahloff mied. Noch saß das Trauma bei ihr zu tief, in Albträumen fühlte sie sich so manche Nacht im Erdkeller gefangen und wachte schweißgebadet auf. Die Rolle von Holger bei den Ereignissen in Hyssna war ihr nicht ganz klar, doch inzwischen wünschte sie, er würde mit ihr darüber reden. Sonst würde sie nie einen Abschluss finden. Immerhin hatte er ihr am Ende das Leben gerettet.

Celine kam am Nachmittag und brachte Blumen mit. Sie sah besser aus und schien wieder ein wenig an Gewicht zugenommen zu haben. Sichtlich verlegen saß sie Tuva in deren Zimmer gegenüber. „Es tut mir alles so leid, erst allmählich ist mir klar geworden, in was ich dich hineingezogen und was ich dir damit angetan habe."

„Es ist nicht mehr zu ändern und es ist vorbei", sagte Tuva.

„Nicht ganz", widersprach Celine. „Ich bin dir noch eine Erklärung schuldig. Du sollst endlich erfahren, was mit mir passiert ist."

Tuva wusste nicht, ob sie es hören wollte. Würde es nicht nur alte Wunden aufreißen und womöglich neue Ängste erzeugen? Celine hatte immerhin angedeutet, es wäre gefährlich, darüber zu sprechen.

Als hätte sie Tuvas Gedanken erraten, fuhr Celine fort. „Ich habe mich in etwas hineingesteigert", sagte sie. „Nach meinen Erlebnissen der letzten Jahre war ich so am Boden zerstört, dass man mir alles einreden konnte. Ich habe sogar geglaubt, die beiden Morde in Hyssna wären an mich gerichtete Warnungen. Natürlich war das verrückt, inzwischen weiß ich zum Glück, wie alles wirklich zusammenhing. Mit mir und meiner Geschichte hatte das nichts zu tun. Aber der Reihe nach. Weißt du, mit wem ich zusammen war und mit wem ich untertauchen wollte?“

„Nein, du hast es mir nie gesagt.“

„Ich habe es niemandem gesagt und wir waren äußerst vorsichtig. Sein Name ist Tiam und seine Familie stammte aus dem Iran. Seine Eltern konnten in Schweden nie richtig Fuß fassen und gingen zurück in ihre Heimat. Tiams zehn Jahre älterer Bruder folgte ihnen. Tiam wollte in Schweden bleiben und sich hier eine Existenz aufbauen gemeinsam mit mir. Aber dann wurde ich ungeplant schwanger und wir gerieten in Panik. Tiam machte den Vorschlag, wir sollten in den Iran zu seiner Familie gehen und ich könnte das Kind dort zur Welt bringen. Sobald ich volljährig wäre, würden wir nach Schweden zurückkehren, heiraten und für immer hier leben. Ich denke, er meinte es ehrlich und hat wirklich daran geglaubt. Und mir erschien es tatsächlich als die Rettung, meine Angst vor der Reaktion meiner Eltern war größer als jede vernünftige Überlegung. Tiam hat alles organisiert, ausgereist bin ich mit dem Pass einer Cousine von ihm. So konnte niemand meine Spur verfolgen. Am Anfang sah alles gut aus. Tiams Vater war inzwischen gestorben, seine Mutter bewohnte zusammen mit der Familie des älteren Bruders ein schönes Haus. Die Mutter und Tiams Schwägerin nahmen mich freundlich auf, der Bruder war nicht anwesend und tauchte erst einige Tage später auf. Nach langen Gesprächen mit ihm teilte Tiam mir mit, er müsse für unser beider Unterhalt sorgen, der Bruder habe einen Job für ihn. Ich fand das vernünftig, denn wir wollten seiner Familie schließlich nicht auf der Tasche liegen. Leider führte es dazu, dass Tiam wochenlang fort war. In seiner Abwesenheit änderte sich alles für mich, die beiden Frauen begannen mich zu schikanieren. Obwohl ich der Sprache nicht mächtig war, fand ich den Grund heraus. Tiam sollte eine andere Frau heiraten, mit der seine Schwägerin eng befreundet war. Es gab wohl auch geschäftliche Verbindungen zwischen ihrer Familie und Tiams Bruder. Jedenfalls war ich im Wege und bekam das deutlich zu spüren. Wenn Tiam mal da war, wirkte er gestresst und wollte meine Klagen nicht hören. Ich solle mich ein wenig anpassen, schließlich sei ich Gast im Haus seiner Mutter, bekam ich zu hören. Und dann fand ich heraus, was Tiam und sein Bruder arbeiteten. Es waren keine legalen Geschäfte. Ich flippte völlig aus, verlangte von ihm, damit aufzuhören. Das war ein Fehler, von nun an hatte ich die ganze Familie gegen mich. Ich konnte auch nicht einfach fort, sie sperrten mich jetzt ein und bewachten mich aus Angst, ich würde sie verraten. Der Rest ist schnell erzählt. Ich verlor mein Kind, weil mir die Mutter und die Schwester rechtzeitige ärztliche Hilfe verweigerten. Tiam, der zu dem Zeitpunkt nicht da war, erzählten sie später, es sei ganz allein meine Schuld gewesen, ich hätte nicht auf ihre Ratschläge gehört. Von da an verhielt er sich sehr kühl gegen mich. Die Quälereien der beiden Frauen wurden unerträglich, da ich nun ohne jeden Schutz dastand. Es war ausgerechnet die Frau, die Tiam heiraten sollte, die mir schließlich zur Flucht verhalf. Ich glaube, sie war froh, mich los zu sein."

„Das ist schrecklich." Tuva empfand Mitleid für Celine und vergaß den Groll, den sie immer noch gegen sie hegte. „Kann man die Frauen nicht belangen für das, was sie dir angetan haben?"

Celine lachte bitter auf. „Nein, ganz bestimmt nicht. Ich kann froh sein, dass mir nicht noch viel mehr passiert ist. Ich war unverheiratet und schwanger. Ich hatte keinerlei Rechte in dem fremden Land, in dem ich mich illegal aufhielt. Es war mehr als blöd von mir, ausgerechnet dorthin zu fliehen. Aber zumindest habe ich jetzt keine Angst mehr vor der Rache von Tiams Bruder. Ich habe inzwischen mit der Polizei geredet und sie wissen längst von seinen Drogengeschäften, die er von der Türkei aus betreibt. Das ist kein Geheimnis. Es ist eine Frage der Zeit, bis er gefasst wird. Das ist auch schon anderen passiert, irgendwann machen sie einen Fehler. Außerdem wird er mich ohnehin nicht finden. Ich gehe mit Kjell nach Amerika, er hat dort Verwandte. Dann werde ich auch einen anderen Namen annehmen."

„Kjell und du, ihr seid jetzt zusammen?", fragte Tuva überrascht.

Celine nickte. „Ja, es hat lange gedauert, bis ich begriffen habe, dass Kjell das Beste ist, was mir passieren konnte."

Tuva verspürte einen leisen Anflug von Wehmut. Sie musste an Holger denken.

87.

„Riechst du es auch?“ Alva hob schnuppernd die Nase in den Wind.

„Was soll ich riechen?“, fragte Birger. Sie waren mit Veikko im Schlosspark unterwegs, beide hatten heute rechtzeitig Feierabend gemacht.

„Den Frühling“, sagte Alva. „Es riecht nach jungem Gras und frischer Erde. Wie ich diesen Geruch liebe! Bald wird es wärmer werden und die Natur richtig aufblühen. Das wirkt sich auch auf die Stimmung der Menschen aus, sogar Agneta war heute ausgesprochen mild gestimmt. Sie sah übrigens selbst wie der junge Frühling aus in ihrem maigrünen Kostüm mit der farblich passenden Brille.“

„Kein Wunder, sie hat allen Grund, zufrieden mit euch zu sein. Ihr habt gute Arbeit geleistet.“

„Wir hätten besser und schneller sein müssen.“ An Alvas selbstkritische Haltung und ihre hohen Ansprüche an sich selbst war Birger bereits gewöhnt. „Schließlich hat Holger Edwardson uns das entscheidende Puzzlestück zur Aufklärung geliefert. Wir hatten

Nele Ahloff, oder besser Nilla, wie sie sich damals nannte, nie in Verdacht. Dabei war sie diejenige gewesen, die die Leiche von Camilla Andersson angeblich gefunden hatte. Sie schien total unter Schock zu stehen und wir haben ihr das abgenommen. Eine solche schauspielerische Leistung hätte ich nicht für möglich gehalten."

„Psychopathen sind ausgezeichnete Schauspieler, sie haben zwar kaum Gefühle, können sie aber perfekt vortäuschen. Es ist nicht einfach, ihr Spiel zu durchschauen."

Alva seufzte. „Das stimmt leider. Ich wünschte, du wärst damals bei den ersten Ermittlungen im Hotel gleich dabei gewesen. Willst du nicht ganz zu uns wechseln?"

„Nein, das hieße, ich müsste meine Praxis aufgeben, das möchte ich nicht. So wie es jetzt läuft, finde ich es optimal. Ich habe meine Stundenzahl inzwischen stark reduziert und stehe euch bei Bedarf zur Verfügung. Zum Glück sind nicht all eure Fälle derart kompliziert, meistens kommt ihr gut ohne mich zurecht."

„Diesmal aber nicht. Manchmal kam es mir vor, als würden wir durch Nebel laufen und keinerlei Konturen erkennen. Als hätte sich der Nebel, von dem Celine Sahlin und Tuva Westin berichtet hatten, über unsere Köpfe herabgesenkt."

Birger hatte Mühe, Veikko zu bändigen, der aufgeregt an der Leine zog. Er witterte die Elche, die im Außengehege ebenfalls das frühlingshafte Wetter genossen. „Die sind nicht da, um gejagt zu werden, sondern um die Touristen zu erfreuen. Benimm dich jetzt", wies er den Hund zurecht. Dann ging er auf Alvas letzten Satz ein. „Mit ihrer erfundenen Geschichte haben die beiden Mädchen die Fantasie der Leute ziemlich angeheizt. Ich glaube, viele sind enttäuscht, weil sich alles als Schwindel herausgestellt hat. Die Menschen lieben nun mal das Mysteriöse."

„Ich bin froh, dass Celine noch einmal bei uns war und diesmal alles erzählt hat", sagte Alva. „Viel machen können wir da nicht, die beiden Frauen, die sie misshandelt haben, sind nicht zu belangen. Aber die kriminellen Brüder gehen uns garantiert irgendwann ins Netz, das ist nur eine Frage der Zeit."

Sie hatten einen anderen Weg eingeschlagen, um Veikko aus der Nähe der Elche wegzuführen. Plötzlich stutzte Birger und blieb stehen. „Lass uns umkehren, wir sollten nicht stören", raunte er. Nun sah Alva auch, was er meinte. Auf einer Bank hinter einer kleinen Anhöhe saßen in ein Gespräch vertieft Tuva Westin und Holger Edwardson. Birger und Alva traten leise den Rückzug an, bevor sie von ihnen bemerkt wurden.

„Die beiden waren mal ein Paar, glaubst du, ihre Beziehung hat noch eine Chance?", fragte Alva.

„Schwer einzuschätzen, auf jeden Fall ist es gut, wenn sie miteinander reden. Beide waren sie in etwas verstrickt, das sie am besten gemeinsam verarbeiten können. Natürlich wurde Tuva erst durch Holgers eigenmächtige Ermittlungen hineingezogen, aber das war nie seine Absicht. Zum Schluss hat er ihr das Leben gerettet, das zählt schließlich auch. Was glaubst du, wird er bestraft werden?"

„Das muss sich erst zeigen, doch er könnte durchaus mit einer Bewährungsstrafe davonkommen. Die Todesumstände von Nora Hedlund waren so, wie er sie geschildert hat. Brigitte hatte bei der Obduktion gleich gesagt, die Verletzung würde auf einen Sturz hindeuten. Es war also kein Mord, sondern höchstens eine Körperverletzung mit Todesfolge begangen durch Nele Ahloff. Holger Edwardson kann man nur die Beihilfe zur Vertuschung vorwerfen. Nele Ahloff wird für den Mord an Camilla Andersson sowie für die Mordversuche an Meja Burman und Tuva Westin angeklagt werden. Und Olivia Hagman in einem eigenen Verfahren für den Mord an Berit Granström. Es muss eine Erleichterung für Holger Edwardson sein, den Mord an seiner Mutter aufgeklärt zu wissen und sogar seinen Vater gefunden zu haben, der bis zu dem Zeitpunkt nichts von seiner Existenz gewusst hatte. Natürlich war der Preis dafür sehr hoch und von ihm niemals gewollt. Doch nun können sich die beiden immerhin gegenseitig stützen. Nach so einem dramatischen Fall wünscht man sich einfach einen Hoffnungsschimmer für diejenigen, die am meisten zu leiden hatten."

„Apropos Hoffnungsschimmer, wie sieht es mit Jördis und Sven aus?" Birger zog fragend die Augenbrauen hoch.

„Sie haben einen Konsens gefunden. Sven hilft Jördis übrigens am Wochenende, die Wohnung ihrer Mutter auszuräumen. Sie hat sich nun doch entschlossen, ins betreute Wohnen zu ziehen."

„Auf einmal, woher der Sinneswandel?"

„Die Liebe hat das bewirkt." Alva lächelte, als sie davon sprach. „Sie ist ihr dort in Gestalt eines rüstigen und sehr charmanten Witwers begegnet. Ich sagte ja, es wird Frühling."

„Hoffentlich erweisen sich auch die Frühlingsgefühle zwischen Sven und Jördis als dauerhaft und fallen nicht dem ersten Sommergewitter zum Opfer." Birger dachte dabei vor allem an die Klagen von Alva über die angespannte Atmosphäre zwischen den beiden, die sich auf die Arbeit auszuwirken drohte.

Alva zuckte mit den Schultern. „Jördis hat sich zu dem Standpunkt durchgerungen, mit dem zufrieden zu sein, was Sven ihr im Moment geben kann, und nicht an die Zukunft zu denken. Sie muss es wissen. Für mich wäre es nicht das Richtige. Ich mag es verbindlich und für immer."

„Welch ein Glück, so sehe ich das auch." Birger drückte Alva fest an sich, bis Veikko eifersüchtig wurde und sich zwischen die beiden drängte. Alva streichelte ihn. „Das gilt natürlich auch für dich Veikko. Du bist schließlich ein heiß geliebtes Familienmitglied."

Nachwort

Liebe Leserin, lieber Leser,

diesmal habe ich einen besonderen Grund, mich bei Ihnen zu bedanken. Dies ist bereits der zehnte Band meiner Schweden-Reihe. Dass es überhaupt so viele geworden sind, liegt an Ihrem Interesse, Ihren Ermutigungen und den zustimmenden Rezensionen. Wie immer sind die Handlung des Buches und alle darin vorkommenden Personen frei erfunden. In der Realität zu finden sind dagegen die wunderschöne Umgebung des Ortes Hyssna, der berühmte Wanderweg mit der Höhle und die alte Kirche, die einen Besuch lohnt. Das Hotel "Drei Buchen" habe ich dagegen eigenmächtig in die Landschaft gesetzt. Zwar gibt es in der Nähe sehr schöne wirklich existierende Unterkünfte, doch keine davon wollte ich zum Schauplatz einer Thriller-Handlung machen. Es ist mir ohnehin manchmal unangenehm, in so reizvoller Umgebung zu morden, wenn auch nur auf dem Papier. Ich hoffe nun, Sie mit meinem Buch gut unterhalten zu haben. Wenn das der

Fall sein sollte, lassen Sie mir bitte bei Amazon ein paar Sterne oder sogar eine Rezension da. Darüber würde ich mich sehr freuen, weil das gerade für mich als unabhängige Autorin enorm wichtig ist. Der Sommer steht vor der Tür, egal ob Sie ihn in Schweden oder woanders verbringen werden, wünsche ich Ihnen gute Erholung. Bleiben Sie gesund und genießen Sie auch weiterhin entspannte Lesestunden.

Herzlichst Ihre Fiona Limar

ENDE

Lust auf mehr?

Alles über die Autorin und ihre Bücher im Internet auf ***https://fiona-limar.de*** oder auf Facebook unter ***https://facebook.com/limar.fiona***

Kriminalinspektorin Alva Claesson und Psychologe Birger Nyberg ermitteln – Die Schweden-Thriller von Fiona Limar

Luciablut – Fast jedes Mädchen in Schweden träumt davon, einmal die Lucia zu sein. Für zwei von ihnen wird daraus jedoch ein Albtraum, aus dem es kein Erwachen gibt.

Brennender Hass – Ihre Eltern verschwanden spurlos, ihre Schwester kam unter mysteriösen Umständen ums Leben. Sarah, die einzige Hinterbliebene, leidet unter Panikattacken und albtraumhaften Visionen.

Verdammtes Blut – Der lange Schatten des "Henkers von Gotland" verdunkelt das Leben zweier junger Frauen. Während Amanda sich der Verfolgung durch einen unheimlichen Mann ausgesetzt sieht, sucht Elodie nach ihren familiären Wurzeln. Keine der beiden ahnt, in welcher Gefahr sie schweben.

Todesleuchten – Eine junge Frau begibt sich auf die Suche nach der Wahrheit über den Tod ihres Mannes. Was zunächst wie ein Unfall aussieht, entpuppt sich als perfider Mord und die Methode lässt den Atem stocken.

Abgrund der Schuld – Ein entführtes Kind, eine ermordete Ärztin und eine Leiche, die aus der Rechtsmedizin verschwindet: Scheinbar gibt es keine Verbindung, doch als die Mutter des Kindes Nachforschungen anstellt, beginnt sie an ihrem Verstand zu zweifeln.

Eisiges Grab – Drei junge Frauen werden tot auf einem zugefrorenen See entdeckt, alle nur mit einem Nachthemd bekleidet. Sie waren Schülerinnen des gleichen Internats... und nicht die ersten Opfer.

Schwarze Flamme – Die Tote ist in einem Ring aus Kerzen aufgebahrt – haben Claesson und Nyberg es mit einem satanistischen Ritualmörder zu tun?

Finstersommer – Auf der Insel Styrsö geht die Angst um. Der Tod kommt in der Nacht, lautlos und heimtückisch. Der Täter hinterlässt fast keine Spuren – und wer könnte überhaupt ein Motiv haben?

In der dunkelsten Nacht – Ein Mädchen verschwindet auf dem Weg zu einer Halloweenparty. Später wird die Leiche im Wald verscharrt gefunden... mit seltsamen Grabbeigaben.

Die Nebel des Schweigens – Auf einem beliebten Wanderweg verschwindet ein junges Mädchen in der Nähe einer Höhle spurlos. Die Freundin, mit der sie unterwegs gewesen war, erzählt eine mysteriöse Geschichte, der niemand Glauben schenkt.

Team Mord-Nord ermittelt! – Die Brandenburg-Krimis von Fiona Limar

Als Polizeikommissarin Marie Liebig sich von Berlin nach Brandenburg versetzen lässt, ahnt sie noch nicht, dass das Leben in der Provinz alles andere als beschaulich ist …

Schwesternblut – Drei ungleiche Schwestern geraten in einen Strudel von Gewalt und Tod. Die eine entkommt jahrelanger Gefangenschaft und Folter, aber der Schrecken ist noch nicht vorbei…

Spiegel der Angst – Ein Mord, ein Mordversuch – und die Opfer sehen sich zum Verwechseln ähnlich. Ein Zufall? Eine mysteriöse Internetseite und ein alter Aberglauben scheinen in diesem Fall eine Rolle zu spielen.

Der Tod der schwarzen Schwäne – Zwei Frauen werden tot mit Bisswunden an den Hälsen aufgefunden. Beide waren sie „schwarze Schwäne", sie ließen andere Menschen freiwillig ihr Blut trinken. Die Ermittlungen führen in eine bizarre Subkultur.

Im Dunkel des Grabes – Die psychisch gestörte Doppelmörderin scheint ein klarer Fall zu sein – oder steckt doch mehr hinter ihren Hirngespinsten?

Blau wie der Tod – Eine Lehrerin verschwindet auf einem Schulausflug. Es sieht nach einem tragischen Unfall aus, doch dann tauchen makaber arrangierte Leichenteile auf...

Grabesschatten – Eine blutige Mordserie erschüttert das kleine Dorf Lanzbeck. Der Täter will seine Opfer leiden sehen. Die Dorfbewohner schweigen eisern… aber wie lange noch?

Wenn Liebe mordet – Um eine Serie von fingierten Suiziden aufzuklären geht Marie Liebig Undercover in eine Selbsthilfegruppe für Frauen, die verheiratete Männer lieben. Sie ahnt nicht, wie riskant dieses Unterfangen ist.

Die Spur der Verlorenen – Die Flucht vor gewaltätigen Partnern endet für mehrere Frauen mit dem Tod, denn ein perfider Täter macht sich ihre Not zunutze...

Deiche, Moore, Morde! – Die Schleswig-Holstein-Krimis von Fiona Limar

Sarah liebt ihre Arbeit als Kommissarin bei der Kriminalpolizei. Und der Norden ist alles andere als langweilig…

Das Schweigen der Mörder – Im kleinen Dorf Geistmoor geschieht ein Mord und zwei Mädchen verschwinden spurlos. Die Verbindung zu einem älteren Vermisstenfall drängt sich auf, doch die Dorfgemeinschaft schweigt beharrlich…

Böser Ort – Als am Elberadweg junge Frauen verschwinden, steht die Polizei unter gewaltigem Druck. Ist hier ein Serientäter am Werk?

Die Toten vom See – Ein Tag am See endet mit einem entsetzlichen Verbrechen. Eine Schülerin entkommt den Tätern, doch die Umstände sind rätselhaft. Die Spur führt in eine Welt voll abartiger Fantasien.

Die Psychologie des Bösen – eine Psychologin auf den Spuren des Verbrechens.

Einige Fälle, mit denen es die Psychologin Iris Forster in ihrer Praxis zu tun bekommt, entpuppen sich als wahre Abgründe der menschlichen Seele.

Eine tödliche Erinnerung – Eine ihrer Patientinnen wird mehrerer Morde beschuldigt – hat sie sie wirklich begangen?

Henkersbraut – Ein mysteriöser Mord in einem Kurort weist eine rätselhafte Verbindung zu einem 400 Jahre zurückliegenden Hexenprozess auf.

Mörderblut – Der „Dornröschenmörder“ verbreitet Angst und Schrecken und Iris muss befürchten, dass es sich bei dem Gesuchten um einen ihrer Patienten handelt.

Ohne Erbarmen – Patienten einer Klinik geraten Jahre später ins Visier skrupelloser Mörder.

Psychologin Iris Forster geht für ihre Patienten bis an die Grenze – für alle Leser, die tiefgründige und spannende Unterhaltung lieben!

Mordflüsterer – *Als sie das Zeichen sahen, war es schon zu spät, denn es bedeutete, dass sie gleich sterben würden.*

Die beiden Morde, die sich kurz hintereinander ereignen, sind völlig unverständlich, doch noch unerklärlicher ist das Verhalten der bald darauf ermittelten Täter. Sie weisen die Gemeinsamkeit auf, dass sie kurz zuvor bei der gleichen Psychotherapeutin in Behandlung waren. Liegt dort die Ursache für ihre Taten verborgen? Bald stellen sich die Ermittler die Frage, ob man einen Menschen so manipulieren kann, dass er zum Mörder wird. Aber wie soll das funktionieren? Und vor allem: Welches Interesse könnte dahinterstecken? Während sich immer neue Fragen auftun, beginnt sich das Netz bereits um die nächsten Opfer zuzuziehen.

Schicksalsmord – Die attraktive Lydia hält sich für eine geniale Lenkerin der Geschicke anderer Menschen. Höchst raffiniert und immer auf den eigenen Vorteil bedacht zieht sie die Fäden, an denen die sie umgebenden Personen wie Marionetten tanzen. Ihre Eltern, zwei Ehemänner, einige Liebhaber, Freundinnen und Kolleginnen und nicht zuletzt ihre gutgläubige, sanftmütige Schwester Ulrike werden zu Opfern ihrer Manipulationen. In der Wahl ihrer Mittel ist Lydia dabei durchaus nicht zimperlich: Verleumdung, Rufmord und sogar Mord gehören zu ihrem Repertoire. Doch irgendwann beginnen ihr die Fäden zu entgleiten und sich zu einem Gespinst zu verknüpfen, in dem sie sich immer mehr verfängt. Sie wird des Mordes an ihrem Ehemann bezichtigt, und die Ermittlungen bringen immer neue Indizien und peinliche Enthüllungen ans Licht. In die Enge getrieben sieht Lydia nur noch einen Ausweg: Sie muss Ruf und Leben ihrer Schwester zerstören, um sich selbst zu retten. Doch der teuflische Plan birgt seine Risiken.

Der Teufel von Heiligendamm – Ostseethriller

Unheil braut sich im Ostseebad Heiligendamm zusammen. Niemand vermochte die Spuren am Körper einer Frau, die eines Morgens ermordet in der Brandung lag, zu deuten. Sie schienen weder tierischen noch menschlichen Ursprungs zu sein. Der Täter konnte nicht gefunden werden. Bald steht ein Haus an der Steilküste im Mittelpunkt unheimlicher Gerüchte, da sich hier bereits mehrere mysteriöse Todesfälle ereigneten. All das hält Lara, eine junge Frau, die an der Küste ein neues Leben beginnen will, nicht vom Einzug in dieses Haus ab. Doch bald häufen sich dort beängstigende Vorfälle. Und plötzlich geschieht ein weiterer Mord.

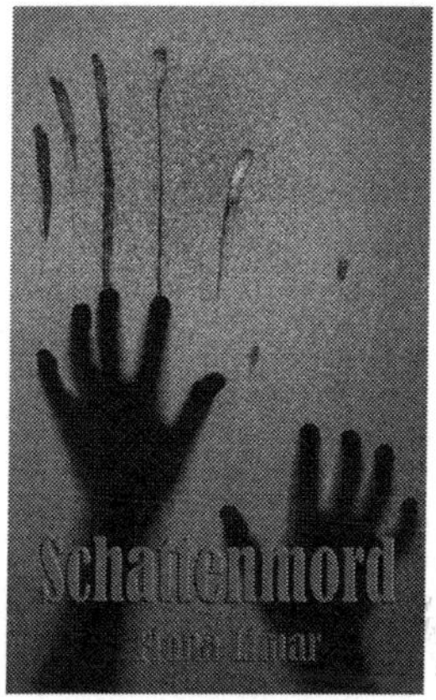

Schattenmord – *Wenn dein schönster Traum zum Alptraum wird. Wenn sich Abgründe auftun, die dich zu verschlingen drohen ...*

Nach einem mysteriösen Überfall gerät Julias Leben aus den Fugen. Sie hat Gedächtnislücken, fühlt sich verfolgt und leidet unter düsteren Visionen von toten Frauen. Auch ihr Mann Alexander, mit dem sie zuvor sehr glücklich war, scheint ihr einiges zu verschweigen. Doch im Hintergrund zieht ein anderer die Fäden, an denen Julias Leben hängt.

Druck:
CPI Druckdienstleistungen GmbH
im Auftrag der
Zeitfracht GmbH
Ein Unternehmen der Zeitfracht - Gruppe
Ferdinand-Jühlke-Str. 7
99095 Erfurt